Das Buch

Die Kriminalreporterin Karin Sommer, zu Besuch bei ihrer Großtante auf der kleinen dänischen Insel Skejø, will eigentlich nur ausspannen und ein Buch schreiben. Doch Gerüchte um einen Todesfall im Altersheim lassen sie hellhörig werden: Der alte Gustav Kwium sei keineswegs zu Gott heimgerufen worden, sondern ihn habe »der Inselrat abgewählt« ... Bei ihren Recherchen stößt sie auf eine Pfarrerin, die allerlei zu verbergen hat, einen Inselvorsteher, der angeblich einem Vampir auf der Spur ist und auf einen Politiker, dem offenbar nicht nur das hohe Durchschnittsalter der Inselgemeinschaft zu schaffen macht. Als eine weitere Leiche im Altersheim aufgefunden wird, ist klar: Es handelt sich um Mord ...

Die Autorin

Gretelise Holm, geboren 1946, ist Journalistin und Autorin zahlreicher Fach- und Sachbücher. Nach einigen Kinder- und Jugendbüchern wagte sie sich 1998 ins Krimigenre und wurde gleich mit dem Preis der Dänischen Kriminalakademie ausgezeichnet. Inzwischen zählt sie zu den Bestsellerautorinnen ihrer Heimat. Gretelise Holm hat zwei erwachsene Töchter und lebt mit ihrem Mann in Dänemark.

Von Gretelise Holm ist in unserem Hause bereits erschienen:

Ein anständiger Mord

Gretelise Holm

Die Robinson-Morde

Roman

Aus dem Dänischen
von Hanne Hammer

Ullstein

Besuchen Sie uns im Internet:
www.ullstein-taschenbuch.de

Umwelthinweis:
Dieses Buch wurde auf chlor- und säurefreiem Papier gedruckt.

Ungekürzte Ausgabe im Ullstein Taschenbuch
1. Auflage August 2005

Published by Agreement with Agentur Literatur Gudrun Hebel, Berlin.
Titel der dänischen Originalausgabe: *Robinson-Mordene*
(Aschehoug Dansk Forlag A/S, Dänemark)
Umschlaggestaltung: Büro Hamburg
Titelabbildung: © D. Reinartz/Visum
Gesetzt aus der Sabon
Satz: Franzis print & media GmbH, München
Druck und Bindearbeiten: Ebner & Spiegel, Ulm
Printed in Germany
ISBN-13: 978-3-548-26272-7
ISBN-10: 3-548-26272-4

MITTWOCH, 22. MAI

Er hatte nicht mit der Strafe gerechnet und die Todesangst durchschnitt ihn wie die Sense des Sensenmannes, als ihm das Kissen auf das Gesicht gepresst wurde. Er hatte sterben wollen, aber nicht so. Nicht durch Menschenhand. Er hatte die Vorstellung gehabt, in einen friedlichen Schlaf zu fallen, gefolgt von einem sanften Erwachen im ewigen, gnädigen Licht.

Er hatte keine Kraft, Widerstand zu leisten, und im kurzen Moment des Todeskampfes begnügte sich sein schwacher Körper damit, in leichten Krämpfen zu zucken.

Eine halbe Stunde später wurde die Zimmertür langsam aufgeschoben und eine alte Frau schlurfte auf unsicheren Beinen hinein, gestützt auf eine Gehhilfe.

»Oh, nein«, sagte sie, »die Zähne, die sitzen doch ganz verkehrt.«

Mit zitternden Fingern richtete sie die dritten Zähne des Toten.

»Schläfst du?«, fragte sie und beantwortete die Frage mit nüchterner Stimme selbst:

»Nein, du scheinst tot zu sein. Wir sollten dir besser die Augen schließen und die Hände falten.«

Dann steuerte sie mit der Gehhilfe auf den Gang hinaus, während sie konzentriert daran zu denken versuchte, das, was sie gesehen hatte, weiterzuerzählen. Doch bereits als sie um die erste Ecke gebogen war, hatte sie es vergessen.

Sie wusste nur noch, dass sie der Leiterin des Seniorenheims, Inger-Margrethe Jörgensen, die ihr mit einem Tablett mit Medikamentenschalen entgegenkam, etwas erzählen musste.

»Hallo, Johanne!«, lächelte die Leiterin.

»Bin ich tot?«, fragte die Alte.

»Nein, das bist du bestimmt nicht.«

»Ich glaube, ich sterbe bald.«

»Das kann man nie wissen, aber du hast doch auch ein langes und gutes Leben gehabt, nicht wahr?«

Die Alte runzelte nachdenklich die Stirn und antwortete:

»Ja, aber eins bereue ich.«

»Ja?«, fragte die Leiterin.

»Ich habe zuviel Zeit mit Fensterputzen verbracht!«

Dann schlurfte die Alte auf unsicheren Beinen langsam weiter. Die Leiterin sah ihr nach und murmelte: »Ich auch.«

Im Personalraum saß die Pflegehelferin Britta Olsen und las in einer TV-Zeitschrift.

»Wer sind Sie und was machen Sie hier?«, fragte die Alte mit scharfer Stimme.

»Das weißt du doch, Johanne. Was willst du?«

»Ich will, dass du die Zähne ordentlich einsetzt!«

Die Stimme der Alten war anklagend und schrill.

»Ich habe immer hässliche, schiefe Zähne gehabt. Sie sind nun mal nicht anders«, antwortete Britta Olsen und las weiter in ihrer Zeitschrift.

»Es sieht schlampig aus, wenn die Zähne nicht richtig sitzen«, insistierte die Alte.

»Nun lass es gut sein. Ich habe frei. Geh fernsehen. »Robinson« wird wiederholt. Ich bringe dich jetzt in den Fernsehraum«, sagte Britta Olsen und griff nach der Gehhilfe.

Im Fernsehraum saß Johanne unruhig auf ihrem Stuhl. Stand immer wieder entschlossen auf, vergaß jedoch im selben Moment, was sie wollte und setzte sich verzagt wieder hin.

»Entspann dich ein bisschen«, sagte Kaj, der Tür an Tür mit Johanne wohnte. »Ich verfolge die Serie. Sie ist richtig spannend. Sie sind auf einer Insel und jetzt sollen sie einander abwählen. Sie werden nach Hause geschickt – einer nach dem anderen.«

Johanne wusste, dass da etwas war, das sie jemandem erzählen musste.

»Hier stinkt es nach Pisse«, sagte sie, als sie den Fernsehraum verließ.

»Entschuldigung, Fräulein Vornehm. Das ist mein Katheter, der ist undicht«, antwortete Kaj verletzt.

»Da ist etwas, das ich vergessen habe«, sagte Johanne zu dem kleinen Mann mit dem Pferdeschwanz, dem sie in der Vorhalle begegnete.

»Dann habe ich genau das Richtige für Sie, eine Naturmedizin, die ihre Erinnerungsfähigkeit verbessert«, antwortete der Heiler-Franz.

Er wurde in seiner Produktanpreisung von der Pfarrerin unterbrochen, die vorbeikam und grüsste.

»Wie geht es, Johanne?«, fragte die Dienerin Gottes.

Die alte Frau antwortete mit einer Gegenfrage: »Wie soll man das letzte Abendmahl zu sich nehmen, wenn die Zähne nicht richtig sitzen?«

»Das wird schon gehen. Es zerschmilzt auf der Zunge. Komm einfach am Sonntag zum Altar.«

Als sie draußen im Garten den Mann auf der Bank sitzen sah, den feschen Mann, der jeden Tag seinen Vater besuchte, fiel ihr endlich ein, was zu erzählen sie nicht vergessen durfte.

Sie steuerte mit der Gehhilfe auf ihn zu, aber dann war die Erinnerung auch schon wieder weg. Abrupt blieb sie stehen und sah sich verzweifelt um.

»Ist alles in Ordnung?«, fragte Sune Kwium.

Sie konzentrierte sich so sehr, dass ihre dünnen Beine zu zittern begannen, aber sie brachte nur heraus: »Die Zähne. Sie sitzen falsch.«

»Dann müssen Sie das Personal um Hilfe bitten«, antwortete der Mann mit einem angestrengten Lächeln, das seinen Ekel vor dem menschlichen Verfall verbergen sollte, der sich vor ihm manifestierte.

Johanne begann zu weinen. Wie Deltas verteilten sich große Tränen über die runzligen Wangen.

»Aber nicht doch«, sagte der schöne, junge Mann, der mit Eimer und Fensterputztuch zwischen den Büschen auftauchte. »Du brauchst doch nicht zu weinen, Johanne. Komm mit und dann erzählst du mir, was nicht stimmt und wir bringen es wieder in Ordnung.«

Montag, 27. Mai

Es ist keine Schande zu sterben, wenn man 86 Jahre alt ist und sein Leben lang dafür gesorgt hat, dass alles seinen Gang geht. Wenn man kleine Samen in Tausende von Kinderseelen gesät hat – wie der Verstorbene selbst seine Tätigkeit als Lehrer zu beschreiben pflegte.

Deshalb hatte die Inselpfarrerin zusammen mit den Hinterbliebenen einen heiteren Text für die Andacht ausgewählt und als der frühere Hauptlehrer Gustav Kwium zur letzten Ruhe geleitet wurde, trugen nur wenige schwarz. Sie – die Pfarrerin mit dem dunklen Pagenschnitt, der ihre Gesichtszüge und die wasserblauen Augen betonte – hatte beschlossen, den *Geist* in den Vordergrund ihrer Predigt zu stellen. Sie versuchte, das Wort *Geist* so häufig wie irgend möglich zu erwähnen.

Geister waren in Mode gekommen und die Pfarrerin Anna Skov hatte in einer Fernsehsendung über die Macht der Geister mitgewirkt, in der sie unterstrichen hatte, dass die Volkskirche in diesem Bereich durchaus mithalten konnte. Sie selbst hatte sogar die Austreibung böser Geister anzubieten, doch bisher war noch nicht nach ihr geschickt worden. Entweder machten die bösen Geister einen Bogen um Skejø oder sie hatte die Schlacht gegen die Südspitze der Insel verloren, wo die Alternativen ihr Kollektiv mit Therapeut, Heiler und Medium in einer Person hatten.

Vor allem viele der Zugezogenen bevorzugten die alternative Behandlung von Körper und Seele, sodass sowohl die Pfarrerin als auch der Inselarzt unautorisierte, private Konkurrenz bekommen hatten. Die Pfarrerin war bereit, diese Herausforderung anzunehmen.

»*Aber fleischlich gesinnt sein ist der Tod und geistlich gesinnt sein ist das Leben...*«, begann sie mit einem Zitat aus dem Brief des Paulus an die Römer.

Nahezu die Hälfte der Kirchenbänke war von den Bewohnern des Altenheims besetzt, das inzwischen nicht länger Altenheim hieß. Die Gemeinde hatte es erst in Altenzentrum und später in Seniorenservicecenter umbenannt. Auf der Insel lächelte man über die sprachliche Schminke und nannte das große, rote Gebäude aus den 50er Jahren weiterhin Altenheim. Diesem stand übrigens ein größerer Anbau bevor. Der Altenbereich war der einzige Bereich auf der Insel, der im Wachstum begriffen war und die Pensionärsvereinigung war die größte Organisation, die es hier gab.

»*Denn fleischlich gesinnt ist Feindschaft gegen Gott, weil das Fleisch dem Gesetz Gottes nicht untertan ist; denn es vermag's auch nicht*«, fuhr die Pfarrerin mit ihrem Paulus-Zitat fort und versuchte einige der leeren, resignierten Blicke der alten Inselbewohner einzufangen, die hin und wieder zueinander hinüberschielten und sich fragten, wer wohl als Nächster im Sarg liegen mochte. Du oder ich?

Zu Kwiums nächster Familie gehörte ein Sohn, der vor ein paar Wochen auf die Insel gekommen war, weil er glaubte, dass es mit seinem Vater zu Ende ging. Er saß mit seiner Frau, einem erwachsenen Sohn und ein paar entfernteren Verwandten zusammen. Sie machten einen steifen und resignierten Eindruck und nichts in ihrer Körpersprache ließ darauf schließen, dass sie einander kannten.

Hier und da flossen ein paar Tränen, aber die hatten nicht viel mit dem Toten zu tun. Die Leute nutzten lediglich die Gelegenheit, über sich und die Bedeutungslosigkeit des Lebens zu weinen.

»Die aber fleischlich sind, können Gott nicht gefallen. Ihr aber seid nicht fleischlich, sondern geistlich, wenn denn Gottes Geist in euch wohnt.«

Die Pfarrerin ließ ihre Stimme so salbungsvoll klingen wie möglich und sah einige der jüngeren Gäste des Beerdigungsgottesdienstes direkt an. Oder richtiger, die mittleren Alters: Ehemalige Schulkinder aus früheren Tagen, die gekommen waren, um ihrem Lehrer die letzte Ehre zu erweisen.

Das Personal des Altenheims saß auf einer separaten Kirchenbank, auf der auch die Journalistin Karin Sommer saß und versuchte, an ihrer professionellen Beobachterrolle festzuhalten. Das war nicht leicht. Die Erinnerungen an das letzte Begräbnis, dem sie vor bald einem Jahr beigewohnt hatte, stürmten auf sie ein und bohrten Löcher in das dünne Narbengewebe, das sich über die Trauer gelegt hatte, die sie fast nicht hatte aushalten können.

Als Britta Olsen, ihre Banknachbarin, eine kleine, gedrungene Pflegehelferin mit dünnem, rotblondem Haar und ungesundem, gräulichen Teint, laut zu weinen begann, holte Karin auch ein Taschentuch hervor und nutzte die Gelegenheit, dem Druck auf die Tränenkanäle nachzugeben. Das erleichterte. Jetzt konnte sie sich wieder auf ihre Umgebung konzentrieren und Details für den Artikel über das Leben auf einer der kleinen Inseln sammeln, die zum Verbreitungsgebiet der »Sjaellandsposten« gehörten.

Der Artikel über das Inselleben war Teil des Abkommens, das sie mit der Redaktion geschlossen hatte. Sie hatte um drei Monate unbezahlten Urlaub gebeten, um ein Projekt zu verwirklichen, für das sie viele Jahre Material gesammelt hatte: Eine Streitschrift über die Anatomie der Hexenjagd. Ein Verlag war interessiert und sie konnte kostenfrei in Tante Agnes' kleinem, pittoreskem Fachwerkhaus – dem Fliederhaus – auf Skejø wohnen. So kam sie aus ihrem gewohnten Umfeld heraus und konnte sich ungestört auf das Schreiben konzentrieren.

Der Redaktionsleiter der »Sjaellandsposten«, Adam Lorentzen, hatte der Idee überraschend positiv gegenübergestanden. Vielleicht witterte er eine Möglichkeit, dadurch einen Teil der älteren Mitarbeiter loszuwerden. Karin selbst witterte eine Möglichkeit, sich von der Last der Festanstellung freizuschreiben.

»Ein gutes Thema, eine gute Idee, so ein Buch

über die Hexenjagd im Lauf der Jahrhunderte. Wir bekommen natürlich einen *curtain raiser*, bevor es herauskommt«, hatte der junge Chef gesagt. Ein *curtain raiser* war heutzutage das, was man in Karins Journalistengeneration einen Vorabdruck genannt hatte.

»Und du wirst auf Skejø wohnen, sagst du? Natürlich gibt es viele dieser kleinen Inseln, aber wir haben nie eine ordentliche, gut recherchierte Artikelreihe darüber gebracht, wie es wirklich ist, dort zu leben. Ich meine: Man lebt in einer Provinzstadt, und die gleichen sich fast alle wie ein Ei dem anderen und wenn man zwischen den Kleiderständern in der Fußgängerzone steht, könnte man überall sein. Man hat keine Ahnung, ob man in Thisted ist oder in Köge. Doch fährt man nur 20 Kilometer weiter und eine halbe Stunde mit der Fähre, ist man plötzlich in einer ganz anderen, fernen Kultur«, fuhr er fort.

»Ja, auf Skejø gibt es bestimmt noch Rollo-Gardinen an den Fenstern und Wasserklos auf dem Hof«, antwortete Karin, die sich gerade die Homepage der Insel im Internet angesehen hatte.

»Du wirst ja eine Zeit lang dort leben und wenn dabei drei Samstagsartikel herauskommen, bekommst du weiterhin dein Gehalt. Schreib etwas gesellschaftlich-soziologisches, gewürzt mit ein paar Alltagsgeschichten und kleinen, netten Eigentümlichkeiten. Die Alterspyramide kippt, weil die Jungen die Insel verlassen und außer Volkstanz und Holzschuhwalzer für die Touristen nichts bleibt, wovon man leben kann. Jeder kennt jeden und der

Tratsch blüht, usw. Daraus kannst du bestimmt etwas machen!«

Das war ein gutes Angebot und sie hatte es angenommen. Drei Monate volles Gehalt für eine Arbeit, für die sie im Stillen maximal sieben Tage effektiver Arbeit veranschlagte. Ein paar harmlose, unverfängliche Features mit gemäßigter Problematisierung der Wirtschafts- und Bevölkerungsprobleme kleiner Inseln.

Und der Stoff für die Artikel kam fast wie von selbst. Jetzt musste sie ihn nur noch thematisieren und von verschiedenen Blickwinkeln aus beleuchten. Gerade als sie Tante Agnes, die in einer der Altenwohnungen des Seniorencenters wohnte, einen vergnüglichen Besuch abgestattet hatte, waren der Bestattungsunternehmer und die Pfarrerin gekommen, um Gustav Kwium in den Sarg zu legen und für ihn zu singen. Sie hatte Agnes im Rollstuhl zu der kleinen Feierlichkeit im Altenheim gefahren und heute der alten Frau geholfen, in die Kirche zu kommen. Tod und Begräbnis waren Teil der Kultur. Jetzt saß sie hier und nahm alles in sich auf.

Die Pfarrerin hatte in ihrer Begräbnispredigt einen natürlichen Übergang vom Geist Gottes zum Geist der Schule und der Insel gefunden, den der Verstorbene durch Generationen geprägt hatte. 40 Jahre hatte er unterrichtet, zuerst in Nordby. Das war zu der Zeit, als sowohl Nordby als auch Sönderby eine eigene Schule hatte. Und später an der Zentralschule, die in ihrer Blütezeit sieben Klassen hatte, jetzt aber nur noch drei.

Aus diesem Grund konnte das Begräbnis auch nicht ganz so verlaufen, wie Gustav Kwium sich das in einer 30 Jahre alten Anweisung gewünscht hatte. Sie war während einer schlimmen Grippeepidemie entstanden und sein Sohn hatte sie gefunden und dem Bestattungsunternehmer und der Pfarrerin überlassen. Der alte Lehrer hatte gewollt, dass der Chor der Klassen 6 und 7 »*Ein feste Burg ist unser Gott*« sang, doch weder die Klassen noch den Chor gab es noch.

Darüber hinaus hatte sich Gustav Kwium gewünscht, dass die Pfarrerin die Hinterbliebenen aufforderte, sich die Tränen abzuwischen, da ein Tag, an dem jemand zu Gott heimgerufen wurde, niemals ein Trauertag sein konnte.

»Jetzt ist Gustav Kwium zu Gott heimgerufen worden«, beendete die Pfarrerin ihre Predigt und holte tief Luft.

In der darauf folgenden Pause entstand Unruhe in einer der vorderen Bankreihen und als Nächstes bemerkte Karin eine magere, alte Frau mit einem stramm unter dem Kinn gebundenen Kopftuch und einem erhobenen Krückstock neben dem mit Blumen geschmückten Sarg.

Die Alte wandte ihr Gesicht der Pfarrerin zu, schlug mit dem Krückstock hart auf den Sargdeckel, dass die Blumen nach allen Seiten flogen und sagte mit einer so hohen Stimme, dass sie in dem altromanische Kirchenschiff widerhallte:

»Von wegen, er wurde heimgerufen zu Gott. Er ist vom Inselrat abgewählt worden. Genau wie bei ›Robinson‹ im Fernsehen.«

Ein paar Sekunden war es totenstill in der Kirche

– alle hielten den Atem an, bis Britta Olsen – die Pflegehelferin neben Karin – nach Luft rang und flüsterte: »Johanne ist senil und verwirrt.«

Aber taub war die Alte nicht. Jetzt zeigte sie mit dem Krückstock direkt auf die Pflegehelferin und sagte: »Ja, das glaubst du doch selbst nicht. Die Wahrheit hört man nicht gern, aber jetzt muss sie raus – egal wie. Für wen hast du gestimmt – oder warst du diejenige, die ihn in den Himmel geschickt hat?«

Karin Sommer konnte nur mit Mühe ein gewaltiges Kichern unterdrücken. Sie biss sich auf die Zunge und las konzentriert im Gesangbuch: »*Da, vom schwarzen Star befreit, sehen Augen wieder.*«

Das verschlimmerte ihren unterdrückten Lachanfall nur noch, weil ihr plötzlich einfiel, wie sie diese Verszeile in ihrer Kindheit wortwörtlich genommen hatte: Man konnte eine Fliege ins Auge bekommen, aber offenbar auch einen schwarzen Star, der – mit der Klaue um den Augapfel – so fest saß, dass man davon befreit werden musste.

Ein halb erstickter Gurgellaut entwich ihren Lippen und sie hustete kräftig, um ihn zu verbergen, doch dann wurde sie von der Orgel und »*Ein feste Burg ist unser Gott*« gerettet.

Die senile Johanne wurde von dem Bestattungsunternehmer behutsam auf ihren Platz geleitet. Sie saß zwei Reihen weiter vorne – direkt vor Karin. Als der Bestattungsunternehmer sie zu ihrem Platz führte, strahlte sein Gesicht mild und jovial, doch als er sich hinunterbeugte und der Alten zur Ablenkung ein Gesangbuch reichte, fing Karin einen Bruchteil von Sekunden den Ausdruck unverkennbarer Angst in seinen Augen auf. Angst, Schock oder Verzweiflung? Karin verfügte über einen gut entwickelten Sinnesapparat, doch der Eindruck war so flüchtig, dass sie ihn nicht richtig einordnen konnte. Trotzdem war sie sich ihrer Sache sicher. Der heitere Bestattungsunternehmer, bekannt als Zeremonienmeister und feucht-fröhlicher Sohn der Fassbieranlagen, hatte Angst.

Das Begräbnis endete würdig mit der Beisetzung auf dem kleinen Friedhof, der zum Wasser hin lag – vom Strand durch eine niedrige Friedhofsmauer getrennt. Die Wellen schwappten schläfrig über den vom Brackwasser olivgrünen Strand und ein paar Jollenfischer tuckerten zwischen den Stellnetzpfählen herum, während die Pfarrerin Anna Skov Gustav Kwium die Wiederauferstehung von den Toten versprach.

Der Bestattungsunternehmer hatte das Gesicht wieder in angemessene Falten gelegt, bedankte sich im Namen der Familie und lud zu Kaffee und Kuchen in *Sejlerslyst* ein, einer Gartenwirtschaft, die anlässlich des Tages geöffnet hatte, obwohl keine Saison war.

Jens Lyn fuhr die Alten zwischen Kirche und Restaurant hin und her. Der 70-jährige Taxiunternehmer der Insel war dafür bekannt, dass er sich nur selten zu mehr als 30 km/h aufrappelte, was ihm den Spitznamen Lyn – Blitz – eingebracht hatte.

Johanne stand in der Gruppe der wartenden alten Leute und sprach davon, dass man *sie* aufhalten musste, weil sonst bald niemand mehr im Altenheim übrig sein würde. »Jeden Monat wählen sie mindestens einen ab. Waren wir seit dem letzten Pfingstfest nicht vielleicht fünfzehn Mal hier auf dem Friedhof?«

»Nein, siebzehn Mal«, sagte einer der alten Männer gereizt.

»Genau das habe ich immer gesagt: Du bist ein Quatschkopf, Johanne. Und dein Unterrock schaut raus.«

Die letzte Bemerkung, die von einer süßen, gleichaltrigen Freundin kam, machte Johanne vollends betroffen. Sie trippelte herum und zog den Rock mit Hilfe ihres Gürtels zurecht, bevor Jens Lyn ihr in den Bus half.

Im Amtszimmer der Kirche zog Anna Skov sich um. Der Talar wurde durch einen grauen Rock und eine dunkelblaue Bluse ersetzt, ihre Standardkleidung für Kaffeeeinladungen nach Begräbnissen.

Anschließend ging sie hinter den Altar, wo sie aus einem kleinen, verbogenen Hohlraum hinter der geschnitzten Altartafel ein Serumröhrchen nahm, das eine geronnene Flüssigkeit enthielt. Sie steckte es in ihre Handtasche.

»Willst du einen Schluck?«, fragte Tante Agnes und zog eine unschuldig aussehende Plastikflasche mit selbst gebranntem Hagebuttenschnaps aus der Tasche, während Karin rückwärts vom Kirchenparkplatz fuhr.

»Ja, danke. Dieses Begräbnis muss ich erst mal verdauen«, antwortete sie.

»Für mich ist das die reinste Medizin.«

Das war eine rituelle Äußerung, die Agnes jedes Mal von sich gab, wenn sie einen kleinen Schluck aus der Flasche nahm. Agnes plagte die Rückenpest, wie sie sich ausdrückte. In den letzten Jahren hatte die frühere Gymnastiklehrerin sich nur in ihrem elektrischen Rollstuhl fortbewegen können und war aus ihrem Haus in eine der 20 eigenständigen Altenwohnungen gezogen, die dem Altenheim angeschlossen waren.

Für Karin war es ein Glück im großen Unglück gewesen, als Agnes vor einem Jahr aufgetaucht war und ihr eröffnet hatte, dass sie miteinander verwandt waren. Karin konnte sich nur schwach erinnern, dass ihre längst verstorbene Mutter von einem Zweig der Familie erzählt hatte, der auf einer der Inseln südlich von Seeland und Fünen zu Hause war, wo sie – die Mutter – bestimmt eine Kusine hatte.

Und gerade als Karin glaubte, überhaupt keine Familie mehr zu haben, war Agnes mit Jens Lyn in die Stadt gekommen. Sie hatte in der Zeitung gelesen, was passiert war – »Du kannst bestimmt einen Schluck brauchen, mein Mädchen!«

Das konnte Karin, genau wie sie Familie brauchte, auch wenn sie zu diesem Zeitpunkt so verzweifelt war, dass sie sich kaum über ihre Bedürfnisse im Klaren war. In einer Art gefühlsmäßiger Trance war sie der Tante nach Skejø gefolgt.

»Ich werde ins Altenheim ziehen und du musst mir ein paar Tage helfen. Du bist meine einzige Verwandte, also bist du dazu verpflichtet!«, hatte Tante Agnes angeordnet.

Später hatte Karin begriffen, dass sie auf einen lieb gemeinten Trick hereingefallen war. Hunderte von Inselbewohnern wären bereit gewesen, Tante Agnes bei ihrem Umzug zu helfen.

Agnes, der Umzug und die kleinen Schlucke hatten Karin geholfen.

Irgendwann hatte der Arzt angerufen und ihr vorgeschlagen, Krisenhilfe bei einem Psychologen in Anspruch zu nehmen.

»Unsinn«, hatte Tante Agnes gesagt. »Heute bieten sie einem Krisenhilfe an, wenn man sieht, wie ein Mann mit dem Fahrrad umkippt. Putz dir die Tränen ab und nimm einen Schluck.«

Agnes konnte so etwas mit Autorität sagen. Ihr Sekretär war mit verblichenen Bildern von Mann und Sohn voll gestellt. Sie waren mit der Jolle zu weit hinaus geraten und von einem Unwetter überrascht worden. Die Jolle war nach ein paar Tagen mit dem Bootsboden nach oben an Land getrieben. Mann und Sohn wurden zwei Wochen später gefunden. Das war vor 35 Jahren und Agnes hatte nie wieder geheiratet. Obwohl es nicht an Bewerbern gefehlt hatte, wie sie gerne betonte. Ja, eine ganze Reihe von Jahren hatte praktisch jeder Witwer im Fliederhaus vorgesprochen – und auch ein paar Junggesellen waren darunter gewesen.

»Unmittelbar nachdem das mit Anders und Mads passiert ist, habe ich oft daran gedacht ihnen zu folgen, aber dann habe ich mir gesagt: Agnes, habe ich gesagt, es ist dumm und überflüssig, sich für den Tod zu entscheiden, denn das einzig Gewisse ist, dass er sich für dich entscheiden wird.«

Karin hätte keine kompetentere Krisenhilfe bekommen können und hatte seitdem Agnes so oft besucht, wie es ihr möglich war. Agnes selbst verließ Skejø nur ungern. Sie meinte, dass sie in ihrem 78 Jahre langen Leben nur ein halbes dutzend Male *drüben* gewesen war. Zu einigen Gymnastiktreffen, um ein paar offizielle Papiere in Empfang zu nehmen, als sie Witwe wurde und zuletzt die Fahrt mit Jens Lyn, um Karin zu holen.

»Das hat gut getan«, sagte Karin und gab die Flasche mit dem selbst gebrannten Hagebuttenschnaps zurück.

Agnes hatte von ihrem Obstanbau gelebt und, bis sie in die Altenwohnung gezogen war und das Land verpachtet hatte, ihre Pension mit dem Straßenverkauf von Obst, Marmelade und Saft aufgebessert – sowie dem Schwarzverkauf der Produkte aus ihrem Hauswirtschaftsraum, in dem sie eine Destillationsanlage zum Selbstbrennen hatte. Jeden Dienstag in den ungeraden Wochen, wenn der Landpolizist auf die Insel kam und zwei Stunden Sprechstunde abhielt, wurde sie sorgfältig mit weißen Laken abgedeckt.

Ein Kreis dankbarer, hilfsbereiter Freunde fuhr Agnes regelmäßig zum Fliederhaus, damit sie ihre Kolben im Hauswirtschaftsraum weiter bedienen konnte.

Das war eins der unterhaltsamen Details, die Karin bedauerlicherweise nicht in ihre Artikel über das Inselleben aufnehmen konnte. Sie musste überhaupt vorsichtig sein, wenn sie auch weiterhin auf die Insel kommen wollte.

Diese kleine Episode mit Johanne in der Kirche. Ich gehe *nicht* davon aus, dass wir darüber etwas in der Zeitung lesen werden.«

Die Pfarrerin sprach sie beim Gedächtniskaffee an.

»Nein, nein, natürlich nicht«, antwortete Karin. Und dachte bei sich, dass es eigentlich recht lustig wäre. Sie hätte es als Einleitung für den Artikel über die schiefe Altersverteilung und die Entvölkerung der Insel nehmen können. Sie werden nach Hause zu Gott geschickt – einer nach dem anderen.

»Im Therapeutenkollektiv findet Mittwoch eine Veranstaltung statt. Ich werde über die Macht des Geistes sprechen. Ich denke, dass dort Stoff für Ihre Artikel zu holen ist«, sagte Anna Skov mit einer gewissen Geheimnistuerei in der Stimme.

Ja, ein richtiger Knüller wird das, dachte Karin und lächelte insgeheim. Laut sagte sie: »Ja, darüber würde ich schon gerne mehr hören. Leider habe ich keine Zeit zu kommen. Ich schreibe ja auch noch an einem Buch.«

»Über Hexen, nicht wahr? Wie spannend!«, sagte Anna Skov.

»Nicht so sehr über Hexen wie über die Hexenjagd, über ihren Hintergrund und ihre Elemente.«

»Dann dürfen sie die Medien nicht vergessen!«

»Das tue ich auch nicht«, antwortete Karin.

Viele kamen zu Karin, um sie zu bitten, nicht über die Episode in der Kirche zu schreiben.

Unter anderem die Leiterin und Krankenschwester Inger-Margrethe Jörgensen aus dem Seniorenservicecenter: »Ja, ich meine nur, dass es in meinen

Augen nahezu unethisch wäre, so einen alten Menschen in der Zeitung bloßzustellen.«

Und Sune Kwium, der Sohn des verstorbenen Lehrers, der erzählte, dass er Ministerialdirektor in einem Amt in Kopenhagen war: »Wir sind froh, dass Vater endlich seinen Frieden gefunden hat. Zuletzt ging es ihm ziemlich schlecht, er hat sich sehr gequält und selbst gewünscht … Ich meine, er war des Lebens müde, wie man so sagt. Wir möchten die Erinnerung an ihn gerne schützen. Sein Begräbnis soll nicht zu einer Anekdote gemacht werden.«

»Natürlich nicht«, antwortete Karin. Es schien ihr Jahrzehnte her zu sein, einem Mann mit einem so akkuraten Seitenscheitel begegnet zu sein.

Schließlich näherte sich auch die Pflegehelferin Britta Olsen Karin scheu von der Seite. Sie hatte in der Kirche neben ihr gesessen. Die Frau mittleren Alters bekam ein Stück Kranzkuchen in den falschen Hals und musste mit einem gewaltigen Hustenanfall kämpfen, bevor sie hervorbringen konnte: »Es wäre Johanne gegenüber nicht richtig, wenn Sie schreiben würden …«

»Hören Sie auf. Glaubt ihr eigentlich alle, dass Journalisten bar jeden Taktgefühls sind?«

»Nein, Entschuldigung«, stammelte Britta und sah zu Boden. »Entschuldigung, ich wollte nur …«

»Ist schon in Ordnung«, sagte Karin und sah mitfühlend auf die Kopfhaut der kleinen, unsicheren Frau hinunter, die so wenig Haare hatte, das da, wo die Dauerwelle das Haar in verschiedene Richtungen zog, kahle Stellen zu sehen waren.

»Ja, Entschuldigung«, sagte Britta und trottete zurück zu der Gruppe des Pflegepersonals.

Sie blieb ein wenig abseits von den Kollegen stehen, die keine Notiz von ihr nahmen, sondern mit gedämpften, dem Anlass entsprechenden Stimmen in ihrem Gespräch fortfuhren.

Karin fuhr Agnes nach Hause und half ihr in das elektrische Bett, von dem aus sie an die Fernbedienung für den Fernseher, ihre Zigarillos und den Pieper kam, mit dem sie das Personal des Centers erreichen konnte.

»Wie war Gustav Kwium eigentlich?«, fragte sie.

»Nun ja, ziemlich durchschnittlich«, antwortete die Tante mit der der Inselbewohner eigenen Diplomatie. Man hält den Mund und legt sich nicht mit den Menschen an, mit denen man zusammen isoliert ist.

»Wie fandest du ihn?«, versuchte Karin es noch einmal.

»Also, ganz unter uns, mein Fall war er nicht. Er war so selbstgerecht und penibel. Er hat Protokoll geführt und anderen Menschen Führungszeugnisse ausgestellt und Noten gegeben. Eine nachhängende Gewohnheit aus der Zeit, als er noch Lehrer war. So etwas mag ich ehrlich gesagt nicht.«

»Ich auch nicht«, sagte Karin und fügte, wie um den Tag zusammenzufassen, hinzu: »Johannes Auftritt in der Kirche war schon bemerkenswert, und nachher hat sie einen ganz fitten Eindruck gemacht.«

»Ich glaube, sie hat Recht«, sagte Agnes.

Karin sah die Tante verblüfft an.

»Also nicht damit, dass wir abgewählt werden wie bei »Robinson« im Fernsehen, aber ich glaube schon, dass irgendjemand Gustav Kwium auf den Weg geholfen hat. Doch das muss unter uns bleiben.«

»Aber Agnes, warum sollte jemand einen 86-jährigen Mann umbringen, der bereits im Sterben liegt?«

»Stimmt, darüber kann man sich schon wundern. Vielleicht hat er selbst darum gebeten. Aktive Sterbehilfe nennt man das, nicht wahr?«

»Du denkst an den Sohn?«

»Ja, oder an den Arzt oder die Pfarrerin oder die Krankenschwester oder eine der Helferinnen. An dem Tag, an dem er gestorben ist, herrschte ein reges Kommen und Gehen im Center. Der Pferdeschwanz-Guru unten von Sönderby war auch mit seiner Hokuspokus-Medizin da und der Sohn von Kaufmann Klausen, der das Zimmer seines Vaters, Arnold Klausen, geräumt hat. Er, also der Großvater, ist Bürgermeister gewesen. Das war damals, als Skejø noch eine selbständige Gemeinde war und …«

Karin unterbrach sie:

»Ja, aber was lässt dich glauben, dass einer von ihnen Kwium umgebracht hat?«

»Man hört ja das eine oder andere. Es heißt, dass unsere Centerleiterin Inger-Margrethe – die auch Krankenschwester ist – sich gewundert hat, und Einar Bedemand, der Leichenbestatter, hat erzählt, dass Gustav Kwium seinen Tod vorausgesehen hat.

An dem Morgen, an dessen Nachmittag er starb, hat er als Letztes in sein Protokoll geschrieben: Heute kommt die Strafe.«

Karin sah die Tante, die sich mit langsamen und vorsichtigen Bewegungen einen Zigarillo anzündete, forschend an. Sie stieß den Rauch aus und sagte: »Die Alten da drüben werden langsam nervös, denn das ist nicht das erste Mal, das so etwas passiert. Da ist auch noch Eigil Andersen, der Ende April gestorben ist. Er war erst 59, aber seit einigen Jahren hier, weil er eine Hirnblutung hatte und einseitig gelähmt war. Es wird behauptet, dass jemand ihm geholfen hat, seinen Plagen ein Ende zu bereiten, aber daran glaube ich nicht. Eigil wollte nicht sterben. Er mochte Vögel und Blumen.

Und vor ein paar Wochen ist Arnold Klausen gestorben. Stimmt, er war 91, aber gesund und fit für sein Alter, sodass eine kleine Erkältung ihn wohl kaum umbringen konnte. Man macht sich so seine Gedanken, weil es allmählich ein bisschen zu schnell geht ...«

»Hm«, sagte Karin in Ermangelung eines Besseren. »Denkst du, dass ihr es mit einem Pflegeheim-Fall zu tun habt, so wie 1997, als die 22 Patienten ums Leben kamen?«

»Ich denke an nichts Bestimmtes, aber man macht sich so seine Gedanken. Und Johanne ist nicht ganz so senil und verwirrt, wie sie hingestellt wird. Das wechselt.«

»Du glaubst also wirklich, dass Gustav Kwium auf die eine oder andere Weise umgebracht worden ist?«

Agnes nickte: »Aber darüber reden wir nicht, weil wir es nicht sicher wissen, nicht? Kannst du mir mal die Flasche reichen, bevor du gehst? Für mich ist das die reinste Medizin. Viel besser als diese ganzen Schlafmittelchen und Glückspillen, die sie uns verabreichen.

Dienstag, 28. Mai

Die grundlegende Angst vor Not, Unglück, Leid und Tod bildet die Basis der Hexenjagd. Kann die Angst auf einzelne Personen oder Personengruppen gelenkt werden, lässt sie sich auch bekämpfen, indem man die betreffenden Menschen bekämpft.

Nein. Karin löschte den Text. Er war als Einleitung unbrauchbar. Vielleicht sollte sie besser einen Beispielsfall nehmen. Sie nippte an dem Ingwertee, der Gicht vorbeugen sollte, und blätterte in den historischen Dokumenten aus Ribe. Die Geschichte der Maren Splids wies viele Elemente der Hexenjagd auf und sie versuchte sich an einem Bericht – das Gerichtsprotokoll als Quelle:

Didrich Skraedder übergab sich, während er heulte und schrie. Tief aus Magen und Mund ergoss sich ein seltsam großer und schleimiger Klumpen. Noch nie hatten seine Frau und die fünf Nachbarsfrauen etwas Derartiges gesehen. Schien der große, schleimige Klumpen sich nicht in der Bettpfanne zu bewegen? Natürlich tat er das! Das konnte von keiner natürlichen Krankheit herrühren. Eine Hexe musste am Werk sein, und sie musste entlarvt werden. Die sechs

Frauen beschlossen, die Bettpfanne samt Inhalt sofort zur obersten Autorität der Stadt, dem Lehnsmann in der Schloßburg zu Ribe, Albert Skeel, zu bringen.

Albert Skeel studierte interessiert den erbrochenen Klumpen und war einig: Eine Hexe musste am Werk sein und die Experten mussten angehört werden. Deshalb rief er alle Priester der Stadt zusammen, die mit Bischof Johan Borchardsen an der Spitze eintrafen. Der Bischof und die Priester nahmen die Bettpfanne mit dem Erbrochenen mit, um sie einem eingehenden Studium zu unterziehen und am nächsten Tag – dem 11. März 1637 – lag ihre Expertenmeinung vor:

Wenn diese »Materie« wirklich aus dem Schneider gekommen war, konnte von keiner natürlichen Krankheit die Rede sein. Es musste sich um ein »veneficium« (eine Vergiftung) handeln, die mit Satans Hilfe von bösen Menschen vorgenommen worden war.

Nein. Sie würde das Buch doch nicht mit einem historischen Fall beginnen. Damit würde sie den Eindruck erwecken, dass es sich bei der Hexenjagd um ein Phänomen der Vergangenheit handele, das auf Unwissenheit oder törichte Bauernvorstellungen zurückzuführen war.

Eine ihrer Hauptthesen war, dass der Bedarf der Gesellschaft an Feindbildern konstant war. Die historischen Beispiele konnten in ihrer überzeugenden Deutlichkeit pädagogisch wirkungsvoll sein, durften jedoch nicht die Erkenntnis verschleiern, dass Hexenjagd auch heute noch immer ein Thema war.

Andererseits wollte sie nur ungern bereits am Anfang ein aktuelles Beispiel heranziehen, da das die generelle Problemstellung und die Debatte verzerren könnte, die das Buch anregen sollte. Darüber musste sie nachdenken.

Puh, es war sehr viel angenehmer, davon zu träumen, ein Buch zu schreiben, als es tatsächlich zu tun. Eigentlich müsste sie jetzt vor dem Computer sitzen bleiben, bis das Kapitel stand, aber sie konnte sich davon überzeugen, dass ihr Gehirn frische Luft brauchte.

Sie hatte eine indirekte Zusage für ein Interview mit Einar Nielsen – genannt Einar, der Leichenbestatter –, der auch Vorsitzender des Festausschusses der Insel war. Sie konnte einen Spaziergang am Strand entlang machen und sehen, ob er zu Hause in seiner Schreinerei war. Er war eine zentrale Person im sozialen Leben der Insel und genau der Richtige, um für die Inselartikel interviewt zu werden, doch gleichzeitig verfolgte sie ein mehr verborgenes Anliegen: Die Todesfälle im Altenheim, das surrealistisch anmutende Auftreten der alten Johanne bei dem Begräbnis, Tante Agnes' Überzeugung, dass jemand den Alten und Todkranken Sterbehilfe leistete. Sie wusste nicht genau, wie sie sich dem Thema nähern sollte, aber der Leichenbestatter war genau der Richtige dafür. Sie rief sich den kurzen Ausdruck von Entsetzen ins Gedächtnis zurück, den sie in einem unbeobachteten Moment in seinen Augen gesehen hatte und musste an ein Buch über einen Feuerwehrmann denken, der zum Brandstifter wurde, weil er so gerne Brände löschte. Konnte man sich dementsprechend einen Leichenbestatter vorstellen, der zum Mörder wurde, weil er seine Arbeit liebte? Sie lächelte über ihre Fantasie.

Als sie aufstand, zog es in ihrem Knie. Eine beginnende Arthrose, meinte der Arzt. An der man nicht viel machen konnte. Sie war 56 und hatte, wie sie selbst sagte, das Alter erreicht, »in dem man tot ist, wenn man eines Morgens aufwacht und nirgendwo etwas weh tut.«

Sie nahm ein paar Paracetamol und eine Tablette zur Neutralisierung der Magensäure und schickte gleichzeitig ein kleines Gebet gen Himmel, mit der gleichen Würde alt zu werden wie Tante Agnes.

»Es ist mühsam, alt zu werden, aber die Alternative ist schlimmer«, pflegte ihre lebensfrohe Freundin Birgitte zu sagen. Birgitte veranstaltete jedes Mal ein großes Frühstück für ihre Freundinnen, wenn sie wieder ein Jahr zu der für weibliche Journalisten errechneten Durchschnittslebenszeit von 58 Jahren hinzurechnen konnte: »Jetzt haben wir die Statistik noch einmal an der Nase herumgeführt.«

Es klopfte an der Haustür. Es war Britta Olsen – die Pflegehelferin, neben der sie in der Kirche gesessen hatte.

»Hallo«, sagte sie. »Ich wohne gleich dahinten. Da drüben. Sie können die Ecke des Daches sehen. Und ich habe mir gedacht, dass Sie bestimmt ein paar frische Eier gebrauchen können. Ich hoffe, der Hahn stört sie morgens nicht.«

»Nein. Ganz im Gegenteil, er ist ein angenehmer

Wecker. Vielen Dank, kommen Sie doch herein und trinken Sie eine Tasse Kaffee. Nein, Sie müssen die Schuhe nicht ausziehen.«

Karin fiel auf, dass Britta keinen so unsicheren und ängstlichen Eindruck machte wie bei der großen Beerdigung am Vortag.

»Ich habe Agnes immer Eier verkauft«, sagte sie.

»Ich möchte auch gerne Ihre Kundin werden. Ich liebe frische Landeier.«

»Wie lange werden Sie hier bleiben?«

»Noch zwei Monate und drei Wochen. Ich schreibe an einem Buch.«

Britta nickte und zupfte ihr dünnes, rotblondes Haar zurecht. Ihre hervorstehenden Augen hatten einen Glanz, den sie am Vortag nicht gehabt hatten und einen Augenblick lang überlegte Karin, ob sie sich vielleicht Mut angetrunken hatte.

»Ich weiß. Etwas über Hexen. Hier weiß man alles über einander. Sie haben bestimmt auch einiges über mich gehört?«

»Nein, überhaupt nichts, aber ich freue mich, Sie als Nachbarin zu haben und es ist lieb von Ihnen, mir Eier zu bringen.«

Britta blickte über die Kaffeetasse, die sie mit beiden Händen festhielt, und sagte: »Das muss man sich einmal vorstellen, Journalistin zu sein! Sie müssen ein sehr interessantes Leben führen und viele bekannte Menschen kennen gelernt haben. Haben Sie auch schon mal jemanden aus der königlichen Familie getroffen?«

»Nein, ich habe sie nur von weitem gesehen. Und es ist schon richtig, dass der Job abwechslungsreich ist, aber hin und wieder ist er auch mühsam und stressig.«

Karin gefiel der fast anbetende Blick der Frau nicht und sie fuhr fort:

»Ihr eigener Job muss doch auch sehr interessant sein … und wichtig. Wirklich wichtig für die alten Menschen.«

»Ha!«, sagte Britta. »Pflegehelferin – wissen Sie was das heißt?«

Karin sah sie verwundert an und sie fuhr fort: »Das ist Zwangsarbeit für weibliche Verlierer!«

»Nein, jetzt hören Sie aber mal …«

»Doch, die Gemeinde streicht einem die Sozialhilfe, wenn man nicht …«

Karin unterbrach sie und fragte ernst:

»Halten Sie sich für eine Verliererin?«

»Haben Sie wirklich nichts über mich gehört?«

Karin schüttelte den Kopf und spürte eine leichte Gereiztheit. Die Frau gab, gelinde gesagt, ein unglückliches Bild ab und genoss wohl kaum einen hohen sozialen Status auf der Insel, doch überschätzte sie ganz offensichtlich das Interesse anderer an ihrer Person. Dieses Selbstmitleid war unwürdig. Andererseits war Karin neugierig.

»Nein, ich habe nichts über Sie gehört. Wohnen Sie alleine?«

»Ja, ich bin vor 10 Jahren Witwe geworden. Mein Mann war 32 Jahre älter als ich.«

»Aha.«

»Und es war keine Geschichte von dem schönen, jungen Mädchen und dem reichen, alten Mann. Es war die Geschichte von dem hässlichen, jungen

Mädchen und dem armen, versoffenen, alten Mann. Man muss nehmen, was man kriegen kann.«

Britta sah Karin sehr direkt an. Ihr Wesen war viel offener als Karin bei ihrem ersten Zusammentreffen angenommen hatte, wo die Frau den Eindruck erweckt hatte, als wollte sie sich regelrecht für ihr Vorhandensein entschuldigen.

»Ja, da haben Sie Recht«, antwortete Karin, zögerte kurz und fuhr fort: »Haben Sie Kinder?«

»Kinder? Nein! Als ich 22 war, habe ich in den Spiegel geguckt – und mich sterilisieren lassen!«

Karin suchte verblüfft nach einer Antwort und Britta fuhr fort: »Diese Basedow-Augen, sind die etwas, das man weitergeben will? Und mein Haar und mein Kopf? Ich weiß ganz genau, dass ich Ähnlichkeit mit einer Kröte habe und mit diesem Aussehen wollte ich kein Kind belasten.«

Sie schlug ein leicht gekünsteltes Lachen an und Karin musste sich beherrschen: »Die Menschen sehen eben unterschiedlich aus und wenn nur Fotomodelle Kinder bekommen würden, würde die Menschheit bald aussterben … Es ist ja auch das Innere, das …«

»Ich bin Legasthenikerin«, unterbrach sie Britta. »Ich habe es kaum geschafft, lesen zu lernen und im Rechnen war ich auch nicht gut. Eigentlich war ich in gar nichts gut in der Schule. Dieses Erbe wollte ich niemandem mitgeben.«

Karin schenkte mehr Kaffee ein und dachte konzentriert über eine Antwort nach. War die Frau auf Sympathie aus oder litt sie an extremer Selbstverachtung?

»Auf mich machen Sie einen ganz alltäglichen Eindruck und ein bisschen genetische Lotterie ist wohl immer im Spiel, wenn man ein Kind in die Welt setzt. Ich habe selbst auch keine Kinder, aber das liegt eher daran, dass ich nie den richtigen Mann gefunden habe«, sagte sie und wechselte entschlossen das Thema: »Was für ein Auftritt gestern in der Kirche, aber beim Kaffee hat Johanne sich ja wieder beruhigt.«

»Sie ist senil und verwirrt«, sagte Britta und fügte wie beiläufig hinzu: »Und irgendwas denken sich die Alten immer aus und es gibt so viele Gerüchte.«

»Woran ist Gustav Kwium eigentlich gestorben?«, fragte Karin.

»Er war alt. Er war 86.«

»Aber was war die konkrete Todesursache?«

»Er hatte ein paar Blutgerinnsel im Herzen und schließlich hat es zu schlagen aufgehört.«

»War er bis zuletzt bei Bewusstsein?«

»Ja, das war er. Jedenfalls, als ich ihn zuletzt gesehen habe. Das war kurz vor 13 Uhr und kurz nach 16 Uhr wurde er tot aufgefunden.«

»Ging es ihm sehr schlecht?«

»Nicht besonders. Nicht schlechter als in den letzten Monaten.«

»Aber der Sohn war doch gekommen, weil er mit dem Tod des Vaters gerechnet hat?«

»Ja, das hat uns auch gewundert, denn in dem Stadium kann man nie wissen, wann sie sterben. Es kann Tage oder Wochen oder Monate dauern. Manche hängen sehr am Leben.«

»Gehörte Gustav Kwium auch zu ihnen?«

»Das ist schwer zu sagen. Anfangs – nach dem ersten Blutgerinnsel – hat er manchmal gesagt: »So alt und schwach, wie ich bin, könnt ihr mich auch gleich mit Morphium vollpumpen.« Aber dann ging es ihm wieder besser und er begann sein Protokoll zu führen.«

»Was hat er in das Protokoll geschrieben?«

»Er hat alle benotet und sich Notizen gemacht, als wären sie noch Schulkinder. Zum Beispiel: ›Inger-Margrethe, die sonst ein fleißiges Mädchen ist und gute Noten hat, war heute sehr unaufmerksam.‹ Ja, so etwas hat er über unsere Centerleiterin geschrieben«, sagte Britta und lachte zum ersten Mal von ganzem Herzen.

»Was hat er über Sie geschrieben?«

»Britta ist besser geworden, aber sie kann noch viel besser werden, wenn sie sich Mühe gibt« und derartige Ermahnungen. Das Protokoll lag offen da, sodass wir darin lesen konnten. Wir haben nur darüber gelacht.«

»Was ist mit dem Sohn – hatte er ein enges Verhältnis zu seinem Vater?«, fragte Karin.

»Sune? Das weiß ich nicht. Ich glaube nicht. Er hat ihn jeden ersten Sonntag im Monat besucht. Aber in dieser Familie sind sie sehr vornehm und wichtigtuerisch.«

Karin stutzte über die Charakteristik, meinte jedoch ihre Bedeutung zu verstehen.

»Zuletzt hatte er jedenfalls Mitleid mit seinem Vater. Er hat immer wieder darauf gedrängt, dass wir ihm schmerzstillende Medikamente geben. Aber Inger-Margrethe hat nein gesagt. Nach dem

Pflegeheim-Fall sind wir alle viel vorsichtiger geworden. Unmittelbar nachdem sie die Altenpflegerin eingelocht und beschuldigt hatten, 22 Morde begangen zu haben, trauten wir uns kaum noch, den Alten eine Kopfschmerztablette zu geben. Wir ließen sie liegen und schreien. Das ist nicht einmal gelogen. Jetzt hat sich alles wieder normalisiert, aber wir passen gut auf und halten alle Regeln ein.«

»Hatte Gustav Kwium Schmerzen?«

»Irgendwelche Schmerzen hat man wohl immer, wenn man so alt und krank ist. Und oft drängt die Familie, dass wir ihnen mehr Morphium geben. Aber manchmal wartet sie auch nur darauf, dass sie sterben, weil das das Praktischste ist ... und in dem Fall sollte man ja nicht ... es geht schließlich um die Alten. Das sollte es jedenfalls.«

»Das Praktischste, wie denn das?«, fragte Karin.

»Nun, manchmal, wenn es so aussieht, als würden die Alten im Sterben liegen, kommt die Familie von weither angereist. Aber wie ich bereits gesagt habe, kann es Wochen dauern, und dann werden die Angehörigen ungeduldig. Sie haben möglicherweise woanders Verpflichtungen, denen sie nachkommen müssen. In anderen Fällen ist es schon so, dass die Alten Qualen leiden, denen man besser ein Ende bereiten würde, aber wir müssen uns an die Regeln halten.«

»Sie sind gegen aktive Sterbehilfe?«, sagte Karin in Gedanken an die Debatte, die vor einiger Zeit in den Medien geführt worden war.

Die Frau zuckte zusammen und Karin meinte sicher zu sehen, wie noch mehr Farbe aus dem grauen Gesicht wich.

»Ich meine nur, darüber wird ja zur Zeit viel diskutiert, weil Sterbehilfe in einigen Ländern mehr oder weniger legalisiert worden ist, in Holland zum Beispiel«, fuhr Karin erklärend fort.

»Ja, ich bin dagegen«, sagte Britta mit tonloser Stimme und unergründlichem Gesichtsausdruck. Gleichzeitig rutschte sie auf dem Stuhl hin und her und sah auf die Uhr: »Ich muss sehen, dass ich zur Arbeit komme.«

»Vielen Dank für die Eier und den Besuch. Schauen Sie ruhig wieder einmal vorbei«, sagte Karin überschwänglich. Eigentlich meinte sie es nicht so, aber sie wollte ihr Versehen gerne wieder gutmachen. Denn die Frage nach aktiver Sterbehilfe war offensichtlich unpassend gewesen. Möglicherweise ein Tabuthema für das Personal des Altenheims, dachte sie und nahm ein undefinierbares Gefühl der Unruhe in sich wahr. Britta war sehr negativ aufgedreht gewesen und ihr Verhalten hatte unecht gewirkt. Was hatte das zu bedeuten?

Ein Satz blieb ihr im Gedächtnis haften: Ich habe mich im Spiegel gesehen und sterilisieren lassen.

Britta war schwindelig und sie fühlte sich unwohl, als sie mit dem Fahrrad zur Arbeit fuhr. Schließlich musste sie absteigen und das Rad schieben. Sie hätte noch eine Tablette mehr nehmen sollen, bevor sie von zu Hause losgefahren war.

Panik begann sich breit zu machen. Hatte die Journalistin sie möglicherweise durchschaut? Sie blieb mit dem Fahrrad vor einer der eigenständigen Altenwohnungen stehen.

»Frau Carstensen«, sagte sie. »Ich bin auf dem Weg ins Center, kann ich vielleicht einmal ihre Toilette benutzen?«

Während das Wasser lief, öffnete sie vorsichtig Frau Carstensens Medizinschrank. Sie fand, was sie suchte, weil sie den Inhalt aller Medizinschränke der alten Leute kannte.

»Ja, es stimmt schon, dass wir an jedem zweiten Dienstag die Sicherheitsgurte anlegen, denn da kommt der Festlandpolizist auf die Insel herüber«, erklärte Einar, der Leichenbestatter, mit einem wissenden Blick in den grünen Augen. Er beeilte sich zu versichern, dass diese Aussage humorvoll zu verstehen war, denn außer an den genannten Dienstagen war er ja auch Gemeindevorsteher und somit lokaler Repräsentant der Ordnungsmacht, einer der wenigen noch verbliebenen Laienpolizisten Dänemarks.

Die Schreinerei und das Bestattungsunternehmen hatte er von seinem verstorbenen Vater übernommen. Die Arbeit als Gemeindevorsteher war später hinzugekommen und darüber hinaus war er noch der Musiker und Disc-Jockey der Insel. Er spielte bei den traditionellen Festen der Älteren auf der Elektro-Orgel und kam mit seiner Diskoanlage mit großen Verstärkern und blinkenden Lampen, wenn die Jungen und Wilden sich amüsieren wollten.

Er pflegte zu sagen: »Man soll nicht all seine Eier in ein und denselben Korb legen.«

Er muss einer von denen sein, die am meisten über die Leute auf der Insel *wissen*, dachte Karin und betrachtete den Mann, der alle Vorstellungen, wie ein Leichenbestatter auszusehen hatte, über den Haufen warf. Das blonde, lockige Haar stand wild vom Kopf ab und das schelmische Lachen war ihm ins Gesicht gemeißelt, das noch immer jungenhaft war, obwohl er um die 50 sein musste.

Ja, Karin würde ein paar Artikel über das Leben auf der Insel schreiben und er konnte ihr bestimmt mehr als eine Perspektive eröffnen.

Da war zunächst einmal das kulturelle Leben, wie er es im Spielmannszug und als Vorsitzender des Festkomitees erlebte.

Karins Interviewtechnik lebte zum Großteil davon, den Leuten ein Gefühl der Sicherheit zu vermitteln, indem sie grundsätzlich mit unkontroversen Themen oder mit etwas anfing, von dem die zu interviewende Person ihrer Meinung nach gerne reden wollte.

Mit der Frage nach dem kulturellen Leben auf der Insel öffnete sie meist auch eine Schleuse für harmlose Geschichten und Anekdoten, die nur für die Betroffenen oder ihre Familien oder Freunde lustig waren. Und sie hörte von den Geschehnissen des Jahres: von den Weihnachtsfesten, dem traditionellen Pfingstball, der zur Obstbaumblüte stattfand, von den Herbstfesten und – nicht zuletzt – von Amateurtheater und Inselrevue, wo man mit Hilfe der Komik abweichendes Verhalten verdeutlichen, diskret korrigieren und aufgeblasene Personen eventuell auf den Boden der Tatsachen zurückholen konnte.

Dieses Jahr hatte es vor allem den neuen Polizisten, Steffen Jespersen, erwischt, der anfangs ein wenig zu eifrig gewesen war. An einem seiner ersten Dienstage auf der Insel hatte er einen Inselbewohner getroffen, der entgegen der Vorschriften seinen Hund am Strand frei laufen ließ. Hierauf hatte der Polizist dem Gesetzesbrecher resolut befohlen, das Tier auf dem Arm nach Hause zu *tragen*. Bevor die Sonne untergegangen war, hatten alle 600 Einwohner der Insel die Geschichte gehört und als die Szene bei der jährlichen Revue im Dorfgemeinschaftshaus aufgeführt wurde, wollte das Lachen kein Ende nehmen.

Ja, früher hatte es auch noch die Feste des Junggesellenklubs gegeben, zu denen man Mädchen von *drüben* einlud in der Hoffnung, dass Paare zueinander fanden und den Bestand der Inselbewohner sicherten. Heute erledigte man so etwas mit Hilfe der entsprechenden Internetseiten. Dafür war der Inselverein sehr aktiv, wenn es galt, Interesse an Zuzügen zu wecken. Er war mit Repräsentanten und Broschüren auf den Festen und Märkten vertreten und stand mit verlockenden Schilderungen der Vorteile des Insellebens und dem Angebot billiger Häuser hinter der Homepage der Insel.

»Aber darüber müssen Sie mit Inger-Margrethe sprechen, der Centerleiterin im Altenheim. Sie ist die Vorsitzende des Inselvereins«, sagte Einar.

»Darf ich Ihnen einen Calvados zum Kaffee anbieten?«, fuhr er fort und stellte eine Karaffe auf den Tisch. Der Apfelbranntwein wies eine unverkennbare Geschmacksgleichheit mit dem Selbstgebrannten auf, den es bei Tante Agnes gab.

Karin sah, dass seine Hände leicht zitterten, während er einschenkte. Sie hatte überhaupt das Gefühl, dass der Heiterkeit und Jovialität des Leichenbestatters etwas Angespanntes und Gewolltes anhaftete.

Dann redeten sie über das Bestattungsunternehmen.

»Viele Menschen finden diese Arbeit möglicherweise ein wenig …«, begann Karin.

»Morbide und unangenehm?«, fuhr der Leichenbestatter mit einem Lächeln fort. »Aber ich sehe das anders. Eigentlich mag ich es, Leichen herzurichten. Die Menschen sind im Tod oft viel schöner. Alle Masken sind gefallen und ich kann den wahren Menschen sehen …«

»Nur dass er vermutlich kein Mensch mehr ist?«

»Stimmt, wenn man es philosophisch betrachtet«, antwortete er und kratzte sich im Nacken.

Karin wechselte das Thema und erkundigte sich, was normalerweise bei einem Todesfall passierte.

»Also, wenn der Leichenbestatter von den Angehörigen oder dem Personal des Altenheims benachrichtigt worden ist, ruft er die Pfarrerin an und sie suchen gemeinsam das Haus oder Altenheim auf, um den Toten in den Sarg zu betten.«

»Warum die Pfarrerin?«, fragte Karin.

»Nun ja, sie möchte das gerne und sie ist gut darin. Bestimmt war sie früher Krankenschwester oder so etwas. Und dann hält sie eine Andacht und begleitet den Toten mit Gesang aus seinem Heim. Anschließend fahren wir den Sarg zum Leichenhaus, wo noch einmal eine kleine Andacht abgehalten wird – und dort bleibt der Sarg bis zur Beerdigung oder Beisetzung. Heute wollen die meisten verbrannt werden, was heißt, dass sie *rüber* müssen aufs Festland. Nach dem Beerdigungsgottesdienst fährt der Leichenzug langsam die Orte auf der Insel ab, die im Leben des Verstorbenen von Bedeutung waren und dann geht es zur Fähre, wo Familie und Angehörige Abschied nehmen, während ich mit dem Leichenwagen an Bord mitfahre.«

»Sie sind auch Gemeindevorsteher – haben Sie schon einmal bei einem Todesfall von Ihrer Dienstmütze Gebrauch machen müssen, um die Polizeibehörde zu vertreten?«, fragte Karin.

»Ja, wir hatten einen traurigen Selbstmord und in so einem Fall muss die Polizei gerufen werden. Auch wenn jüngere Menschen tot aufgefunden werden, ohne dass sich die Todesursache genau feststellen lässt, bedarf es einer Leichenschau und vielleicht einer Obduktion.«

»Wenn alte Menschen sterben und sich die Todesursache nicht mit Sicherheit feststellen lässt …«, begann Karin

»Dann sind sie bestimmt nicht vom Inselrat abgewählt worden«, unterbrach sie Einar mit einem schiefen Lächeln. Karin fiel seine etwas zu hektische und schnelle Assoziation auf.

»Ich meine, wenn ein alter Mensch stirbt, ohne dass die Todesursache mit Sicherheit festgestellt werden kann, wird er dann auch obduziert?«

»Das liegt im Ermessen des Arztes, aber ich habe das noch nie erlebt. Meistens ist es wohl der natürliche Gang der Dinge und man wundert sich nicht, dass die Alten sterben. Wir alle müssen diesen Weg gehen. Zumindest als Leichenbestatter darf man das nicht vergessen.«

»In so einem kleinen Ort wird viel geredet. Diese Episode in der Kirche gestern, wird die Anlass zu Gerede geben?« Karin drückte sich bewusst vage aus.

»Ja, es wird viel geredet und Sie werden bestimmt von weiteren mysteriösen Todesfällen im Altenheim hören, weil diese Geschichte zur Zeit kursiert. Vermutlich weil es in der letzten Zeit ein bisschen häufig vorkam, aber es ist nichts Mysteriöses daran, wenn sehr alte und kranke Menschen sterben«, sagte der Leichenbestatter und schenkte ihnen beiden noch einen Calvados ein. »Doktor Wad hatte keine Bedenken, die Totenscheine auszustellen.«

»Und einem anderen Sachkundigen ist auch nichts Ungewöhnliches aufgefallen?«

Karin sah ihn direkt an und war sich sehr wohl im Klaren darüber, dass ihre Fragen aufdringlich waren.

Der Leichenbestatter mit den blonden Locken war schlecht im Lügen.

»Nee«, antwortete er und fokussierte scheinbar zerstreut ein Segelboot weit draußen auf dem Wasser. »Ist es nicht.«

Karin ging zu einem unverfänglicheren Thema über, wie schön beispielsweise die Insel im Mai war.

»Sie können damit rechnen, dass meine Frau Sie sicher bald zum Mittagessen einlädt. Sie wird sich ärgern, dass sie nicht zu Hause war, wenn sie hört, dass Sie hier gewesen sind. Sie sind in gewisser Weise Kolleginnen, wissen Sie«, sagte Einar.

»Okay«, sagte Karin, die nach drei Calvados vergessen hatte, dass sie sich eigenlich den Gebrauch dieses Wortes verboten hatte.

»Ja, Bente hat zwar eine Büroausbildung und arbeitet als Sekretärin für Doktor Wad, aber sie hat auch eine poetische Ader und schreibt Gedichte. Und sie hat oft davon gesprochen, dass sie jetzt, wo eine Autorin auf der Insel weilt, gerne die Meinung eines Profis hören möchte.«

»Ja, dann grüßen Sie sie und vielen Dank für die Hilfe«, sagte Karin, als sie an den vielen, durchdacht angelegten und gut gepflegten Staudenbeeten entlang den Garten verließen.

Einar, der Leichenbestatter, Gemeindevorsteher und somit Repräsentant der Ordnungsmacht kam an diesem Tag mit seiner Schreinerarbeit nicht weiter. Er dachte nach, dass es nur so rauchte. Diese Journalistin war an etwas dran, das ihm unter Umständen schaden konnte. Was sollte er tun? Fürs erste konnte er die Karaffe mit Calvados leeren, woraufhin er das Ganze schon etwas optimistischer sah.

Irgendwann erwog er, sich Bente anzuvertrauen, aber nein. Manchmal war sie so umständlich und gesetzestreu. Eine Haltung, mit der man nicht weit kam, wenn man in einer so kleinen Gesellschaft leben wollte. Nein, Anpassungsvermögen, Flexibilität, Diskretion und eine ausgeprägte Unbesonnenheit waren die Eigenschaften, die ihm eine der viel versprechenden Positionen auf der Insel gesichert hatten.

Gedichte waren nicht ihre starke Seite und Gedichte von Arztsekretärinnen aus Skejø schon gar nicht, dachte Karin, als sie am Strand entlang nach Hause ging. Doch das musste sie in Kauf nehmen – genau wie sie sich damit abfinden musste, dass jetzt jeder auf Skejø über ihre Anwesenheit und ihre Arbeit informiert war. Die Provinzstadt, in der sie normalerweise lebte, mochte einem eng vorkommen, aber die soziale Kontrolle dort war nichts gegen die, die hier auf der Insel herrschte. Von hier konnte man nicht einmal unbemerkt abhauen, weil der Reiseverkehr von der Bierbank in dem kleinen Fährhafen aus genau beobachtet und kommentiert wurde. Und falls die Pensionäre einmal einen Moment unaufmerksam waren, gab es noch immer den Fährmann und Connie vom Grill, die aufpassten. Man wusste immer, wer kam und wer die Insel verließ.

Es muss schwierig sein, hier einen heimlichen Geliebten zu haben, dachte Karin. Was für sie jedoch kein akutes Problem darstellte. Ihre kurze Affäre mit dem Praktikanten der »Sjaellandsposten«, Thomas, schien vorbei zu sein. Sie hatten ihr Verhältnis weder zu Anfang noch zu Ende der Affäre definiert, doch hatte Thomas im letzten halben Jahr an der Columbia University in den USA studiert und seine Mails waren immer kürzer und die Abstände zwischen ihnen immer länger geworden. Das war nur natürlich, dachte Karin resigniert. Thomas war 20 Jahre jünger als sie und sie litt unter Arthrose im Knie. Verdammt, wie unsexy! Denn die Frühlingsgefühle machten auch vor ihr nicht halt. Die warme Sonne und die schöne Umgebung riefen Erinnerungen wach.

Der Mai war der schönste Monat auf der Insel, sagten alle. Die Obstbäume in den Obstplantagen blühten in ordentlichen Reihen, die wilden Hecken wurden von blühendem Weißdorn dominiert, während Grabenränder und Brachäcker vor Doldenpflanzen und Löwenzahn weiß leuchteten, die von weitem den Eindruck erweckten, als hätte man einen Brautschleier über alles Grüne geworfen. Den Brautschleier schmückte ein dicker Goldschmuck aus Butterblumen und Sumpfdotterblumen. Am Rand des Wassers schlugen Schwäne zwischen Schilfrohr und Gras mit den Flügeln und weiter im Landesinneren mühten sich die Menschen mit ihren Gärten und Häuserfassaden ab. Flieder und Goldregen färbten die Raine und viele Grundstücksecken wurden von einem in Blüte stehenden Kastanienbaum markiert.

Karin betrachtete die alten Ehepaare, die an gut gedeckten Kaffeetischen unter Sonnenschirmen in den Gärten und auf den Terrassen saßen und fragte sich, ob sie neidisch war. Warum lief sie hier alleine herum? Sie wusste es nicht. Es hatte sich einfach so ergeben und sie wollte sich nicht beklagen. Im Großen und Ganzen war sie ein Genussmensch. Es hatte viele Männer und viele starke emotionale und sexuelle Erlebnisse in ihrem Leben gegeben, aber die richtige Situation oder Kombination war nie aufgetaucht. Die, bei der alles stimmte: Du liebst mich und ich liebe dich. Ich kann und will und du kannst und willst, dass wir unsere Schicksale miteinander verbinden.

Es war ihr, ehrlich gesagt, ein Rätsel, dass im Leben der meisten Menschen diese Situation einmal auftauchte.

»Das tut sie gar nicht«, sagte ihre alte Freundin und Kollegin Birgitte. »Aber wir anderen schließen Kompromisse und resignieren.«

In ihren dunkelsten Stunden konnte Karin vor Einsamkeit und Angst vor dem auf sie wartenden Alter ganz kalt werden, aber diese Stunden waren glücklicherweise selten, denn in der Regel war sie recht gut darin, ihren Missstimmungen Paroli zu bieten.

Mittwoch, 29. Mai

Der Bischof von Ribe, der am 11. März 1637 die Stellungnahme der Experten zu Didrich Skraedders merkwürdigem Erbrochenen unterschrieb, war einer der vornehmsten und gelehrtesten Dänen der damaligen Zeit. Er gehörte zu den Vertrauten Christians IV. und war Lehrer von dessen ältestem Sohn, dem späteren Frederik III.

Nachdem er das Erbrochene studiert hatte, meinte der Bischof, dass nicht von einer »körperlichen Besessenheit« des Schreiners gesprochen werden konnte. Eine Teufelsaustreibung sollte deshalb nicht vorgenommen werden.

Stattdessen schlug der Bischof in seiner Stellungnahme vor, in den Kirchen Ribes zu beten, Gott möge die »Glieder des Satans« entlarven, die die Schuld an Anfall und Erbrechen des armen Schreiners trügen.

Der Bischof forderte auch die weltliche Obrigkeit auf – den Lehnsmann, den Stadtrat und das Gericht –, sich um die Gefangennahme der schuldigen Glieder des Satans zu bemühen.

Karin schaltete den Computer aus.

Sie hatte ihr Strukturproblem gelöst. Der Bericht

über den Prozess gegen Maren Splids sollte sich in kleinen, illustrativen Blöcken durch die gesamte Streitschrift ziehen. In groben Zügen standen auch die Themen des Buches. Heute hatte sie sich mit der Rolle der Experten und der Elite bei der Hexenjagd beschäftigt. Im Allgemeinen ging man davon aus, dass es sich bei der Hexenjagd um ein Pöbelphänomen handelte, doch sie würde aufzeigen, wie diese von oben gesteuert wurde. Dokumentieren, dass es oft die ersten Männer und Frauen des Reiches waren, die die Stimmung anheizten. Die die so genannten Underdogs einander jagen ließen, um selbst die Beute in Frieden genießen zu können.

Sie spürte, dass sie das Thema langsam in den Griff bekam. Deshalb ärgerte es sie auch ein wenig, dass sie mit der Pfarrerin ein Treffen vereinbart hatte. Aber sie musste die Artikel für die Zeitung vom Tisch bekommen, um sich voll und ganz auf das Buch konzentrieren zu können. Und der Versuch der Pfarrerin, die »Neureligiösen« auf dem Markt der Geister und Gespenster auszustechen, bot eine amüsante Perspektive, dachte sie.

Ist das so zu verstehen, dass die vielen geistigen Strömungen, mit denen wir es heute zu tun haben, auch Auswirkungen auf die Staatskirche haben?«, fragte sie neutral, als sie der Gemeindepfarrerin Anna Skov gegenüber saß, die sich vor kurzem der Gruppe dänischer Staatskirchenpfarrer angeschlossen hatte, die den Exorzismus befürworteten.

»Wir glauben an den heiligen Geist, vergessen

aber hin und wieder, dass es auch unheilige Geister gibt«, leitete die Pfarrerin ihre mit Bibelstellen gespickte Erklärung über Geister, Teufel und Dämonen ein.

Karin schaltete ihr Tonbandgerät ein. Sie ließ das Tonbandgerät zuhören und studierte stattdessen die Pfarrerin.

Anna Skov war eine sehr schöne Frau in den Vierzigern, langbeinig, gepflegt und modern gekleidet mit einer kreideweißen Baumwollhose mit leichtem Schlag und einem eng anliegenden hellblauen T-Shirt. Doch der viereckige Pfarrerinnen-Pagenschnitt, die entrückten, fast schon heiligen Augen und die weich modulierende, eindringliche Stimme verrieten ihren Beruf.

»Deshalb bin ich der Auffassung, dass die Staatskirche zu dem Bösen als Geistesmacht, das in Menschen oder deren Heimen Wohnung beziehen kann, Stellung nehmen muss«, sagte Anna Skov.

»Es heißt, dass das Heiler-Kollektiv am südlichen Ende der Insel sich mit Geistern beschäftigt?«, sagte Karin fragend.

»Ja, ich glaube schon, dass sie ein wenig mit so etwas spielen ...«

»Haben sie sich zu Konkurrenten der Kirche entwickelt?«

»Absolut nicht. Heute Abend machen wir eine gemeinsame Veranstaltung über die Macht der Geister. In gewisser Weise sind wir zu Verbündeten geworden ...«

»Verbündeten?«

»Ja, im Kampf gegen Satan und seine Jünger stehen wir auf derselben Seite. Sie sind auf die Insel gekommen, das wissen Sie wahrscheinlich?«

Karin glich einem großen Fragezeichen und die Pfarrerin erklärte mit ernster Stimme: »Die Satanisten. Sie haben vor einigen Monaten die alte Galerie in Sønderby gekauft.«

»Die Satanisten – sind die nicht nur ein religiöser Witz?«, fragte Karin.

»Nicht für die, die die Macht der Dunkelheit kennen«, antwortete die Pfarrerin.

»Was Sie nicht sagen. Ich bin mehrere Male an der Galerie vorbeigekommen und mir ist nichts aufgefallen«, sagte Karin.

»Sie haben sich in der örtlichen Gemeinschaft nicht zu erkennen gegeben, aber Sie finden sie im Internet«, antwortete die Pfarrerin.

Nun gut, Satanisten auf Skejø im Internet. Ein lustiger Aspekt, dachte die Journalistin.

»Und was wollen Sie als Pfarrerin der Staatskirche dagegen tun?«

»Ich werde immer wieder den Vater, den Sohn und den heiligen Geist anrufen. Etwas anderes kann ich nicht tun.«

»Ja, aber diese Menschen, die Satanisten. Was machen sie auf Skejø? Wovon leben sie?«

»Sie ist Studentin und er macht im Altenheim sauber. Die Gemeinde hat ihm die Arbeit zugewiesen«, antwortete Anna Skov.

Dann klingelte das Telefon und die Pfarrerin sprach lange mit einem Familienforscher, der auf der Insel nach Ahnen suchte. Sie schlug in Kirchenbüchern und Registern nach, während Karin ihr Glas mit Holunderblütensaft leerte und in Gedanken einer ihrer Lieblingsthesen nachhing: dass Menschen ganz schön verrückt sind.

»Stammen Sie hier von der Insel?«, fragte sie später die Pfarrerin.

»Meine Mutter war von hier, aber ich bin in Kopenhagen aufgewachsen.« In der Stimme der Pfarrerin schwang ein deutlich abweisender Ton mit, aber Karin überhörte ihn.

»Und wann sind Sie zurückgekommen?«

»Vor drei Jahren als Pfarrerin.«

»Haben Sie noch an anderen Orten als Pfarrerin gearbeitet?«

»Nein, ich habe spät mit der Ausbildung begonnen. Ich war einige Jahre im Ausland, aber ich verstehe nicht ganz, was die Leser der Zeitung meine persönliche Geschichte angeht«, sagte Anna Skov.

»Natürlich, Sie haben recht«, antworte Karin und wechselte das Thema:

»Sie haben mich zu der Veranstaltung über die Macht der Geister eingeladen, die heute Abend stattfindet. Ich komme gern.«

»Das freut mich, aber machen Sie es nicht zu poppig. Kann ich den Artikel lesen, bevor er gedruckt wird?«

»Sie können die Stellen lesen, wo ich Sie zitiere.«

Karin war sehr an der Meinung der Pfarrerin zu Johannes Auftritt bei dem Begräbnis interessiert und versuchte vorsichtig, sich dem Thema zu nähern: »Soweit ich verstanden habe, gehörte der Mann, der am Montag beerdigt wurde, zu den großen, gestandenen Persönlichkeiten der Insel?«

Die Pfarrerin saß still da und Karin hatte das Gefühl, dass sie weit weg war.

»Ich meine, er hat bestimmt viele Generationen von Kindern geprägt«, fuhr Karin fort.

»Ja, so sagt man. Lehrer zu sein ist eine ernste Angelegenheit«, sagte die Pfarrerin geistesabwesend und begann in dem Kirchenbuch zu blättern, das sie in Zusammenhang mit der Anfrage des Familienforschers hervorgeholt hatte.

»War er ein guter Lehrer?«, fragte Karin.

»Über so etwas sind die Meinungen wohl immer geteilt«, antwortete die Pfarrerin und erhob sich, um deutlich zu machen, dass die Unterhaltung für sie beendet war.

»Ja, dann freue ich mich, Sie heute Abend zu sehen«, sagte sie dennoch freundlich, als sie gemeinsam durch den großen Pfarrgarten gingen.

Eine enorme Neugier war vor allem anderen die Triebkraft in Karin Sommers journalistischer Karriere gewesen. Sie konnte nur schwer mit offenen Fragen leben. Und gerade jetzt türmten sich eine ganze Menge davon vor ihr auf.

Warum wollte die Pfarrerin nicht über sich reden? Wer und was waren die Satanisten?

Auf die letzte Frage fand sie unmittelbar eine Antwort, als sie nach Hause kam und sich in die Homepage der Landesvereinigung der Satanisten einklickte, wo es Links zu den lokalen Satanisten gab. Auf der Homepage stellten sie ihre satanische Philosophie vor und luden alle Interessierten ein, eine E-Mail zu schicken oder zu Besuch zu kommen. Ihr übergeordnetes Ziel war die Anerkennung des Satanismus als Religion, wie aus dem Text hervorging.

Karin lächelte und freute sich über die Offenheit der Satanisten. Es dürfte amüsant werden, mit ihnen zu reden.

Mikael mit dem satanischen Namen *Wolf* baute gerade das alte Hühnerhaus im Hintergarten der Galerie zu einem Tempel für Luzifer um, während seine Freundin Lone mit dem satanischen Namen *Belia* ihn von einem Gartenstuhl aus, in dem sie saß und der vier Monate alten Lucy die Brust gab, verliebt ansah.

Bisher hatten sie ihre Mission nur über das Internet verbreitet, aber sie hatten Pläne für einen direkteren Kontakt zu den suchenden Seelen. Deshalb brauchten sie einen Tempel. Und der sollte möglichst bis zum Wochenende fertig sein, wo sie vornehmen Besuch von der Mutterkirche erwarteten.

»Haben wir noch mehr Reinigungsmittel? Der Hühnerschiss sitzt verdammt fest«, sagte Wolf.

»Ich glaube nicht. Meinst du nicht, dass es mit einem Schaber und Sandpapier besser geht?«, schlug Belia vor.

»Vielleicht. Ich habe für innen schwarze Farbe gekauft.«

»Und ich habe den Schädel aus Nepal gefunden und außerdem haben wir noch etwas Samt und schwarze Kerzen für die Ausschmückung«, sagte sie.

»Es wäre schön, einen Sarg oder ein Teil von einem Sarg im Tempel zu haben«, sagte er.

Wolf, Belia und die kleine Lucy sahen einer gewöhnlichen, jungen Familie zum Verwechseln ähnlich, wie sie dort saß und dem Kind unter dem Apfelbaum die Brust gab, während er daran arbeitete, den Hühnerstall in Stand zu setzen.

Nichts desto trotz hatten sie ihr Leben der Ausbreitung des Satanismus geweiht.

»Wir töten keine Kinder und wir schänden keine Kirchen. Aber wir haben uns von dem Joch des Christentums befreit, um dem Gott in uns zu dienen«, leitete Wolf seine Predigt im Internet ein, wo er auch als Webmaster für die Landesvereinigung der Satanisten fungierte. Eine unbezahlte Arbeit, die seine ganze Freizeit in Anspruch nahm.

Wolf war ein schöner 31-jähriger Mann mit empfindsamen Augen in einem markanten, viereckigen Gesicht. Er war in einem der Pfingstgemeinde angehörenden Haus aufgewachsen und seine Kindheit und Jugend waren geprägt von starkem Glauben, Sündenbewusstsein und Schuldgefühlen.

Von seinem fünften Lebensjahr an war ihm bewusst, dass er eine sündige Natur hatte, die er mit all seiner geistigen Energie bekämpfen musste. Als Kind und Jugendlicher lag er zusammen mit den Erwachsenen der Gemeinde auf den Knien und weinte und bat Gott um Hilfe, aber er wurde nicht erhört. Tag und Nacht riss und zerrte die Sünde an ihm und der Heilige Geist, Gottes Belohnung für die Auserwählten, wollte nicht in ihm Wohnung beziehen. Er hörte nicht einmal Gottes Stimme.

Mit Anfang zwanzig gab er auf. Hurte, trank und feierte in dem sicheren Bewusstsein, dass die Hölle ihn erwartete – bis er das Licht in Gestalt der satanischen Philosophie sah.

Zu einem Zeitpunkt, als es ihm so schlecht ging, dass er auch schnurstracks in die Hölle gegangen wäre, nahm ein Freund ihn mit in die Kirche des Satans. Doch das Gegenteil passierte. Die Hölle hörte auf zu existieren.

»Du bist kein Sünder. Du bist ein Mensch mit Bedürfnissen und Trieben, die gesund und nötig sind«, hatte die Predigerin zu ihm gesagt, während sie in der Ritualkammer den Reißverschluss seiner Hose herunterzog. Sie hatten sich in einem Sarg zu Heavymetal-Klängen geliebt. Und anschließend hatte er sich gereinigt und erleichtert gefühlt. Die große Befreiung vom christlichen Joch hatte stattgefunden.

In den darauf folgenden Jahren hatte er sich in die satanische Philosophie vertieft und große Arbeit für deren Ausbreitung und Anerkennung geleistet. Dabei hatte er auch Belia kennen gelernt, die vor zwei Jahren noch Lone hieß. Sie studierte Religionsgeschichte und sollte eine Arbeit über den Satanismus schreiben. An einem Sommerabend war sie in die Kirche des Satans gekommen. Sie hatte langes, blondes Haar und ein kleines, herzförmiges Gesicht mit Sommersprossen.

»Dein Name ist Belia«, hatte Wolf gesagt, behutsam ihre Hand genommen und sie in das Allerheiligste geführt, wo er ihr zuflüsterte, dass es keine Sünde gab und man sich nicht von der kleinbürgerlichen Moral bestimmen lassen durfte.

Letzteres – die kleinbürgerliche Moral – war Lones Kreuz. Was man darf und nicht darf und was die Nachbarn denken und nicht denken, waren in der kleinen Stadt vor Aarhus die verhaltensmäßigen Parameter ihrer Kindheit und Jugend gewesen. Und zu ihrer eigenen Irritation war es ihr schwer gefallen, sich davon zu befreien. Immer war da eine innere Stimme, die fragte: Darf man das?

»Ja, man darf«, flüsterte Wolf und ließ die Hand über ihren Rücken gleiten. »Das, was sich gut anfühlt, *ist* auch gut und richtig.«

So einfach war das. Belia und Wolf folgten ihren satanischen Gelüsten. Im ersten Monat standen sie nur auf, um Essen zu kaufen, da es wehtat, wenn ihre Körper getrennt waren.

Der Satanismus hatte sie befreit und zusammengeführt und sie waren sich einig, dass die satanische Botschaft verbreitet werden musste. Deshalb hatte Wolf mit seiner Net-Mission begonnen und die ließ sich von Skejø aus ebenso gut betreiben wie von Aarhus oder Kopenhagen. Dass die Wahl auf Skejø gefallen war, war ein Zufall. Sie wollten an einem schönen und billigen Ort wohnen und dann hatte Wolf im Internet die frühere Galerie auf der Insel entdeckt.

Belia schrieb an ihrer Diplomarbeit und passte auf Lucy auf. Wolf putzte tagsüber im Altenheim. Abends und nachts saß er am Computer, gestaltete die satanische Homepage und chattete mit den Besuchern der Seite. Die meisten waren nur neugierig, aber er hatte auch Kontakt zu drei oder vier wirklich Interessierten. Deshalb musste der Tempel fertig werden. Räume und Rituale waren wichtige Elemente der Religionsausübung.

Versuchen Sie, hier auf der Insel eine Gemeinde zu gründen?«, fragte Karin, die von den jungen Satanisten freundlich empfangen worden war.

»Nein, wir missionieren nicht persönlich. Wir bedienen uns des Internets und wenn jemand Interesse hat, kann er Kontakt zu uns aufnehmen. Von den Ortsansässigen hat sich bislang niemand an uns gewandt«, erklärte Wolf.

»Wie hat die Inselgemeinschaft sie aufgenommen?«

»Anfangs waren alle sehr freundlich und offen, aber jetzt hat sich das Gerücht wohl verbreitet. Und die meisten Menschen glauben, dass Satanisten das Böse anbeten und grausige Dinge tun. Aber das stimmt absolut nicht ...«

»Was stimmt denn?«, fragte Karin.

»Wir haben eine Philosophie, in deren Zentrum der Mensch, der physische Mensch steht. Wir betrachten den Menschen nicht als Sünder, sondern als wertvolles Individuum mit Bedürfnissen und Trieben, die nicht unterdrückt werden dürfen. Als Satanisten leben wir in Übereinstimmung mit unseren Lüsten, Trieben und Interessen und haben deswegen keine Schuldgefühle.«

»Das klingt nach etwas, das andere Selbstverwirklichung nennen«, sagte Karin und fuhr fort: »Aber die Särge, die Skelette und die Rituale, wozu sollen die gut sein?«

»Zur Reinigung und Befreiung. In der Ritualkammer können wir uns von Angst, Schuldgefühlen, Hass, Sorgen und verdrängten Aggressionen befreien.«

»Sehr praktisch«, entfuhr es Karin, aber Wolf und Belia entging die Ironie.

»Genau, da haben Sie Recht. Der Satanismus ist im Gegensatz zu all den anderen spirituellen Religionen eine praktische und materialistische Religion«, sagte Belia.

»Wir vertreten die Auffassung, dass der Mensch von Grund auf egoistisch ist und sein eigenes Vergnügen sucht und dass das dem Menschen nicht vorgeworfen werden darf«, ergänzte Wolf.

»Ich glaube, ich habe verstanden«, sagte Karin, die das kleine Satanistenkind, Lucy, auf dem Arm hielt, während die Mutter einige Bücher und Schriften holte, die sie Karin zu lesen empfehlen wollte.

»Gefällt Ihnen die Arbeit im Altenheim?«, wechselte Karin das Thema.

»Das ist nur eine Arbeit. Sie ist okay«, antwortete Wolf.

»Haben Sie von dem Begräbnis am Montag gehört?«

Das hatte Wolf, aber Belia nicht und Karin erzählte.

»Und dann rief Johanne: ›Er ist nicht zu Gott heimgerufen worden. Der Inselrat hat ihn abgewählt‹«, endete sie.

Wolf sah nachdenklich aus.

»Kannten Sie Gustav Kwium?«, fragte Karin.

»Ja, er war ein zorniger, alter Mann«, antwortete Wolf. »Ich habe an dem Tag, an dem er starb, bei ihm Fenster geputzt.«

»Ist Ihnen irgendetwas Besonderes aufgefallen?«

»Nein, nichts, bis auf dass es am frühen Nachmittag zuging wie in einem Taubenschlag. Er war der fordernde Typ, der oft nach dem Pflegepersonal klingelte. Mich hat er auch angeraunzt, wenn es ihm in den Ecken nicht sauber genug war. Und der Sohn fing auch an sich einzumischen. So ein Stockfisch aus Kopenhagen, der ungeduldig auf sein Erbe wartete.«

»Warum glauben Sie das?«

»Weil er mich bei unserer ersten Begegnung für einen Arzt gehalten hat. Er hat mir erklärt, dass sein Vater starke Schmerzen hat und Morphium braucht. Ich weiß selbst, dass Morphium für einen alten Menschen mit einem schwachen Herzen gefährlich ist und Kwium hatte *nicht* über Schmerzen geklagt.«

»Wer hat ihn an seinem Todestag sonst noch besucht?«

»Die Pfarrerin, aber sie macht bei allen die Runde.«

»Es gibt Gerüchte, dass im Altenheim merkwürdige Dinge vor sich gehen. Haben Sie darüber etwas gehört?«, fragte Karin.

»Nein, wir sind wohl die Einzigen, denen nie irgendwelche Gerüchte zu Ohren kommen, weil die Leute so eine verdammte Angst vor uns haben, aber ich glaube, dass hier auf der Insel viele merkwürdige Dinge passieren. Wo sonst schleicht sich ein Pfarrer mitten in der Nacht zu einer Leiche ins Leichenhaus?«

»Wie bitte?«

»Ich sage, dass sich die Gemeindepfarrerin am Montag gegen 24 Uhr zu der Leiche von Gustav

Kwium geschlichen hat, die im Leichenhaus aufgebahrt war.«

»Aha, und woher wissen Sie das?«

»Ich bin vorbeigekommen und habe es gesehen.«

»An so einem Ort kommt man doch nicht so einfach nachts vorbei«, sagte Karin zögernd und dachte an die einsame Lage unten am Wasser.

»Ja, aber ich bin es eben. Und wenn Sie glauben, dass wir Kirchenschänder sind oder Grabsteine umstoßen, dann irren Sie sich.«

»Ich habe keinen Grund, das zu glauben«, antwortete Karin.

Nein, Kirchenschänder waren sie wohl kaum, eher rührende, verwirrte, junge Menschen, die mitten in einem verspäteten pubertären Aufruhr gegen den großen, strengen Vater steckten, dachte Karin, während sie weit ausschritt, um rechtzeitig zu der Veranstaltung über die Macht der Geister zu kommen, die im Dorfgemeinschaftshaus stattfinden sollte.

Die Pfarrerin war also in der Nacht vor dem Begräbnis im Leichenhaus bei der Leiche von Gustav Kwium gewesen – was zum Teufel hatte das nun wieder zu bedeuten?

»Du hättest doch einfach sagen können, wie es gewesen ist. Sie hat einen sehr netten Eindruck gemacht«, sagte Belia.

»Nein, wenn es herauskommt, werden wir im Meer gesteinigt«, sagte Wolf und küsste sie.

»Vielleicht sollten wir doch nicht in so einem kleinen Ort wohnen, wo die Leute uns verabscheuen«, sagte sie.

»Das geht vorüber. Alle Menschen mit neuen Ideen sind Hohn und Verdächtigungen ausgesetzt. Das macht uns nur stärker«, antwortete Wolf.

Bei seltenen Gelegenheiten konnte es vorkommen, dass Wolf auf merkwürdige Weise von dem Christentum bestürmt wurde, das so schwer auf seiner Kindheit und Jugend gelastet hatte. Und wenn sich die christlichen Vorstellungen einschlichen, konnten ihn Zweifel an der allein gültigen Wahrheit des Satanismus befallen. Er hatte via Internet bei einem satanischen hohen Priester in den USA um Rat gesucht, was zu tun war, wenn ihn diese Anfechtungen befielen.

Der hohe Priester hatte ein Ritual als Gegengift gegen das Christentum empfohlen und zu diesem Ritual benötigte man geweihte Friedhofserde.

Die Friedhofserde musste um Mitternacht bei Vollmond geholt und in eine Opferschale in der Ritualkammer gefüllt werden. Dann musste die vom Christentum infizierte Person auf die Erde in der Schale urinieren. Wolf war auf dem Friedhof gewesen, um eine kleine Schaufel voll Erde zu genau diesem Zweck zu holen und hatte sich hinter einem großen Grabstein verstecken müssen, als die Pfarrerin angeradelt kam und sich ins Leichenhaus schlich, wo die Leiche von Gustav Kwium lag.

Die Bewohner von Skejø konnten nur raten, was für ein Verhältnis den Heiler-Franz mit seinen drei Frauen verband. Und das hatten sie getan. Einige meinten, ihn in einer intimen Situation mit der einen gesehen zu haben, während andere ihn mit der zweiten oder der dritten gesehen haben wollten. Vor allem in der ersten Zeit erzählte man sich viele Geschichten über Sexorgien auf dem Blomme-Hof. Und die Männer rätselten mit schlecht verborgenem Neid, was an diesem kleinen, kurzbeinigen Mann mit der Halbglatze so attraktiv sein mochte, dass gleich drei Frauen sich ihm zur Verfügung stellten.

Im Grunde genommen wusste niemand, wie es sich verhielt und mit den Jahren hatte die Sache an Interesse verloren. Die Vier wurden als »die Alternativen« akzeptiert, ja, sie waren sogar recht wohlgelitten, weil sie freundliche Menschen waren, die Unterhaltung und frischen Wind auf die Insel brachten und aktiv am Inselleben teilnahmen.

Sie wohnten am südlichen Ende der Insel, wo sie jetzt das »Blomme-Hof Therapeutenkollektiv« betrieben.

So war es nicht immer gewesen. Vor zehn Jahren waren sie aus Kopenhagen gekommen und hatten die größte Obstplantage der Insel gekauft, um sich als Obstbauer niederzulassen. Es hieß, dass die Frauen das Geld hatten und Franz die Ideen.

Bereits in der ersten Woche beriefen die vier Zugezogenen alle Obstanbauer Skejøs zu einem Treffen ein, auf dem sie vorschlugen, die gesamte Produktion der Insel auf ökologischen Obstanbau umzustellen. Franz hatte ein kleines Handbuch über ökologisch angebaute Äpfel mitgebracht, aus dem er laut vorlas.

Die Inselbewohner hörten ihm freundlich und

interessiert zu, gingen jedoch nach Hause und bauten ihr Obst weiter so an, wie sie es seit Generationen getan hatten. Franz folgte den Ratschlägen aus seinem Handbuch und nach drei Jahren waren er und die drei Frauen pleite, weil Krankheiten und Ungeziefer ihre große Plantage befielen und sie praktisch nichts über Obstanbau wussten. Angeblich hatten sie vier Millionen Kronen verloren.

Es war ein netter Zug der Inselbewohner, dass sie sich nicht an dem Misserfolg der verrückten Kopenhagener weideten. Ganz im Gegenteil, sie unterstützten sie in vieler Hinsicht in der Krise und man kam überein, Franz und die Frauen auf dem Hof wohnen zu lassen, während die Plantage verkauft wurde.

Zum Glück zeigte es sich, dass die vier sowohl über unterschiedliche Begabungen als auch über interessante ausländische Diplome verfügten. Franz zum Beispiel war ein in Australien ausgebildeter Psychotherapeut und die Frauen hatten Diplome in Fußreflexzonen-Therapie, Schall-Therapie, Numerologie und einigem anderen. Und sie verstanden es, der Entwicklung auf dem alternativen Markt zu folgen. Als Geisterbeschwörungen in Mode kamen, reiste Franz nach Berlin und machte einen Schnellkurs bei einem der führenden europäischen Geisterbeschwörer, der feststellte, dass Franz ein ausgezeichnetes Medium war. Jetzt besaß er ein Zertifikat, das ihm bescheinigte, Kontakt zu den Geistern mehrerer berühmter verstorbener Deutscher gehabt zu haben.

Nach einer dänischen Fernsehserie über Geister,

zeigten die luftigen Phänomene sich auch auf Skejø und Franz hatte einige Male ausrücken müssen, um Gespenster aus alten, mit Stroh gedeckten Fachwerkhöfen zu vertreiben.

Die Initiative zu der Veranstaltung über die »Macht der Geister« im Dorfgemeinschaftshaus war von Franz ausgegangen und er war froh, dass die Gemeindepfarrerin sich auch bereit erklärt hatte zu sprechen, weil das der Veranstaltung einen öffentlichen Anstrich gab. Er würde ihr die erste halbe Stunde überlassen, dann wollte er selbst über seine Erfahrungen mit Geistern berichten.

Den Höhepunkt des Abends sollte eine Seance bilden, wo er versuchen wollte, mit dem verstorbenen Gustav Kwium in Kontakt zu treten, da das hässliche Gerücht umging, dass der alte Lehrer keines natürlichen Todes gestorben war. Es war schon unheimlich, dass im Altenheim Satanisten beschäftigt wurden, hatte der Sohn des Verstorbenen, Sune Kwium, zu Franz gesagt, und sie hatten ein Abkommen getroffen.

Karin Sommer versuchte, sich auf die Worte zu konzentrieren, die aus dem Mund der Gemeindepfarrerin kamen und schrieb zum Schein etwas in ihren Block. Aber ihre Gedanken gingen immer wieder auf Reisen, weil das Sammelsurium aus Bibelstellen, die die Pfarrerin zitierte und erklärte, weder Hand noch Fuß hatte.

Sie begann sich zu ärgern, dass sie einen Abend auf diesen Geisterschwachsinn verschwendete, statt an ihrem Buch zu arbeiten, aber schließlich kam

Anna Skov zum Ende, woraufhin die Leute höflich zehn Sekunden lang klatschten und keine Fragen hatten.

Dann betrat der kleine, charismatische Mann, der Heiler-Franz, das Rednerpult. Er hatte eine was-oben-fehlt-muss-unten-ersetzt-werden-Frisur, einen kahlen Schädel mit einem Ring langen Haars, das in einem Pferdeschwanz gebündelt war, und seine ganze Person strahlte Energie aus.

Er erzählte begeistert, wie Deutschlands prominenteste Medien bei einer geschlossenen Seance in Berlin den Atem angehalten hatten, während er – Franz – in Kontakt mit dem Geist des verstorbenen Staatsmannes Willy Brandt getreten war. Der Geist hatte Dinge enthüllt, die so privat waren, dass Franz sie auf Grund seiner Berufsethik hier auf der Veranstaltung nicht erwähnen mochte, doch war die Richtigkeit der Informationen des Geistes von Leuten aus Brandts engstem Kreis bestätigt worden!

Wirkungsvolle Pause. –

Franz fuhr fort, indem er über weitere seiner Geisterheldentaten im Ausland berichtete, und auch auf Skejø hatte er ebenfalls erfolgreich einige Wohnungen von Höllenplagen befreit.

»Ich weiß nicht, woher die Fähigkeit kommt oder warum gerade mir diese Gabe gegeben wurde«, schloss er bescheiden und bekam erheblich mehr Applaus als die Pfarrerin.

Fragen?

Ja, es gab Fragen, und viele wollten das Gehörte kommentieren.

»Und Sie, Sune Kwium?«

»Ich möchte gerne mit meinem Vater sprechen«, sagte der Mann mit dem akkurat gescheitelten Haar.

Der Heiler-Franz sah nachdenklich aus:

»Das geht nicht einfach so auf Bestellung.«

»Können Sie es nicht wenigstens versuchen?«

»Das erfordert Konzentration und Kraft. Vielleicht gelingt es auch nicht.«

»Ein Versuch kann doch nicht schaden«, insistierte Sune Kwium.

»Wie viele von Ihnen sind der Meinung, dass ich hier und jetzt versuchen soll, Kontakt zu der Welt der Geister aufzunehmen?«, fragte Franz in den Saal.

Ungefähr die Hälfte zeigte auf.

»Ich will es gerne versuchen, doch diejenigen, die sich jetzt nicht darauf konzentrieren können, werden freundlichst gebeten, den Raum zu verlassen – 20 Minuten Pause für die, die nicht teilnehmen wollen.«

Nur eine Person stand auf, und das war die Pfarrerin.

Sie flüsterte Karin zu: »Ich möchte Sie bitten, sich zu notieren, dass ich den Raum während der spiritistischen Seance verlassen habe.«

Karin nickte. Mehrere Pfarrer der Staatskirche hatten wegen ihres Engagements auf dem spiritistischen Markt Ärger mit ihren Bischöfen bekommen.

Karin blickte in das ebenmäßig schöne, aber irgendwie ausdruckslose Gesicht der Pfarrerin. Was war ihr Geheimnis? Was tat sie mitten in der Nacht im Leichenhaus?

Kurz darauf nahm Einar, der Leichenbestatter, den Platz neben Karin ein, den die Pfarrerin freigemacht hatte.

»Das gibt Stoff für die Inselrevue«, flüsterte er mit einem breiten und erwartungsvollen Lächeln.

Karin lächelte zurück.

»Ist hier wer? Ist hier wer? Gustav Kwium, dein Sohn möchte in Kontakt mit dir treten! Bist du da? Ist hier wer?«

Der Heiler-Franz saß mitten im Raum auf einem Hocker und rief den Geist. Er saß vornüber gebeugt, die Ellenbogen auf den Knien und den Kopf in den Händen. Seine Augen waren in tiefer Konzentration geschlossen und das Publikum war der Aufforderung nachgekommen, einander bei den Händen zu fassen und sich auf den Kontakt zu der Welt der Geister zu konzentrieren.

»Ja? Du bist da? Du bist zornig? Warum bist du zornig? Ja, wir wissen, dass du in einem großen, roten Haus mit vielen Menschen gewohnt hast. Möchtest du etwas zu deinem Sohn sagen? Du sagst, dass du jetzt Frieden hast. Du sagst, dass du in dem roten Haus nicht glücklich warst. Du sagst, dass die Brut des Satans in dem Haus Wohnung bezogen hat. Du sagst, dass ein böser Mensch dich verletzt hat. Du sagst, dass es der Sohn des Satans war? Bist du noch da? Bist du da? Komm zurück zu uns! Da bist du wieder! Du sagst, dass du deinen Sohn liebst. Du bedankst dich bei deinem Sohn.«

Von einer der hintersten Stuhlreihen war Krach zu hören. Er kam von Britta, der Pflegehelferin, die in Ohnmacht gefallen war. Karin registrierte, dass man sie liegen ließ – ein wenig zu lange. Einige der neben ihr Sitzenden begnügten sich tatsächlich damit, irritiert auf den Boden zu sehen.

»So helft ihr doch«, rief Einar, der Leichenbestatter, und sprang auf.

Zwei Frauen sahen sich in stummer Verhandlung an, wer von ihnen sich hinunterbeugen sollte und taten es dann gleichzeitig. Britta wurde in eine sitzende Position gebracht und murmelte etwas Unverständliches. Wenig später war sie wieder so klar, dass Einar sie nach Hause fahren konnte. »Entschuldigung, nur eine Unpässlichkeit, Entschuldigung« wiederholte sie viele Male beim Verlassen des Dorfgemeinschaftshauses.

Die Ohnmacht hatte die Seancestimmung zerstört und der Heiler-Franz kehrte langsam in die Welt der Lebenden zurück. Er war leicht benebelt, aber das sei ganz normal, wenn man auf halbem Weg ins Reich der Geister gewesen sei, erklärte er.

Die Leute standen in dem Saal in kleinen Grüppchen zusammen und unterhielten sich mit gedämpften Stimmen: »Tja, tja, was soll man davon halten?«

»Irgendwann einmal konnte man sich auch kein Handy vorstellen.«

»Warum sollte nicht etwas dran sein?«

»Ein Art Energie, die zurückbleibt, wenn man tot ist.«

»Der Sohn des Satans, das kann doch nur der

junge Mann aus der Galerie sein. Hast du seine Internetseite gesehen?«

»Irgendwo haben sie auch Menschenblut getrunken.«

»Hast du nicht *Rosemary's Baby* gesehen?«

»In Deutschland hat es einen großen Mordprozess gegen Satanisten gegeben.«

»Aber sie haben Schwierigkeiten, Leute zu finden, die im Altenheim putzen.«

Sune Kwium steuerte direkt auf die Journalistin Karin Sommer zu: »Es ist ein Skandal, dass sie in einem Altenheim einen Satanisten beschäftigen, da dürfen Sie mich gerne zitieren. Sie schreiben doch darüber?«

»Ich glaube nicht. Er putzt dort nur und es ist nicht verboten, Satanist zu sein.«

»Aber Sie haben doch selbst gehört, dass er meinen Vater schlecht behandelt hat!«

»Wir zitieren keine Geister in der Zeitung«, antwortete Karin.

»Dann gehe ich zum ›Ekstra Bladet‹!«, sagte Sune Kwium.

»Ja, tun Sie das«, antwortete Karin, der Sune Kwium, ohne dass es einen spezieller Grund dafür gab, unsympathisch war. Irgendwo blinkte eine berufliche Warnlampe auf. Die Zeiten hatten sich geändert und der Journalismus mit ihnen. Ihr Redaktionsleiter konnte ruhig stinksauer werden, wenn das »Ekstra Bladet« eine Lokalstory über einen Geist brachte, der einen satanischen Putzmann beschuldigte, einem alten Menschen Leid zugefügt zu haben. Nein, beschloss sie, das war zu fantastisch. Das »Ekstra Bladet« konnte die Story ja bringen, wenn sie wollten.

Auf dem Nachhauseweg versuchte sie trotzdem, sich eine Verteidigungsstrategie zurechtzulegen:

»Hast du die Titelseite des ›Ekstra Bladet‹ gesehen, Karin? Warum zum Teufel ist uns die Geschichte durch die Lappen gegangen, obwohl du da draußen warst? Du hättest uns zumindest einen Tipp geben können«, würde Adam Lorentzen bei seinem Anruf sagen.

»Ich zitiere keine Geister als Quellen!«, würde sie antworten.

»Selbst die Polizei zieht hin und wieder hellsichtige Personen zu Rate und du weißt, wie beliebt diese Geistersachen zur Zeit sind. Die Leute sind wie besessen davon. Das ist verdammt noch mal eine gute Geschichte«, würde Adam insistieren.

»Der Meinung bin ich nicht.«

»Gut, dann setze ich einen anderen darauf an. Ich denke nur, wenn wir dir während deines Urlaubs schon das volle Gehalt zahlen, dann könntest du wenigstens …«

Ja, genau so würde die Unterhaltung ablaufen und sie würde wieder einmal als eine alte Querulantin mit ziemlich antiquierten Berufsvorstellungen dastehen. Eine affektierte Ziege, die wie ein rohes Ei behandelt werden musste und die die harten Wettbewerbsbedingungen nicht begriffen hatte, denen die Medien heutzutage unterlagen.

Sie zählte an den Fingern ab. In vier Jahren konnte sie sich mit dem niedrigsten Satz pensionieren lassen oder in sechs mit dem mittleren. Wartete sie zehn Jahre, würde ihr Alter goldener sein, aber sie riskierte, an Stress und Wut zu sterben, bevor die Pension jemals zur Auszahlung gelangte.

»Geist beschuldigt Satanisten« – nein, verdammt noch mal, nein, sie würde die Geschichte nicht schreiben.

Zuhause im Fliederhaus überfielen sie Einsamkeitsgefühle und die Sehnsucht nach einer starken Schulter, sodass sie trotz der späten Stunde ihre Kollegin und Freundin Birgitte anrief.

»Ob ich mich langweile? Nee, hier gibt es eine Pfarrerin, die sich um Mitternacht ins Leichenhaus schleicht und ein Satanistenpaar, das im Hühnerhaus einen Tempel für Luzifer baut und einen Geist, der dieses Paar der Grausamkeit beschuldigt und eine Frau, die sich sterilisieren lassen hat, nachdem sie sich im Spiegel gesehen hat und einen Geisterbeschwörer mit drei Frauen und eine alte Dame, die sagt, dass die Leute im Altenheim umgebracht werden, einer nach dem anderen, und …«

Birgitte lachte schallend.

»Du spinnst!«

»Ich übertreibe nicht im Geringsten!«

»Nein, aber du hast einen ausgeprägten Sinn für das Bizarre.«

»Ich bin offen – und ziehe offenbar Verrückte an.«

»Lass dich in nichts Unangenehmes hineinziehen.«

»Das tue ich nicht. Und mit dem Buch geht es vorwärts.«

Das nette Gespräch und das Lachen hatten ihr gut getan. Sie schenkte sich einen großen Calvados von Agnes' bestem ein, ging ins Bett und fand einen TV-Kanal mit einem erträglichen Liebesfilm. Liebe, mein Gott, war das lange her.

Sie und Thomas hatten nie über Liebe gesprochen. Es hatte spürbar in der Luft gelegen, dass ihr Verhältnis kameradschaftlicher Art war – eine Bürogemeinschaft, die ein heimliches, pikantes Element bekommen hatte. Und sie hatte ihn nie mit den Gefühlen belästigt, die sich unvermeidlich eingestellt hatten. Wären sie gleichaltrig und ihr Verhältnis ausgewogener gewesen, hätte sie die Beziehung schon durch ein scheinbar beiläufiges: »Du, ich könnte mir verdammt gut vorstellen, mich in dich zu verlieben ...«, abgecheckt.

Doch dann passierten all die furchtbaren Dinge, bei denen sie ihre nächsten Verwandten verlor, und kurz darauf hatte Thomas sein Stipendium für den USA-Aufenthalt bekommen. Sie schrieben einander lustige Briefe und berufsbezogene Briefe. Nicht ein Wort über ihre Beziehung, über Sex oder Liebe. Und es war mindestens einen Monat her, seit er zuletzt geschrieben hatte.

»Seufz«, sagte sie laut, als der Held und die Heldin sich voller Leidenschaft die Kleider vom Leib rissen.

Vielleicht sollte sie Thomas morgen eine lustige und unterhaltsame Mail über ihre Erlebnisse auf Skejø schicken.

Nein, sollte sie nicht. Sie brauchte ihre Energie für das Buch und die paar Interviews, die ihr noch fehlten, um die Artikel für die »Sjaellandsposten« zu schreiben. Und morgen Abend musste sie Agnes abholen und zu einer Veranstaltung des Pensionärvereins bringen.

»*Forget it!*«, murmelte sie, bevor sie einschlief.

DONNERSTAG, 30. MAI

Inger-Margrethe Jörgensen, Krankenschwester und Leiterin des Seniorenservicecenters sowie Vorsitzende des Inselvereins, der eifrig versuchte, Skejø zu vermarkten, war allgemein als pflichtbewusste, gesetzestreue und ziemlich fantasielose Frau bekannt. Der Typ, der nie bei Rot über die Straße geht, selbst wenn es zwei Uhr nachts ist und sie verlassen daliegt.

Sie war groß, kräftig und ein wenig maskulin im Auftreten. Ihr Leben war im Großen und Ganzen unkompliziert verlaufen oder, wie sie selbst scherzhaft zu sagen pflegte, »wie im Bilderbuch«. Sie war auf dem einen der beiden großen Höfe der Insel geboren und hatte sich als Achtzehnjährige mit dem Sohn des anderen verlobt. Sie hatten geheiratet, als Johan seine landwirtschaftliche Ausbildung beendet hatte und sie Krankenschwester geworden war, sie hatten zwei wohlgeratene Kinder bekommen, die sie wohl bald zu Großeltern machen würden.

Der bislang größte Skandal in ihrem sozialen Leben war, als der Wein bei der Silberhochzeit zu schnell ausgegangen war, weil sie den Durst der Gesellschaft unterschätzt hatte. Das hatte zu einer Reihe gutmütiger Frotzeleien geführt und die Inselrevue hatte ein Lied davon erzählt, wie ihre Gäste mit trockenen Gaumen dasaßen.

Von außen betrachtet war sie eine ausgeglichene, tüchtige und ordentliche Person, die in jeder Hinsicht der Rolle einer weiblichen Stütze der Gesellschaft entsprach. Sie hatte eine ansehnliche Karriere in der Pflegebranche gemacht und war zugleich Hausfrau und Mutter in einem Haus, in dem man nie die Tür verschließen oder sich verstecken oder so tun hatte müssen, als sei niemand zu Hause, wenn es an der Tür klingelte.

Doch in letzter Zeit nagten an ihr Zweifel. Sie hatte versehentlich eine Unterhaltung ihrer erwachsenen Kinder mit angehört, die erklärt hatten, dass es einfach *zu langweilig* war, die Eltern länger als einen Tag zu besuchen.

Gleichzeitig begann sie das Ende am Horizont zu ahnen und die Frage tauchte auf: War das schon alles? War das das wahre Leben, das einzige, was sie hatte?

Würde sie in 25 Jahren wie Johanne herumlaufen und mit dem Leben abrechnen: »Ich bereue, dass ich zuviel Zeit mit Fenster putzen verbracht habe – und mit dem Einberufen von Personalversammlungen und dem Abwischen von anderer Leute Hintern, dem Austeilen von Medikamenten, mit Einkaufen und Kochen und ...«

Als junges Mädchen hatte sie einmal bei einer Charterreise eine wilde Woche auf Mallorca verbracht und bei ihrer Rückkehr nach Skejø beschlossen, Reiseleiterin zu werden. Aber Mutter und Vater hatten protestiert. So ein Unsinn hätte doch keine Zukunft. Das sah sie selbst genauso, als die Orgie ihres Lebens allmählich in Vergessenheit geriet.

Die letzten zehn Jahre hatten sie und Johan die Ferien immer an demselben Ort auf Kreta verbracht, weil Johan am liebsten dorthin zurückkehrte, wo er sich auskannte.

Sie selbst spürte eine wachsende Sehnsucht nach dem Unbekannten und Gefährlichen, nach dem, das einem das Gefühl gab, lebendig zu sein.

»Wenn du Veränderung brauchst, können wir dieses Jahr nach Malta fliegen«, hatte Johan vorgeschlagen und sie erstaunt angesehen.

Sie brauchte wirklich Veränderung, aber das war keine Frage von Kreta oder Malta.

Johan und ihre langjährige Ehe waren ein Teil des Problems. Die Arbeit mit den Alten und Sterbenden im Center ein anderes. Sie fühlte, wie die Verzweiflung wuchs und da sie in vieler Hinsicht eine nüchterne und tatkräftige Frau war, hatte sie beschlossen, dass etwas passieren musste. Sie hatte angefangen, die Tür zu ihrem Büro abzuschließen. Sie wollte ungestört arbeiten, sagte sie dem Personal. Hinter der verschlossenen Tür begann sie jedoch, die Möglichkeiten des Internet zu erforschen.

Es gab keine Bestimmungen über die Beschäftigung von Satanisten, weshalb Inger-Margrethe, als sie zum ersten Mal mit der Tatsache konfrontiert wurde, dass der nette, junge Mann, der die Böden im Center putzte, Satanist war, sich damit begnügte, mit den Schultern zu zucken und sich zu wundern, auf was die Jugend heute alles kamen. Sie persönlich hatte ein sehr entspanntes Verhältnis zur Religion. Für sie war die Kirche eine Institution, die für Weihnachten, Kindstaufen, Hochzeiten und Begräbnisse zuständig war.

Doch als Sune Kwium ihr jetzt glattweg eine Beschwerde auf den Tisch legte, sah sie ein, dass es vermutlich nicht so günstig war, einen erklärten Satanisten zwischen den Alten und Sterbenden herumlaufen zu lassen, von denen viele sehr christliche Menschen waren. Vor allem nicht, nachdem diese Gerüchte über das vorzeitige Ableben der Alten zu kursieren begonnen hatten. Gerüchte, die sie mehr bekümmerten als irgendjemand ahnte.

Deshalb rief sie an diesem Morgen Mikael mit dem satanischen Namen Wolf in ihr Büro und sagte ihm, dass er seine Arbeit tadellos gemacht hatte, einige der Alten jedoch wegen des Satanismus beunruhigt waren und er sich deshalb nach einem neuen Job umsehen musste.

»Es tut mit Leid, aber für die meisten Menschen ist der Satanismus eben etwas sehr Grenzüberschreitendes«, sagte sie.

Er sah sie ruhig an, in seinem Blick lag fast etwas Hypnotisches. Sie bemerkte die kleinen grünen Splitter in der braunen Iris und spürte einen seltsamen Schauder entlang ihres Rückgrats und ein Ziehen in der Beckengegend.

»Ja, er ist grenzüberschreitend«, antwortete er. »Es ist Teil meines Glaubens, dass wir die Grenzen der christlichen Kultur überschreiten müssen, um ein natürliches Leben leben zu können. Und wir werden uns keine Scham über unsere Natur einreden lassen.«

»Nun gut, mit diesen Dingen kenne ich mich nicht aus«, antwortete Inger-Margrethe scheinbar unbeeindruckt, aber in Wirklichkeit verstand sie sehr gut und seine Worte machten Eindruck.

»Das sollten Sie aber. Sie leben nur einmal«, sagte Wolf und stand auf.

Sie blieb mit dem Gefühl sitzen, dass er gewonnen und sie verloren hatte.

Wolf hätte sich einerseits gut vorstellen können, die Frage der Grenzen der Religionsfreiheit vor dem Arbeitsgericht klären zu lassen, doch war er andererseits sehr zufrieden, gefeuert zu werden, sich voll seiner Internet-Mission widmen zu können und noch dazu Arbeitslosengeld zu kassieren. Deshalb nahm er die Kündigung einfach zur Kenntnis und ging unbekümmert nach Hause zu Belia und Lucy.

Sune Kwium war so zufrieden über die Kündigung, dass er davon Abstand nahm, sich beim »Ekstra Bladet« zu beklagen. Außerdem war er vollauf damit beschäftigt, die Besitztümer des Vaters verkaufsklar zu machen. Er steckte nämlich in einer unangenehmen finanziellen Klemme.

Wenig später am Tag wusste fast jeder auf der Insel, dass der Satanist gefeuert worden war und die meisten empfanden, was die Alten anging, eine gewisse Erleichterung.

Da Didrich Skraedder und seine Nachbarn, der Lehnsmann und der Bischof nun überzeugt waren, dass in Ribe eine Hexe ihr Spiel trieb, galt es nur noch, die Schuldige zu finden. Man fragte den Schreiner, ob er irgendwelche weiblichen Feinde habe. Am 16. März 1637 – sechs Tage nach dem Erbrechen – erinnerte Didrich sich plötzlich an eine alte Begebenheit: Vor 13 Jahren hatte er sich mit Maren Splids gestritten und bei dieser Gelegenheit hatte sie ihm Unglück gewünscht.

Das erzählte er allen und bevor die Sonne unterging, war Stadtgespräch, dass Maren Splids Didrich Skraedder verhext hatte.

Das war der kleine historische Vorspann zu Karins Kapitel über Volksstimmungen, Beschuldigungen, Gerüchte, Medien und Hetze.

Die Arbeit ging ihr so gut von der Hand, dass sie sich über die Termine ärgerte, die sie für die Interviews gemacht hatte, aber es führte kein Weg daran vorbei.

Sie zog ein körperbetonendes Top an, eine lose Jacke und eine gut sitzende Caprihose. Wegen ihres schmerzenden Knies konnte sie nur flache Schuhe und Sandalen tragen und danach musste sie ihre Garderobe ausrichten.

An erster Stelle auf ihrer Liste stand die Vorsitzende des Inselvereins, Inger-Margrethe Jörgensen. Sie war eine Schlüsselfigur, da sie hinter dem beharrlichen und erfolgreichen Versuch stand, die Insel als attraktiven Lebensraum für Zuzügler zu vermarkten. Danach stand Doktor Wad auf dem Programm, für den die Arztpraxis auf der Insel bestimmt nicht mehr als ein Pensionärsjob war.

Wenn sie die Inselproblematik mit ihnen durchgesprochen hatte, wollte sie vorsichtig auf den ungewöhnlichen Zwischenfall bei Gustav Kwiums Begräbnis zu sprechen kommen sowie auf die Gerüchte, die dieser ins Leben gerufen hatte. Diese Geschichte beschäftigte sie am meisten, auch wenn sie nur eine vage Vorstellung davon hatte, wozu sie sie gebrauchen konnte.

In den Gängen des Altenheims war es vorbildlich sauber und für eine derartige Institution eigentlich recht gemütlich – mit den Vasen mit Blumen und den guten Reproduktionen an den Wänden, doch trotzdem stieg Karin schnell der undefinierbare Geruch nach Alter und menschlichem Verfall in die Nase: Ein wenig säuerlich? Ein wenig süßlich? Ein wenig muffig? Ein wenig nach Verwesung?

Auf dem Weg zum Büro der Centerleiterin schauderte sie innerlich.

»Nein, zwischen den auf der Insel Geborenen und den Zugezogenen besteht ganz sicher keine Kluft«, stellte Inger-Margrethe Jörgensen fest. »Ohne die Zuzügler wäre die Insel mehr oder weniger entvölkert. Im Schnitt kommen wir jährlich auf eine Kindstaufe und fünfzehn Begräbnisse. Über ein Drittel der Inselbewohner sind Pensionäre. Wir veranstalten Willkommensfeste und bemühen uns, die Zuzügler bei allem, woran sie Interesse haben, sofort einzubeziehen. Nein, Integrationsprobleme haben wir keine.«

Außer den Kampagnen, die sich an potentielle Zuzügler richteten, kämpfte der Inselverein auch für die erneute Aufstockung der Schule auf sieben Klassen. Und um die Insel für das Wirtschaftsleben interessant zu machen: »Die Aussichten für Nischenproduktionen sind ausgezeichnet. Außerdem haben wir eine Liste über Möglichkeiten finanzieller Unterstützung von Unternehmensgründungen ausgearbeitet.«

Karin wolle auch etwas über die ureigene Inselkultur hören?

»Es stimmt, dass es sich um ein kleines Gemeinwesen handelt, dass viel geredet wird und wir viel über einander wissen. Andererseits sind wir sehr tolerant. Wir haben alle das Recht, hier zu sein. Es gehört schon viel dazu, dass jemand hier *nicht* akzeptiert wird.«

»Man muss zum Beispiel Satanist sein«, warf Karin ein, die noch nicht wusste, dass Wolf am Vormittag gefeuert worden war.

»Werden Sie darüber schreiben? Ich glaube, er war mit der Kündigung ganz zufrieden.«

Inger-Margrethes Stimme war ein wenig schärfer geworden.

»Kündigung?«

»Ach so, Sie haben es offensichtlich noch nicht gehört. Aber unter den Alten, von denen viele überzeugte Christen sind, hatte sich eine gewisse Unruhe breit gemacht, und ein Angehöriger hatte sich beschwert. Deshalb haben wir das Beschäftigungsverhältnis heute aufgelöst.«

»Aha. Steht die Kündigung in irgendeinem Zusammenhang mit dem Zwischenfall bei dem Begräbnis neulich?«

»Überhaupt nicht, und zu diesem Zwischenfall gebe ich auch keinen Kommentar«, sagte Inger-Margrethe Jörgensen bestimmt.

Was für eine sonderbare Reaktion, dachte Karin. Tante Agnes hatte erzählt, dass gerade Inger-Margrethe Jörgensen sich über den Todesfall gewundert hatte. Das konnte loses Institutionsgerede sein, doch fasste Karin ihr allzu schnelles »kein Kommentar« als Bestätigung auf, dass irgendetwas nicht stimmte.

Sie wechselte das Thema. Wollte auch etwas über die verschiedenen sozialen Schichten auf der Insel hören – gab es irgendwelche Spannungen zwischen ihnen?

»Klassenunterschiede hat es hier auf der Insel nie gegeben!«, antwortete Inger-Margrethe Jörgensen mit Nachdruck.

»Aber es besteht doch wohl ein Unterschied zwischen einem Sozialhilfeempfänger und einem Großbauern?«, wandte Karin ein.

»Nun ja, so viele Bauern gibt es heute nicht mehr. Eigentlich gibt es nur noch drei größere Höfe und niemand von uns spinnt Gold. Sicher bestehen Unterschiede im steuerpflichtigen Einkommen der Leute, aber wenn es um das allgemeine Ansehen geht, das hängt ausschließlich von der Persönlichkeit ab.«

»Ein gutes Prinzip«, kommentierte Karin, die gerne ein wenig Entgegenkommen zeigen wollte.

Als Vorsitzende ist es ihre Pflicht, das Inselleben so rosig wie möglich zu zeichnen, dachte Karin auf dem Weg nach Sönderby, wo der Arzt weit draußen auf der Landspitze eine Villa bewohnte. Keine Klassenunterschiede, Skejø, das Paradies auf Erden, leck mich am Arsch!

Die längliche, leicht nierenförmige Insel war an der längsten Stelle nur sechs Kilometer lang und ihre 600 Einwohner konnten sich auf 16 Quadratkilometern ausbreiten. Die meisten wohnten in Nordby und Sönderby oder an der Hauptstraße, die beide Städte miteinander verband und von Norden nach Süden von einem Ende der Insel zum anderen führte. Der Rest wohnte an Seitenstraßen, die von der Hauptstraße abzweigten und zum Wasser führten. Es hieß, dass niemand mehr als 1000 Meter vom Wasser entfernt wohnte.

Der Fährhafen lag in Nordby, ebenso wie das Fliederhaus von Tante Agnes. Das Altenheim, wo auch der Arzt seine Sprechstunde hatte, lag mitten auf der Insel und auf der anderen Seite der Straße war die Grundschule mit ihren drei Klassen und dem Heimatmuseum im Keller.

Als Karin an der Schule vorbeikam, fiel ihr ein, dass sie eigentlich auch mit dem Lehrer sprechen und das Museum besuchen musste, bevor sie ihre Artikel schrieb. Ja, Recherchen hatten grundsätzlich die Tendenz, an Umfang zuzunehmen, aber noch hatte sie reichlich Zeit.

Der Arzt Jörgen Wad war viermal verheiratet gewesen und hatte mit jeder Frau zwei Kinder. Er war kein Don Juan im eigentlichen Sinne, sondern nur ein freundlicher Mann, der tat, was die Frauen ihm sagten. Was ihm die Hochzeiten ebenso wie die Scheidungen eingebracht hatten. Mit den Jahren war sein Privatleben unglaublich kompliziert geworden und von seinen Finanzen ließ sich das Gleiche sagen.

Mit 48 war er nach Grönland geflohen, von wo aus er Geld für die Versorgung und Ausbildung der acht Kinder nach Hause schickte. Mit 67 kam er schuldenfrei wieder nach Hause, doch fiel es ihm schwer, seinen Ruhestand zu genießen. Deshalb war es ihm auch nur recht gewesen, dass sich außer ihm niemand um die ärztliche Vertretung auf Skejø beworben hatte, die jetzt das dritte Jahr andauerte.

Er näherte sich den 70, verfügte jedoch über eine tadellose Gesundheit und unterhielt ein gutes, freundschaftliches Verhältnis zu einer seiner früheren Frauen sowie zu dreien seiner Kinder, die ihn hin und wieder auf Skejø besuchten. Die anderen hassten ihn für sein Versagen. Er verstand sie, hatte sich entschuldigt und drängte sich nicht auf.

Es ging ihm gut mit seiner Arbeit, seinen Büchern, seinem Boot, ein paar guten Freunden und dem Teil der Familie, mit dem er Umgang pflegte. Er hatte nicht die Absicht, sich irgendwann einmal wieder mit einer Frau einzulassen. Deshalb wunderte er sich nicht schlecht, als er sich plötzlich die Journalistin zu einem Segeltörn und einem Grillabend mit Meeresblick einladen hörte. Und eigentlich war er erleichtert, als sie ablehnte. Doch dann sagte sie: »Ich muss nämlich meine Tante zum Kartenspielen im Pensionärsverband fahren, aber vielleicht ein anderes Mal?«

»Ja«, antwortete er schnell. »Wie wäre es mit morgen Abend?«

»Schön, abgemacht«, sagte sie und schüttelte die silberweiße, volle Haarpracht zurecht.

Er fand sie äußerst anziehend.

Karin ihrerseits machte die seltene Erfahrung, einem fremden Menschen zu begegnen, der ihr das Gefühl gab, ihn schon immer zu kennen. Sie hatten leicht und unbeschwert miteinander geredet, einander bereits verstanden, wenn erst die Hälfte eines Satzes ausgesprochen war, gleichzeitig die Stirn gerunzelt, über dasselbe gelacht.

Er hatte sich an seine Schweigepflicht als Arzt gehalten, ansonsten jedoch nicht mit Informationen und Kommentaren gegeizt.

Ja, auch er hatte von den Gerüchten gehört, dass bei Gustav Kwium Sterbehilfe geleistet worden war, sah jedoch keinen Grund, ihnen Glauben zu schenken: »Kwiums Herzkapazität war sehr begrenzt, er war 86 und hatte Schmerzen. Ich habe ihm Morphium nach Bedarf verschrieben und das Pflegepersonal ist äußerst verantwortungsbewusst damit umgegangen. Alles wird in Patientenjournalen und Medikamentenlisten festgehalten und aus diesen geht klar hervor, dass er vor Todeseintritt kein Morphium bekommen hat.«

»Die Gerüchte wollen auch von einem Mann wissen, der vor einem Monat gestorben ist?«, hatte Karin gesagt.

»Eigil Andersen, ja. Stark behindert nach Blutgerinnseln im Gehirn, ein früherer Suchtpatient. Selbstmord durch eine Überdosis, aber so etwas posaunen wir nicht hinaus. Deshalb ist das Gerücht wohl entstanden.«

»Und es bestand kein Zweifel, dass es Selbstmord war?«

»Nein. Wie ich bereits gesagt habe: Schwer behindert, an den Rollstuhl gefesselt, keine Angehörigen, keine Freunde, keine Liebschaften, kein Geld. Wer zum Teufel sollte an seinem Tod ein Interesse haben?«

Karin hatte Arnold Klausen nicht erwähnen wollen, den früheren Bürgermeister. Der Tante zufolge war er mit 91 gestorben und Agnes hatte ihr Misstrauen in keinster Weise begründet.

»Tja«, hatte Karin gesagt. »Ich werde wohl kaum darüber schreiben, aber die Gerüchte haben die alten Leute wirklich etwas ängstlich gemacht, wie ich von meiner Tante gehört habe. Hat Kwiums Sohn Sie um Morphium für den Vater gebeten?«

»Genau das fällt unter die ärztliche Schweigepflicht«, hatte Wad geantwortet, gleichzeitig jedoch so warm gelächelt, dass es nicht wie eine Zurechtweisung klang. Und er war mit dem fortgefahren, was er unter einer »ganz abstrakten Betrachtung« verstand: »Es gibt Menschen, die schwer behindert sind und im Sterben liegen. Es besteht keine Hoffnung und sie leiden unter ihrer Existenz. Sollen wir eine Leichenschau anordnen und sie obduzieren und darin herumstochern, wie ihre Leiden ein Ende gefunden haben? Ob ein geliebter Verwandter oder ein beherzter Fachmann ein bisschen nachgeholfen hat?«

»Ja, das müssen wir wohl, solange es ein Gesetz gibt, das aktive Sterbehilfe verbietet«, hatte Karin gesagt.

»Das Gesetz steht über allem anderen, meinen Sie?«

»Nein, das meine ich nicht, aber man soll sich im Alter noch sicher fühlen können. Und wenn es nach dem freien persönlichen Ermessen anderer Menschen geht, ob man sterben soll …«

»Da haben Sie Recht. Die Problemstellung ist ungeheuer schwierig. Eigentlich glaube ich nicht, dass sich das gesetzlich regeln lässt, aber man könnte ein wenig … pragmatisch sein«, hatte Wad gesagt.

Karin hatte ihm Recht geben müssen, doch als sie auf dem Weg zu der Tante das Gespräch analysierte, kam sie zu dem Schluss, dass Jörgen Wad in Wirklichkeit gesagt hatte, dass er einen Verdacht auf Sterbehilfe gehabt, doch, so wie die Situation nun einmal war, keinen Grund zu Nachforschungen gehabt hatte.

Und hatte er nicht Recht? Warum kreiste sie um diesen banalen Todesfall? War sie dabei, den Sinn für das Angemessene zu verlieren?

Auf dem Parkplatz des Altenheims standen Sune Kwium und Inger-Margrethe Jörgensen.

»Und, haben Sie das Inselleben studiert?«, fragte Kwium.

Karin nickte und er fuhr fort: »Sie sollten wissen, dass alles wieder seine Ordnung hat. Inger-Margrethe hat den Satanisten gefeuert.«

»Ich weiß.«

»Werden Sie darüber schreiben?«, fragte die Centerleiterin.

»Das weiß ich noch nicht«, antwortete Karin, nur um sich abzusichern.

»Dazu besteht kein Grund. Alle sind zufrieden«, sagte Kwium und wandte sich an Inger-Margrethe: »Ja, dann komme ich Montagabend mit dem Umzugswagen und räume Vaters Wohnung.«

Sie sagte: »Und du hast nichts dagegen, dass ich in seinem Protokoll lese? Es ist ja eine Art Beurteilung des Personals und wir können bestimmt etwas daraus lernen.«

»Natürlich nicht, Inger-Margrethe.«

Und wie um die Intimität zwischen ihnen zu erklären, wandte er sich an Karin: »Wir sind alte Klassenkameraden, Inger-Margrethe und ich. Vater war unser Lehrer.«

»Ein richtig guter Lehrer, dem wir viel zu verdanken haben«, sagte Inger-Margrethe.

»Streng, aber gerecht«, fügte Sune Kwium hinzu.

»Schön, ich muss zu Tante Agnes. Sie will Karten spielen«, sagte Karin.

Sie haben den Knaben gefeuert, der sauber gemacht hat. Er stand mit dem Satan im Bunde, heißt es.«

Agnes kaute nachdenklich auf ihrem Zigarillo.

»Ja, *das* ist jetzt modern«, antwortete Karin und erzählte von ihrem Besuch bei den Satanisten und der Geisterbeschwörung, bei der man den Satanisten beschuldigt hatte.

»Mir fällt es schwer zu glauben, dass er das gewesen sein soll«, sagte Agnes.

»Glaubst du immer noch, dass Gustav Kwium ermordet worden ist?«, fragte Karin.

Agnes nickte.

»Und unsere Centerleiterin Inger-Margrethe glaubt das auch. Sie hat den ganzen Tag seine Wohnung durchstöbert und jedes einzelne Blatt Papier umgedreht. Ich weiß es von Johanne und Kaj, die auf demselben Gang wohnen.«

»Er war doch ein sehr alter und sehr kranker Mann«, warf Karin ein, aber Agnes überhörte es und fuhr fort: »Und man stellt so seine Vermutungen an, wer der Nächste sein wird.«

»Wer stellt Vermutungen an?«

»Johanne und Kaj.«

»Also Agnes, hier wird niemand umgebracht!«

»Ja, das sagst du«, murmelte Agnes. »Aber irgendjemand weiß es scheinbar besser.«

»So, und jetzt packst du die Spielkarten ein, Agnes«, sagte Karin resolut. »Wie lange spielt ihr normalerweise?«

»Bis die Flasche leer ist.« Agnes lachte. »Es wird wohl nach Mitternacht werden, aber darüber brauchst du dir keine Gedanken zu machen. Jens Lyn ist einer der Mitspieler, er kann mich nach Hause fahren.«

»Doktor Wad hat mich für morgen Abend zum Abendessen eingeladen«, erzählte Karin, während sie den Rollstuhl zusammenklappte, damit er ins Auto passte.

»Hat er das? Ja, amüsier dich nur, aber pass auf. Man erzählt sich, dass er ein Schürzenjäger ist. Ich habe gehört, dass er siebenmal verheiratet war und 13 Kinder hat!«

»Aber das spricht doch nur für ihn. Ich freue mich richtig!«, antwortete Karin. Und fügte, als sie hinter dem Steuer saß, hinzu: »Steht er auch im Verdacht, die Leute im Altenheim umzubringen?«

»Jedenfalls spart er nicht an Medikamenten. Er hat mir alles Möglichen angeboten, Paracetamol und Gichtpillen und so.«

Im Büro der Centerleiterin Inger-Margrethe Jörgensen brannte Licht. Die halbe Nacht las sie in Gustav Kwiums hinterlassenen Aufzeichnungen über das Altenheim und dessen Personal. Alle hatten Noten bekommen, sie selbst inklusive, und in vielen Beziehungen hatten die Texte Ähnlichkeit mit den Ermahnungen, die während der Schulzeit in ihren Mitteilungsheften gestanden hatten.

Darüber hinaus enthielt das Buch Zitate und Bibelstellen, die er sich offenbar hatte merken wollen, sowie kurze Betrachtungen und Gedächtnishilfen. Eine Reihe kleiner Notizen, in denen es um Strafe ging, erregte ihre Aufmerksamkeit. Hatte der religiöse Lehrer sich schließlich doch vor der Hölle gefürchtet? Die allerletzte Eintragung im Protokoll lautete: »Heute kommt die Strafe«. Aber es hatte schon ungefähr einen Monat vor seinem Tod angefangen: »Ich hatte die Strafe vollkommen vergessen«. »Ich fürchte die Strafe trotz allem« und: »Ich hoffe, dass das nicht der Tag der Strafe ist.«

Er war schwächlich gewesen, aber nicht im eigentlichen Sinne dement. Es war seltsam, dass das Thema Strafe schließlich zu einer Art fixen Idee bei ihm geworden war. Sune hatte auch nicht verstehen können, was sich im Gemüt des Vaters gerührt hatte. Gustav Kwium war ein Mann gewesen, den im Himmel eher Belohnung als Strafe erwarteten sollte.

Die Centerleiterin teilte die Abendmedikamente selbst aus. Gleichzeitig legte sie ein paar Fallen aus. Sie hatte nämlich entdeckt, dass aus den verschlossenen Depots der alten Leute Medikamente verschwanden. Die Täterin musste unter den beschäftigten Helferinnen sein und sie wollte versuchen, die Schuldige zu entlarven. Sie notierte sich, wer auf den verschiedenen Abteilungen Dienst hatte und wo die verlockenden Medikamente deponiert waren.

Draußen auf dem Gang schlurfte die senile Johanne in Unterwäsche mit ihrer Gehhilfe herum. Sie guckte in alle Zimmer und schien nach etwas oder nach jemandem zu suchen.

Als sie Inger-Margrethe erblickte, steuerte sie auf sie zu und fragte: »Wer bist du?«

»Das weißt du doch. Ich bin's, Inger-Margrethe, ich bin die Krankenschwester und du weißt genau, dass du nachts nicht herumlaufen und die anderen stören sollst. Jetzt bringe ich dich in dein Zimmer und ins Bett.«

»Nein, vielen Dank, ich will nicht die Zähne in den Hals geschoben bekommen!«

»Ja, aber liebe Johanne. Das bekommst du doch auch nicht. Ich lege sie in dein Zahnglas.«

»Ihr habt Gustav die Zähne ganz tief in den Hals geschoben. Wenn ich sie nicht wieder zurechtgeschoben hätte, wäre er bestimmt keine schöne Leiche gewesen!«

»Hast du Gustavs Zähne zurecht geschoben? Das

war gut. Kannst du mir nicht ein bisschen mehr darüber erzählen? Wann hast du Gustavs Zähne zurecht geschoben?«

Inger-Margrethe Jörgensen nahm Johannes Hand und führte sie zu einem der hochlehnigen Stühle, die im Gang standen.

»Nimm die knochige Hand weg! Du bist nicht die, für die du dich ausgibst. Du wirst mich nicht beerben!«

»Nein, warum sollte ich das auch. Wir sind nicht miteinander verwandt, Johanne.«

»In Wirklichkeit bist du die Tochter des Holzschuhmachers aus Naestved, aber du glaubst, du bist die Königin von Saba«, knurrte Johanne.

Inger-Margrethe Jörgensen gab auf. Johanne glitt aus dem geistigen Dunkel hinaus und wieder hinein und jetzt befand sie sich außerhalb jeder intellektuellen Reichweite.

Karin Sommer erwachte schweißgebadet und wusste, dass jemand gelogen hatte. Oder dass alle logen. Oder dass eine große Lüge alle kleinen Lügen überdeckte. Eine große Lüge, die wie eine Nebelbank über Skejø lag. Woher kam dieses Gefühl? War es ein Traum, den sie schon wieder vergessen hatte? Oder war es das schleichende Gefühl, außen vor zu stehen? Außerhalb der Geschichte dieses Ortes und der kollektiven Geheimnisse seiner Bewohner?

Sie schaltete das Licht ein und sah auf die Uhr. Es war erst drei und sie war hellwach und müde zugleich. Das sah ganz nach einer dieser unfreiwilligen, wachen Nachtstunden mit Gedankenchaos,

Angst und Selbstvorwürfen aus. Warum also nicht gleich aufstehen und arbeiten? Sie schaltete den PC ein und stöberte in ihren Büchern herum. Sie lagen in meterhohen Stapeln auf Tante Agnes' Kacheltisch mit Hunderten von gelben Klebezetteln, die herausguckten, und überall auf dem Boden stapelten sich Ausdrucke und Kopien, die nach Themen und Kapiteln geordnet waren.

Die Idee zu dem Buch über das Wesen der Hexenjagd war ihr vor ein paar Jahren bei der Feier ihres 30-jährigen Berufsjubiläums als Kriminalreporterin gekommen, als einer ihrer Kollegen in seiner Rede auf all die Jagden zu sprechen gekommen war, an denen sie teilgehabt hatte: Die Jagd auf Schmuggler, die Jagd auf Rauschgifthändler, die Jagd auf Hintermänner, die Jagd auf Rocker, die Jagd auf Pädophile, die Jagd auf die Leute der alternativen Tvind-Schule, die in Verbindung mit Sektenwesen in Verruf geraten war, die Jagd auf Menschenschmuggler, die Jagd auf Terroristen – und was immer als Nächstes gekommen war.

Sie hatte gesehen, wie eine Welle der Hysterie die nächste ablöste, wenn die Feinde der Gesellschaft identifiziert waren. Sie hatte gesehen wie Sondergesetze entstanden und allgemeine Rechtsgrundsätze zerfielen und sie hatte begonnen, Ablaufmuster festzustellen – die Anatomie zu skizzieren, wie sie es ausdrückte. Hatte gesehen, wie Stimmungen gemacht wurden und welche Auswirkungen es auf den Rechtsstaat hatte, wenn man einem reellen oder einem eingebildeten Feind gegenüberstand.

Wenn wir kollektiv wissen, dass der Feind böse

ist, können wir bei der Beweisführung Abstriche machen. Und wenn sich keine Beweise finden, ist das nur ein verschärfender Umstand, der auf die Schuld des Feindes hinweist. Er ist so durchtrieben, gerissen und böse, dass man weder Beweise noch Zeugen aus der Erde stampfen kann.

Bei ihrer täglichen journalistischen Arbeit nützte ihr diese Einsicht nicht viel. Sie konnte versuchen, dem entgegenzusteuern und ab und zu einen Kommentar darüber zu schreiben, dass die Gesetze gerade diejenigen schützen sollten, denen die schlimmsten Verbrechen zur Last gelegt wurden. Aber das ließ ihre Aktien in der Chefetage nicht gerade steigen und im Redaktionssekretariat stand sie in dem Ruf, pingelig und schwierig zu sein, wenn sie zu kaltem Blut und kühlem Kopf riet.

Mit dem Kampf für die Rechtssicherheit von Rockern lassen sich nun mal keine Zeitungen verkaufen – darin konnte man Adam Lorentzen nur Recht geben.

So war die Idee zu dem Buch entstanden und die Verabschiedung des Terrorpakts durch die Regierung hatte den letzten Anstoß gegeben. Eine neue internationale Hexenjagd hatte begonnen.

Es war schwer, denn wer war nicht gegen den Terror? Wer war nicht gegen Verbrechen, Tod und Leiden? Wie sollte sie ihren Kernpunkt verständlich machen, dass es bei der Jagd auf das Böse um Spielregeln und Fairness ging? Dass der Rechtsstaat einen kühlen Kopf bewahren musste, wenn die Gefühle kochten.

Nein, damit ließen sich keine Zeitungen verkaufen – und Bücher wahrscheinlich auch nicht. Aber sie musste das Buch schreiben – um ihrer selbst willen, um das Bedürfnis, diese Einsicht weiterzugeben, zu befriedigen. Ein Ausdruck gewaltiger Egozentrik oder Missionierungsdrang? Das spielte keine Rolle. Mochte man sie ruhig als *politisch korrekt* oder *kulturradikal* bezeichnen. Das Buch musste geschrieben werden.

Freitag, 31. Mai

Gegen acht radelte Britta auf dem Nachhauseweg von ihrer Nachtwache an Karins Fenster vorbei. Als sie vom Fahrrad stieg, schwankte sie ein wenig. Da war auch die Ohnmacht bei der Geisterseance. War die Pflegehelferin kränklich, überarbeitet oder hatte sie ein Alkoholproblem? Karin beschloss, am Nachmittag, wenn die Frau geschlafen hatte, Eier bei ihr zu holen.

Auch sie fühlte, wie die Müdigkeit sich meldete. Sie wollte noch das historische Fallbeispiel schreiben und dann versuchen, einen Vormittagsschlaf zu halten. Sie wühlte in ihrem Bücherstapel und in ihren Notizen und fand schließlich, was sie suchte.

Theoretisch gesehen, konnten alle Menschen, Männer, Frauen und Kinder, einen Pakt mit dem Teufel schließen und zu Unholden werden, doch zumeist waren es Frauen und unter ihnen vor allem die Alten, die auf dem Scheiterhaufen landeten.

Im Hexenhammer, einer theologischen Schrift aus dem Jahr 1486, die zum Handbuch der Hexenjagd wurde, erklären die beiden männlichen Verfasser, warum vor allem Frauen einen Pakt mit dem Teufel schließen:

»Sie sind leichtgläubiger, empfänglicher für Eindrücke und sie haben falsche Zungen, mit denen sie einander Unartigkeiten erzählen. Und da sie sowohl geistig als auch körperlich schwächer sind, überrascht es nicht, dass sie leichter zur Hexerei verführt werden können.

Der vollkommen einleuchtende Grund, dass Frauen einen Pakt mit dem Teufel schließen, ist der, dass Frauen sinnlicher sind, was sich auch in ihrer verführerischen Haltung den Männern gegenüber zeigt.

In Wirklichkeit entspringt alle Hexerei der fleischlichen Lust, die bei der Frau unersättlich ist. Die Frau ist schließlich nur aus einer gebogenen Rippe entstanden und da sie als Folge dieses Makels ein unvollkommenes Tier ist, ist ihr Wesen immer betrügerisch.

Ohne die Boshaftigkeit der Frau – um gar nicht erst von Hexerei zu sprechen – wäre die Welt für unzählige Gefahren noch immer uneinnehmbar.«

»Die Tür ist offen. Kommen Sie einfach die kleine Treppe in der Diele hoch«, rief Britta Olsen aus dem Giebelfenster. »Ich zeige Ihnen mein Spielzimmer.«

Spielzimmer? Karin runzelte die Stirn und wusste nicht recht, was sie sich darunter vorstellen sollte. Spielte die Frau etwa mit Puppen?

»Ach, ein Puzzleraum!« Sie sah sich lächelnd um. Der Speicherraum wurde von sechs großen aufgebockten Tischplatten beherrscht. Auf jeder Platte lag ein riesiges Puzzle, an dem Britta arbeitete.

»Heute arbeite ich am Meer«, sagte sie und zeigte auf das entsprechende Puzzle. »Es hat 4000 Teile und alles ist blau in blau. Das ist eine wirkliche Herausforderung, nicht? Im Moment will es nicht so, wie ich will. In einer Stunde habe ich nur zwei richtige Teile gefunden.«

»Ich muss schon sagen, ich bin beeindruckt«, sagte Karin.

Die Pflegehelferin errötete froh und verlegen: »Ja, ich suche mir auch die schwersten aus. Keine mit deutlichen Linien und Mustern. Wald und Wasser und Berge und Felder sind eine größere Herausforderung und sie müssen mindestens 2000 Teile haben.«

Karin ging um die Tischplatten herum und bewunderte die Motive: Eine schweizerische Berglandschaft, ein Kornfeld mit Klatschmohn, ein Sternenhimmel mit der Milchstraße.

»Dann haben Sie ja für den Rest des Jahres genug zu tun?«, sagte sie.

»Mit dem, das hier liegt, möchte ich auf jeden Fall bis Oktober fertig werden«, sagte Britta selbstbewusst.

»Warum?«

»Irgendwie konkurriert man doch mit sich selbst, nicht? Im letzten Jahr habe ich 19 Puzzles geschafft – über 40 000 Teile. Aber es waren ein paar leichte darunter. Dieses Jahr will ich auf jeden Fall 20 schaffen. Man muss sich doch steigern, nicht?«

»Natürlich. Was machen Sie mit ihnen, wenn sie fertig sind?«

»Ich nehme sie auseinander und verbrenne sie.

Ich weiß, dass manche Leute sie mehrmals legen, aber für mich käme das einem Betrug gleich. Man könnte sich an einige Teile erinnern, sodass es beim zweiten Mal leichter wäre. Nein, der Buchhändler drüben weiß, dass ich jedes Quartal fünf neue brauche, also besorgt er sie mir. Und sie können nicht schwer genug sein, das weiß er.«

»Dann verbringen Sie den größten Teil ihrer Freizeit mit Puzzeln?«

Britta nickte und versuchte sich an ein paar blauen Teilen.

»Ja, hier oben sehen Sie immer Licht. Manchmal findet man ja ein Teil, nach dem man lange gesucht hat und dann passt plötzlich eine ganze Menge und es packt einen und man kann nicht mehr aufhören. In manchen Nächten komme ich überhaupt nicht zum Schlafen.«

»Und wenn es dann vor Ihnen liegt, schön und fertig, zerstören Sie es einfach?«

Karin hatte noch nie einen vom Puzzeln besessenen Menschen getroffen und war fasziniert. Ob die Müdigkeit und der Ohnmachtsanfall der kleinen Frau von den nächtlichen Kämpfen mit den Teilen herrührten?

»Ja, aber das macht mir nichts aus. Wenn es fertig ist, ist es fertig«, antwortete Britta.

Karin nickte und Britta fuhr mit einem für sie ungewöhnlichen Enthusiasmus fort: »Es geht einzig und allein darum, die richtigen Teile zu finden, damit alles passt, das ist spannend … und befriedigend.«

»Ja, das kann ich gut verstehen«, sagte Karin.

»Vielleicht sollte ich Sie gar nicht stören, aber eigentlich bin ich gekommen, um zu fragen, ob Sie ein paar Eier für mich haben?«

Das hatte sie. Und sie hatte auch Kaffee und Himbeerrolle und nicht das Geringste dagegen, gestört zu werden. Sie konnte am Abend noch immer ein paar Stunden puzzeln; im Fernsehen kam sowieso nichts Sehenswertes.

»Hier ist ein Kissen, machen Sie es sich bequem. Nein, Sie stören mich nicht. Ich bekomme so selten Besuch. Wenn man keine Familie hat und so. Und wenn man nicht zu den Vornehmen gehört.«

Die letzte Bemerkung hatte einen kleinen, scharfen Touch von Gekränktheit – oder war es Aggression? Karin nahm den Faden auf: »Macht man hier auf der Insel große Unterschiede zwischen den Vornehmen und den anderen?«.

»Man spricht nicht darüber, aber alle wissen, wer oben und wer unten ist. Und unten, da sind solche wie ich.«

Nein, das klang eher nach Bitterkeit, dachte Karin.

»Andere, mit denen ich gesprochen habe, sagen, dass sie hier auf der Insel nie Klassenunterschiede bemerkt haben.«

»Haha, aber wahrscheinlich werden sie auch nur von denen bemerkt, die man mit Füßen tritt«, antwortete Britta mit einem Schulterzucken.

»Wie meinen Sie das, mit Füßen tritt?«

»Die Art, wie sie einen ansehen und nicht zuhören, wenn man etwas sagt und nicht einmal wissen, ob sie einen grüßen sollen.«

»Wer sind denn die Vornehmen?«, fragte Karin.

»Ach, das sind viele. Die von den Höfen und großen Plantagen, der Kaufmann, der Fährmann, Inger-Margrethe und Sune und einige der Zugezogenen, die hohe Stellungen in Kopenhagen haben.«

»Sune Kwium, der wohnt doch gar nicht auf der Insel«, wandte Karin ein.

»Nein, aber damals hat er noch hier gewohnt. Der Sohn des Lehrers, nicht wahr? Mit denen aus den feinen Familien und dem Lehrer und dem Pfarrer und dem Geschäftsführer des Supermarkts und dem Gemeindevorsteher und dem Schmied und dem Bootsbauer und ihren feinen Kindern war das immer so eine Sache. Aber wenn man näher hinguckt, ist überhaupt nichts Feines an ihnen.«

Britta schnaubte verächtlich durch die farblosen Lippen.

Karin war so erschüttert über die sozialen Komplexe der Frau und ihr mit Aggressionen gemischtes Selbstmitleid, dass sie noch eine Scheibe von der Himbeerrolle in sich hineinstopfte, während sie überlegte, wie sie reagieren sollte. Sie kam zu keinem Entschluss, da Britta sich plötzlich über den Küchentisch lehnte und fragte: »Bekommt man als Journalistin oft anonyme Briefe?«

»Das kann vorkommen. Die meisten Personen des öffentlichen Lebens sind dem ausgesetzt.«

»Was machen Sie mit anonymen Briefen?«

»Ich archiviere sie senkrecht.«

»Senkrecht?«

»Ich werfe sie in den Papierkorb«, erklärte Karin.

»Ich habe einen bekommen. Man wirft mir vor ... Wollen Sie ihn sehen?«

Sie stand auf und öffnete die oberste Schublade des Tischwäscheschranks.

»Den habe ich heute bekommen.«

Sie nahm den Brief aus dem Umschlag und reichte Karin beides.

Das Briefpapier war ein Blatt anonymes Kopierpapier und der Text setzte sich aus farbigen Buchstaben zusammen – ausgeschnitten aus Reklamezeitschriften. Er lautete:

WIR WISSEN, DASS DU SIE UMBRINGST.

Der Umschlag war im Postbüro der Insel abgestempelt.

»Was für ein unangenehmer Brief«, sagte Karin.

»Was soll ich nur tun?«, fragte Britta mit zittriger Stimme.

»Ich denke, Sie sollten den Brief für den Fall verwahren, dass noch mehrere kommen. Wenn Sie Angst haben, können sie ihn auch direkt an die Polizei weitergeben, ja, vielleicht ist das sowieso das Vernünftigste«, überlegte Karin.

»Ich will keine Aufmerksamkeit auf mich ziehen. Dann denken die Leute noch, dass da etwas dran ist ... und solche Dinge verselbständigen sich leicht. Ich glaube, jemand will die Aufmerksamkeit auf mich lenken, um von sich abzulenken.«

»Und wer sollte das sein?«

»Der, der Gustav Kwium umgebracht hat.«

»Sind Sie sicher, dass er umgebracht wurde?«

»Alle glauben das.«

»Waren Sie denn an dem Nachmittag überhaupt im Center?«

»Ich hatte keinen Dienst, aber ich habe im Aufenthaltsraum gesessen und Stundenpläne geschrieben und ich habe Johanne und Kaj besucht. Ich finde, dass man die Bewohner wie ganz gewöhnliche Menschen behandeln sollte und deshalb mache ich manchmal Besuche, wenn ich frei habe. Man muss aufpassen, dass das Ganze nicht zu kalt und professionell wird.«

Karin nickte und Britta Olsen fuhr fort: »Ich sage Ihnen, Johanne ist ins Personalzimmer gekommen und hat mich mit meinen Zähnen aufgezogen. Ich kann doch nichts dafür, dass ich schiefe Zähne habe und, ehrlich gesagt, ich bin sauer geworden, aber nachher hat es mir Leid getan, weil sie doch eine senile, verwirrte, alte Frau ist, die nichts dafür kann. Deshalb bin ich, bevor ich nach Hause gefahren bin, zu ihr hinuntergegangen, um mich nett mit ihr zu unterhalten. Sie hatte Besuch von Kaj, der nebenan wohnt und die beiden haben mir ein Glas Kirschwein angeboten, das ich natürlich abgelehnt habe. Das ist eins unserer Prinzipien. Nur zu Weihnachten oder zu Diamanthochzeiten oder so ist ein Glas erlaubt.«

Karin versuchte, das Gespräch auf das Thema zurückzubringen: »Wenn wir einmal davon ausgehen, dass an den Gerüchten, dass Gustav Kwium Sterbehilfe bekommen hat, etwas dran ist – oder dass er ermordet wurde –, haben Sie dann eine Idee, wer das getan haben könnte?«

»Das schon, aber ich beschuldige niemanden.«

Und dabei blieb es. Britta weigerte sich konsequent, ihren Verdacht zu äußern, was Karin als sympathischen Zug empfand.

Sie hatte jedoch nichts dagegen, Karin mit einer Liste über die Personen zu helfen, die an dem Nachmittag, an dem Gustav Kwium starb, im Center waren.

Außer dem wachhabenden Pflegepersonal und Britta selbst umfasste die Liste:

- den Putzmann und Satanisten Mikael/Wolf
- den Sohn, Sune Kwium, und möglicherweise dessen Frau
- die Centerleiterin Inger-Margrethe Jörgensen
- den Arzt Jörgen Wad
- die Pfarrerin Anna Skov

– den Heiler-Franz und eine seiner Frauen. Britta wusste nicht welche, konnte jedoch berichten, dass sie Sine, Tine und Dina hießen.

Und dann war da noch Brian Klausen, der das Zimmer seines verstorbenen Vaters, Arnold Klausen, geräumt hat. Arnold Klausen war Bürgermeister vor dem Gemeindezusammenschluss.

Und natürlich die übrigen Bewohner des Centers.

»Brian Klausen bin ich noch nicht begegnet«, sagte Karin.

»Seien Sie froh«, sagte Britta. »Die nehmen sich verdammt wichtig in der Familie. Brian wird einmal Minister, das glaubt er jedenfalls. Er kandidiert für die Demokratische Volkspartei.«

Karin wollte das Thema nicht weiter vertiefen. Sie würde Brian Klausen in jedem Fall aufsuchen und interviewen. Er betrieb von der Insel aus eine

IT-Firma und war ein Paradebeispiel für die jungen Leute, die auf der Insel geblieben waren und die neuen technologischen Möglichkeiten nutzten.

Britta wischte sich die Stirn trocken und Karin fiel auf, dass sie schwitzte und sehr blass war.

»Vorgestern bei der Veranstaltung sind Sie ohnmächtig geworden. Geht es Ihnen wieder besser? Im Moment haben viele Leute die Grippe«, sagte sie leichthin.

»Ja, ich glaube, ich habe mir irgendeinen Virus eingefangen. Zum Glück habe ich am Wochenende frei. Vielleicht sollte ich mich gleich ein bisschen hinlegen.«

Karin stand schnell auf: »Ja, ich muss auch sehen, dass ich nach Hause komme.«

»Es hat gut getan, mit Ihnen zu reden. Fast, als hätte man eine Freundin.«

Ihre kleinen, wasserblauen Augen bedachten Karin mit einem Hundeblick und ihre Stimme hatte wieder den selbstmitleidigen Ton, der Karin sich unwohl fühlen ließ.

Puh, sie musste hier raus, weg von dieser klammernden, weinerlichen Frau.

»Jetzt ist mir der anonyme Brief auch egal. Ich archiviere ihn senkrecht«, fuhr Britta fort und lächelte tapfer.

»Ich denke, Sie sollten ihn für den Fall aufbewahren, dass noch andere dieser Art auftauchen«, sagte Karin.

»Ja, wenn Sie meinen. Danke, dass Sie sind, wie Sie sind«, sagte Britta einschleimend.

Arm, hässlich, dumm und uncharmant. Die Inkarnation aller Mobbing-Opfer. Wie viel Pech kann man eigentlich haben?, dachte Karin und schämte sich ihres Abscheus vor der Frau. Um dieses insgeheim unakzeptable Gefühl zu überdecken, würde sie sich besonders bemühen, Freundlichkeit und gute Nachbarschaft zu demonstrieren, beschloss sie, während sie ihren Tee kalt pustete.

Wer weiß, wer hinter dem anonymen Brief stand und was der Betreffende erreichen wollte? Aber Britta war genau der Typ, der auf alle möglichen wirren Aggressionen Magnetwirkung hatte.

Karin beschloss, sich die Pfarrerin Anna Skov einmal näher anzusehen, die sich, sollte der Satanist die Wahrheit gesagt hatte, nachts in die Leichenhalle schlich. Sie schaltete ihren Computer ein und suchte im Archiv der »Sjaellandsposten« und mit Hilfe diverser Suchmaschinen, doch die Ausbeute war mager. Die Lokalredaktion hatte Anna Skov natürlich bei deren Amtsantritt interviewt, doch hatte die Pfarrerin bereits in der Einleitung erklärt, dass sie als Person uninteressant sei, da sie nur ein Werkzeug des Herrn war.

Der Leser erfuhr nur, dass ihre Mutter von Skejø stammte und dass sie einige Jahre in den USA gelebt hatte, bevor sie nach Dänemark zurückgekommen und Pfarrerin geworden war. Kein Wort darüber, was sie in den USA gemacht hatte.

Also musste Karin auf ihre beste lebende Quelle zurückgreifen.

»Ja«, sagte Tante Agnes am Telefon. »Anna Skov

ist ein sehr reservierter Mensch. Ich glaube, sie hat ein Geheimnis.«

»Wer war ihre Mutter?«, fragte Karin.

»Sie hieß Aase und war erst 17 oder 18 und ledig, als sie Anna bekam. Das muss ungefähr 45 Jahre her sein – 1957 oder 58 und hier war das damals ein schrecklicher Skandal. Das Mädchen hat die Insel verlassen, bevor man etwas sehen konnte und es ging das Gerücht um, dass das Kind zur Adoption freigegeben werden sollte.«

»Wer waren Aases Eltern?«

»Sie waren Fischer und ordentliche Leute. Sie haben in dem roten Holzhaus auf der Landspitze gewohnt, das jetzt als Ferienhaus dient.«

»Und was ist mit dem Vater des Kindes – dem Vater von Anna Skov?«

»Tja, von ihm weiß man nichts. Irgendein Knecht, hieß es – vielleicht einer von *drüben*.«

»Und Aase und das Kind sind nicht nach Skejø zurückgekommen?«

»Nee, sie hat sich zu sehr geschämt, hieß es.«

»Aber sie hat das Kind behalten?«

»Ja, und sie hat in sehr bescheidenen Verhältnissen gelebt. Zuerst hat sie in Kopenhagen gewohnt, aber später irgendwo auf dem Land eine Stelle als Haushälterin angenommen. Das war nahezu das Einzige, was man damals tun konnte, wenn man allein stehend war und keine Ausbildung hatte. Und oft bekam man als Lohn nur Kost und Logis und eine Art ehelichen Status ohne Papiere. Es war …«

Karin unterbrach sie. Eine schlechte Angewohnheit der zielstrebigen Journalistin.

»Lebt sie noch?«

»Keine Ahnung.«

»Glaubst du, dass Anna Skov verbittert ist?«, fragte Karin.

»Wer weiß? Damals war man als uneheliches Kind schon irgendwie abgestempelt. Glücklicherweise hat sich das inzwischen geändert. Ich gehöre wirklich nicht zu denen, die von den guten, alten Tagen schwärmen. Nein, es war …«

»Was halten die Leute von ihr als Pfarrerin?«

»Der Gemeinderat hätte lieber jemanden gehabt, der verheiratet ist, aber viele standen wohl nicht zur Auswahl.«

»Ist sie als Pfarrerin beliebt?«

»Tja, die Gottesdienste sind nicht gerade Publikumsreißer, aber das sind sie wohl nirgendwo? Einige meinen, sie sollte die soziale Komponente mehr betonen, Kaffee und Kuchen im Pfarrgarten und so. Andere sind der Ansicht, dass sie für die Kinder eine Pfadfindergruppe organisieren sollte.«

»Aber sie kommt oft ins Altenheim?«

»Ja, und das muss man ihr hoch anrechnen. Wenn die Kinder *rüber* aufs Festland gezogen sind, kommen sie ja nicht so häufig zu Besuch, aber die Pfarrerin kommt und hört sich all das Gequassel und Gezeter an, das die alten Quatschköpfe von sich geben. Das schaffe nicht einmal ich. Ja, entschuldige, aber glaub mir, das Schlimmste am alt werden ist, dass man mit so vielen senilen Idioten zusammen ist.«

Agnes lachte leicht, als wollte sie der Aussage die Schärfe nehmen.

»Hat sie auch Gustav Kwium besucht?«, fragte Karin.

»Fast jeden Tag, glaube ich.«

»Wenn ihm also jemand Sterbehilfe geleistet hat, könnte das auch sie gewesen sein?«

»Sicher.«

»Ich habe gehört, dass sie dem Leichenbestatter bei der Herrichtung der Toten gewöhnlich hilft?«

»Ja, sie kommen zusammen und begleiten die Toten mit Gesang aus dem Haus ... Das erinnert mich daran, dass ich auch Psalme und Lieder aussuchen muss. Ich bin nicht besonders gläubig und eigentlich wäre es mir am liebsten, wenn ihr bei meiner Beerdigung ›*Eine Seefahrt, die ist lustig*‹ singt.«

Karin lachte: »Das werde ich auch für dich singen, nur vielleicht nicht gerade in der Kirche. Und sollten wir nicht erst deinen 80. Geburtstag feiern, bevor wir das Begräbnis planen?«

»Und ich will Harmonikamusik«, fuhr Agnes unbeirrt fort. »Die ist so beschwingt. Ehrlich gesagt, möchte ich diese Dinge gerne geregelt haben, denn man weiß ja nie und man will die Welt schließlich stilvoll verlassen. Dafür mußt du sorgen, das Haus kannst du beleihen. An der Bewirtung darf nicht geknausert werden!«

»Stopp, Agnes. Du wirst noch viele Jahre leben«, protestierte Karin.

»Da bin ich mir nicht so sicher. Wir werden abgewählt, wie du weißt.«

»Also, Agnes! Wer sollte denn ...?«

»Ja, das fragen wir uns auch, aber Johanne hat

eine Idee. Sie will mit dem Polizisten reden, wenn er am Dienstag kommt. Leider bin ich der Meinung, dass sie zu viel Unsinn redet. Sie weiß etwas, aber mal ist es da und dann wieder nicht und sie ist nicht lange genug klar, um es fassen zu können«, sagte Agnes.

Das Wasser schoß dem Arzt Jörgen Wad in die Augen, als er in einem plötzlichen Anfall von Eitelkeit versuchte, sich die Trollhaare zu entfernen, wie er die Haarbüschel nannte, die aus Nase und Ohren guckten. Er war mit einem dieser schrecklichen Nasenhaarschneider zu Gange – gekauft über ein Versandhaus. Es war ein Gefühl, als risse er sich die Haare ganz langsam aus, eins nach dem anderen. Lustig, dass diese sonderbaren Haare und Gewächse auch im Alter noch gediehen, während so vieles andere zum Stillstand kam. Er meinte auch, mehrere braune Flecken und warzenartige Hautveränderungen bekommen zu haben und wie er da stand und sich im Badezimmerspiegel betrachtete, zog er unwillkürliche eine Parallele zu toten Baumstümpfen, die mit Moos und Pilzen bewachsen waren.

Er streckte sich und versuchte, seinen Körper objektiv zu beurteilen. Das Alter hatte den Rücken ein wenig gekrümmt, aber sonst war er noch einigermaßen gut erhalten, dünn, drahtig und stark. Doch, er konnte sich noch immer vor einer Frau sehen lassen, aber das letzte Mal war lange her. Er versuchte nachzurechnen. September oder Oktober? Es war ziemlich daneben gegangen. Halbherzig, halbsteif und halbfertig. Später hatte eine Pharmafirma ihm eine Reklamepackung Viagra geschickt und er war sich lächerlich vorgekommen, als er das Potenzmittel in die Nachttischschublade legte. Da lag es noch immer. Er holte die Packung heraus und studierte den Beipackzettel. Sollte er es versuchen? Nein, allein die Vorstellung, dass die Wirkung völlig unkontrollierbar sein könnte ... und außerdem hatte er keine Ahnung, ob sie Interesse hatte. Er war sich nicht einmal sicher, ob er welches hatte.

Entspann dich, du alter Narr, dachte er halblaut, während er eine legere kurze Hose und eine gestreifte Trainingsjacke anzog, die gut zu dem gestutzten grauen Vollbart passte, der zusammen mit der Bürstenfrisur sein mageres, markantes Gesicht einrahmte.

Karin Sommer trank ein Glas Weißwein und putzte sich sorgfältig die Zähne, um nicht aus dem Mund zu riechen. Jörgen Wad sollte sie nicht für eine Alkoholikerin halten, aber ein Glas oder zwei ließen sie von Anfang an lockerer sein und sich wohler fühlen.

Nach Britta und ihren Puzzlespielen freute Karin sich auf das Gespräch mit einem Menschen, mit dem sie mehr auf einer Wellenlänge war. Und sie erinnerte sich, wie seine Augen die ganze Zeit gelächelt hatten. Ein sanfter, alter Mann mit Humor. Und richtig gut aussehend für sein Alter. Es könnte schlimmer sein, sehr viel schlimmer, dachte sie und spritzte sich Parfüm auf die Handgelenke.

Der Anfang des Abends war trotzdem von der Befangenheit geprägt, die Menschen zweierlei Geschlechts gerne befällt, die ein Zusammensein allein arrangiert haben. Was will ich? Was will der andere? Was wird erwartet?

Er zeigte ihr den Garten und das Grundstück und sie nahmen den ersten Drink auf der Bank mit Aussicht über das Wasser, während sie über das Wetter und die Obstbäume redeten.

Er hatte einen Lachssalat vorbereitet und auf dem Balkon den Grill startklar gemacht. Jetzt öffnete er eine Flasche Weißwein und legte eine Jazz-CD auf. Sie lobte den Salat, den Wein und die Musik – genau wie sie sich lobend über das Haus, den Garten und die Aussicht geäußert hatte.

Erst nach dem Salat und dem größten Teil des Weißweins entspannten sie sich und wurden persönlicher. Es begann damit, dass er sagte: »Es passiert nicht oft, dass interessante Frauen nach Skejø kommen. Um ehrlich zu sein, bin ich angesichts unserer Verabredung heute Abend nervös wie ein Teenager gewesen. Lustig, dass das nie aufhört. Ich war vier Mal verheiratet. Was ist mit Ihnen?«

»Kein Ehemann, keine Kinder, aber dafür hatte ich einen jungen Liebhaber.«

Was für eine schwachsinnige, peinliche Prahlerei, dachte sie im selben Moment, in dem sie den Satz ausgesprochen hatte.

»Hatte?«, fragte er.

Sie nickte. »Er ist jetzt in den USA.«

Er erzählte von seinen Frauen und seinen Kindern und der Flucht nach Grönland und sie erzählte von ihrem Leben als Single, von ihrer Arbeit und ihren Freunden.

Kurz nach Mitternacht lehnte sie einen Cognac ab: »Ich muss ja noch nach Hause fahren.«

»Das brauchst du nicht«, sagte er, umarmte sie vorsichtig und steckte die Nase in ihr Silberhaar.

»Nein, das brauche ich wohl nicht«, antwortete sie.

Sie ließen sich Zeit. Es wurde eine Nacht des ruhigen, intensiven und befriedigenden Genusses. Jörgen Wad machte die Erfahrung, dass er auch ohne Viagra zurechtkam und Karin Sommer formulierte unbewusst die Überschrift zu dieser Nacht in einem Wort: *Qualitätserotik*.

Sie sagten nicht viel. Es war, als hätten sie ein stillschweigendes Übereinkommen getroffen, den zarten Anfang nicht mit Worten zu belasten.

Samstag, 1. Juni

Er war nach dem Frühstück ins Bad gegangen und sie machte sich nützlich, indem sie in seiner kombinierten Wohnküche für Platz sorgte. Milch und Butter zurück in den Kühlschrank, den Deckel auf die Marmelade und die Tassen in die Spülmaschine. Die Cognacflasche von gestern Abend? Ja, da war das Regal mit den Spirituosen. Die Flasche war in einem Geschenkkarton aus Goldpappe gewesen und in der Verpackung steckte noch immer eine Karte. Neugierig öffnete sie sie und las:

Lieber Dr. Wad!
Danke für die Hilfe. So haben diese schrecklichen Schmerzen doch noch ein Ende gefunden.
Mit freundlichen Grüßen Sune Kwium

Aha. Er war also Sune Kwiums Wunsch nach Morphium für den Vater nachgekommen. Einen kurzen Moment spürte sie, wie ihr das Blut aus dem Kopf lief und sie war erschüttert, doch dann riss sie sich zusammen. Jörgen Wad hatte gestern die aktive Sterbehilfe mehr oder weniger befürwortet. War es denkbar, dass Gustav Kwium nicht der Einzige war, dem er geholfen hatte? Und dass Tante Agnes und die anderen Bewohner des Altenheims Recht damit hatten, dass die Alten »heimgeschickt« wurden? Einer nach dem anderen.

Hatte sie heute Nacht *Doctor Death* geliebt?

Er kam mit einem mitternachtsblauen Handtuch um die Hüfte und einem breiten Lächeln auf den Lippen herein.

»Na, Schöne, was für Pläne haben wir für heute?«

Es war Samstag und es hatte in der Luft gelegen, dass sie ihn zusammen verbringen würden.

Sie lächelte zurück.

»Tut mir Leid, aber ich muss mich zur Disziplin ermahnen. Drei Artikel und ein Buch rufen nach mir.«

»Oh«, sagte er enttäuscht. »Aber essen musst du auf jeden Fall. Probier es mal mit Jörgens Thai-Küche! Wann soll ich dich abholen?«

»Danke, das ist lieb von dir, aber wenn ich an dem Buch arbeite, mache ich mich am liebsten von der Zeit unabhängig. Ich will sozusagen in meinem Universum ungestört sein.«

»Das verstehe ich gut, ich dachte nur …«

Er hatte etwas Rührendes an sich. Er sah verwirrt aus und klang wie ein enttäuschtes Kind, aber sie brauchte ein wenig Zeit zum Nachdenken.

Als er sie zum Abschied umarmte, bereute sie ihren Aufbruch beinahe, aber dann rief sich Karin zur Ordnung und murmelte: »Wir telefonieren, bis bald.«

»Natürlich«, antwortete er.

»Ich möchte nicht vor meiner Zeit gehen«, sagte Tante Agnes bestimmt und schlug nach einer Wespe, die über der Dose mit der Entenpastete kreiste, die das Hauptgericht ihres improvisierten Picknicks bildete.

»Nein, natürlich nicht«, antwortete Karin und öffnete eine Flasche Cidre.

Der Tag war ein wenig anders verlaufen als geplant. Auf dem Heimweg von Jörgen Wad hatte sie bei Kaufmann Klausen Proviant und drei Zeitungen gekauft, sie am Küchentisch im Fliederhaus gelesen und sich anschließend entschlossen an die Arbeit gesetzt.

Thomas hatte ihr aus New York eine Mail geschickt, sehr berufsmäßig: »Wenn du dich für Hexenjagd interessierst, komm in die USA. Der Ankläger muss nur das Wort Terror flüstern und alle Rechtsvorschriften sind aufgehoben. Praktisch gesehen werden nahezu keine Ansprüche an Beweise gestellt und die Leute willkürlich eingesperrt, vor allem die Dunkelhäutigen. Nach dem 11.September sind die USA zu einem juristischen Tollhaus geworden.«

Außer *Viele liebe Grüße* stand kein persönliches Wort in der Mail.

Ein Gefühl der Einsamkeit, Mutlosigkeit und Müdigkeit hatte sie überfallen. Warum verbrachte sie den Tag nicht zusammen mit Jörgen Wad? Hatte sie wieder etwas zerstört, bevor es überhaupt begonnen hatte? Warum war sie so empfindlich? Die ganze Welt war aus den Fugen geraten und sie versuchte einen kleinen Teilbereich zu moralisieren?

Zum Teufel mit der Hexenjagd – und der eventuellen Sterbehilfe auf Skejø! Warum hatte sie dieses Bedürfnis, nicht nur eine Meinung zu haben, sondern auch andere von dieser verdammten Meinung überzeugen zu müssen?

»Ich habe heute keine Lust, über die Hexenjagd zu schreiben. Außerdem sind moralische Bauchschmerzen ziemlich unmodern und völlig pathetisch. Was zählt, ist Belastbarkeit und jeder ist sich selbst der Nächste«, schrieb sie an ihren jungen Freund in den USA.

Sie spürte eine beginnende Depression und beschloss, dieser vorzubeugen.

»Ich habe mir gedacht, dass wir etwas zu essen auf die Landspitze mitnehmen«, hatte sie zu ihrer Tante gesagt und jetzt saßen sie an dem Picknicktisch auf der Nordspitze der Insel und genossen es jedes Mal, wenn die Sonne zwischen den Wolkenfetzen auftauchte.

Sie hatte Agnes nicht verunsichern wollen, indem sie ihr von ihrem Verdacht gegen den Arzt erzählte, aber die Tante hatte das Thema aktive Sterbehilfe selbst aufgegriffen. Sie hatte im Morgenfernsehen eine Sendung gesehen, in der einige Politiker über Euthanasie diskutiert hatten.

»Für mich ist das Schwerste am Sterben, dass ich so neugierig bin und wissen will, wie es weitergeht. Deshalb will ich alles mitbekommen«, sagte sie.

»Natürlich«, antwortete Karin.

»Deshalb hoffe ich, dass es nicht gesetzlich erlaubt wird, uns umzubringen.«

»Ja, aber davon kann doch überhaupt keine Rede

sein. Man diskutiert nur die Möglichkeit, die Leute selbst entscheiden zu lassen, wann sie sterben wollen und ihnen gegebenenfalls ordentliche Hilfe dabei zu leisten.«

»Wählen und wählen. Ich habe Angst, dass das eine böse Rutschpartie wird! Stell dir nur mal vor, wie teuer es ist, uns alte Würmer am Leben zu erhalten und wer will schon der Familie zur Last fallen, wenn man nur eine Spritze zu *wählen* braucht!«

»Unsinn! Jetzt hör aber auf, Agnes!« Sie hatte einen Schimmer von Angst in den Augen der Tante gesehen, was für diese ganz ungewöhnlich war.

»Was gibt es sonst Neues im Center?«, fragte sie in dem Versuch, das Thema zu wechseln, was jedoch anders aufgefaßt wurde.

»Nun ja, alle sind nervös – auch das Personal. Das ist nur zu verständlich, wenn die Leute auf diese Weise sterben und wenn darüber diskutiert wird, das auch noch zu legalisieren ...«

»Wie zeigt sich diese Nervosität?«

»Sie liegt in der Luft. Gibst du mir ein Stück Käse?«

»Saga – den magst du doch am liebsten, nicht? Was hältst du von Britta Olsen?«

»Ein armes Ding, ohne Rückgrat. Man hat sie nicht gerade gut behandelt, aber sie macht es sich auch nicht leicht.«

»Für mich ist sie der typische *kick-me-type*.«

»Wie bitte?«

»Ein Tritt-mich-Typ. Jemand, der nur darum bittet, schlecht behandelt zu werden.«

Die Tante nickte nachdenklich und goss Kaffee

aus der Thermoskanne ein. Als sie ihren Zigarillo angezündet hatte, sah sie die Nichte schelmisch an: »Und, wie war dein Abendessen mit Doktor Wad?«

»Gemütlich«, antwortete Karin und wechselte abrupt das Thema: »Wie ist eigentlich eure Centerleiterin, Inger-Margrethe Jörgensen?«

»Sehr ordentlich und sehr respektiert, aber …«, antwortete die Tante und hielt inne.

»Aber was?«

»Auch sie hat ihre Schattenseiten.«

»Wie meinst du das?«

»Da ist etwas in ihrem Ausdruck. In der letzten Zeit ist sie sehr kurz angebunden und wirkt sehr unkonzentriert. Und dann schließt sie sich manchmal in ihrem Büro ein, heißt es. Vielleicht hat sie uns satt. Das verstehe ich nur zu gut, aber sie hat sich diese Arbeit schließlich selbst ausgesucht, nicht?«

Karin nickte.

»Sie finden niemanden mehr dafür«, sagte die Tante.

»Wofür?«

»Um Krankenschwester oder Helferin zu werden. Und jemand muss sich ja um uns kümmern, deshalb annoncieren sie jetzt in Polen und Russland. Hier sind sich alle zu fein für so eine Arbeit«, lachte sie und fuhr fort:« Wie wäre es mit einer Spazierfahrt?«

Sie nahmen die Hauptstraße und machten Abstecher in die meisten Seitenwege der Insel. Jetzt, unmittelbar vor Saisonbeginn, gab es mehrere kleine Straßenstände mit Marmelade im Sonderangebot und bei einem Imker kaufte Karin ein Glas Honig. Bei den Schafzüchtern bewunderten sie mit Pflanzenfarbe gefärbte Wolle und Karin verspürte den starken Drang einen Pullover zu stricken, aber sie wusste, dass das nur eine Übersprunghandlung wäre, und widerstand. Diesen Samstag hatte sie sich frei gegeben, aber dann waren das Buch und die Artikel an der Reihe – und nichts anderes.

»Willst du Tee oder Kräutermedizin kaufen?«, fragte sie, als sie am Blomme-Hof vorbeikamen.

»Nein danke, und ich will mir auch kein Horoskop aufstellen lassen oder den Namen ändern und so weit ich weiß, bin ich nicht von bösen Geistern besessen«, antwortete die Tante.

Der Heiler-Franz, der in einem ausrangierten Lehnstuhl in der Einfahrt des vierflügeligen Hofes saß, hob die Hand zum Gruß, als sie vorbeifuhren.

»Weißt du etwas über ihn?«, fragte Karin.

Die Tante schüttelte den Kopf.

»Aber ich bin sicher, dass er Eigil Andersen von *drüben* kannte. Irgendwann habe ich einmal ein Gespräch zwischen den beiden mit angehört und mitbekommen, dass sie zusammen gewohnt haben.«

»Was hat Eigil Andersen gemacht, bevor er das Blutgerinnsel bekam?«

»Eigentlich glaube ich nicht, dass er irgendwann einmal etwas Vernünftiges getan hat. Als er noch jung war, hat es viel Ärger mit ihm gegeben und seine Eltern waren auch nicht besser. Arbeitslos, versoffen, faul. Ja, man soll nicht schlecht über die Toten reden, aber solche Menschen gibt es eben.«

»Auf so einer kleinen Insel dürfte das nicht so einfach sein?«

»Deshalb ist er wohl auch rüber gegangen.«

»Ein mieser Typ also«, sagte Karin. »Unter uns gesagt, ich kann dir versichern, dass an Eigil Andersens Tod nichts Mysteriöses war«, fuhr sie fort, weil sie die Tante gerne beruhigen wollte. »Er war medikamentensüchtig und hat eine Überdosis genommen. Das weiß ich von Jörgen Wad.«

»So ein Unsinn.«

»Wie meinst du das?«

»Er war nicht süchtig. Sie konnten nur mit Mühe eine Kopfschmerztablette in ihn hineinbekommen.«

Sie hatte den Computer eingeschaltet, auf dem Bildschirm ein paar Patiencen gelegt und ihn wieder ausgeschaltet. Sie konnte sich nicht auf die Arbeit konzentrieren und begann stattdessen zu staubsaugen und Ordnung in ihre Bücherstapel, Artikel und Notizen zu bringen. Als nichts mehr zu tun war, öffnete sie eine Flasche Rotwein, obwohl sie wusste, dass sie das besser sein lassen sollte. Sie warf sich auf das olivgrüne Plüschsofa, legte ein Kissen unter das von Gicht geplagte Knie und ließ die Erinnerungen an die erotische Nacht sanft durch sich hindurchrieseln.

Er war ein wirklich guter Liebhaber, aber an Übung dürfte es ihm auch nicht fehlen. Wie um Himmels Willen konnte jemand viermal heiraten und acht Kinder bekommen?

»Ich habe nicht gewählt, ich bin gewählt worden

– jedes Mal«, hatte er ihr erklärt. »Ich hatte schon immer ein Talent, starken Frauen zu begegnen, die wussten, was sie wollten. Eine von ihnen war sogar gewalttätig und hat mich verhauen!«

»Und was hast du daraufhin getan?«

»Ich bin zu meiner Geliebten geflohen, die hat mich verteidigt – rein physisch sogar! – und mir bei der Scheidung geholfen. Sie wurde meine dritte Frau und sie war in Ordnung. Wir sehen uns noch immer.«

»Warum hast du dich dann von ihr scheiden lassen?«

»Der Schwanz hat mich von ihr weggezogen – ähh – eine dumme Entschuldigung! Ich habe eine Kollegin geschwängert, bin zu Hause rausgeflogen und habe die Kollegin geheiratet.«

»Ein abwechslungsreiches Familienleben«, hatte Karin neutral kommentiert.

»Ein heilloses Durcheinander«, hatte er geantwortet. »Erst Ende 40 habe ich angefangen, mein Leben selbst in die Hand zu nehmen und bin nach Grönland geflohen.«

»Da gab es doch wohl auch Frauen, die dich herumkommandieren konnten?«

»Schon, aber ich habe mich nicht mehr wählen lassen.«

In Gedanken versuchte Karin, die Konturen des Mannes zu zeichnen: Weich, konfliktscheu, befehlsgehorsam, schwach? Doch seine Selbstironie war auf jeden Fall ein mildernder Umstand und sein direkter und wenig verlegener Bericht über seine Vergangenheit als Pantoffelheld und Gewaltopfer war äußerst ungewöhnlich und sympathisch gewesen.

Als sie die halbe Flasche leer getrunken hatte, rief sie ihn an. Er schien sich zu freuen.

»Wir können einen kleinen Abendspaziergang machen«, schlug er vor.

»Und in Connies Grill im Hafen einen auf den Kopf hauen«, fuhr sie fort.

»Ja, warum nicht? Das ist genauso gut als würden wir unsere Verlobung bekannt geben«, sagte er.

»Hast du keine Angst um deinen Ruf?«

»Nein, ich habe nichts zu verlieren. Du?«

»Nein, und außerdem bleibe ich nicht auf der Insel.«

Er lachte die ganze Zeit. Das war das Beste an ihm, dachte sie. Das Lächeln, das auf seinem Gesicht festgewachsen war, die Lachlust, das absolute Fehlen von Selbstbeweihräucherung oder Blasiertheit.

»Ich bin zu alt, um mich zu verstellen oder Rollen zu spielen«, sagte er, als sie zum Hafen hinuntergingen.

»Wie erfrischend«, antwortete sie. »Ich freue mich darauf, auch so alt zu werden, weil ich immer krampfhaft versuche, die Fassade aufrecht zu halten.«

Sie lachten und sie genoss den Abendspaziergang über die Hauptstraße so sehr, dass sie die Schmerzen in ihrem Knie vergaß. Der Fährhafen schien an diesem milden Sommerabend das allgemeine Ausflugsziel zu sein und Jörgen Wad nickte und grüsste nach allen Seiten. Sie genoss die Situation und die aufkeimende Verliebtheit, war sich jedoch ständig der Tatsache bewusst, dass zwischen ihnen eine unsichtbare Mauer war. Die Frage, ob im Altenheim aktive Sterbehilfe geleistet wurde, konnte und wollte sie nicht mit ihm erörtern und gefühlsmäßig wollte sie sich keine Blöße geben. Ihre Erfahrungen mit Verrat und Bosheit machten sie wachsam.

Die Fähre pendelte und lief den kleinen Hafen einmal in der Stunde an. Von den Tischen, die draußen vor dem Grill standen, beobachteten die Leute diskret den Verkehr, während sie Würstchen, Fritten und vor Öl triefende Mastküken aßen. Die drei Trunkenbolde der Insel verfolgten alles von ein paar Kisten vor einem kleinen Fischereischuppen aus, auf denen sie saßen und ein Bier nach dem anderen kippten. Im Sommer waren die Tage lang und es konnte schon einmal vorkommen, dass sie nicht bis nach Hause kamen, sondern im Sitzen ein paar Stunden schliefen, bis ihnen am nächsten Tag ein neuer Fang Bier ins Netz ging. Die feinen Pensionäre hatten ihre eigene Bank, wo sie Kaffee aus Thermosflaschen tranken und mitgebrachten Sandkuchen teilten.

Sie kauften ein paar Bier – vor allem, um sich das Recht auf einen der standesgemäßen Sitzplätze auf den Plastikstühlen vor Connies Grill zu sichern, wo es im Übrigen nach Friteuse stank.

Jörgen machte eine ausladende Handbewegung und sagte: »Das also ist unser geselliges Abendleben auf Skejø. In ungefähr einem Monat sieht es bunter aus, dann treffen langsam die ersten Sommergäste ein.«

»Ich kann auf Anhieb drei Gesellschaftsschichten unterscheiden: die Nuckelnden, die Schnuckligen und die Vornehmen«, sagte Karin und zeigte diskret auf die Trinker, die Pensionäre und die Gäste der Grillbar.

Er lachte und sagte, dass sie eine lustige Art habe zu beobachten und diese Beobachtungen in Worte zu fassen.

»Das ist mein Job«, antwortete sie. »Ich muss doch die Artikel über das Inselleben schreiben – von dem Buch gar nicht erst zu reden, aber heute hat mich eine Arbeitshemmung gepackt.«

»Ich hoffe, ich bin die Ursache«, sagte er und hob fragend die eine Augenbraue. Gerade diese Augenbraue, die sich unabhängig von dem restlichen Gesicht bewegte, war ein sehr anziehender Zug in seinem schönen Gesicht, dachte sie und wollte ihn nicht enttäuschen: »Ja, wahrscheinlich habe ich letzte Nacht nicht so fest geschlafen.«

Sie saßen eine Weile schweigend da, dann sagte er: »Diese Streitschrift über die Hexenjagd – du bist ein sehr engagierter Mensch, sehr begeisterungsfähig?«

»Tja, ja und nein. Ich weiß es nicht. Heute sind mir so meine Zweifel gekommen, inwieweit ich die Welt mit meinen Analysen und Gesichtspunkten behelligen soll. Sie sind schon früher veröffentlicht worden, es macht also eigentlich keinen Sinn – und man kommt ganz schön ins Schwitzen dabei.«

Letzteres war eine Metapher für den psychischen Stress.

»Natürlich musst du es schreiben«, sagte er.

»Engagement und eigene Meinungen sind heutzutage sehr unmodern«, sagte sie.

»Dann ist es gut, dass wir zu alt sind, um mit der Mode zu gehen«, sagte er und nahm ihre Hand und fuhr fort: »Ich bewundere Leute wie dich, die etwas *tun*. Ich selbst habe weder das Talent noch den Mut dazu.«

»Das klingt, als wäre ich eine Straßenpartisanin. Es geht doch nur um ein Buch. Und außerdem möchte ich mir gern ein anderes berufliches Umfeld schaffen, um die Möglichkeit zu haben, mich in das, woran ich arbeite, mehr vertiefen zu können.«

Er nickte und sagte: »Ich habe mich in dich verliebt.«

Sie fühlte sich überrumpelt. Es war sehr lange her, dass jemand sich ihr so direkt erklärt hatte und ihr fehlte die Routine in derartigen Dingen, sodass ihr nichts anderes einfiel als: »Danke. Gleichfalls, glaube ich.«

»Wir könnten dem eine vorsichtige Chance geben«, sagte er.

Sie nickte.

Die romantische Seance wurde unterbrochen und eigentlich spürte sie mehr als sie sah, wie sich die Aufmerksamkeit aller auf einen Rosthaufen von einem alten, tomatenroten Volvo 340 richtete, der auf den Parkplatz neben ihnen tuckerte. Aus ihm stieg der schwarz gekleidete Satanist Wolf und die Leute waren eifrig bemüht, totales Desinteresse an der Person auszustrahlen, die zur Zeit die meistdiskutierte der Insel war. Doch aus den Augenwinkeln folgten sie ihm, wie er auf dem Platz herumlungerte und nach der Fähre Ausschau hielt, die den Hafen anlief. Es war offensichtlich, dass er Besuch erwartete.

»Was?«, flüsterte Karin Jörgen zu, als Wolfs Gast als einer der Ersten über die Fährtreppe kam.

»Das muß der Teufel in eigener Person sein!«, flüsterte er zurück.

Der Mann war mittleren Alters und trug ein schwarzes, an ein Kleid erinnerndes Etwas, das um die Taille von einer Schnur zusammengehalten wurde. Um den Hals hatte er eine doppelte Kette aus kleinen, weißen Totenköpfen und das blauschwarz gefärbte Haar war so nach oben gekleistert, dass es zwei Hörner bildete. Die schwarzen Augenbrauen waren über einem Paar kleiner Augen zusammengewachsen und eine große Narbe, die quer über die eine Wange lief, sowie der hinkende Gang vollendeten den Eindruck eines Zeichentrickteufels.

Er ging langsam, fast posierend über den Platz, die verdrehten Augen des Fährmanns im Nacken sowie die Seitenblicke des gesamten Hafenpublikums.

Als der Volvo losfuhr, brach das Gerede los.

Karin lachte.

»Er muss mit in meinen Artikel über das Leben auf der Insel. Ich brauche ein Bild.«

»Glaubst du, dass er dazu bereit ist?«

»Man sieht nicht so aus, wenn man kein Exhibitionist ist. Und die Satanisten kenne ich bereits. Sie sind recht nett.«

Jörgen Wads rechte Augenbraue schnellte in die Höhe: »Ich möchte wissen, wer er ist.«

»Ein verrückter Spinner, der in ihrem Hühnerhaus eine schwarze Messe zelebrieren wird«, riet Karin und erzählte ihm von ihrem Besuch bei Wolf und Belia.

»Hast du eigentlich vor nichts Angst?«

»Doch schon, aber nicht vor so einem maskierten Teufel.«

»Doch, ich *habe* Lust«, sagte Karin, als sie sich in seinem weißen Citroen zum Abschied küssten. »Aber ich habe auch einiges an Arbeit, das ich vom Tisch haben will und ich kann merken, dass ich diese Nacht durchschlafen muss.«

»Morgen besucht mich Inger – meine dritte Frau mit ihrem Mann Martin«, sagte er.

»Und ich bin zum Sonntagmittagessen bei Einar, dem Leichenbestatter, eingeladen. Ich soll mir die Gedichte seiner Frau ansehen.«

»Vielleicht können wir uns morgen Abend treffen?«

»Abgemacht«, antwortete sie und kraulte sein Ohrläppchen.

»My place or your place?«, fragte er und bohrte seine milden Augen tief in ihre.

»Romantischer Abend im Fliederhaus«, antwortete sie und merkte, dass sie rot wurde wie ein Teenager, der eine gewagte Verabredung trifft.

»Mmmmm.«

Sonntag, 2. Juni

»Stimmt etwas nicht, Vater, du machst so einen unruhigen Eindruck?«

Bente und Einar hatten, auch nachdem die Kinder aus dem Haus waren, die Gewohnheit beibehalten, sich mit Vater und Mutter anzureden.

»Ja, Mutter. Es sieht nicht gut aus«, antwortete Einar, der Leichenbestatter, seiner Frau. »Ich glaube, wir haben einen Vampir auf Skejø!«

Er versuchte zu lächeln, als wäre es nur einer seiner üblichen Witze, aber die Sorge leuchtete ihm deutlich aus den Augen.

Bente legte den Aquarellpinsel auf den Esstisch. Nach drei Semestern an der Volkshochschule der Gemeinde war ihr die Idee gekommen, ihre Gedichte mit kleinen Aquarellen zu illustrieren.

Jetzt starrte sie ihren Mann verblüfft an.

»Einen Vampir?«

Er stand vom Morgentisch auf und ging auf dem gelaugten Boden auf und ab.

»Verstehst du, Mutter. Ich hätte etwas tun müssen. Etwas sagen müssen, Anzeige erstatten. Ich bin Gemeindevorsteher. Aber ganz zu verstehen ist das nicht und am liebsten möchte man doch, dass hier auf der Insel alles still und ruhig seinen Gang geht.

Ohne allzu viel Aufsehen und sie waren ja auch tot …«

»Ich verstehe kein Wort von dem, was du sagst, Vater.«

»Irgend jemand sticht die Toten in die Hälse. Ungefähr da, wo die Pulsschlagader sitzt, glaube ich. Ich habe es zum ersten Mal bemerkt, als ich den Deckel zu Eigil Andersens Sarg zuschrauben wollte. Seitlich des Halses waren ein dunkler Fleck und ein kleiner Einstich und ein Tropfen einer nahezu klaren Flüssigkeit, aber dann habe ich mir gesagt, dass alles bestimmt schon vorher da war und ich es bei der Leichenschau nur nicht bemerkt habe. Aber bei Arnold Klausen war es genauso und bei Gustav Kwium jetzt auch.«

»Ja, aber ich verstehe nicht …«

Bentes sehr große runde, naive Augen wurden noch größer.

»Irgend etwas passiert, während die Särge in der Leichenhalle stehen. Ich hatte den Deckel von Gustav Kwiums Sarg sogar zugeschraubt, weil der Sohn das so wollte. Und ihn mir vorher genau angesehen. In seinem Hals waren keine Einstiche. Aber vor dem Begräbnis wollte ich das noch mal überprüfen und habe den Deckel abgeschraubt und verdammt – in seinem Hals war ein deutlich sichtbarer Einstich. Niemand hatte ja damit gerechnet, dass der Sarg noch einmal geöffnet würde. Aber bis zu der Feier in der Kirche waren es nur noch 20 Minuten und ich wollte die gute Stimmung nicht verderben, verstehst du? Zur Leichenhalle haben ja auch nur die Pfarrerin und ich einen Schlüssel.«

»Und die Totengräberin«, warf Bente ein.

»Ja, aber die ist neu und als Arnold und Einar starben, war sie noch nicht hier.«

»Das wird man dir nicht zum Vorwurf machen können«, sagte Bente bestimmt und solidarisch.

»Ich hätte etwas tun müssen, vielleicht nehmen sie mir das Amt des Gemeindevorstehers weg oder es hat Auswirkungen auf mein Bestattungsunternehmen«, sagte er leise.

»Schnickschnack. Die Leichen sind verbrannt und begraben und wir erzählen nichts weiter.«

Sie dachte konzentriert nach, während sie die Haare der Aquarellpinsel reinigte, glatt strich und die Pinsel verkehrt herum in ihre Behälter steckte, damit die Haare nicht gebogen wurden.

»Nichts deutet darauf hin, dass ein Mensch das getan hat«, sagte sie dann.

»Wie meinst du das?«

»Ich meine, dass es mehr zwischen Himmel und Erde gibt. Geister, nicht wahr?«

Er lächelte schief.

»Das ist nicht ganz mein Metier, weißt du. Aber ich habe mich gefragt, ob sie vielleicht eine Krankheit hatten, die erst nach dem Tod sichtbar wird ... und dann war da auch noch die Geschichte mit Johanne in der Kirche und das ganze Gerede, dass die Alten im Altenheim umgebracht werden. Ich habe mir ehrlich gesagt ziemlich viele Gedanken darüber gemacht.«

»Hör auf damit, Vater. Du hast nichts falsch gemacht.«

»Das sagt sich so leicht«, murmelte er fast unhörbar.

»Niemand weiß etwas, und ich sehe nicht, wo das Problem liegt. Jetzt trink noch eine Tasse Kaffee und lies deine Zeitung. Ich setze mich raus in den Garten und dichte noch etwas. Ich habe alles für das Mittagessen vorbereitet. Wir essen im Wintergarten und ich bin sehr gespannt, was sie von meinen Gedichten hält.«

Sie nahm Kugelschreiber, Schreibblock und einen Karton Kohlepapier aus dem Bücherregal.

»Man sagt, dass sie sich mit deinem Chef angefreundet hat, dem Doktor. Sie waren gestern zusammen im Hafen«, sagte er.

»Man sagt mehr als das«, antwortete sie und blinzelte ihrem Mann schelmisch zu.

»Und die Satanisten haben Besuch von einem verkleideten Kerl bekommen.«

»Ja, das habe ich beim Kaufmann gehört. Was glaubst du, machen sie? Können Sie das getan haben?«

»Ich habe keinen Grund, das zu glauben, aber wer weiß das schon?«, antwortete er.

Bente fühlte sich stark inspiriert und brachte vor dem Mittagessen drei Gedichte zustande. Die Kopien von zweien legte sie auf den Stapel mit den Gedichten, die sie der Journalistin zu lesen geben wollte. Was das dritte Gedicht anging, versteckte sie Original und Kopie sorgfältig in der Schreibtischschublade. Es war das Beste, fand sie, aber niemand durfte es lesen.

Die Strafverteidigerin Andrea Vendelbo bügelte gerade ihre weißen Taillenslips, als Karin Sommer anrief. Andrea hatte ein nahezu leidenschaftliches

Verhältnis zum Bügeln. Sie genoss es zutiefst zu glätten, zu sortieren und zu stapeln.

Die Slips kaufte sie bei Netto, weil sie billig und trotzdem von guter Qualität waren. Sie waren zwar auch völlig unsexy, aber das störte die 35-jährige Strafverteidigerin nicht. Für den erotischen Teil des Daseins hatte sie nämlich wenig Talent.

Sie war sogar talentlos genug gewesen, irgendwann einen Mann zu heiraten, der nach einigen Ehejahren sein Coming-out als Schwuler hatte und mit ihrem kleinen Bruder durchbrannte. Ihr früherer Ehemann und ihr Bruder waren jetzt miteinander verheiratet.

Alles war sehr kompliziert gewesen, nicht zuletzt weil aus der Ehe ein Kind hervorgegangen war: Dagmar, die fünf Jahre alt war und für die sich jetzt Andrea und das verheiratete Paar das Sorgerecht teilten.

Man hatte sich arrangiert, aber Andrea war noch immer verletzt und ihre Erfahrung, ihre Vernunft und ihre Intelligenz standen der Entwicklung neuer erotischer Beziehungen einfach im Weg.

Das ärgerte vor allem den Polizeibeamten Halfdan Thor, dem Andreas blasse Schönheit und ihr scharfer Verstand gefielen. In der nur schlecht verborgenen Hoffnung auf die Weiterentwicklung ihrer Beziehung hatte er als guter Freund Kontakt zu ihr gehalten. In kurzen Momenten war ihm auch aufgefallen, dass es außer dem kontrollierten, gefühlsmäßigen Eisklotz, für den die meisten sie hielten, noch eine andere Andrea gab.

Andrea Vendelbo und Karin Sommer hatten sich

zu einem Zeitpunkt kennen gelernt, als beide in einer Krise steckten. Sie waren bestimmt keine so vertrauten Freundinnen, dass sie die ganze Zeit am Telefon hingen und sich ALLES erzählten, aber sie hatten eine solide Freundschaft aufgebaut, deren Hauptgewicht auf gemeinsamen beruflichen Interessen und den gleichen rechtspolitischen Ansichten basierte.

Deshalb war Andrea Vendelbo auch nicht überrascht, als Karin Sommer sie eines sonntagmorgens von Skejø aus anrief. Sie hatte auf den Anruf gewartet, weil sie in gewisser Hinsicht an Karin Sommers Buch über die Hexenjagd beteiligt war.

»Ich habe meinen Artikel über die Terrorgesetze nahezu fertig und wollte ihn dir heute mailen«, sagte sie schnell und fuhr fort: »Konntest du mit den Kommentaren zu dem Material über das Rockergesetz und die Sondergesetzgebung für die Leute von der Tvind-Schule etwas anfangen?«

»Ja, danke, aber ich rufe aus einem ganz anderen Grund an«, sagte Karin: »Wie verhält es sich eigentlich mit der Sterbehilfe, rein juristisch gesehen?«

»Brauchst du das für den Pflegeheim-Fall?«, fragte Andrea mit Bezug auf eine der malerischsten Hexenjagden der neueren Rechtsgeschichte.

»Nein«, antwortete Karin. »Ich will herausfinden, ob ich dabei bin, mich in einen Mörder zu verlieben.«

Andrea Vendelbo, die die vielen Fassetten menschlichen Lebens aus den Gerichtssälen kannte, ließ sich in keinster Weise Überraschung oder Neugier anmerken.

»Tja, tja, tja«, sagte sie. »Sterbehilfe. Das ist nicht ganz klar, ich schlage es lieber nach. Im Prinzip wird Sterbehilfe als Mord angesehen, aber es gibt Grauzonen, vor allem wenn es um das Agieren von Leuten im Gesundheitswesen geht. Kann ich dich in etwa einer halben Stunde zurückrufen?«

Genau eine halbe Stunde später war sie mit ihrer Erklärung am Apparat.

»Aktive Sterbehilfe ist verboten. Grundsätzlich wird sie in Paragraph 237 des dänischen Strafgesetzbuchs über die Tötung erfasst, aber das Mitleidsmotiv kann als mildernder Umstand bei dem Strafmaß bedacht werden.

Darüber hinaus gibt es zwei Sonderparagraphen des Strafgesetzes, Paragraph 239 über die *Tötung auf Verlangen* und Paragraph 240 über die *Hilfe zum Selbstmord*.

Derjenige, der einen anderen auf dessen bestimmten Wunsch hin tötet, wird mit Gefängnis bis zu drei Jahren oder Haft nicht unter 60 Tagen bestraft und derjenige, der bei einem Selbstmord hilft, wird mit einer Geldstrafe oder Haft bestraft.«

»Du hast gesagt, dass es besondere Regeln für Leute gibt, die im Gesundheitswesen tätig sind?«, unterbrach sie Karin, die sich Jörgen Wad lieber nicht hinter Gittern vorstellen wollte.

»Ja, aber der ganze Bereich ist äußerst komplex und schwierig, weil er bei uns sowohl vom Ärztegesetz als auch vom Strafgesetz geregelt wird. Hier haben wir die Grauzonen. Allgemein erklärt, dürfen Ärzte in der Praxis Sterbehilfe leisten, wenn bestimmte Voraussetzungen erfüllt sind. Sie dürfen *aktive* Sterbehilfe leisten, wenn der Tod unabwendbar und das Ziel eine offensichtliche Schmerzlinderung ist. Typischerweise geht es dabei um die Gabe von Morphium, um die Schmerzen zu lindern, selbst wenn der Arzt weiß, dass die Dosis tödlich ist. Die Voraussetzung, dass Schmerzlinderung das alleinige Ziel ist, lässt sich im realen Leben nur schwer kontrollieren, es handelt sich also um einen äußerst grauen Bereich, der in Wirklichkeit den Ärzten überlassen bleibt.

Darüber hinaus dürfen Ärzte *passive* Sterbehilfe leisten, indem sie eine Behandlung abbrechen oder unterlassen. Auch hier müssen bestimmte Voraussetzungen erfüllt sein: Bei der abzubrechenden Behandlung darf es sich ausschließlich um eine den Tod hinauszögernde Behandlung handeln – und nicht um eine, die lindert oder heilt. Und die Behandlung darf nur abgebrochen werden, wenn der Patient im Sterben liegt. Nur weil ein Patient im Koma liegt oder voraussichtlich an eine Krankenhausmaschine angeschlossen werden oder den Rest seiner Tage wie ein Gemüse dahin vegetieren muss, darf die Behandlung beispielsweise nicht abgebrochen werden.

Es steht außer Zweifel, dass Ärzte nach einer Beratung mit den Angehörigen die Behandlung in solchen Fällen trotzdem abbrechen und laut Gerichtspraxis wird ein solches Vorgehen nicht als strafbar gewertet, wenn es in Übereinstimmung mit der ärztlichen Ethik geschieht. Juristisch gesehen ist das ziemlich schwierig.

Der Patient, der dazu im Stande ist, kann selbst um das Abbrechen einer lebensverlängernden Behandlung bitten und in diesem Fall hat der Arzt die Pflicht, diesem Verlangen nachzukommen, aber damit begibt er sich auch in eine gefährliche Grauzone, die sich den Bestimmungen des Strafgesetzes zu Tötung auf Verlangen und Hilfe zum Selbstmord nähert.«

Als äußerst fitte Juristin sprach Andrea Vendelbo ohne ein einziges *äh* oder *öh*, aber Luft holen musste sie trotzdem und Karin nutzte die Gelegenheit, sie zu unterbrechen: »Es geht also vor allem um Ethik, nicht?«

»Es hat auch sehr viel mit Jura zu tun und man kann durchaus die Ansicht vertreten, dass der Gesetzgeber das Gesundheitswesen im Stich gelassen hat, weil das Thema so tabuisiert ist, dass man bisher keine Klarheit geschaffen hat«, sagte Andrea.

Da sie noch immer nicht fragte, warum die Freundin sich für Sterbehilfe interessierte, erzählte ihr Karin unaufgefordert von Jörgen Wad.

»Und deshalb könnte ich mir schon vorstellen, dass er dem Sohn Morphium für den sterbenden Vater gegeben hat. Und da die ganze Insel nur so von den Gerüchten summt, dass im Altenheim Sterbehilfe geleistet wird …«, schloss sie.

»Das klingt alles ziemlich vage, aber ruf wieder an, wenn du mehr wissen willst. Ich schicke dir meine Kritik der Terrorgesetzgebung heute Nachmittag.«

Diese Frau ist die reinste Paragraphenmaschine, dachte Karin bewundernd und rief Birgitte an: »Ich habe einen netten, älteren Arzt aufgegabelt, der, so wie es aussieht, gerade dabei ist, die Bevölkerung der Insel auszurotten«, sagte sie.

»Wie exotisch!«, lachte Birgitte mit entzückter Stimme. »Erzähl mir ALLES. Jedes einzelne, schlüpfrige Detail!«

Sofort hatten sie ihren vertrauten Jargon wiedergefunden, der in einer 30-jährigen Freundschaft gewachsen war. Die beiden lachten lauthals, verstanden aber trotzdem den Ernst in den Worten und an diesem Vormittag wurde der Hörer erst aufgelegt, als Karin sich für das Mittagessen bei Bente und Einar, dem Leichenbestatter, fertig machen musste.

Nun ja, nicht dass ich sie für etwas Besonderes halte, aber ich würde gerne die Meinung eines Profis hören. Einar meint, ich sollte versuchen, sie an eine Zeitung oder einen Verlag zu schicken und anderen haben sie auch gefallen.«

Bente legte die Mappe mit den Gedichten vor Karin auf den Tisch. *Auf einer Insel* hatte sie ihre Gedichtsammlung genannt – von Bheentee Nielsen.

»Etwas ungewöhnlich, wie Sie ihren Vornamen schreiben«, sagte Karin.

»Ja, darauf ist Dina vom Blomme-Hof draußen gekommen. Sie ist Numerologin und konnte sehen, dass mein alter Name zu wenig Buchstaben hat. Es hat mir wirklich geholfen, dass ich ihn habe ändern lassen.«

»Wobei geholfen?«, fragte Karin.

»Nun ja, ich bin jetzt viel mehr in meinem inneren Gleichgewicht, psychisch gesehen. Ich fühle mich ruhiger und stärker. Außerdem hatte ich Verspannungen im Nacken, die sind auch vollkommen verschwunden …«

Karin begnügte sich mit einem verständnisvollen Nicken. Sie hatte längst aufgehört, über derartige Dinge zu diskutieren.

Bente oder Bheentee (»Wir sprechen es immer noch Bente aus«, sagte Einar) war eine schöne, rundliche Frau mit einem vollen Gesicht, guten, freundlichen Augen und gesträhntem, strubbeligem Haar. Vor 25 Jahren wäre es schrecklich punkerhaft gewesen, aber heute verschönerte jeder Provinzfrisör die Frauen mit dieser Frisur.

Karin sah sich im Wohnzimmer um und dachte, dass sie überall in Dänemark sein könnte. Ein schönes, nüchternes, zeit- und klassenloses Heim. Gelaugte Böden, helle Möbel – keine Designerstücke aber ähnlich aussehend –, eine Anlage von Bang und Olufsen, gebundene Bücher vom Buchklub, eine schöne Keramikschüssel auf dem Sofatisch und Farbfotos der Kinder an den Wänden. Einfach, hell und sauber, wie es der vorherrschende, gute Geschmack vorschrieb.

»Wenn man auf so einer Insel lebt, inspiriert einen so manches, die wilde Natur …«, sagte Bente.

Die wilde Natur? Karin hatte selten etwas so Spießiges, Zahmes und Stockrosenidyllisches gesehen wie Skejø, aber sie nickte trotzdem.

»Und ich schreibe mit der Hand. Ich habe natürlich einen PC und benutze ihn jeden Tag bei meiner Arbeit als Arzthelferin, aber wenn ich dichte, überkommt es mich oft wie aus heiterem Himmel und wenn die Technik nicht dazwischenfunkt, ist die Inspiration stärker.«

Karin nickte wieder.

»Ich gebe Ihnen die Mappe mit den Kopien mit. Ich bin Ihnen wirklich dankbar, dass Sie sich die Gedichte ansehen wollen. Es sind 30 Gedichte und ich habe leere Blätter zwischen die einzelnen gelegt, denn manchmal ist nur schwer zu sehen, wo das eine anfängt und das andere aufhört.«

»Ich freue mich sehr darauf, sie zu lesen«, antwortete Karin mit jahrelang geübter professioneller Unehrlichkeit.

Sie hatte sich ihre Strategie bereits zurechtgelegt. Sie würde sich ein paar Details notieren, die man hervorheben konnte und sagen, dass sie sehr interessant seien. Aber, würde sie anmerken, das Problem sei, dass es fast keinen Markt für Poesie gebe und dass die Verlage immer kommerzieller würden … es ginge alles nur noch ums Geld!

»Ich denke, wir sollten zu Tisch gehen«, sagte Einar. Er war auffallend schweigsam gewesen und Karin hatte vergebens nach dem üblichen munteren Zwinkern in seinen Augen gesucht.

»Haben Sie Ihren Artikel fertig bekommen?«, fragte er, als sie sich an den hübsch gedeckten Tisch mit Krabbensalat, geräuchertem Lachs, Rucola-Salat und Spinattorte setzten.

»Nein, nicht ganz. Mir fehlen noch immer ein paar Interviews. Ich will noch mit Brian Klausen und der Lehrerin reden. Ich möchte versuchen, alle Stimmungen einzufangen.«

Beim dritten Glas des ausgezeichneten Rotweins kam sie zur Sache.

»Irgendwie könnte man das Gefühl bekommen, dass die Stimmung hier auf der Insel zur Zeit nicht die Beste ist. Ich denke an das ganze Gerede um den Tod von Gustav Kwium und die Geisterseance am Mittwoch, wo der Heiler-Franz den Satanisten quasi ausgeguckt hat …«

»Glauben Sie nicht an Geister?«, fragte Bente.

»Vielleicht nicht so direkt«, antwortete Karin diplomatisch.

»Aber es ist doch *bewiesen*. Ich meine, es gibt Phänomene, die sich nur mit Geistern erklären lassen. Haben Sie nicht die Sendung im Fernsehen gesehen, wo …«

Sie wurde von ihrem Mann unterbrochen, der sich im Stuhl aufrichtete und mit bestimmter Stimme sagte: »Was die Stimmung auf der Insel betrifft, kann ich nur sagen, dass sie ausgezeichnet ist. Wir bereiten gerade den Sommerkarneval vor.«

»Dann war das wohl ein Karnevalsgast, den ich gestern im Hafen gesehen habe – ein Hinketeufel mit Hörnern.«

Karin lachte und ihre Gastgeber taten es ihr gleich, woraufhin die Mittagessenskonversation leicht und unbeschwert verlief.

Sie stellte keine weiteren unvorsichtigen Fragen, weil ihr klar war, dass der Leichenbestatter und die Arztsekretärin zur Inselelite gehörten. Und dass sie zudem gebildete Menschen waren, die nicht tratschten. Sie musste äußerst vorsichtig sein, wenn sie sich noch ein paar Monate in dieser kleinen Gesellschaft aufhalten wollte.

Karin war höllisch beschäftigt. Sie war dabei eine Bouillabaisse aus dem zuzubereiten, was sie da hatte, Brot zu backen und aufzuräumen. Und dann musste sie noch baden und überlegen, was sie anziehen sollte. Sie freute sich auf den Abend mit Jörgen Wad und wollte ihn sich nicht durch diese dumme Altenheimgeschichte verderben lassen. Das Gespräch mit Andrea Vendelbo hatte sie beruhigt. Schlimmstenfalls bewegte sich Jörgen Wad in einer Grauzone, war gegenüber seinen Patienten schwach geworden, wie er es auch seinen Frauen gegenüber geworden war.

Sie öffnete das Küchenfenster, damit der Fischgeruch nicht im ganzen Haus hing. Sie hatte bei einem Jollenfischer frische Fische für den Fond gekauft und wollte die Suppe mit allen Köstlichkeiten garnieren, die die Tiefkühltruhe des Kaufmanns zu bieten gehabt hatte, mit großen grönländischen Garnelen, die wirklich ausgezeichnet waren, mit Kaiserhummerschwänzen, Krabbenfleisch aus der Dose und thailändischen Muscheln, die zwar nach nicht viel schmeckten, aber mit ihren dekorativen, grünen Schalen eingefroren waren. Das Ganze gewürzt mit Knoblauch, Petersilie, Zitrone, Chili, Safran und einem Schuss Sahne. Und dazu frisch gebackenes Brot und ein perlender, kalter Weißwein.

Es war ein etwas gewagtes Gericht, wenn man nicht wusste, ob der andere ein kräftiges Fischessen mochte, aber sie selbst fand es äußerst erotisch und war zudem eine geschickte Köchin, die nach Intuition kochte.

Desserts waren nicht ihre starke Seite, aber sie

hatte Torte und Eis im Tiefkühler und frisches Obst, falls sie soweit kommen sollten.

Sie entschied sich für ein Kleid. Eigentlich fühlte sie sich in Hosen wohler, aber falls sie sich in den Kleidern wälzen würden – und das würden sie zweifellos –, war ein Kleid schmeichelhafter. Seit die Wülste um die Taille schwabbeliger geworden waren, bestand ein gewisses Risiko, dass sie unvorteilhaft über den Hosenbund quollen.

Sie nahm ein Bad, putzte die Zähne und entschloss sich, nichts mehr zu trinken, bevor er kam. Sie hatte schließlich bei Bente und Einar schon Wein getrunken.

Gerade als sie das Brot aus dem Ofen holte, klopfte Britta Olsen.

»Entschuldigung, sind Sie beschäftigt?«

»Ja, das bin ich wirklich, ich erwarte in einer halben Stunde Gäste«, antwortete Karin.

»Oh, Entschuldigung.«

»Ist etwas Besonderes?«

»Ja, alle glauben, dass ich Gustav Kwium umgebracht habe. Ich merke es daran, dass sie nicht mit mir reden und mir den Rücken zukehren und immer ist mir jemand auf den Fersen, als würde ich überwacht. Inger-Margrethe verdächtigt mich, da bin ich mir sicher. Und da habe ich mir gedacht, dass Sie meine einzige Freundin sind und Sie wissen ja, wie man jemanden zur Hexe ausguckt ...«

Ihre Stimme klang bittend. Sie war ein Bild des Jammers.

»Sie müssen Ruhe bewahren«, sagte Karin freundlich und bestimmt. »Vor ein paar Tagen haben sie den

Satanisten für den Täter gehalten und ihm zudem noch gekündigt. Aber Gustav Kwium war ein sehr alter Mann und der Arzt hat keinen Zweifel, dass er eines natürlichen Todes gestorben ist.«

»Ja, das habe ich mir auch gedacht. Sie kennen doch Doktor Wad und dürften wissen, dass ...«

Ach so, dachte Karin. Laut sagte sie: »Darüber habe ich mit Doktor Wad nicht gesprochen, aber es liegt ein gewöhnlicher Totenschein vor, wie Sie wissen.«

»Aber Sie könnten den Doktor vielleicht fragen?«

»Nein, das kann ich nicht«, antwortete Karin eiskalt. Verdammt noch mal, die kleine Frau versuchte, sie in die Inselintrigen zu verstricken.

Sie bereute ihre Härte sofort, als eine kleine Träne aus den fast farblosen Augen kullerte.

»Ich habe einfach solche Angst, und außer mit Ihnen kann ich mit niemandem reden.«

»Hören Sie zu. Sie brauchen keine Angst zu haben. Das ist nichts als Gerede und wenn Ihnen wirklich ernsthaft etwas passiert, helfe ich Ihnen. Nur im Moment ist es wirklich schlecht ...«

»Entschuldigung, Entschuldigung«, murmelte die Frau und zog sich durch den Vorgarten zurück.

»Wir reden morgen«, rief Karin ihr hinterher und bereute es sofort.

»Es schmeckt himmlisch. Wie zum Teufel konntest du wissen, dass Bouillabaisse mein Leibgericht ist?«, fragte Jörgen Wad.

»Tja, ich hatte das Gefühl, dass du ein Fischtyp bist«, antwortete sie. »Und meine Lieblingskräuter sind Chili, Knoblauch, Zitrone und Petersilie. Die habe ich immer in der Küche.«

In Tante Agnes' Einzelbett in dem kleinen, niedrigen Schlafzimmer war nicht viel Platz, deshalb beschlossen sie, auf dem Boden ein Bett aus dem zu bauen, was sie an schweren Plumeaus, gehäkelten Decken und mit Kreuzstich geschmückten Kissen finden konnten. Dabei kicherten und alberten sie herum wie große Kinder.

»Das ist unser Nest«, sagte er und zog sie an sich.

Nachher sagte er: »Daran kann man sich gewöhnen, glaube ich.«

Sie setzte sich auf und schenkte ihnen beiden Wein ein. Er sah sie fragend an und als sie nicht antwortete, fragte er direkt: »Könntest du dich auch daran gewöhnen?«

Sie nickte und lächelte, aber er spürte, dass sie mit ihren Gedanken woanders war.

»Du hast ein Geheimnis?«, sagte er.

»Viele«, antwortete sie.

»Düstere?«, fragte er.

»Einige.«

»*Something you wanna talk about*?«

»Nein.« Sie lachte. »Ich bin nämlich sehr dafür, die persönlichen Probleme unter den Teppich zu kehren!"

Er küsste sie leicht und sagte: »Mir geht es ähnlich. Unter meinem Teppich ist schon eine große Beule.«

»Unter meinem ist fast ein Berg, aber wenn ich auf diesen Berg klettere, kann ich in die Welt hinaussehen«, sagte sie.

»Ja, aber du kannst auch herunterfallen und dir den Hals brechen«, antwortete er.

Diese Schlagfertigkeit und sein Intellekt bezauberten sie, aber ihr fiel nichts Originelleres ein als: »Du bist süß.« Sie umarmte ihn. »Ich kann gut verstehen, dass dir die Frauen hinterhergelaufen sind.«

Sie erzählte von ihrem Mittagessen bei dem Leichenbestatter und von Bente, aus der eine Bheentee geworden war.

»Sie ist nicht die Einzige. Viele meiner Patienten haben ihren Namen geändert. Einige von ihnen behaupten, dass sie das gesund gemacht hat. Und wenn das nicht hilft, kuriert der Heiler-Franz sie mit Kräutermedizin und Handauflegen, mit magnetischen Berührungen, Geisteraustreibung und was sonst noch so modern ist.«

»Stört dich die Konkurrenz?«, fragte sie.

»Nein, verdammt noch mal. Überhaupt nicht, im Gegenteil. Das Gesundheitswesen ist überbürdet mit Leuten, die keine direkten Krankheitssymptome haben. Bei den Alternativen finden sie viel, viel bessere Hilfe. Ich werde nur sauer, wenn sie wissentlich hoffnungslos Kranken oder Armen oder senilen, alten Menschen etwas vormachen.«

Er hatte vor dem Haus geparkt, sodass ihr Verhältnis jetzt ohne Zweifel allgemein bekannt war.

Er fragte, ob sie das störte.

»Nein, ich bin niemandem Rechenschaft schuldig«, antwortete sie.

»Ich bin einfach nur stolz«, sagte er und sah sie bewundernd an. »Du bist schön und du bist klug und amüsant. Und außerdem kannst du noch gut kochen, gar nicht erst zu reden von ...« Er zeigte auf ihr zerwühltes Nest am Boden.

Nicht um Gerede zu vermeiden, sondern um vor Praxisbeginn um acht Uhr noch etwas ungestörten Schlaf zu bekommen, fuhr er gegen zwei Uhr nachts nach Hause. Auch Karin war insgeheim erleichtert, dass er fuhr. Das Bett war zu schmal. Sie würden schlecht liegen und aus Angst zu schnarchen oder andere unpassende Geräusche von sich zu geben, würde sie nicht richtig schlafen.

Schlaf fand sie trotzdem nicht, als sie alleine war. Sie war aufgedreht und glücklich, aber auch unsicher angesichts der Situation, in die sie sich hineinmanövriert hatte. Was passiert hier?, fragte sie sich halblaut. Und antwortete: Ganz ruhig! Keine übereilten Entschlüsse. Sieh ihn dir genau an, bevor du den Kopf verlierst!

Ihre Gedanken begannen sich im Kreis zu drehen und um sich abzulenken und mit etwas zu beschäftigen, das sie ermüden würde, griff sie nach Bente Nielsens Gedichtsammlung *Auf einer Insel* und las die handgeschriebenen Gedichte.

Sie waren genauso schlecht, wie sie erwartet hatte, aber auch rührend in ihrer Naivität. Sie handelten von den Wundern der Natur und dem Rätsel menschlichen Lebens. Ein Gedicht mit dem Titel »Gedankensplitter an einem Sommermorgen« begann:

Früher Morgen
Spinnenweben
Gesponnene Silberfäden in der Sonne
Kunstwerk und Todesfalle

Schön und Hässlich
Gewinner und Verlierer
Kleine Spinne Peter
Frisst die Fliege auf

Karin schüttelte den Kopf und lächelte. Überflog noch ein paar Seiten. Die Gedichte waren in kindlicher Schönschrift auf einen Briefblock mit untergelegtem Kohlepapier geschrieben. Und die Dichterin hatte fest aufgedrückt. Offenbar, um mehrere Kopien des Werkes zu haben.

Zwischen den Gedichten lagen leere Seiten aus dem Block und eine dieser Seiten erregte Karins Aufmerksamkeit. Die Nachtlampe warf ein schräges Licht auf das unbeschriebene Papier, als sie die Seite auf das schwarze Lacktablett legen wollte und das Licht machte die durchgedrückte Schrift sichtbar. Zuerst sah sie nur den Abdruck einer Überschrift: »Der Vampir«.

Sie drehte und wendete das Blatt im Licht und hielt das schwarze Tablett als Hintergrund hoch, woraufhin sie das ganze Gedicht lesen konnte:

Der Vampir auf Skejø
Trinkt Blut von den Toten im Leichenhaus
Wer ernährt sich von dem Blut
Von Arnold, Eigil und Gustav
Mensch oder Geist?
Mein Geliebter hat Angst, Angst
Aber er ist so gut, wie die Nacht lang ist

Die letzte Zeile war eine süße Liebeserklärung an Einar, aber was hatte die erste zu bedeuten?

In all ihrer Grauen erregenden Amateurhaftigkeit ließen sich alle Gedichte dem realistischen Genre zuordnen, sodass kaum ein Zweifel daran bestand, dass Einar seiner Frau erzählt hatte, dass ein Vampir in der Leichenhalle gewesen war und er sich Sorgen machte.

Der Satanist hatte die Pfarrerin nachts bei der Leichenhalle gesehen. Du meine Güte, was ging hier vor? Die Pfarrerin als Vampir? Oder der Satanist vielleicht? Seine Beschuldigung der Pfarrerin konnte eine Lüge sein.

Sie dachte nach, bis die frühe Morgensonne ihr scharf ins Gesicht schien und kam zu dem Resultat, dass sie bis auf weiteres nichts anderes tun konnte als die Sinne zu schärfen und äußerst vorsichtig zu sein.

Herrgott noch mal, sie hatte die Durchschrift eines Amateurgedichts über einen Vampir gelesen. Es ließ sich als dichterische Freiheit und reiner Unsinn abtun, eine Durchschrift eines ausgemusterten Entwurfs zu einem Gedicht. Darauf ließ sich nichts aufbauen. Und sie würde sich nicht anmerken lassen, dass sie das Gedicht gelesen hatte.

Mit einer Klammer hängte sie die Durchschrift vorsichtig an einem Bügel aus der Reinigung auf, damit sie keinen Schaden nahm. Den Bügel hängte sie in den Kleiderschrank der Tante.

Montag, 3. Juni

Die Gemeindepfarrerin Anna Skov schlug ihre abgenutzte Arbeitsbibel auf und fand die umrahmte Bibelstelle, Matthäus 10, Vers 7: »*Geht aber und predigt und sprecht: Das Himmelreich ist nahe herbeigekommen. Macht Kranke gesund, weckt Tote auf, reinigt Aussätzige, treibt böse Geister aus.*«

Da stand es schwarz auf weiß, sodass selbst ein Bischof es verstehen musste.

Anna Skov wollte in dem Streit der Staatskirche um die Austreibung von Geistern nicht persönlich in die Frontlinie geraten, aber sie saß in einem kleinen Gremium gleich gesinnter Theologen, in dem man für die interne Debatte die Säbel wetzte und sie würde den Tag nutzen, um Bibelstellen zu finden und eine theologische Argumentation für die Geisteraustreibung aufzubauen.

Sie hatte sich nur zögernd für das Fernsehprogramm über die Macht der Geister aufstellen lassen, aber sie hätte nur schlecht ablehnen können und es war gut gegangen. Jetzt war sie sicher, dass niemand in Dänemark ihr Geheimnis kannte.

Die 47-jährige Pfarrerin hatte nämlich auch eine Beule unter ihrem Teppich und sie hatte in konstanter Angst gelebt, dass deren Entdeckung Bedeutung für ihre Karriere in der Staatskirche bekommen könnte.

Anna Skov hatte eine schwere Kindheit gehabt. Sie wurde in einem Mütterwohnheim in Kopenhagen von einer sehr jungen Frau zur Welt gebracht, die den Rest ihres Lebens darauf verwandte, einen »lieben, ehrlichen, soliden und nüchternen Mann« zu finden. Die Jagd nach einem solchen hatte Mutter und Tochter durch das ganze Land geführt. Es sollte sich nämlich zeigen, dass die Männer, die die Mutter über Anzeigen in den Landeszeitungen kennen lernte, nur relativ kurze Zeit lieb, ehrlich, solide und nüchtern waren.

Anna Skov besuchte acht verschiedene Schulen an acht verschiedenen Orten Dänemarks, bevor ihre Mutter und ihr damaliger Stiefvater bei einem Autounfall ums Leben kamen. Der Stiefvater, der das Auto fuhr, hatte 3,4 Promille.

Zu diesem Zeitpunkt war Anna 16 Jahre und wurde als pflegeleicht eingestuft, weil sie für die Schule arbeitete und nie unangenehm auffiel. Sie fiel nämlich überhaupt nicht auf.

In ihrer Geburtsturkunde stand, Vater unbekannt, aber sie wusste, dass er – ebenso wie die Mutter – von Skejø stammte. Ihr Vater hatte sie durch seine Nichtexistenz im Stich gelassen und die Mutter zu Gunsten ihrer Jagd nach dem lieben, ehrlichen, soliden und nüchternen Mann, den zu finden ihr nie gelingen sollte.

Nach dem Tod der Mutter wohnte Anna in einem Jugendwohnheim in Valby und machte ohne größere Anstrengung ein überdurchschnittliches altsprachliches Abitur, nach welchem sie ein halbes Jahr arbeitete, um für eine Reise in die USA zu sparen.

Das Fehlen von Liebe, Fürsorge und einer fest begründeten Identität hatten die junge Anna Skov nur mit einem sehr geringen Selbstwertgefühl ausgestattet, was sie zu einer leichten Beute für die *Familie* in San Francisco machte.

Sie wurde in der Hippiestadt von ein paar gleichaltrigen freundlichen Mädchen auf der Straße angesprochen, die sie nach Hause zum Tee einluden. Sie wohnten mit einigen anderen jungen Leuten in einer großen Wohnung in einem früheren Lagergebäude.

»Wir sind eine große Familie. Die Liebe, die universelle Liebe, ist unser Lebensinhalt und unsere Botschaft. Unsere Liebe umfasst auch dich. Bleib bei uns, so lange du magst.«

Es gab keinen Zwang und keine verborgenen sexuellen Motive. Nur universelle, ätherische Liebe. Anna Skov erlebte eine bisher unbekannte Gemeinschaft und ein Gefühl des Friedens und der tiefen Geistigkeit, die die Wunden ihrer gequälten Seele heilten. Endlich hatte sie eine Familie gefunden.

Sie bildeten auch ein Arbeitskollektiv, das Geld damit verdiente, in den Touristengebieten der Stadt Souvenirs zu verkaufen. In den Kollektiven gab es eine gemeinsame Kasse, doch die Hälfte der Einnahmen mussten an die »globale Familie« abgeführt werden.

Die Familie in San Francisco war nämlich nur ein

kleines Steinchen in der weltumspannenden, universellen religiösen Liebesbewegung, die in wenigen Jahren die Welt zu einem neuen Paradies machen wollte.

An der Spitze der internationalen Familie stand Dr. Moon in Südkorea und Anna Skov wurde in seine Lehre eingeführt, die »das Beste aller Religionen der Welt vereinigte und damit alle anderen Religionen überflüssig machte.«

Dr. Moon lag sehr viel an der Produktion neuer kleiner Moonies, was Paarbildungen voraussetzte. Aber auch für diesen Bereich hatte er eine einzigartige Theorie: Da die Liebe unter seinen Jünger universell und grenzenlos war, konnten sie mit jedem Bruder oder jeder Schwester im Geist Liebe machen. Auch körperlich. Und man ersparte sich eine Menge zeitraubender Flirterei und unnötiger gefühlsmäßiger Komplikationen in den Arbeitskollektiven, wenn die Paare von der Moon-Bewegung zusammengeführt wurden.

Deshalb wurden Massenhochzeiten veranstaltet, wo Moonies mit anderen Moonies verheiratet wurden, die Dr. Moon für sie ausgesucht hatte.

Anna Skov wurde auf der größten internationalen Massenhochzeit verheiratet. Dr. Moon gab 30.000 neuen Paaren seinen Segen. An Anna Skovs Seite stand ein Schwede aus Norrland, der Göran hieß. Er war jetzt der Ehemann, den sie den Rest ihres Lebens lieben sollte.

Nach einer gewissen Zeit des Zölibats bekamen sie im Kollektiv ein gemeinsames Schlafzimmer, aber Anna Skov hatte Schwierigkeiten, Göran mental zu erreichen und nach einigen Monaten den Verdacht, dass etwas mit ihm nicht stimmte.

Vier Tage und vier Nächte saß er mit einer Zimmerfernsehantenne auf dem Kopf in einer Ecke des Zimmers und führte angeblich intensive Diskussionen mit Dr. Moon in Korea sowie mit dem amerikanischen Präsidenten und dem schwedischen König.

Sie fragte die anderen Kollektivisten um Rat, aber die Toleranz gegenüber irrationalem Verhalten war groß in diesem Milieu und viele waren der Auffassung, dass Göran rein theoretisch wirklich Gespräche mit den entsprechenden Personen führen *konnte*.

»Manche besitzen die Gabe der Fernkommunikation. Im inneren Kreis von Dr. Moon sind mehrere bekannt«, sagten sie.

Als Göran nach einer Woche mit der Antenne auf dem Kopf bewusstlos umfiel, wurde er ins Krankenhaus eingeliefert. Er war dehydriert und entkräftet, weil er Essen und Trinken während seiner Fernkommunikation vergessen hatte.

Anna Skov zweifelte nicht länger, dass Göran verrückt war, was sie jedoch nur als Herausforderung betrachtete. Natürlich konnte sie ihn trotzdem lieben. Dafür hatte er periodisch rein physische Probleme, sie zu lieben, weil ihm DAS GROSSE ALLES das Zölibat befahl. DAS GROSSE ALLES schickte ihm per Fernsehen und Autokennzeichen, die er in den Straßen San Franciscos sorgfältig notierte, kodierte Mitteilungen.

Im Kollektiv sprach man nie von Geistesgestörtheit, sondern beschloss, Göran zum Innendienst mit Essenszubereitung und Putzen abzukommandieren, während die anderen hinausgingen und Geld für das Kollektiv und Dr. Moon verdienten. Das war für alle Parteien eine zufriedenstellende Regelung. Görans Geistesgestörtheit kam in Schüben und in den dazwischenliegenden Perioden schien er fast gesund, wenn auch ziemlich unberechenbar und schwer ansprechbar.

Anna Skov arbeitete 15 Jahre für Dr. Moon oder die Tongil-Bewegung – von ihrem 20. bis 35. Lebensjahr; die letzten Jahre waren jedoch von der Auflösung der Sekte geprägt. Dr. Moon wurde wegen Devisenbetrugs verurteilt, die Sekte dem Hass in den Medien preisgegeben und mehr und mehr Anhänger verloren den Glauben und entdeckten, dass sie ökonomisch ausgebeutet worden waren.

Göran hatte sich – drei Jahre vor Annas Austritt – in einem Anfall von Geistesgestörtheit beim schwedischen Konsulat als südkoreanischer Agent angezeigt und sich die Hose heruntergezogen und um eine Tracht Prügel gebeten. Nach Rücksprache mit den amerikanischen Gesundheitsbehörden hatte der Konsul den kranken Mann mit einem einfachen Flugticket nach Schweden ausgestattet. Anna Skov war mehr als erleichtert, wurde geschieden und unternahm keinen Versuch, Kontakt zu ihm aufzunehmen. Das war jetzt 15 Jahre her.

Nachdem sie die Sekte verlassen hatte, blieb Anna Skov noch einige Jahre in den USA, wo sie als Krankenpflegerin arbeitete. Dann beschloss sie, nach Dänemark zurückzukehren – zunächst einmal in den Ferien.

Eines Tages besuchte sie den Gottesdienst eines charismatischen Pfarrers in einer Kirche in Vesterbro und ihr wurde klar, wie sehr sie Geistigkeit und Glaube seit dem Austritt aus Dr. Moons Kirche vermisst hatte. Sie beschloss, in Dänemark zu bleiben, bekam einen Job als Krankenpflegerin, wurde eine eifrige Kirchgängerin und abonnierte das *Kristeligt Dagblad*. In dieser Zeitung las sie einen Artikel über den Mangel an Pfarrern und dem daraus resultierenden Angebot, Leute aus anderen Berufen über einen speziellen Bildungsweg zu Pfarrern auszubilden.

Sie bewarb sich und wurde mit 37 Jahren angenommen. Ihr altsprachliches Abitur stellte eine ausgezeichnete Voraussetzung dar und sie schwindelte nur ganz wenig, als sie angab, in den USA im Gesundheitswesen tätig gewesen zu sein und einen Großteil ihrer Freizeit mit *Gemeindearbeit* verbracht zu haben.

Mit 42 war sie fertig und nach einigen Jahren als Hilfspfarrerin in Kopenhagen bewarb sie sich um das Amt in Skejø, das sie auch bekam.

Sie genoss ihr Leben als Pfarrerin der dänischen Staatskirche, arbeitete fleißig und nahm ihre Berufung sehr ernst, aber hin und wieder konnte es vorkommen, dass sie mitten im Gespräch oder der Predigt verstummte und einem ihrer Schäfchen einfach nur ins Gesicht starrte.

Sie wusste nämlich, dass ihr unbekannter Vater ein verheirateter Mann mit Kindern gewesen war und dass sie deshalb auf der Insel höchstwahrscheinlich Verwandte hatte. Sie suchte intensiv, aber diskret nach ihnen, weil das Gefühl, ein Loch in ihrer Identität zu haben, noch immer da war.

Ihre größte Furcht war, jemand könnte von ihrer langjährigen Vergangenheit in der Moon-Bewegung erfahren. Die Sekte war international in Verruf geraten und ihre früheren Jünger wurden als religiöse Narren betrachtet, die man einer Gehirnwäsche unterzogen hatte. Ihr Amt würde sie vielleicht trotz ihrer Vergangenheit behalten, doch schämte sie sich zutiefst, 15 Jahre ihres Lebens an den geistlichen Hochstapler aus Korea verschwendet zu haben.

Und ihre – milde ausgedrückt – missglückte, arrangierte Ehe hatte sie fast aus ihrem Bewusstsein verdrängt.

Deshalb war der Schock unbeschreiblich, als an diesem Montagvormittag das Telefon schellte und eine raue schwedische Männerstimme sagte: »Hei Anna, ich bin's, Göran, dein Ehemann. Ich habe dich im Fernsehen gesehen und deinen Ruf gehört.«

»Unsinn«, antwortete sie. »Wir sind geschieden und du hast dich von mir fernzuhalten.«

Karin Sommer war auf dem Weg zum Sohn des Kaufmanns, Brian Klausen, der 33 Jahre alt und neureich war. Er hatte eine Internetfirma zu einer fürstlichen Summe verkauft – unmittelbar bevor bekannt wurde, dass sie nicht mehr wert war als dünne Cyberluft.

Es handelte sich um eine Internetberatung im privaten Immobilienbereich und die Idee mit einem Portal war eigentlich recht gut. Das Problem war nur, dass nicht genügend Einnahmen erzielt wurden, um die hohen Ausgaben der Firma zu decken, die insbesondere durch Brian Klausens königliches Direktorengehalt entstanden.

Brian Klausen hatte seinen nun verstorbenen Großvater, Arnold Klausen, aus diversen Gründen für seine Firma als Strohmann benutzt und der Tod des Großvaters war ein großes Glück für ihn, da der äußerst gescheite und ehrenhafte 91-jährige Kaufmann sich bis zuletzt den smarten Geschäftsmethoden seines Enkels widersetzt hatte, zu denen unter anderem eine geschönte Buchführung gehörte.

Die Leiche des Großvaters war noch nicht kalt, als sein Nachlassverwalter (ebenfalls Brian) die in Wirklichkeit insolvente Internetfirma auch schon für vier Millionen Kronen verkauft hatte.

Karin Sommer hatte die Geschichte von Tante Agnes erfahren, die eine gute Freundin des früheren Bürgermeisters Arnold Klausen gewesen war. Eine so gute, dass Agnes feuchte Augen bekam, wenn sie auf ihn zu sprechen kam. Dagegen funkelten sie wütend, wenn sie von seinem Enkel sprach.

Wenn Arnold Klausen keines natürlichen Todes gestorben war – wovon Agnes überzeugt war –, hatte der Enkel ein eindeutiges Motiv, dachte Karin Sommer auf dem Weg zu der neu gebauten Luxusvilla des jungen Klausen.

Sie hatte Brian Klausen die Hauptstraße der Insel entlangjoggen gesehen, aber nie mit ihm gesprochen. Nach der Beschreibung der Tante hatte sie sich ein leicht blasiertes Cleverle vorgestellt, doch wurde sie von einem höflichen, fast schüchternen jungen Mann in Shorts, T-Shirt und Sandalen an den nackten Füßen in Empfang genommen. Noch milder stimmte sie der Umstand, dass er sein Baby im Kinderwagen zur Beruhigung schaukelte. Brian Klausen war ein blonder Typ mit klaren, blauen Augen, der kaum lächelte.

»Jessica, meine Frau, arbeitet montags und dienstags in Kopenhagen, während ich in der Regel mittwochs, donnerstags und freitags reinfahre«, erklärte er.

Das Leben auf einer Insel und die Beschäftigung in der IT-Branche ließen sich gut miteinander in Einklang bringen.

»Es spielt keine Rolle, ob man hier oder in Kopenhagen vor dem Bildschirm sitzt, aber Personal- und Kundenpflege erfordern natürlich physische Anwesenheit. Das Gespür für Entwicklungen, Trends und Zeitgeist darf man auch nicht verlieren. Deshalb sollte man sich nicht isolieren und zum Insel-Sonderling werden«, sagte er und lächelte.

»Aber hier auf der Insel leben nicht viele junge Leute wie Sie und ihre Familie?«, sagte Karin.

»Das ist das Problem aller Randgebiete. Nun ja, man kann wohl sagen, dass es in zehn, zwölf Jahren in ganz Dänemark zum Problem werden wird – wie in allen westlichen Ländern. Die Altersbombe, stimmt's? Der Anteil der Alten steigt, während der Anteil an Leuten im erwerbsfähigen Alter zurückgeht. Hier auf der Insel sind wir der allgemeinen Entwicklung nur ein wenig voraus.«

Sie nickte. Und er fuhr fort.

»Das ist ein ökonomisches Problem, zu dem wir als Politiker Stellung nehmen müssen.«

»Denken sie an etwas Konkretes?«, fragte sie, da Brian Klausen auch *Folketing*-Kandidat der Demokratischen Volkspartei war und sie eine neue, engagierte Glut in seiner Stimme wahrnahm.

»Ja, das tue ich, und das tun wir auch in meiner Partei. Wir müssen auf die Altersbombe vorbereitet sein. Wir werden zu den Pensionären und den Aufgaben des Gesundheitswesens Stellung nehmen müssen.«

»Ja?«, sagte sie fragend und er vertiefte seine Aussage: »Die Produktionsgrundlage, um all den Alten, mit denen die Gesellschaft überbürdet werden wird, ordentliche Renten zu zahlen, wird einfach fehlen. Und was das Gesundheitswesen angeht, nun ja, die Technik entwickelt sich immer weiter und bald wird man in der Lage sein, die Leute ewig am Leben zu halten. Das ist weder im Interesse der Gesellschaft noch in ihrem eigenen.«

»Sprechen wir jetzt über Sterbehilfe?«, fragte Karin.

»Ja, sicher. Die Partei schreibt uns in dieser Frage nichts vor, aber ich persönlich spreche mich ohne Vorbehalt für das Recht aus, den Zeitpunkt des eigenen Todes selbst zu bestimmen. Und ich bin sogar bereit, noch weiterzugehen. Ich kann mir durchaus eine zukünftige Situation vorstellen, wo die Gesellschaft über den Tod eines Menschen entscheidet. Man kann doch nicht die halbe Bevölkerung an Krankenhausmaschinen anschließen, bis die Leute 120 sind.«

»Diese Situation wird uns wohl kaum sobald bevorstehen«, sagte Karin, die sich angesichts der bezwingenden Argumentation des jungen Mannes nicht ganz wohl fühlte.

»Nein, aber die Belastung durch die Alten ist bereist eine Realität. Wenn Sie bitte entschuldigen wollen, das ist natürlich nicht persönlich gemeint, aber gerade Ihrer Generation ist schließlich alles in den Schoß gelegt worden. Sie hat die Gesellschaft als einen großen Selbstbedienungstisch angesehen. So kann es nicht weitergehen.«

Nun begriff Karin, wo der Hase langlief. Diese Art von Argumentation war zur Zeit modern: Die 68er-Generation hatte sich amüsiert und alles an sich gerafft. Jetzt ließ sie es sich in ihren teuren Häusern gut gehen, während ihre Kinder schuften mussten, um die Renten der Alten zu bezahlen.

»Wir haben einfach nicht die Mittel für diese starken Altenjahrgänge.«

Sie nahm den Unterton schrillen Fanatismus' in der Stimme des Mannes wahr und schauderte innerlich, nahm sich aber zusammen und sagte mit nüchterner Stimme: »Apropos Sterbehilfe. Haben Sie von den Gerüchten im Altenheim gehört?«

»Gott bewahre, ja. Das können Sie glauben, aber messen Sie dem kein Gewicht bei. Viele Leute hier auf der Insel haben nichts anderes zu tun als zu tratschen. Vermutlich hat es mit dem Tod meines Großvaters angefangen. Er war von Rheuma geplagt, aber bis zum letzten Abend seines Lebens frisch wie ein Fisch im Wasser. Das weiß ich, weil ich selbst bei ihm war. Aber am nächsten Morgen – dem 6. Mai – lag er tot in seinem Bett. Und wissen Sie was? Wir waren alle froh, dass ihm ein langer, demütigender Sterbeprozess erspart geblieben ist. Er war 91 und falls die Krankenschwester ihm gegen seine Rückenschmerzen eine extra Spritze mit schmerzstillendem Morphium gegeben hat, sind wir nicht einmal an einer Nachforschung interessiert.«

Karin Sommer folgte mit gerunzelten Brauen dem am Wasser entlangführenden Weg durch die schöne Natur nach Hause. Der junge IT-Experte und Politiker in spe war zweifellos intelligent und seine Argumente waren weitgehend stichhaltig, aber ihm haftete etwas undefinierbar Unangenehmes an. Seine Stimme war schrill geworden, als er über Altersbombe und aktive Sterbehilfe sprach. Offensichtlich waren das seine politischen Hauptanliegen. Konnte dieser Fanatismus zum Serienmord geführt haben? Nein, das war zu weit hergeholt.

Doch gesetzt den Fall, Brian Klausen hatte bei dem Tod des Großvaters ein wenig nachgeholfen, weil dieser seinem einträglichen Firmenverkauf im Weg stand. Gesetzt den Fall, Gustav Kwium hatte etwas entdeckt und deshalb auch sterben müssen?

Die reinsten Spekulationen, aber ein merkwürdiger Zufall war es schon, dass Brian Klausen beide Male im Center gewesen war.

Der dritte Tote, von dem die Sterbehilfe-Gerüchte sprachen, war Eigil Andersen. Sie musste versuchen herauszufinden, wer an seinem Todestag im Altenheim war. Dabei konnte Britta Olsen oder Tante Agnes ihr sicher helfen.

Aber eigentlich sollte sie hier aufhören. Keine psychische Energie mehr auf lockeren Lokaltratsch verschwenden, sondern sehen, dass sie mit ihrer eigentlichen Arbeit weiterkam.

Diese Menschen waren alt und krank gewesen und jetzt waren sie tot und unter der Erde. Wenn jemand der Ansicht war, dass das nicht mit rechten Dingen zugegangen war, sollte er sich selbst darum kümmern. Das galt, was das anging, auch für Tante Agnes.

Sie würde mit einem Strauß aus dem Garten bei der Tante vorbeischauen und dann nach Hause gehen und sich auf die Schreiberei konzentrieren.

Vor dem Altenheim begrüßte sie der Heiler-Franz mit überströmender Herzlichkeit. Sein Pferdeschwanz schwang unter der in der Sonne glänzenden Glatze hin und her. Er war ein sehr offener und kontaktfreudiger Mensch.

»Sie sind oft zu Besuch hier«, sagte sie.

»Ich habe viele alte Freunde und Kunden im Altenheim«, antwortete er. »Und jetzt habe ich gerade diese neuen Nahrungsergänzungstabletten bekommen. Vitamine, Mineralien, magenregulierend – alles in einem. Genau das, was man braucht, wenn man in die Jahre kommt. Hier haben Sie eine Gratisprobe!«

Er ließ ein paar große, braune Pillen in ihre Hand fallen.

»Probieren Sie sie aus. Alles rein naturbelassen und die Wirkung spüren Sie sofort.«

»Woher haben Sie die?«, fragte sie.

»Von Dr. Worm aus Hamburg«, antwortete er und fuhr fort: »Sie werden von führenden Geriatriekern empfohlen.«

Sie lachte.

»Sehe ich so alt aus?«

»Nein, nein, natürlich nicht. So war das nicht gemeint. Verdammt noch mal. Sie bekommen doch sicher oft zu hören, wie gut Sie aussehen. Für meinen Geschmack sind Frauen wie Sie sehr viel schöner und interessanter als die 17-jährigen Dinger, die man überall in der Reklame sieht.«

»Danke«, antwortete sie.

»Wenn es um die Ecke ein Café gäbe, würde ich Sie glatt zum Kaffee einladen oder wozu Sie sonst Lust hätten, um meinen Fehler wieder gutzumachen. Sie sind ... die schönste Frau auf der Insel«, flirtete er.

Das war zu dick aufgetragen, aber wer mag es nicht, wenn man ihm schmeichelt.

»Mit drei Frauen zu Hause haben Sie ja eine gewisse Vergleichsgrundlage«, antwortete sie.

Er beugte sich zu ihr vor und sah ihr schamlos tief in die Augen: »Man bekommt keine abgemessene Portion Liebe mit, um sie an den oder den oder mehrere zu verschenken. Die Liebe ist eine Kraft, die sich vermehrt, je mehr man aus ihr schöpft.«

Ein flirtender Hobbyphilosoph, dachte sie nüchtern, spürte jedoch seine fast hypnotischen Kräfte.

»Kommen Sie bald einmal vorbei und besuchen Sie uns«, sagte er herzlich.

»Danke«, sagte sie. »Vielleicht haben Sie ja ein Mittel gegen Arthrose im Knie. Die Ärzte können nichts dagegen tun.«

»Natürlich«, antwortete er eifrig. »Ingwerextrakt und Schalltherapie. Für die Wirkung garantiere ich. Aber zuerst müssen wir feststellen, ob es Ungleichgewichte in ihrem Körper und ihrer Seele gibt. Diese beiden Dinge trenne ich nicht voneinander.«

»Ich bin sicher, dass sich in beiden Bereichen eine Menge Ungleichgewichte finden«, antwortete Karin.

Sie meinte, dass er ihre Distanz und Ironie spüren musste, aber das war nicht der Fall.

»Gut, dann fangen wir mit einer Generalheilung an. Einer Ölmassage des ganzen Körpers. Die erste Behandlung ist kostenlos, Sie werden sich wie ein neuer Mensch fühlen. Ich habe viele Patienten, die immer wiederkommen.«

»Körpermassage ist nicht so mein Ding, aber über den Ingwerextrakt werde ich nachdenken. Ich werde bei Ihnen vorbeischauen. In meinen Artikeln über die Insel möchte ich auch gerne etwas über das Therapeutenkollektiv bringen«, sagte Karin.

»Sie sind uns jederzeit willkommen«, sagte er und ergriff zum Abschied mit beiden Händen ihre Hände, während er ihr noch einmal tief in die Augen sah.

Der kleine Pferdeschwanzguru war ja ein richtiger Verführer für Arme, dachte sie und lächelte bei dem Gedanken, wie viele Frauen auf der Insel er wohl einer Generalheilung unterzogen hatte.

Der Satanist Wolf war in vielen Beziehungen ein zart besaiteter und empfindsamer junger Mann, der ein gewaltiges Geburtstrauma erlitten hatte. Wie alle modernen jungen Männer hatte er bei der Geburt seiner Tochter dabei sein sollen, doch nachdem er gesehen hatte, wie sich das Geschlecht seiner Liebsten unter deren gewaltigen Schreien in einen blutigen Krater verwandelt hatte, war etwas mit ihm passiert. Oder besser gesagt mit seinem Geschlechtstrieb im Verhältnis zu ihr. Nur mit großer Mühe und sehr viel Überwindung, konnte er noch mit Belia schlafen. Und ohne die sich immer wieder meldende gewaltige Spannung seiner Samenblase wäre ihr Sexualleben bestimmt ganz eingeschlafen.

Anstatt mit seiner schönen, jungen Geliebten und Mutter seines Kindes zu schlafen, onanierte er häufig. Dabei fantasierte er von reifen Frauen, starken Muttertypen, die ihn resolut und handfest zum Ziel führten. Eine Gouvernantenfantasie, zu der er onaniert hatte, seit er als großer Schuljunge der Sünde erlegen war, sich in seine strenge Lehrerin zu verlieben.

Freud oder ein modernerer Psychologe hätte daraus mit Sicherheit einiges schließen können, aber Wolf dachte nicht im Traum daran, sich bei einem solchen Experten Rat zu holen. Als Satanist sagte er sich: Das ist meine Natur. Dafür brauche ich mich nicht zu schämen. Ich habe ein gutes Recht auf Genuss.

Eines Tages hatte er zu Belia gesagt: »Ich liebe dich sehr und du darfst das nicht persönlich nehmen, aber ich habe herausgefunden, dass meine Natur polygam ist.«

Sie hatte verblüfft und unglücklich ausgesehen.

»Ja, aber du hast doch gesagt ...«

»Als ich dich kennen lernte, habe ich geglaubt, dass du für den Rest meines Lebens die Einzige sein würdest, ich habe das wirklich so empfunden. Aber vor kurzem habe ich entdeckt, dass sich mein natürliches Verlangen in andere Richtungen bewegt ...«

»Hast du ... hast du eine andere?«

»Noch nicht. Ich will dich nicht hinters Licht führen. Du hast ein Recht auf die Wahrheit, sodass du sie zur Grundlage deiner Entscheidung machen kannst.«

»Ja, aber ich glaube, ich bin überzeugt, dass ich monogam bin. Und es würde mir sehr weh tun, wenn du ...«

»Das ist ein wirkliches Dilemma«, sagte er ernst. »Wir lieben uns, aber unsere Bedürfnisse sind grundverschieden und keiner von uns kann oder soll seine Natur verleugnen.«

Sie hatte die Situation entschärft und einen Ausweg gefunden.

»Vielleicht kann ich in der Ritualkammer an mir arbeiten. Im Grunde sind es wohl Christentum und kleinbürgerliche Moral, die uns Menschen Normen bezüglich Treue und Familienbildung auferlegt haben.«

»Und die Angst vor Sex im Allgemeinen«, fuhr er erleichtert fort. Das war ein Ausweg.

»Ja, dann muss ich wohl versuchen, mich zu befreien«, antwortete sie.

Er hatte sie herzlich umarmt und gesagt: »Danke. Ich konnte den Gedanken nicht ertragen, dich und Lucy zu verlieren, aber ich musste dir die Wahrheit über meine satanische Natur sagen.«

Belia holte sich bei einer satanischen Priesterin Rat, die ihr vorschlug, mit anderen Männern in die Ritualkammer zu gehen, um sich von den drückenden Banden der kranken, christlichen Moral zu befreien.

Wolf tat das Gleiche wie eine halbe Million anderer Dänen. Er ging ins Internet, wo er sowieso die meiste Zeit des Tages zubrachte und suchte eine Frau, mit der er seine Gouvernantenfantasien ausleben konnte: Eine gestandene, reife Frau, gerne verheiratet, die Lust auf ein wenig Abwechslung in Form eines sanften, jüngeren Liebhabers hatte.

Sein Vorhaben glückte über alle Erwartungen hinaus. Er fand eine Frau vor Ort, die ihm oft in seinen Fantasien erschienen war und heute sollte es passieren – in einem kleinen Ferienhaus, das in einem ein paar Kilometer von der Südspitze der Insel entfernten Wäldchen lag. Das Haus gehörte der Frau und sie hatten ihre Verabredung, die selbstverständlich mit allergrößter Diskretion behandelt werden musste, genau geplant.

»Ich bin heute Nachmittag nicht da«, sagte er zu

Belia, während er zwei Flaschen von Kaufmann Klausens billigstem Rotwein in seine Schultertasche aus grünem Leder packte.

Sie stellte keine Fragen.

»Und du? Weißt du jetzt, ob du mit Seth in die Ritualkammer gehst?«, fragte er. Seth war ihr fassettenreicher schwedischer Gast, der seit Samstag in ihrer Ritualkammer gewohnt und im Garten gesessen und laut mit sich selbst geredet hatte.

»Ja, das weiß ich. Und nein, das werde ich nicht. Ich glaube, er ist nicht ganz gescheit und ich hoffe inständig, dass er morgen abreist. Ich gehe mit Lucy an den Strand und nehme *The Satanic Bible* mit«, sagte sie.

»Das freut mich«, sagte er. »Vielleicht kannst du dich von den Banden der christlichen Kultur befreien, ohne mit anderen Männern ins Bett zu gehen.«

Sie drückte Lucy an sich und wischte sich eine Träne von der Wange, als sie hörte, wie er den alten Volvo startete.

Hier im Center herrscht immer ein reges Kommen und Gehen und ich kann mich nicht genau erinnern, wer vor Eigil Andersens Tod hier war ... Doch, an einen – an den Quacksalber vom Blomme-Kollektiv erinnere ich mich. Er war Eigil Andersens einziger Freund – oder wie man das nun nennen soll. Wie ich schon gesagt habe, kannten sie sich von irgendwoher da drüben. Eigil war ja viele Jahre fort gewesen und niemand hier auf der Insel hat ihn vermisst.«

Der Rauch von Tante Agnes' Zigarillo schien blau im Sonnenlicht, das durch das Fenster viereckige Muster an die Wand der Institution warf. Karin Sommer arrangierte gerade ein paar weiße Narzissen aus dem Garten der Tante in einer der rostfreien Stahlvasen

»Hält man den Heiler-Franz für einen Quacksalber?«, fragte sie.

»Eigentlich nicht, aber ein richtiger Doktor ist er nun auch wieder nicht, auch wenn er das gerne wäre.«

»Ich habe den Eindruck, dass er viele Patienten hat.«

»Ja, und schaden kann das nicht. Ich habe ihm selbst ein paar Vitaminpillen abgekauft. Sie waren im Angebot.«

»Mir hat er eine Gratisprobe gegeben und eine Körpermassage angeboten«, sagte Karin und lachte.

»Hm«, murmelte die Tante. »Soweit ich das verstanden habe, ziehst du es vor, dich von dem richtigen Arzt massieren zu lassen.«

Karin Sommer hatte sich nicht angemeldet, ließ es jedoch darauf ankommen und fuhr vom Altenheim direkt zu dem roten Schulgebäude. Sie hatte Glück. Die Lehrerin, Ulrikka Thomsen, hatte den zwölf Kindern gerade frei gegeben und der Gedanke, für die »Sjaellandsposten« interviewt zu werden, schien ihr zu gefallen.

»Einen Schluck Kaffee oder vielleicht ein Wasser oder ein Bier?«, fragte sie, als sie sich in das kleine Lehrerzimmer gesetzt hatten, das mit dem Computer und der Regalwand mit Ordnern auch als Schulbüro diente.

»Was nehmen Sie?«, fragte Karin.

Ulrikka Thomsen schüttelte ihren Pagenkopf und sah auf die Uhr: »Es ist fast zwei und mein Hals ist von dem ganzen Unterricht trocken wie Sandpapier. Ich glaube, ich nehme ein Bier.«

»Dann trinke ich eins mit«, sagte Karin, die sich in Gesellschaft der gleichaltrigen Frau sehr wohl fühlte.

»Wir sind Zugezogene und wohnen seit knapp 20 Jahren hier. Meinem Mann gehört die Maschinenwerkstatt drüben auf der anderen Seite und da ich diesen Job bekommen konnte und man hier besser und billiger wohnt, haben wir uns für die Insel entschieden und er nimmt die Fähre hin und zurück. Es dauert nur eine halbe Stunde.«

Sie sprachen über das Problem der sinkenden Geburtenzahlen auf der Insel, das dazu geführt hatte, dass die Schule nur noch bis zur dritten Klasse ging und die insgesamt zwölf Kinder gemeinsam unterrichtet wurden.

»Das bringt natürlich eine gewaltige Streuung mit sich und als Lehrer muss man flexibel sein und oft vieles gleichzeitig machen. Aber es macht auch Spaß, eine etwas andere Art zu unterrichten.«

Ulrikka Thomsen war eine glückliche, zufriedene und direkte Frau. Sie verfügte zudem über die Selbstsicherheit, die man oft bei Lehrern findet, die einen Großteil ihres Lebens eine Autorität verkörpern und nur selten unterbrochen oder korrigiert werden.

Sie sprachen über das kulturelle Leben auf der Insel: »Es gibt eine sehr aktive Elite, die die meisten Aktivitäten initiiert. Und das macht sie sehr gut.«

Anschließend sprachen sie über die sozialen Verhältnisse und Karin musste versprechen, Ulrikka nicht direkt zu zitieren.

»Man macht hier große Unterschiede zwischen den Leuten«, sagte sie.

»Merkwürdig, dass Sie das sagen, denn meistens hat man mir das genaue Gegenteil erklärt«, warf Karin ein.

»Schon wenn die Kinder in die Vorschule kommen, kennen sie in groben Zügen die Hackordnung. Ganz unten stehen natürlich die Sozialhilfeempfänger, die die Großgemeinde inzwischen hierher schickt – genau wie man Strafgefangene nach Australien geschickt hat.«

»Ach, auf die bin ich bisher noch nicht gestoßen.«

»Sie laufen ja auch nicht mit Schildern oder Brandzeichen herum, aber Sie können mir glauben, die Leute hier wissen, wer zu ihnen gehört … und manchmal gibt es ja auch Probleme mit ihnen. Wenn die Haschnebel aus den Fenstern steigen und so weiter. Nun gut, das ist die eine Seite und auf der anderen haben wir den alten Kern aus Insel-Oberklasse, begüteteren Zugezogenen und Pendlern.«

»Mir hat man die Insel mehr oder weniger als klassenlose Idylle dargestellt, wo alle Neuen mehr als willkommen sind, weil die Bevölkerungszahl hochgehalten werden soll.«

Ulrikka Thomsen lachte.

»Ja, das ist auch unsere offizielle Version, aber wenn man mit Kindern zu tun hat, bekommt man einen ganz anderen Einblick. Manchmal ist es fast schon unangenehm, was man als Grundschullehrerin über die Zuhause der Kinder und über das, was gedacht und gesagt wird, mitbekommt: ›Meine Mutter sagt auch, dass ihr entlaust werden müsst.‹ ›Und mein Vater sagt auch, dass Mustafa ein fauler Satan ist.‹ Ein Sechsjähriger behält nichts für sich. Wir haben genau die gleichen Mobbingprobleme wie überall. Als Lehrerin betrachte ich es als eine meiner vordringlichsten Aufgaben, die schwachen Kinder zu schützen.«

Sie wurde sehr ernst. »Wir wissen ja, wie frühe soziale Diffamierungen Menschen unheilbare Wunden zufügen und verkorksen können. Als Lehrer tragen wir eine große Verantwortung, solchen Dingen vorzubeugen.«

Karin nickte und wechselte das Thema: »Sie haben Gustav Kwium natürlich gekannt.«

»Nicht als Lehrer. Ich bin drei oder vier Jahre, nachdem er aufgehört hatte, gekommen, aber er hat viele Jahre lang unser Archiv und das Lokalmuseum betreut. Ein Mann mit einem ausgeprägten Ordnungssinn.«

Karin achtete auf das, was nicht gesagt wurde.

»Wie war er als Pädagoge?«

»Wissen Sie, das ist schwer zu beurteilen. Das war damals eine ganz, ganz andere Zeit mit anderen Prinzipien und anderen Ansichten, was richtig und das Beste war. Viele hier auf der Insel erinnern sich an ihn als strengen Lehrer, aber damals war die Schule auch noch autoritärer. Man muss die Prämissen kennen, um die Leute zu beurteilen.«

»Sicher«, gab Karin zu.

»Sie müssen sich das Archiv und das Lokalmuseum im Keller ansehen«, sagte Ulrikka Thomsen und nahm ein Schlüsselbund von der Wand.

»Das Museum öffnet nur auf Anfrage und für das Archiv interessiert sich nur selten jemand.«

Das Museum bestand aus einem breiten Gang, der unter dem einen Flügel des Schulgebäudes entlanglief. An den Wänden und in Glasschränken stapelte sich eine Menge Trödel, ein Spinnrad, alte Landwirtschaftsgeräte, Möbel, Hauswirtschaftsartikel, Bekleidungs- und Ziergegenstände bunt gemischt.

Es roch nach Schmutz, Schimmel und Alter.

»Ja, es ist nicht besonders gepflegt und wirkt wie ein Zwischending aus Museum und Trödelladen. Das alles zu ordnen und zu katalogisieren wird eines großen Wissens bedürfen – und einer Menge Arbeitskraft, um alles zu reinigen und in Stand zu halten. Aber eines schönen Tages wird bestimmt jemand mit dem nötigen historischen Interesse auftauchen«, sagte Ulrikka.

»So, jetzt zeige ich Ihnen die Archivräume. Es sind drei«, fuhr sie fort und öffnete die Tür zum ersten.

»Hier hat Gustav Kwium also 15 Jahre seines Rentnerdaseins verbracht, um die Geschichte der Insel und der Schulen zu ordnen. Ursprünglich waren es nämlich zwei Schulen.«

Alles war mit einer Staubschicht bedeckt, aber imponierend war es trotzdem. In den Wandregalen waren Protokolle, Ordner und Karteikästen untergebracht, und die langen Reihen der frei stehenden Regale füllten Tausende von numerierten Umschlägen. Auf dem Boden stand ein Lehrerpult, auf dem lange, schwarze Kästen mit Karteikarten angebracht waren und in der Verlängerung dieses Pults gab es eine Reihe mit Hängemappenarchiven.

»Dieser Raum beherbergt die Geschichte der Insel. Gustav Kwium hat alte Referate und Tagebücher gesammelt, Artikel aus den Lokalzeitungen ausgeschnitten, Referate von Gemeinderat und Vereinen bekommen, selbst Referate ausgearbeitet und kleine und große Ereignisse festgehalten.«

Ulrikka Thomsen griff in einen der Karteikästen und las: *Appelkähne*.

»Das waren die Schiffe, die mit Obst nach Kopenhagen segelten und wenn Sie mehr darüber wissen wollen, hat er hier aufgelistet, in welchen Karteikästen und Ordnern Sie suchen müssen.«

Sie nahm eine andere Karte: *Petersen, Knud, Mole 3*.

»Keine Ahnung, wer das ist, aber wenn man etwas über ihn wissen will, kann man in Umschlag 1201-3, Kasten P 4 und Protokoll C, 3–7 nachsehen.«

»Imponierend«, sagte Karin.

»Und eigentlich zu niemandes Nutzen«, sagte Ulrikka.

»Für jemanden, der sich für die Geschichte seiner Familie interessiert, muss das doch interessant sein?«

»Ja, es kommt schon vor, dass jemand nach etwas sucht – und dann kann er sich dort Kopien machen.« Sie zeigte auf einen Kopierer älteren Datums.

Die beiden anderen Archivräume waren genauso ordentlich, nur dass es in ihnen um die Geschichte der Schulen ging. Die Wände waren mit Hunderten von Bildern der Schulen, von Lehrern und Klassen bedeckt, während das Archivmaterial in Reihen von frei stehenden Bibliotheksregalen geordnet war.

»Ich interessiere mich für Geschichte und könnte mir gut vorstellen, ein paar Stunden hier unten zu verbringen. Bestimmt würde ich auf interessante Details oder Bilder für meine Artikel über die Insel stoßen«, sagte Karin.

»Sie sind jederzeit willkommen«, antwortete die Lehrerin.

»Ich wohne im Haus meiner Tante, dem Fliederhaus«, sagte Karin, als sie aufbrach.

»Ich weiß«, sagte die Lehrerin.

»Schauen Sie bei Gelegenheit doch einmal vorbei«, sagte Karin.

»Ich werde Sie beim Wort nehmen – in den nächsten Tagen nach der Schule«, antwortete Ulrikka.

Karin machte sich einen Espresso, um dem frühen Bier entgegenzuwirken, setzte sich an den Computer und schrieb an ihrem historischen Fallbeispiel:

Das galt für Maren Splids wie auch für andere: War eine Frau erst in Verdacht geraten, nahmen die Unglücke, für die sie beschuldigt wurde, kein Ende. Als Maren nach Jahren juristischen Tauziehens am 25. Februar 1640 wieder einmal vor das Gericht zu Ribe zitiert wurde, waren die gegen sie vorgebrachten Beschuldigungen ebenso wie die Zahl der Zeugen an Umfang gewachsen.

Didrich Skraedders Erinnerungsvermögen war jetzt besser. Er erinnerte sich nicht nur, den seltsamen, schleimigen Klumpen erbrochen zu haben, sondern auch an das, was dem vorausgegangen war:

»In zehn aufeinander folgenden Nächten ging etwas Seltsames in meiner Kammer vor. Es raschelte und ich hörte Frauen miteinander flüstern. Sie versuchten auch, mich auszuziehen. In der elften Nacht zwischen zwölf und eins kamen drei Frauen herein und flüsterten lange miteinander. Zwei hielten mich an den Armen fest, während die Dritte sich auf mich legte. Sie öffnete mir gewaltsam den Mund und blies mir in den Hals. Dann nahm sie den Schuh meiner Frau und drückte ihn mir so fest auf den Mund, dass ich fast erstickte. Da erkannte ich sie. Es war Maren Splids oder der Teufel in Maren Splids' Gestalt«, sagte Didrich.

Eine Reihe Zeugen folgten:

Ein Bürgersmann konnte berichten, dass er plötzlich Seitenstiche bekommen hatte, als er im Wirtshaus von Laurentz Splids Bier trank, wo die Frau, Maren, bediente. Er wagte zwar nicht, Maren der Hexerei zu beschuldigen, meinte jedoch, dass das gesagt werden musste …

Ein früherer Zunftmeister der Schneiderzunft erzählte, dass er in einer Beschwerdesache mit Lauritz Splids aneinander geraten war, woraufhin Lauritz ihm angedroht hatte, dafür bezahlen zu müssen.

Kurz darauf war der frühere Zunftmeister krank geworden. Er hatte den größten Teil seiner Arbeit verloren und nur wenig Glück gehabt. Auch wenn er Lauritz' Frau Maren nicht direkt der Hexerei zu beschuldigen wagte, war es doch ein nahe liegender Gedanke …

Dreister war die Frau eines Reiters, die dem Thing erzählte, dass Maren mitten in der Nacht zu ihr gekommen war und sich mit dem ganzen Körper auf sie gelegt hatte. Als die Reitersfrau das Kreuz geschlagen hatte, war Maren typischerweise verschwunden.

Knud Espersen, einer der Nachtwächter der Stadt, erzählte, wie seine Frau einmal mit Maren Splids in Streit geraten war. Maren hatte daraufhin gesagt, dass man seiner Frau die Schande an der Nase ansehen werde. Jetzt hatte die Frau einen Pickel auf der Nase und aufgrund der Gerüchte, die umgingen, hatten sie Maren Splids im Verdacht.

Von Korporal Erdman Möllendorph lag eine gewichtige, schriftliche Zeugenaussage vor:

Der Korporal hatte mit Lauritz Splids in dessen Wirtshaus Streit bekommen und einen Becher Bier nach Lauritz geworfen, woraufhin dessen Frau, Maren, gesagt hatte: »Weh soll dir geschehen.« Vier Wochen später war der Korporal um zwölf Uhr nachts in der Stadt unterwegs gewesen und eine Sau hatte sich ihm genähert. Er hatte die Sau für eins der gewöhnlichen Schweine gehalten, die in der Stadt herumliefen. Er hatte seine Hose heruntergelassen und sich hingehockt, um seine Notdurft zu verrichten, doch als die Sau näher gekommen war, um zu sehen, was da vor sich ging, hatte er gesehen, dass sie übernatürlich groß war. Er hatte sein Schwert in sie gebohrt und als sie flüchtete, sprühten Funken um sie herum.

Seitdem hatten weder der Korporal noch sein Pferd noch sein Kind (in genannter Reihenfolge) eine gute Gesundheit. Deshalb hatte der Korporal auch einige Zeit später mit einer Pistole in Maren Splids' Fenster geschossen und Maren Splids der Hexerei beschuldigt.

Karin arbeitete an ihrem Kapitel über Zeugen, die Bedeutung von Zeugenaussagen als Beweis und die Glaubwürdigkeit von Zeugen in den Fällen, in denen eine Hexenjagd begonnen hatte. Neuere, haarsträubende Beispiele fand sie in einigen Pädophiliesachen, wo »wieder aufgetauchte Erinnerungen« und die farbigen Berichte der Kinder sich durchaus mit den Zeugenaussagen der Hexenprozesse der Vergangenheit messen konnten.

Und ihre Freundin, die Strafverteidigerin Andrea Vendelbo, hatte ihr Material über die so genannten »professionellen Zeugen« zugeschickt, derer sich die Anklagebehörde vor einigen Jahren bedient hatte, um einen ganzen Hexenring von vermutlichen Narkohintermänner verurteilen zu können.

Im Großen und Ganzen handelte es sich bei dem einzigen Beweismaterial, das gegen diese von den

Medien lancierten Narkohintermänner vorlag, lediglich um Zeugenaussagen des Kreises rauschgiftabhängiger Prostituierter, die mehr als enge Kontakte zu den die Ermittlungen führenden Polizeibeamten unterhielten, wie sich später herausstellte.

Die Beweise begannen sich in Luft aufzulösen, als eine der professionellen Zeuginnen erzählte, dass sie ein sexuelles Verhältnis zu einem der Kriminalassistenten unterhielt und ihr ein Foto der Person vorgelegt worden war, die sie am nächsten Tag bei der Gegenüberstellung identifizieren sollte.

Das Foto fehlte im Archiv der Kriminalpolizei und der Polizeibeamte wurde festgenommen und angeklagt, aufgrund der Beweislage jedoch wieder freigelassen. Denn wer konnte schon einer rauschgiftabhängigen Prostituierten glauben?

Tja, das hatten die Richter bei einer Reihe vorausgegangener Fälle allerdings getan, wo die Zeugenaussage ausschlaggebend für die Verurteilung zu jahrelangen Gefängnisstrafen gewesen war.

Die Kriminalbeamten hatten sich zu einer »Jagd auf die Narkohintermänner« mit den Journalisten einer Boulevardzeitung zusammengetan, die die Schuldigen ausguckte und verurteilte, noch bevor sie verhaftet waren. Als die Fälle Jahre später vor den Richter kamen, zweifelte niemand mehr an der Schuld der Angeklagten.

Narkohintermänner standen damals auf der Hitliste der Gesellschaftsfeinde an erster Stelle. Später hatten sie mit Rockern und Pädophilen um den ersten Platz kämpfen müssen und jetzt waren sie allesamt von den Terroristen überholt worden.

Zeugenaussagen waren in all den Fällen problematisch, die Hexenjagdcharakter aufwiesen. Fälle, in denen alle einfach *wussten*, dass die Verdächtigen gefährlich und schuldig waren.

Sollte sie hier das Thema der anonymen Zeugen aufgreifen?

Die Anklagebehörde drängte seit Jahren darauf, anonyme Zeugen anführen zu dürfen. Ein Schritt, der mit jahrhundertealten Rechtsprinzipien brechen würde.

Selbst zu Maren Splids' Zeit musste man offen vortreten und dem, den man beschuldigte, die Hand auf den Kopf legen. Nur vor Gottes und der Welt Angesicht durfte man so ernste Beschuldigungen gegen seinen Nächsten vorbringen.

Karin Sommer wurde in ihren Überlegungen und ihrer Arbeit durch das Schellen des Telefons gestört.

Es war Tante Agnes.

»Du musst sofort kommen. Sie bringen uns alle um. Vier Krankenwagen sind gerufen worden …«

»Agnes, wie geht es dir?« Karin spürte wie ihr vor Schreck das Blut aus dem Kopf lief.

»Mir geht es ausgezeichnet, aber einigen anderen nicht. Komm bitte schnell.«

»Ich bin in fünf Minuten da.«

Die moderne Philosophie in der Altenpflege war die, die pflegebedürftigen Alten *nicht* in einem Altenheim unterzubringen. Sie wohnten stattdessen in einer Reihe eigenständiger, privater Wohnungen, die in einem Center zusammengefasst waren, wo Pflegepersonal zur Verfügung stand. Das Center sollte keinen Institutionscharakter haben, weshalb man bestrebt war, es zu einem offenen Ort zu machen.

Man hatte das alte Altenheim umgebaut und erweitert, sodass jetzt unter anderem ein großes Foyer mit Palmen sowie einige öffentliche Büros und Versammlungslokale dazu gehörten.

Die Gebrechlichsten und Pflegebedürftigsten der Alten wohnten weiter im zentralen Teil des ursprünglichen Altenheimkomplexes, doch waren zusätzlich zu diesem großen, roten Klotz aus den 50er Jahren Reihen von kleinen Häusern errichtet worden, die den rüstigeren Alten sowie den jungen Behinderten, die auch die Möglichkeit brauchten, Hilfe herbeirufen zu können, als Wohnungen dienten. Tante Agnes hatte das Glück gehabt, eins dieser kleinen Häuser zu bekommen, an denen Mangel herrschte, da die ältere Bevölkerung der Insel ständig zunahm.

Die neue Philosophie, die Alten besser in die lokale Gesellschaft zu integrieren, hatte sich insoweit durchgesetzt, dass das frühere Altenheim ein offener und öffentlicher Ort geworden war, wo niemand Notiz davon nahm, wer kam und ging – und niemand sich über das Kommen und Gehen der Angehörigen oder sonstiger Bürger wunderte, die bei den Bewohnern, in den Büros oder den Versammlungslokalen etwas zu erledigen hatten.

Es war 16.30, als Karin Sommer vergeblich versuchte, einen Parkplatz vor dem Hauptgebäude zu finden. Die gesamte Inselbevölkerung war offenbar gleichzeitig mit den Krankenwagen eingetroffen.

Gerade als sie wieder fahren wollte, kam Jörgen Wad angelaufen.

»Hier kannst du nicht stehen bleiben!«, rief er.

»Ja, das sehe ich. Was ist eigentlich los?«

»Lebensmittelvergiftung, glaube ich.«

Er blieb abrupt stehen und sah sie misstrauisch an: »Also, wenn du darüber schreiben willst, sprichst du besser mit dem Amtsarzt. Er ist auf dem Weg.«

Das war genau eine der Situationen, in denen Karin Sommer ihren Beruf hasste. Glaubte Jörgen Wad wirklich, dass sie ihre Beziehung zu professionellen Zwecken missbrauchen wollte? Und dass sie nur die *Story* im Kopf hatte?

»Verdammt noch mal«, sagte sie wütend. »Ich bin gekommen, weil meine Tante mich angerufen hat. Sie hat Angst. Alle haben eine Scheißangst.«

Jörgen Wad bedachte sie mit einem verblüfften Blick, musste jedoch zu den Sanitätern, die einen Patienten auf einer Trage hinaustrugen.

Karin Sommer musste fast bis ganz hoch auf den Hauptweg fahren, um einen Parkplatz zu finden.

Sie lief in kleinen Schritten zurück zu der Wohnung ihrer Tante, wo sie zu ihrer Verwunderung eine ruhige und gefasste Agnes mit Hagebuttenschnaps auf dem Nachttisch vorfand.

»Setz dich und nimm einen Schluck«, sagte sie. »Sie glauben, dass es der Zitronenpudding war und den habe ich glücklicherweise nicht angerührt.«

»Und was haben sie – Magenschmerzen?«, sagte Karin.

»Durchfall«, antwortete Agnes. »Und das ist gefährlich für die alten Würmer.«

»Nicht, wenn sie behandelt werden«, sagte Karin beruhigend.

Dann klingelte ihr Handy.

Es war – leider Gottes – ihr Redaktionsleiter Adam Lorentzen.

»Wir haben gerade von der Notrufzentrale erfahren, dass sie vier Krankenwagen nach Skejø geschickt haben«, sagte er.

Sie zählte langsam bis zehn und antwortete katzenfreundlich: »Ja, aber es scheint nicht so ernst zu sein. Lebensmittelvergiftung im Altenheim. Alles ist unter Kontrolle.«

»Das ist doch eine super Geschichte. Kann ich mit dir rechnen?«

Es gab keinen Weg darum herum. Sie bezog ihr volles Gehalt und sein Ersuchen war in jeder Beziehung angemessen. Natürlich war das eine gute Geschichte für die Lokalausgabe.

»Ja, ja«, antwortete sie. »Ich bin gerade im Altenheim, aber im Moment hat hier niemand den richtigen Überblick. Der Amtsarzt ist angeblich auf dem Weg. Ich rede mit ihm.«

Sie konnte den Amtsarzt Anders Beck nicht verknusen, was mit Sicherheit auf Gegenseitigkeit beruhte, aber beide kannten die Regeln für die Zusammenarbeit zwischen öffentlichen Einrichtungen und Medien.

»Ich komme nicht darum herum, über die Sache zu schreiben«, sagte sie müde zu ihrer Tante.

»Aber das ist doch ausgezeichnet. Es muss offen

gelegt werden, was für Bakterien sie uns verabreichen. Und ehrlich gesagt, halte ich es auch für einen Skandal, dass wir noch immer keine neuen Kartoffeln haben. Kannst du das nicht auch schreiben?«

Karin lächelte: »Vielleicht. Wann hat das mit den Magenschmerzen angefangen?«

Agnes kaute auf ihrem Zigarillo herum.

»Direkt nach dem Mittagessen. Alle haben nach unserer Krankenschwester, Inger-Margrethe, gesucht, aber sie war zu einem Hausbesuch und hatte ihr Handy ausgeschaltet, sodass nur die Assistenten und die Helferinnen da waren ... und dann haben sie den Arzt gerufen, der die Krankenwagen bestellt hat. Vielen grummelte der Magen, aber nur vier hat es wirklich schlimm erwischt. Einer davon ist Kaj, sodass Johanne ihre liebe Not hat und noch verwirrter ist als sonst, die alte Haut. Sie war drei, vier Mal hier drüben und ist sicher, dass sie uns alle umbringen wollen.«

»Ich gehe rüber ins Foyer und sehe mal, wie es steht. Ich bin ja jetzt sozusagen dienstlich hier. Brauchst du etwas?«, fragte Karin.

»Ja, wenn du mir ein Glas Wasser geben kannst – ich muss mir den Hagebuttenschnaps verdünnen.«

Als Karin ins Foyer kam, dass den Namen Palmengarten trug, verstand sie das Gedränge auf dem Parkplatz. Sie sah die Ankündigungen von zwei sogenannten Feierabendveranstaltungen – die eine von der Demokratischen Volkspartei, die andere von dem Inselverein. Den Aufruf zu der politischen

Versammlung im großen Versammlungslokal hatte Brian Klausen unterschrieben, während die Centerleiterin, Inger-Margrethe Jörgensen, zu dem Treffen des Inselvereins im kleinen Versammlungslokal eingeladen hatte.

Das Treffen des Inselvereins hatte offensichtlich noch nicht begonnen. Die Tür zu dem Raum stand offen und die aktive Inselelite mit Einar, dem Leichenbestatter an der Spitze sah auf ihre Uhren. Die Pflegehelferin Britta Olsen näherte sich der Gruppe scheu von der Seite und sagte: »Wir können sie nirgends finden. Sie macht einen Hausbesuch und mit ihrem Handy muss etwas nicht stimmen. Wir haben es seit zwei Uhr versucht und wir haben auch Johan angerufen. Und Johan hat nach ihr gesucht.«

»Sie wird schon noch auftauchen. Wir fangen jetzt einfach an«, sagte der Leichenbestatter.

Wie kann jemand überhaupt drei Stunden auf dieser kleinen Insel verschwinden? Und das in einer Krisensituation? Und das die pflichtbewusste Inger-Margrethe?, dachte Karin Sommer.

Im gleichen Moment sah sie den akkurat gescheitelten Sune Kwium, der zwei ihr unbekannten Männern in Arbeitskleidung Anweisungen erteilte, die den Schreibtisch seines verstorbenen Vaters zu einem auf dem Parkplatz stehenden Lieferwagen trugen.

Er ist sich wohl zu fein, selbst anzufassen, dachte sie.

Kurz darauf kam Sune Kwium zurück ins Foyer und ging direkt auf Britta Olsen zu, die offenbar in

Ermangelung von jemand Besserem die organisatorische Leitung in der Vorhalle übernommen hatte.

»Ich will die Papiere meines Vaters zurück – und das Protokoll, das sich Inger-Margrethe von mir geliehen hat«, sagte er wütend.

»Entschuldigung, Entschuldigung«, antwortete Britta. »Ich werde in ihrem Büro nachsehen.«

»Entschuldigung, Entschuldigung«, sagte sie wieder, als sie zurückkam. »Es tut mir Leid. Ich kann das Protokoll nirgends finden.«

»Dann setze ich mich hier hin und warte, bis Inger-Margrethe zurückkommt«, sagte er sauer.

Karin Sommer setzte sich ebenfalls – halb verborgen hinter einem großen Gummibaum, doch nicht so verborgen, dass der Heiler-Franz sie nicht sah.

»Ich musste einfach kommen, nachdem ich gehört habe, dass es einigen meiner Patienten schlecht geht, aber im Moment kann ich nicht viel tun. Ich habe übrigens ein ausgezeichnetes Mittel gegen Diarrhoe. Zerriebene, getrocknete Äpfel in ihrer ganzen natürlichen Einfachheit ... und Sie – schreiben Sie darüber? Draußen spricht einer ihrer Kollegen vom Lokalradio gerade mit dem Amtsarzt.«

Karin Sommer fuhr aus dem Lederstuhl hoch. Verdammt noch mal, ging ihr da etwas durch die Lappen? Nein, es waren noch Stunden bis zu ihrer Deadline, aber trotzdem.

Sie schloss sich der kleinen, improvisierten Pressekonferenz auf dem Parkplatz an, während der letzte Krankenwagen Richtung Fähre fuhr.

»Und deshalb haben wir Proben aus der Küche

genommen, aber es ist äußerst ungewiss, ob die Ursache hier zu finden ist. Es kann auch ein ansteckender Virus sein. Dafür gibt es viele Beispiele. Es wird jedenfalls ein paar Tage dauern, bis die Ergebnisse aus dem Labor vorliegen ... nein, keiner der Patienten befindet sich in einem kritischen Zustand. Ihnen wird jetzt Flüssigkeit zugeführt und vermutlich werden sie bald wieder entlassen werden können ... Haben Sie noch weitere Fragen?«, fragte der Amtsarzt.

»Nein, danke, das genügt«, sagte der Radiojournalist.

»Entschuldigung, könnte ich gleich ...?«, fragte Karin und holte Kugelschreiber und Block aus der Tasche.

»Natürlich, Sie sind ja schnell da. Haben wir es mit einer Geschichte von internationalem Interesse zu tun?« sagte Anders Beck und Karin hörte den Hohn in seiner Stimme. Dass er Schreiberlinge (wie sie ihn ihre Berufsgruppe einmal hatte bezeichnen hören) in gleichem Maße verachtete wie er sich wichtig nahm, wusste sie bereits.

»Ich war aus anderen Gründen hier und dann hat mich die Redaktion gebeten ...«, erklärte Karin und ärgerte sich, dass sie ihre Anwesenheit zu entschuldigen versuchte.

»Ja, natürlich, fragen Sie nur!«

Er war ein schöner Mann mit einer völlig makellosen Haut. Sie war sicher, dass er Gesichtscreme benutzte. Und dann kam er, verdammt noch mal, in einer Armani-Jacke hier raus.

Seine Antwort war absolut vorhersehbar. Es war

noch zu früh, um irgendetwas über die Ursache dieser kleinen Epidemie zu sagen. Trotzdem schloss er: »Ich würde gerne hören, was Sie schreiben, bevor es gedruckt wird. Wir wollen ja keine Panik verbreiten.«

»Sie können hören, was ich von ihrer Erklärung zitiere«, antwortete Karin mit erkämpfter Freundlichkeit. Das war ihr Prinzip. Den Leuten ihre eigenen Aussagen zu zeigen, aber nie die der anderen – oder ihre Perspektive. Denn sonst fand das Redigieren nie ein Ende: »Also, wenn Sie diese Einleitung nehmen, würde ich meine Aussage gerne ändern« oder: »Ja, wenn er das sagt, würde ich eher sagen ...«

»Störe ich?« Jörgen Wad lächelte wie immer.

»Nee, wir waren gerade fertig«, antwortete Anders Beck.

»Drinnen dürfte jetzt alles unter Kontrolle sein. Ich warte noch bis die Centerleiterin auftaucht und mich ablöst. Falls nötig, schaue ich im Laufe der Nacht noch einmal vorbei«, sagte Jörgen Wad.

Ein kleines psychologisches Spiel lief ab, das allen drei Anwesenden nicht unbemerkt blieb. Beck schielte irritiert zu Karin hinüber, da es ihm nicht gelungen war, sie zu vertreiben, woraufhin sich Jörgen Wad demonstrativ an Karin wandte und sagte: »Hast du schon gegessen? Wenn nicht, lade ich dich ins Dorfgasthaus ein, auch wenn ich für die Qualität der Küche nicht garantieren kann.«

Sie hätte ihn auf der Stelle küssen mögen, weil er ihre Würde als mehr als ein Schreiberling wieder hergestellt hatte, aber sie musste sich damit begnügen zu lächeln und zu sagen: »Vielen Dank, aber die Redaktion hat mich gebeten, über den Fall zu schreiben. Im Radio wird schon darüber berichtet.«

»Natürlich«, sagte Jörgen Wad. »Wir telefonieren.«

Er verabschiedete sich auch von dem Amtsarzt und ging zurück ins Foyer.

Karin ging zu ihrem Auto, das sie dicht neben der Hecke geparkt hatte. Verborgen zwischen Auto und Hecke saß die Centerleiterin und Krankenschwester Inger-Margrethe Jörgensen und übergab sich. Karin zweifelte keinen Augenblick. Sie hatte schon früher Rotweinerbrochenes gesehen und gerochen und schlüpfte sofort in die kleidsame Rolle des barmherzigen Samariters.

In der Journalistenkultur, in der Karin Sommer groß geworden war, hatte man einen gewissen Respekt vor einem anständigen Kater.

Ein solcher schrie nach Hilfe, Diskretion und Solidarität. Man konnte schließlich nie wissen, wann man selbst einmal in die Lage kam.

»Steigen Sie ein, schnell, dann fahren wir zu mir und sehen, dass wir Sie wieder auf die Beine bekommen«, sagte Karin.

»Ich bin krank«, stöhnte die Centerleiterin, auf deren weißem Blazer das Erbrochene ein paar große Flecken hinterlassen hatte.

»Ja, verdammt noch mal, aber das geht vorbei«, antwortete Karin. »Ducken Sie sich, wenn wir jemandem begegnen. In zehn Minuten sind wir da.«

Karin war überrascht – und auch wieder nicht. Sie hatte eine gewisse Erfahrung mit mentalen Sicherheitsventilen, die plötzlich hochgingen – vor allem bei Leuten, die sonst immer sehr kontrolliert und rechtschaffen waren.

Sie parkte nahe am Fliederhaus und sah sich schnell um. Nein, keine neugierigen Blicke. Dann zog sie Inger-Margrethe aus dem Auto und half ihr ins Haus.

»Setzen Sie sich, ich hole etwas Wasser und mache Kaffee und dann müssen Sie sich ein bisschen waschen und die Zähne putzen.«

Als Karin mit dem Wasser zurückkam, hatte die Frau sich mit dem Rücken zur Wand auf den Boden gesetzt. Sie starrte leer vor sich hin und sagte mit tonloser Stimme: »Ich habe etwas Schreckliches getan.«

»So schlimm wird es schon nicht sein. Wir alle haben das Bedürfnis, hin und wieder über die Stränge zu schlagen«, antwortete Karin.

»Ich war mit einem Mann zusammen.«

»Das ist nicht das erste Mal in der Weltgeschichte, aber Sie haben sich einen schlechten Tag dafür ausgesucht«, sagte Karin.

Inger-Margrethe hörte das Letzte nicht, sondern fuhr unbeirrt fort: »Mit einem jungen Mann ...«

Karin lachte.

»Willkommen im Klub. Ich hatte auch einmal einen jungen Liebhaber und musste mir beim ersten Mal ein wenig Mut antrinken.«

Sie erahnte ein kleines Lächeln um Inger-Margrethes bleiche Lippen und einen warmen Glanz in den Augen und konnte ihre Neugier nicht zügeln. »Wer?«

»Wolf. Wir haben uns im Internet getroffen, die Welt ist klein. Wenigstens bin ich froh, dass er nicht mehr bei uns beschäftigt ist«, antwortete Inger-Margrethe.

Karin lachte, und das Lächeln auf dem Gesicht der anderen wurde breiter.

»Reine Panik. Man meint, das Leben geht an einem vorbei. Es ist lieb von Ihnen, dass Sie mir helfen … Johan darf nichts davon erfahren.«

»Nein, natürlich nicht, aber das Problem ist, dass heute Nachmittag die ganze Institution nach Ihnen gesucht hat.«

Karin erstattete ihr einen kurzen Bericht, was sich am Nachmittag im Altenheim zugetragen hatte.

»Jesus, ich muss hin. Was um Himmels Willen soll ich tun, außerdem habe ich teuflische Kopfschmerzen.«

»Versuchen Sie es mit zwei Paracetamol, einem Bad und einer glaubwürdigen Geschichte«, antwortete Karin und fuhr fort: »Sie haben heute Nachmittag doch Hausbesuche gemacht, nicht?«

»Ja, aber das war doch bevor …«

»Gut. Dann ist Ihnen schlecht geworden. Überanstrengung, Stress. Sie haben am Fliederhaus gehalten, um mich um ein Glas Wasser zu bitten. Ich war nicht zu Hause, aber die Tür stand offen und Sie haben sich einen Augenblick auf das Sofa meiner Tante gelegt und sind eingeschlafen. Ich habe Sie gefunden … und zurück zu ihrer Arbeitsstelle gefahren ... und während sie jetzt ins Bad gehen, schreibe ich meinen Artikel ...«

Karin schaltete den Computer ein, holte den Block heraus und schrieb den Artikel über die vier Altenheimbewohner, die mit einer eventuellen Lebensmittelvergiftung oder einem eventuellen Virus ins Krankenhaus gebracht werden mussten – mit dem Amtsarzt als Hauptquelle. Sie rief ihn an und er genehmigte seine völlig unstrittigen Äußerungen. Reine Routine.

Zwanzig Minuten später konnte sie auf »senden« drücken und inzwischen war auch Inger-Margrethe startklar – festeren Blickes und – vor allem – besser riechend als vor einer Stunde.

»Ich habe zu schnell getrunken, aber ich glaube, dass ich das Meiste wieder ausgebrochen habe. Ich habe Kopfschmerzen, fühle mich aber nicht mehr besonders betrunken«, sagte sie.

Die Uhr näherte sich 19 Uhr, als sie zum Altenheim fuhren, wo noch immer Leben im Foyer war.

»Himmel, mein Handy!«, stöhnte Inger-Margrethe, bevor sie hineingingen.

»Wo ist es?«, fragte Karin.

»Keine Ahnung. Ausgeschaltet, in seiner Tasche, glaube ich.«

Im Foyer bedankte sich Inger-Margrethe lautstark bei Karin für Logis und Hilfe während ihres kleinen Unwohlseins, um dann direkt auf das Büro zuzusteuern, wo ein Teil dringender Gespräche und zu schreibender Berichte auf sie warteten. Es wurde ein langer und ereignisreicher Abend und sie bestand darauf, die Arbeit fertig zu machen, obwohl

Johan sie am Telefon zu überreden versuchte, nach Hause zu kommen und sich auszuruhen. Sie hatte zu hart gearbeitet und wenn ihr so schlecht geworden war, war das ein Warnzeichen, dass sie ernst nehmen sollte, meinte er. Und er hatte Ferienkataloge besorgt und vielleicht war es doch eine gute Idee, etwas Neues auszuprobieren und nach Malta zu fliegen.

»Nein, das ist schon in Ordnung, wenn du gerne nach Kreta möchtest«, antwortete sie.

Sune Kwium hatte vor ihrem Büro gesessen und gewartet.

»Ich hätte gerne Vaters Tagebuch zurück«, sagte er.

»Öh, das Tagebuch? Ach so, sein Protokoll. Das liegt auf meinem Schreibtisch, komm herein«, hatte sie geantwortet.

Und überall in dem gut aufgeräumten Büro gesucht und erst geglaubt, dass es die starken Kopfschmerzen waren, die sie blind und vergesslich gemacht hatten, doch das Protokoll war und blieb verschwunden.

»Das ist wirklich seltsam. Ich bin mir sicher, dass es heute Morgen noch hier gelegen hat.«

Er war sauer geworden.

»Dieses Buch bedeutet mir sehr viel. Das waren Vaters letzte Worte.«

»Ja, es tut mir ja auch sehr Leid – wir finden es bestimmt.«

Er setzte sich ins Foyer hinunter, weil dort eine Ausgabe des »Ekstra Bladets« lag. Er suchte nach einer bestimmten Anzeige ganz hinten in der Zeitung.

Die Gemeindepfarrerin Anna Skov hatte einen arbeitsreichen Abend im Center verbracht, weil die dramatischen Vorfälle die Alten unruhig gemacht hatten und viele eine kleine Andacht brauchten, wie Anna Skov ihre Standarddarbietung mit dem Verlesen eines Bibelwortes, einem Gebet und einem Segen zu nennen pflegte. Auf dem Weg aus dem Center blieb sie gedankenverloren vor dem großen Aquarium stehen.

Der Heiler-Franz war zu Hause gewesen, um sein getrocknetes Apfelpulver zu holen und schlug nun auf einer aus architektonischen Gründen errichteten Halbmauer, die an der Rampe für die Rollstühle entlanglief, einen Stand auf.

Der Arzt Jörgen Wad und die Journalistin Karin Sommer diskutierten das Thema Abendessen. Was hatten sie in ihren Kühlschränken? Sollten Sie ins Gasthaus gehen oder vielleicht eine Fähre aufs Festland nehmen und eins der Restaurants der Provinzstadt besuchen? Nein, das ging nicht, weil Jörgen Wad in der Nähe des Centers bleiben musste.

Mitten in ihrem Gespräch erhielt Karin einen Anruf von der Redaktion.

»Eine super Geschichte. Sie kommt morgen früh auf die Titelseite.«

»Danke«, sagte sie. Und wurde verlegen. An dieser Geschichte war überhaupt nichts super. Die reinste Routine – und darüber hinaus perspektivlos und uninteressant. Eine kleine, banale Neuigkeit. Aber so wollten sie es, und warum sollte sie sich eigentlich schämen, ein alltägliches Stück Arbeit gemacht zu haben?

Sie musste an die Episode mit dem Amtsarzt denken, wo sie sich fast entschuldigt hätte, dass sie darüber schreiben sollte. Bekam sie langsam Probleme mit ihrer journalistischen Identität, auf die sie immer so stolz gewesen war?

»Probieren wir das Wiener Schnitzel im Gasthaus. Es ist hundert Jahre her, seit ich so etwas gegessen habe«, sagte sie zu Jörgen Wad.

Brian Klausen verabschiedete ein paar neue Mitglieder der Demokratischen Volkspartei und schloss anschließend das Versammlungslokal ab.

In dem Moment betrat der Satanist Wolf die Vorhalle. Er hielt ein Stück Papier in der Hand und sah sich suchend um. Die Pflegehelferin Britta Olsen stürzte auf ihn zu. Hier war endlich jemand – ein entlassener Jemand –, der noch unter ihr stand.

»Was wollen Sie?«, fragte sie kalt.

»Mir meine Kündigung unterschreiben lassen«, antwortete er und winkte mit dem Papier.

»Ein merkwürdiger Zeitpunkt, aber sie haben Glück, Inger-Margrethe ist noch in ihrem Büro.«

Ein paar Minuten später war er wieder im Foyer. Er hatte seine Kündigung unterschrieben bekommen – und ein ausgeschaltetes Handy abgeliefert. Er blieb stehen und studierte die Anschläge über Versammlungen, Veranstaltungen und Flohmärkte, die an dem schwarzen Brett direkt neben der Tür hingen. Gleichzeitig überlegte er, was er bis Mitternacht anfangen sollte. Er hatte Inger-Margrethe versprochen, zu dieser Zeit oben an der Landstraße zu sein, sodass sie diskret ihr Auto holen konnten, das noch immer am Ferienhaus stand. Er dachte auch darüber nach, was er da eigentlich tat, aber er wollte sich nicht eingestehen, dass er ein schlechtes Gewissen und Schuldgefühle hatte und sich ziemlich schmutzig vorkam. Er hatte eine sexuelle Fantasie ausgelebt, ein natürliches Bedürfnis befriedigt. Verschwinde, christliches Schuldbewusstsein!

Plötzlich erklang ein durchdringender, heiserer Schrei gefolgt von einer Reihe ebenso heiserer Flüche und Verwünschungen, die alle im Foyer verstummen ließen.

Sie kamen von der senilen Johanne, die mit ihrer Gehhilfe ihren Einzug hielt.

»Aber morgen ist Schluss. Morgen ist Dienstag und dann erzähle ich alles dem Polizisten. Habt ihr Angst, ja?«

Sie kniff die fast milchweißen Augen fest zusammen und zeigte auf die stumme Versammlung.

»Du hast nicht geglaubt, dass ich dich gesehen habe, aber die Zähne, die Zähne …«

Sie verlor den Faden und wechselte das Thema.

»Kaj schummelt, wenn wir *17 und 4* spielen, aber mit seinem Sherry ist er nicht knauserig!«

Dann veränderte sich ihr Gesichtsausdruck in reines Entsetzen.

»Ich kann Kaj nicht finden.«

»Jetzt bringe ich dich ins Bett, Johanne«, sagte Britta Olsen.

»Verschwinde, du Miststück. Morgen erzähle ich alles der Polizei!«

Eine andere Helferin konnte Johanne beruhigen. Gestützt auf ihre Gehhilfe, trippelte sie zum Aufzug. Als sie in ihr Zimmer kam, sah sie eine große Zange, die der Klempner, der neue Waschbecken installierte, liegen gelassen hatte.

Oh, die gehört Lauritz, dachte sie. Immer lässt er sein Werkzeug herumliegen, sodass ich hinter ihm herräumen muss. Sie hatte vergessen, dass Lauritz vor 12 Jahren gestorben war. Sie griff mit beiden Händen nach der schweren Rohrzange und legte sie für Lauritz, mit dem sie 40 Jahre verheiratet gewesen war, auf das Bett.

Dann legte sie ihr Gebiss ins Wasserglas auf dem Nachttisch. Sie würde das Risiko, die Zähne falsch in den Hals zu bekommen wie Gustav, nicht eingehen.

»Sie hat *wirklich* für morgen Vormittag ein Auto bestellt, das sie zum Landpolizisten bringen soll«, sagte Einar, der Leichenbestatter, der nach dem Treffen des Inselvereins aufräumte.

»Und da sagt man, dass auf dem Land nichts los ist«, sagte Karin zu Jörgen Wad, als sie in seinem Citroen saßen. Auf dem Parkplatz herrschte Chaos. Fast alle waren jetzt auf dem Heimweg.

Inger-Margrethe rief ihren Mann, Johan, von ihrem Büro aus an: »Mir geht es wieder sehr viel besser, aber du brauchst nicht auf mich zu warten, ich komme, wenn ich komme, weil bei uns diese Krankheit umgeht und ich sicher sein möchte, dass es allen gut geht, bevor ich nach Hause fahre. Geh ruhig ins Bett, wenn es spät wird. Im Kühlschrank steht kalter Braten, dazu kannst du dir Bratkartoffeln machen.«

Die Gemeindepfarrerin Anna Skov hatte alle Türen sorgfältig verschlossen und sich bequeme Hauskleidung angezogen, als das Telefon schellte. Sie griff mit zitternder Hand nach dem Hörer.

»Ich bin's, Göran. Ich bitte dich nur um diesen einen Gefallen, dann willige ich in die Scheidung ein.«

»Göran, wir sind geschieden und du sollst dich von mir fern halten.«

»Wenn du mir diesen einen Gefallen tust, verschwinde ich für immer aus deinem Leben.«

Anna Skov legte auf und hätte am liebsten den Stecker herausgezogen, aber das ging nicht, weil sie einen anderen wichtigen Anruf erwartete. Er kam zehn Minuten später.

»Also um ein Uhr?«, flüsterte er ins Telefon.

Ihr Herz raste. »Du musst dich versichern, dass dich niemand sieht«, sagte sie.

»Du kannst dich auf mich verlassen. Du kannst dich immer auf mich verlassen«, flüsterte er.

Göran konnte nicht schlafen, weil Belzebub und Gabriel ihn ausschimpften und herumkommandierten, dass ihm der Kopf schmerzte. Belzebub und

Gabriel, der große Satan und der kleine Satan, hatten wieder begonnen, ihm überall hin zu folgen und sie redeten und diskutierten ununterbrochen, dass er nicht hören konnte, was er selbst dachte.

»Haltet die Klappe!«, rief er ihnen zu und hielt sich die Ohren zu.

»Ich will Blut und Knochen sehen«, antwortete Belzebub.

»Die siehst du doch. Sieh dir deinen Arm an«, antwortete Gabriel.

Göran hielt sich den Arm vor die Augen und stellte fest, dass er keine Haut hatte. Er sah nur Blut, Fleisch und Knochen.

»Das sieht aus wie ein Stück Fleisch aus der Schlachterei«, flüsterte Gabriel böse.

»Du bist kein Mensch. Du bist nichts als Säfte und Chemikalien«, sagte Belzebub laut.

»Haltet die Klappe, ich will schlafen«, sage Göran und zog den Schlafsack um sich zusammen.

»Er hat keinen Körper. Er ist tot«, sagte Belzebub.

»Er hat keinen Körper. Sein Körper ist auf dem Friedhof begraben, weil er tot ist«, sagte Gabriel.

Göran fühlte nach. Es stimmte. Er hatte keinen Körper. Er riss den Reißverschluss des Schlafsacks auf und guckte an sich hinunter. Aber da ganz unten waren ein paar Beine. Er stand auf.

»Er muss seinen Körper auf dem Friedhof holen«, sagte Belzebub.

»Er muss seinen Körper auf dem Friedhof holen«, wiederholte Gabriel wie ein singendes Echo in seinem Kopf.

»Satan geht immer auf der linken Seite des Weges«, sagte Belzebub, als Göran die Landstraße entlang zur Kirche ging.

»Und bleibt vor jeder siebten Tür stehen«, fuhr Gabriel fort.

Göran begann die Türen zu zählen und blieb vor jeder siebten stehen. Es war nach Mitternacht und er begegnete niemandem.

»Alle sind tot. Wir können überall hineingehen«, sagte Belzebub.

»Wir können überall hineingehen«, wiederholte Gabriel.

»Wir dürfen aber nicht in Blut treten«, sagte Belzebub.

Göran sah sich um und sein Körper zitterte vor Entsetzen. Das Blut floss in roten Bächen um seine Stiefel und schoss in Kaskaden aus den Fenstern der Häuser. Am Horizont sah er einen Wasserfall aus Blut.

»Geh zu dem großen Haus hinunter«, sagte Belzebub.

»Aber tritt nicht in das Blut«, fuhr Gabriel fort.

»Satan hat keine Angst vor Blut«, sagte Göran laut in die Nacht, während er vor Angst zitterte.

Dienstag, 4. Juni

Es wurde ein kurzer, erbarmungsloser Kampf. Als Johanne merkte, wie das Kissen auf ihr Gesicht gepresst wurde, griff sie automatisch um sich, bekam das Werkzeug zu fassen, das im Bett lag, und brauchte die letzten Kräfte ihres Lebens, um sich mit der Rohrzange zu verteidigen. Sie wurde ihr umgehend aus der Hand gewrungen und ein tödlicher Schlag traf ihren Schädel. Auf diese Weise ereilte sie ein schnellerer und weniger angstvoller Tod als Gustav Kwium.

Jörgen Wad hatte das Fliederhaus gegen zwei Uhr nachts verlassen und obwohl Karin eigentlich recht froh war, das Bett für sich alleine zu haben, war sie eine Spur verletzt, dass der Vorschlag von ihm gekommen war.

Ein »Nein, ich *kann* nicht gehen« wäre schöner gewesen.

Was war sie doch für eine romantische, alte Närrin.

Es half ein wenig, dass er zum Abschied sagte: »Morgen schlafen wir bei mir. In meinem großen Bett.«

»Mmmmm«, antwortete sie.

Sie sah ihn wegfahren und noch während sie am Fenster stand, raste ein alter, tomatenroter Volvo 340 vorbei. Wolf. Was zum Teufel machte er so spät da draußen? dachte sie und kam sich sehr ländlich vor. Als Nächstes werde ich noch einen Fensterspiegel anbringen, dachte sie.

Später, als sie in ihrem Bett lag, ließ sie ihren Gefühlen freien Lauf: Sie war verliebt. Er war ein richtig netter Mann, lieb und klug. Einer, mit dem man rechnen und auf den man sich verlassen konnte? Nun gut, seine vier früheren Frauen hatten das nicht gekonnt, aber seitdem war ein Menschenalter vergangen. Sie spürte, wie nach dem guten Sex Wohlbefinden und Müdigkeit ihren Körper durchströmten und schlief ein.

Um 7.05 weckte den Arzt das Telefon. Die Centerleiterin Inger-Margrethe bat ihn, sofort zu kommen. Eine ihrer Bewohnerinnen war aus dem Bett gefallen und tot. Es sah schrecklich aus.

Eine gute Stunde später, als Karin Sommer bei ihrem Morgenkaffee saß, fuhren Krankenwagen und Polizei am Fliederhaus vorbei. Ein schrecklicher Gedanke überfiel sie, sie griff zum Telefon und war zutiefst erleichtert, als Tante Agnes sofort den Hörer abnahm.

»Mir geht es gut«, sagte die Tante. »Es ist Johanne. Sie ist heute Nacht ermordet worden, heißt es.«

Sie wäre ein Schuft, würde sie nicht bei der Zeitung anrufen, also tat sie es, doch nicht ohne von vornherein klar zu stellen, dass sie nicht über den Mord berichten konnte.

»Ich will dieses Buch schreiben und bin Teil des lokalen Lebens hier. Wer weiß – vielleicht gehört der Mörder zu meinen besten Freunden«, sagte sie mit einem kleinen Lachen, das bei der Erinnerung an die letzten Morde, über die sie für die Zeitung berichtet hatte, langsam erstarb.

»Natürlich berichtest du nicht über den Mord. Henrik Johansen wäre mit Sicherheit sehr gekränkt, wenn du ihm den Leckerbissen vor der Nase wegschnappen würdest, aber vielleicht kannst du ihm mit deiner Ortskenntnis ein wenig unter die Arme greifen«, sagte der Chefredakteur Adam Lorentzen.

»Er kann mein vier Quadratmeter großes Gästezimmer haben und ich werde ihm helfen, so gut ich kann«, antwortete sie.

»Vielleicht sollten wir auch in Erwägung ziehen, deine Hintergrundartikel über das Inselleben vorzuziehen«, sagte Lorentzen.

»Das wäre eine Möglichkeit. Allerdings habe ich nicht im Hinblick auf einen aktuellen Mord recherchiert und die Artikel dementsprechend aufgebaut, aber ich könnte sie ohne weiteres ein wenig umschreiben ... ich werde darüber nachdenken.«

Sie würde sich hüten, ihm zu erzählen, dass ein paar lose Gerüchte über die mysteriösen Todesfälle im Altenheim der Ausgangspunkt ihrer Recherche gewesen waren.

Wenn sich innerhalb des eigenen Umfelds etwas ereignete, durfte man als Journalist nie, nie, nie sagen: Ja, das habe ich doch geahnt – oder: Ja, das habe ich schon lange gewusst. Denn dann gab es nur eine Antwort: Und warum zum Teufel hast du nicht darüber geschrieben?

Adam Lorentzen antwortete: »Ja, denk darüber nach, wie du die Hintergrundinformationen bringst, aber zuerst brauchen wir natürlich die Fakten. Ich rufe Henrik sofort an. Wann geht die Fähre?«

»Sie pendelt und eine Fahrt dauert nicht länger als 20 Minuten. Für die ganze Strecke braucht man eine Stunde, aber im Moment habe ich, ehrlich gesagt, das Gefühl, mich in einem anderen Teil der Welt zu befinden.«

Später dachte sie, dass es ihr eigentlich ganz gut passte, im Hintergrund dabei sein zu können, ohne die Verantwortung für die Berichterstattung zu tragen.

Nachdem Kriminalinspektor Halfdan Thor dreimal versucht hatte, Esben zu wecken, verspürte er den nahezu unwiderstehlichen Drang, den Knaben aus dem Bett zu werfen, aber das würde er natürlich nie machen.

»Komm schon Esben, ich muss zur Arbeit. Du musst aufstehen. Aske ist auch schon auf.«

Der 15-jährige reagierte nur mit einem sauren Brummen und zog sich die Decke noch höher über den Kopf.

Später saß Thor stumm neben Kriminalassistent Magnus Kohlberg, der den Dienstwagen fuhr. Was zum Teufel sollte er machen? Er hatte das Gefühl, den Kontakt zu seinem ältesten Sohn verloren zu haben. Der Junge war sauer und mürrisch, verschlossen, lethargisch und faul. Und er *hatte* den Unterricht geschwänzt und er *hatte* Hasch geraucht. Und es *hatte* Klagen seitens der Schule gegeben.

Ins Internat?, überlegte er. Nein, in solchen Einrichtungen hatten sie bestimmt richtige Probleme mit Drogen. Zum Jugendamt gehen und um Hilfe bitten: Ich komme mit meiner Elternrolle nicht zurecht! Nein, das war undenkbar.

Eine Welle von Selbsthass und Hass auf seine Arbeit und seine Frau, die vor Jahren gestorben war, überrollte ihn.

»Eigentlich ein herrlicher Morgen«, sagte Kohlberg, als sie in dem Moment über eine Brücke fuhren, als die Sonne durch eine Wolke brach. Er spürte, dass sein Chef mit dem verkehrten Bein aufgestanden war.

»Was zum Teufel bringt jemanden dazu, eine 84-jährige Bewohnerin eines Altenheims umzubringen?«, antwortete Thor.

»Du sagst doch immer, dass es für einen Mord grundsätzlich nur zwei Motive gibt: Geld oder Eifersucht. Soweit ich mitbekommen habe, besaß sie nichts, also muss Eifersucht das Motiv sein?«, sagte Kohlberg und lachte über seinen eigenen Witz.

Nein, er musste noch einen Versucht starten, zu Esben durchzudringen – im Guten. Eine exotische Reise, nur Vater und Sohn, rund um die Uhr. Dazu musste er Aske bei seiner Schwester unterbringen. Aske würde traurig sein, er würde auch ihm etwas

Größeres in Aussicht stellen müssen. Die Idee war die, dass Esben dann dem Kontakt mit seinem Vater nicht ausweichen konnte.

»Merkwürdigerweise bin ich noch nie da drüben gewesen«, sagte Kohlberg, als die kleine Fähre ablegte. Neben ihnen auf Deck stand der Krankenwagen und in dem kleinen Hafen wurden sie von dem Gemeindevorsteher, Einar Nielsen, in Empfang genommen, der schnell auf den Rücksitz sprang, um ihnen den Weg zu zeigen.

Den hätten sie auch selbst gefunden, denn im Grunde genommen gab es nur eine Straße auf der ganzen Insel, dachte Thor sauer. Sein Handy schellte. Kriminaltechniker und Amtsarzt sowie ein Gerichtsmediziner würden mit der nächsten Fähre eintreffen.

Der Landpolizist Steffen Jespersen war schon im Altenheim, wo er nach telefonischen Anweisungen einige Absperrungen vorgenommen hatte, um den Tatort und dessen Umgebung zu sichern.

Jetzt wollte Thor sich erst einmal einen Überblick verschaffen und sollte der Fall unklar sein, musste er um Unterstützung durch das Nationale Ermittlungscenter der Reichspolizei, NEC, bitten, wie die mobile Einsatzreserve jetzt hieß. Er hoffte, dass sich die Aufklärung nicht lange hinziehen würde. Die Anfahrtszeit würde seinen Arbeitstag um mindestens zwei Stunden verlängern. Er konnte sich allerdings nicht vorstellen, dass es lange dauern würde. Auf so einer Insel hatte man es mit einem kleinen, in sich geschlossenen Personenkreis zu tun. Einer der Gründe, dass Verbrechen ungeheuer selten vorkamen.

»Das ist das erste Mal, dass wir es mit einem solchen … einem solchen Todesfall zu tun haben«, sagte Einar Nielsen, dem es schwer fiel, das Wort *Mord* in den Mund zu nehmen. »Zuerst haben sie geglaubt, dass sie nur aus dem Bett gefallen ist, aber der Doktor hat sofort gesehen, dass ihr jemand den Schädel eingeschlagen hat.«

Die Nachtschwester, die die Ermordete gefunden hatte, war mehr oder weniger zusammengebrochen und saß im Büro und weinte. Es war Britta Olsen.

»Johanne kam immer ins Büro oder schellte nachts mehrere Male. Sie war senil und unruhig«, erklärte sie schniefend den Polizeibeamten.

»Aber heute Nacht nicht?«, fragte Thor.

»Doch, bis zwei Uhr hat sie mehrere Male geklingelt. Einmal bin ich zu ihr gegangen, aber sie hatte vergessen, was sie wollte, deshalb habe ich sie nur ins Bett gebracht und gesagt, dass sie schlafen soll.«

»Sind Sie jedes Mal, wenn sie geklingelt hat, zu ihr gegangen?«

»Das tun wir nie, nein. Manchmal hat sie alle drei Minuten geschellt, deshalb haben wir die Klingel zeitweise ausgestellt. Das ist so üblich. Das wird so gemacht. Sonst brauchten wir für die Nacht noch eine zusätzliche Hilfe.«

Die Centerleiterin Inger-Margrethe Jörgensen, die auf ihrem Drehstuhl saß und zu den Menschen zu gehören schien, die in Krisensituationen erstarren, nickte bestätigend.

»Wann sind Sie denn zu ihr gegangen?«, fragte Thor.

Britta Olsen trocknete sich die rot geweinten Augen und sah in das Dienstprotokoll für die Nacht.

»Um 23.30.«

»Und später hat sie noch mal geklingelt?«, fragte Thor.

»Ein paar Mal, ja, oh Gott, wenn ich jetzt Schuld habe ...«

Britta Olsen wurde von einem erneuten Weinkrampf geschüttelt.

»Immer mit der Ruhe. Können Sie sich erinnern, wann sie das letzte Mal geschellt hat?«

»Kurz darauf. Vielleicht eine halbe Stunde später. Aber da hatte ich keine Zeit, weil bei drei Patienten die Windeln gewechselt werden mussten. Gestern hatten wir doch eine Lebensmittelvergiftung im Center. Vier Insassen sind ins Krankenhaus eingeliefert worden.«

»Ich habe heute Morgen zum Krankenhaus Kontakt aufgenommen. Glücklicherweise ist es nicht schlimm und wir erwarten unsere Bewohner heute oder morgen zurück«, warf die Centerleiterin Inger-Margrethe Jörgensen ein.

Britta Olsen nahm wieder das Nachtprotokoll.

»Aber das hieß, dass wir die ganze Nacht vollauf beschäftigt waren. Wir mussten den Bewohnern helfen, auf die Toilette zu gehen oder die Windeln wechseln, aber ungefähr gegen sechs hat Else gesagt ...«

Sie zeigte auf eine dünne, ältere Frau, die am offenen Fenster gesessen und eine Zigarette nach der anderen geraucht hatte.

»Da hat Else gesagt: Eigentlich ist es merkwürdig, dass wir nichts mehr von Johanne gehört haben. Und dann habe ich gesagt, dass ich bei ihr vorbeigucke, bevor ich gehe. Und wir haben geglaubt, dass sie aus dem Bett gefallen ist und Inger-Margrethe gerufen.«

»Sie beide hatten als einzige Nachtwache?«, fragte Thor – an Else gewandt.

»Ja, und das reicht nicht. Aber uns werden immer wieder die Mittel gekürzt«, antwortete Else und ließ die Asche aus dem Fenster fallen.

»Wir haben noch eine unbesetzte Stelle, aber es ist nahezu unmöglich, Personal zu bekommen. Keiner will so eine Arbeit machen und viele hören auf«, erklärte Inger-Margrethe Jörgensen.

»Das heißt, dass während der Nacht jeder für sich arbeitet?«, fragte Thor.

»Manchmal müssen wir etwas gemeinsam machen. Wenn die Schweren gehoben oder umgedreht werden müssen, aber ansonsten geht jeder seiner Arbeit nach.«

»Wie hatten Sie die Arbeit heute Nacht aufgeteilt?«

Else drückte ihre Zigarette auf der Außenseite des Fensterrahmens aus.

»Nach Laufwegen und Vertretbarkeit und so«, antwortete sie.

Thor sah sie fragend an und sie fuhr fort.

»Zu einigen der Bewohner, die in den eigenständigen Häusern wohnen, sind die Wege länger und wenn ich mich um den kümmere, dann kümmert sie sich um den Nächsten. Außerdem machen einige der Alten mehr Mühe als die anderen und so ...«

Else schielte zu der Centerleiterin Inger-Margrethe Jörgensen hinüber. Sie traute sich nicht, die spezielle informelle Regelung zu erwähnen, nach der die Nachschwestern untereinander aushandelten, wer wann ein paar Stunden schlafen konnte: Wenn ich mich zwischen zwölf und zwei hinlege, kannst du von zwei bis vier schlafen.

Die letzte Nacht hatte nicht viele Möglichkeiten zum Ausruhen geboten, aber sie hatten sich abgewechselt.

»Ist das Altenheim nachts abgeschlossen?«

»Im Prinzip ja«, antwortete Inger-Margrethe Jörgensen.

»Was heißt das?«

»Wir betrachten das Center als einen Zusammenschluss eigenständiger Wohnungen, die von Menschen bewohnt werden, von denen viele nie ihre Türen abgeschlossen haben – Skejø ist schließlich ein sehr friedlicher Ort. Deshalb kann es durchaus vorkommen, dass die Türen, kurz nachdem wir herumgegangen sind und alles abgeschlossen haben, wieder offen stehen. Die Leute machen einen Spaziergang oder besuchen sich und schließen nicht hinter sich ab.«

»Werden die Zimmer oder Wohnungen auch nicht abgeschlossen?«

»Manche schließen natürlich ab. Wir haben auch alte Menschen, die sehr misstrauisch und paranoid sind und glauben, dass alle sie bestehlen wollen. Aber die meisten schließen nicht ab, nein.«

»Das heißt, dass im Prinzip jeder nachts in das Altenheim hinein kann?«

Inger-Margrethe Jörgensen nickte.

»Also die Eingangstür wird um 22.00 Uhr abgeschlossen und schließt automatisch, wenn jemand hinein- oder hinausgeht, aber in der Regel findet sich immer eine Tür, die jemand vergessen hat abzuschließen; darauf müssen wir in Zukunft natürlich mehr achten, das ist klar.«

»Haben Sie heute Nacht jemanden im Center gesehen – jemanden, der hier nichts verloren hat?«, fragte Thor.

Beide Helferinnen schüttelten den Kopf.

Der Landpolizist Steffen Jespersen meldete sich; er trug die weiße Spezialschutzkleidung, die verhindern sollte, dass die Polizeibeamten Spuren hinterließen.

»Ich habe den Tatort und den gesamten Gartenbereich abgesperrt und wir haben die Bewohner bis auf weiteres gebeten, in ihren Zimmern zu bleiben und sich ruhig zu verhalten«, sagte er.

»Augenblick noch, dann gehen wir rüber und sehen uns alles an«, sagte Thor.

»Da wäre noch etwas«, sagte der Landpolizist.

»Ja?«, fragte Thor.

»Ich habe ja eine Sprechstunde hier auf der Insel – zwei Stunden an jedem zweiten Dienstag. Und die verstorbene – die ermoderte – Johanne Kristine Hansen hat mich ein paar Mal angerufen, aber das, was sie gesagt hat, hatte weder Hand noch Fuß.«

»Sie war senil und verwirrt und hatte ein sehr kurzes Kurzzeitgedächtnis«, unterbrach ihn Inger-Margrethe Jörgensen.

»Aber am Freitag hat sie angerufen und gesagt: »Kann ich am Dienstag zu Ihnen kommen. Ich habe einen Mord zu melden.«

»Ja«, habe ich geantwortet. »Das können Sie. Wer ist denn ermordet worden?«

»Der König«, hat sie geantwortet.

Da habe ich gesagt, dass sie ruhig kommen soll, damit die Polizei der Sache nachgehen kann. Königsmord sei schließlich eine ernste Angelegenheit.

»Gestern Abend hat sie – hier unten in der Vorhalle – auch laut gerufen, dass sie heute mit dem Landpolizisten sprechen und ihm die Wahrheit sagen will«, sagte der Gemeindevorsteher und Leichenbestatter Einar Nielsen.

Inger-Margrethe Jörgensen stand auf und sagte ernst: »Nur um das gleich klarzustellen: Man erzählt sich, dass die sehr Kranken und Alten hier im Center Sterbehilfe bekommen. Dieses Gerücht entbehrt jeder Grundlage. Unser Arzt kann das bestätigen. Aber Johanne hat, senil wie sie war, dieses Gerücht sehr beschäftigt und neulich hat sie bei einem Begräbnis eine Szene gemacht. Vielleicht hat der Pflegeheim-Fall die Entstehung des Gerüchts inspiriert. Demnach haben drei unserer Bewohner Sterbehilfe bekommen.«

»Also«, fuhr sie direkt befragt fort. »Diesem Gerücht zufolge handelt es sich um Arnold Klausen, der am Montag, den 6. Mai verstorben ist. Er wurde 91. Und um Eigil Andersen. Er war erst 58, aber nach einer Reihe von Gehirnblutungen stark behindert. Deshalb wohnte er hier. Er starb am 25. April und in seinem Fall gab es eine offizielle Leichenschau, bei der festgestellt wurde, dass er an einer Überdosis gestorben ist. Er war früher rauschgiftsüchtig und in seinem Zimmer hat man eine Spritze und Morphiumreste gefunden. Selbstmord oder Unfall. Der dritte ist Gustav Kwium. Er wurde am Donnerstag begraben. Er ist 86 Jahre alt geworden und zum Ende hin ging es ihm ziemlich schlecht.«

»Und keiner dieser Todesfälle hat Anlass zur Verwunderung gegeben – weder für den Arzt noch für Sie als Krankenschwester?«

Sie dachte nach – ein bisschen zu lange, wie Thor meinte.

»Der Tod hat kein Drehbuch – nicht einmal in der letzten Phase«, sagte sie. »Manchmal meint man, die letzte Stunde ist gekommen, aber dann erholen sich die Leute oder klammern sich ans Leben und schaffen noch ein Vierteljahr. In anderen Fällen rechnet man mit einem langen und zähen Todeskampf und dann verlischt plötzlich und barmherzig das Lebenslicht.«

»Und wie war das ganz konkret in diesen drei Fällen?«, fragte Thor.

»Keine Anormalitäten«, antwortete die Centerleiterin. »Ich kann die entsprechenden Unterlagen heraussuchen, unsere Dienstprotokolle, die Medikamentenlisten, die Patientenjournale, die Totenscheine …«

»Ja, danke. Wie entstehen eigentlich solche Gerüchte?«, fragte der Polizeibeamte nachdenklich.

»Hach!«, kam es spontan von der rotblonden Pflegehelferin Britta Olsen. »Sie haben ja keine Ahnung, was für böse Klatschgeschichten in einer so kleinen Gesellschaft umgehen.«

»Ich bin absolut nicht der Ansicht, dass man das so darstellen kann«, sagte Inger-Margrethe Jörgensen mit einem scharfen Seitenblick zu ihrer Untergebenen hin.

»Entschuldigung, Entschuldigung, ich sollte mich natürlich nicht einmischen, ich dachte nur …«

Britta Olsen schwieg, während sie errötete, schniefte und auf den Linoleumboden hinunterstarrte.

»Jetzt haben wir es jedenfalls zweifelsfrei mit einem Mord zu tun«, murmelte Thor – mehr zu sich selbst.

»Ich möchte gerne mit Ihnen reden – unter vier Augen«, sagte die Centerleiterin Inger-Margrethe Jörgensen entschlossen zu ihm.

»Natürlich. Wir werden mit allen reden. Das hier ist nur eine Vorbesprechung. Jetzt kommen die Kriminaltechniker und der Gerichtsmediziner, dann sehen wir uns den Tatort an und anschließend werden meine Mitarbeiter und ich mit jedem Einzelnen von Ihnen reden.«

Zu den beiden Nachtschwestern sagte er: »Ich möchte Sie bitten, noch eine Weile hier zu bleiben. Sie finden bestimmt einen Platz, wo Sie sich solange ausruhen können.«

»Mir ist noch ein drittes Motiv für einen Mord eingefallen«, sagte Thor zu Kohlberg, als sie auf dem Weg ins Foyer waren, um die Kriminaltechniker und den Gerichtsmediziner in Empfang zu nehmen.

»Ja?«

»*Angst.* Ich denke dabei nicht an Notwehr, ich meine die Angst vor Entdeckung. Es ist doch schon ein merkwürdiger Zufall, dass sie in der Nacht, bevor sie einen Mord anzeigen wollte, ermordet wurde.«

»Einen Mord an dem König, den wollte sie bei dem Landpolizisten anzeigen, der jede zweite Woche für zwei Stunden auf die Insel kommt«, sagte Kohlberg mit ironischer Stimme.

Thor konnte sich an eine Zeit erinnern, wo ein Tatort ein Ort war, den man sich genauestens ansah, dessen Atmosphäre man einatmete, während die Techniker nach Fingerabdrücken und Fußspuren suchten und die Gerichtsmediziner die Stellung der Leiche und ihren unmittelbaren Zustand beschrieben. Es wurde fotografiert und nach sichtbaren Spuren wie Zigarettenasche und Waffen gesucht.

All das tat man noch immer, doch jetzt war ein Tatort auch ein hoch technologischer, wissenschaftlicher Arbeitsplatz für Spezialisten mit modernen Apparaten, mit denen sie unsichtbare Spuren in Form mikroskopisch genetischen Materials zur DNA-Analyse aufspürten. Thor versuchte, sich auf dem Laufenden zu halten und die Entwicklung zu verfolgen, kam sich in der Gruppe weiß gekleideter Männer und Frauen aber trotzdem ein wenig fremd und überflüssig vor. Die Technik entwickelte sich immer weiter und beinahe an jedem Tatort schien ein neues Gerät aufzutauchen. Diese Entwicklung war begrüßenswert und hatte zu guten

Resultaten geführt, aber alles war sehr anders geworden, dachte er. War es vorstellbar, dass irgendwann einmal kein Bedarf mehr an Kriminologen, logischem Denken, Einfühlungsvermögen, sozialpsychologischem Verständnis und Kombinationsfähigkeit bestehen würde? Dass man stattdessen nur Techniker und Maschinen an den Tatort schickte und ein Computer im Handumdrehen Name und Adresse des Täters ausspuckte? Mehrere Politiker hatten bereits vorgeschlagen, DNA-Profile der gesamten Bevölkerung anzulegen. Und der nächste Schritt dürfte dann der sein, jedem Bürger einen elektronischen Chip einzuoperieren, der über jeden seiner Schritte Auskunft gibt. Das war rein technisch bereits möglich und wie von einem süßen Traum hatte er Kollegen von einer Zukunft sprechen hören, in der kein Gesetzesübertreter mehr entkommen konnte. Schöne, neue Welt – nun, zu seiner Zeit würde es damit wohl noch nichts werden, tröstete er sich.

Der Gerichtsmediziner war mit der vorläufigen Untersuchung der Leiche beschäftigt, die immer noch am Boden lag. Ein schmaler Streifen getrockneten Bluts zeichnete einen Strich unter dem einen Nasenloch und ein Klumpen aus verklebtem Haar, Blut und Gehirnmasse hing wie eine groteske Wabe an der einen Schläfe. Nicht weit von der Toten entfernt lag ein zerbrochenes Wasserglas.

»Es ist ganz offensichtlich. Sie hat mit irgendeinem Werkzeug einen kräftigen Schlag auf den Schädel bekommen. Wir suchen nach einem Hammer oder etwas Ähnlichem ... Eine fast zirkelförmige

Fraktur der Schläfe«, sagte er und machte mit seinem Kugelschreiber einen Kreis um die Stelle.

»Wann ungefähr?«, fragte Thor.

»Nach der Totenstarre zu urteilen, würde ich zwischen zwei und vier Uhr morgens vermuten. Aber das lässt sich nach der Obduktion genauer sagen.«

Magnus Kohlberg hatte sich die Zugangsmöglichkeiten und die Umgebung des Zimmers der Ermordeten angesehen. Das Zimmer lag in einem kurzen Seitengang, an dessen Ende sich ein Ausgang zu der Brandtreppe befand, die an der Giebelwand des Haupthauses entlanglief und auf eine Obstplantage hinausführte.

»Im letzten halben Jahr stand die Tür sperrangelweit offen. Sie finden nicht einmal den Schlüssel zu der Tür, die zu der Brandtreppe hinausführt. Jeder kann hier hereingekommen sein«, sagte er und zuckte mit den Schultern.

»Hat in den Nachbarzimmern jemand etwas gehört?«, fragte Thor.

»Sie sind unbewohnt. Zwei der Zimmer stehen leer, weil sie umgebaut werden. Sie sollen mit Toiletten und Handwaschbecken ausgestattet werden. Im dritten wohnt Kaj Ingemann Jörgensen und der gehört zu den Altenheimbewohnern, die gestern ins Krankenhaus eingeliefert worden sind.«

»Wir suchen nach einem Hammer oder dergleichen als Tatwaffe. Wenn der Täter die Brandtreppe benutzt hat, wäre die Plantage eine Möglichkeit«, sagte Thor. »Ich habe nach den Hundeführern telefoniert. Fährst du zum Hafen und hilfst ihnen?«

Das war keine Frage sondern ein Befehl und Kohlberg nickte.

»Es gibt viele Möglichkeiten, eine Tatwaffe zu verstecken. Überall auf der Insel sind Sumpf und Wasser. Wir suchen«, sagte er.

Eine halbe Stunde später wurde Halfdan Thor bei seiner Vernehmung der Pflegehelferin Britta Olsen unterbrochen.

»Wir haben die Tatwaffe gefunden«, sagte Magnus Kohlberg, der seinen Chef zur Seite gezogen hatte. »Es handelt sich um eine Rohrzange, die im Gras unter einem Apfelbaum lag – circa 30 Meter von der Brandtür entfernt. Sie war in eine dieser dünnen Plastiktüten verpackt, die auf den Zimmern in den Abfalleimern sind. Es klebte noch Blut daran. Die Technik hat alles mitgenommen.«

»Ihr habt nicht zufälligerweise auch ein Gebiss gefunden – eine verloren gegangene Zahnprothese. Sie hat die Zähne nachts immer in ein Glas Wasser gelegt, aber das Glas lag zerbrochen am Boden und wir können die Zähne nirgendwo finden«, sagte Thor.

»Nein, haben wir nicht. Ziemlich merkwürdig, so etwas von einem Tatort zu entfernen. Vielleicht haben wir es ja mit dem großen Gebissräuber zu tun?«

Kohlberg versuchte, lustig zu sein, runzelte die Augenbrauen und zuckte mit den Schultern.

Halfdan Thor hatte sich für die ersten vorläufigen Vernehmungen das Büro der Centerleiterin Inger-Margrethe Jörgensen ausgeliehen. Er nahm sich das

Personal vor, während Kohlberg mit den Bewohnern sprach. Letztgenannter klopfte an jede Tür und fragte, wie die Alten geschlafen und was sie im Lauf der Nacht gehört oder gesehen hatten.

Thor sprach lange mit den beiden Nachtschwestern, Britta Olsen und Else Kaerhus, und rekonstruierte den Verlauf der Nacht. Besonders der erste Teil der Nacht war von der Magenepidemie und dem daraus resultierenden Wechseln der Windeln geprägt gewesen, während sich ungefähr gegen Mitternacht eine gewisse Ruhe über die Institution gelegt hatte. Ungefähr zu der Zeit hatte auch Inger-Margrethe das Center verlassen, meinten sie. Sie konnten den Zeitpunkt nicht genau bestimmen, weil sie sich im Personalraum aufgehalten hatten, während die Leiterin in ihrem Büro gesessen hatte.

Britta Olsens Nachtwache war um 6.00 Uhr zu Ende gewesen, während Else Kaerhus an diesem Tag bis 9.00 Uhr arbeiten musste. Ungefähr um 6.00 Uhr – als sie nach Hause gehen wollte – war Britta zu Johanne gegangen, um nach ihr zu sehen. Die Alte lag mit dem Gesicht zum Boden da und Britta hatte zuerst nicht gesehen, dass sie verletzt war, weil die zertrümmerte Schläfe dem Bett zugewandt war, erklärte sie.

Sie hatte sich hinuntergebeugt und Johanne an Schulter und Kopf gepackt, um sie herumzudrehen und Kontakt mit ihr aufzunehmen. Dabei wurde ihre Hand blutig und sie merkte, dass etwas nicht stimmte. Sie schellte nach Else Kaerhus und zusammen stellten sie fest, dass Johanne keinen Puls mehr hatte. Sie glaubten, dass sie sich die Kopfverletzung durch den Fall aus dem Bett zugezogen hatte, wunderten sich jedoch, dass das Kopfkissen, das noch immer im Bett lag, voller Blut war. Dann hatten sie die Centerleiterin und Krankenschwester Inger-Margrethe Jörgensen gerufen.

»Sie haben sich die Hand blutig gemacht, als sie Johannes Kopf berührt haben?«, wiederholte Halfdan Thor fragend.

Britta nickte.

»Kann ich Krisenhilfe bekommen?«, flüsterte sie kaum hörbar.

»Davon gehe ich aus, sprechen Sie mit dem Arzt. Es tut mir Leid, dass ich Sie mit meinen Fragen behelligen muss, aber da sind ein paar Dinge, die ich wissen muss. Wie haben Sie das Blut von ihren Händen entfernt?«

»Ich habe sie natürlich gewaschen.«

Ihre kleinen Augen blinzelten, als würde sie sich über die Frage wundern.

»Wo?«, fragte Thor.

»In Johannes Badezimmer. Das ist gestern fertig geworden.«

Als Inger-Margrethe Jörgensen zu Halfdan Thor hereingerufen wurde, ließ sie die Bombe sofort platzen: »Ich bin mir so gut wie sicher, dass eine unserer Angestellten medikamentensüchtig ist. Ich wollte heute mit ihr sprechen und dann die nötigen Schritte in Form einer umgehenden Suspendierung, Anzeige und Bericht an das Gesundheitsamt einleiten.«

»Um wen handelt es sich?«

»Um die Pflegehelferin Britta Olsen.«

»Sie scheinen sich ihrer Sache sehr sicher zu sein?«

»Das bin ich auch. Als Krankenschwester trage ich die übergeordnete Verantwortung für die Medikamente – natürlich verschreibt sie der Arzt –, aber ich weiß, was die Bewohner bekommen und was sie in ihren Arzneischränken haben. Wir handhaben das so, dass die Bewohner ihre Medikamente selbst aufbewahren, weil wir ihre Zimmer und Wohnungen als ihre privaten Heime betrachten. Ich hatte den Verdacht, dass aus den Arzneischränken der Bewohner Medikamente verschwinden, vor allem Barbiturate und Morphiumpräparate. Es ist nicht leicht, so etwas festzustellen, aber ein Teil der Bewohner ist nicht in der Lage, die Medikamente selbst zu verwalten, weshalb wir sie in abschließbaren Schränken bei ihnen lagern, zu denen nur das Personal einen Schlüssel hat. Wir machen das, um eine medikamentöse Fehlbehandlung zu verhindern. Aber: Ich hatte das Gefühl, dass Medikamente verschwinden und habe ein paar Fallen aufgestellt, könnte man sagen.«

»Sie haben die begehrten Medikamente in den verschlossenen Schränken deponiert?«

»Ich habe überprüft, was da war und noch etwas dazugelegt. Das ist vielleicht nicht ganz im Einklang mit den Vorschriften, aber ich musste Sicherheit gewinnen. Mit einem falschen Verdacht kann man einen nicht wieder gutzumachenden Schaden anrichten.«

»Und Sie bekamen Sicherheit?«

Inger-Margrethe nickte ernst.

»Vor ein paar Tagen sind aus dem Arzneischrank der verstorbenen Johanne Hansen Beruhigungsmittel verschwunden. Außerdem glaube ich, dass von einigen der verstorbenen Bewohner Medikamente gestohlen wurden. Da bin ich mir jedoch nicht ganz sicher. Es ist eine nachträgliche Erklärung, aber wir haben uns ein paar Mal gewundert ...«

Kriminalinspektor Halfdan Thor trommelte mit den Fingerspitzen auf den Schreibtisch. Ein Zeichen seiner beruflichen Erregung. Das nannte man einen schnellen Durchbruch.

»Und Sie sind ganz sicher?«, fragte er und studierte Inger-Margrethes Gesichtszüge, die offen und ehrlich waren.

Sie schloss die unterste Schreibtischschublade auf und holte einen Aktendeckel hervor.

»Alles wird eingetragen und erfasst«, sagte sie. »*Dokumentation* heißt das neue Schlüsselwort in der Krankenpflege. Hier können Sie nachlesen, welche Medikamente wo und bei wem deponiert waren, wer Dienst hatte und was wann verschwunden ist. Ich wollte mir sicher sein, bevor ich jemanden belaste.«

»Britta Olsen – wie ist sie als Mitarbeiterin?«

Die Centerleiterin zögerte kurz.

»Es ist nicht gerade die Crème de la Crème der Arbeitskräfte, die sich für eine harte und aufreibende Arbeit entscheidet, die nur schlecht bezahlt wird ... viele werden mehr oder weniger dazu gezwungen. Weigern sie sich, kann die Gemeinde die Sozialhilfe streichen. Natürlich ist das unbefriedigend – sowohl für den Arbeitgeber als auch für denjenigen selbst.«

Das hatte Inger-Margrethe nett ausgedrückt, dachte er und versuchte es von einem anderen Ansatzpunkt aus.

»Sie machte heute Morgen einen sehr schockierten und mitgenommenen Eindruck. Wie würden Sie sie psychisch beschreiben?«

»Das ist schwer. Sie hat es nicht leicht gehabt und ich glaube, dass sie sehr einsam ist. Oft ist das der Hintergrund für einen Missbrauch. Als Krankenschwester kann ich Ihnen auch sagen, dass sie in letzter Zeit ein Verhalten an den Tag gelegt hat, dass auf Missbrauch hindeuten könnte. Sie war gefühlsmäßig labil, abwechselnd weinerlich und aggressiv, scheu und anmaßend. Außerdem meine ich, einige physische Anzeichen bemerkt zu haben, die Größe der Pupillen, Schweißausbrüche, extreme Blässe.«

»Und ihr Verhältnis zu den Kollegen?«, fragte Thor.

Inger-Margrethe dachte lange nach: »Es hat nie Konflikte oder Schwierigkeiten in der Zusammenarbeit gegeben. Ich glaube ... ich glaube ...«

Die Centerleiterin suchte nach einer Erklärung: »Ich glaube, dass die anderen sie als so bedeutungslos ansehen, dass sie sich nicht einmal mit ihr streiten mögen.«

»Hat sie gewalttätige Neigungen gezeigt?«

Die Antwort kam schnell, klar und bestimmt: »Überhaupt nicht. Und die Bewohner haben sich über sie nicht mehr beklagt als über die anderen.«

»Beklagen sie sich häufig?«

»Einige schon. Manche Menschen werden mit dem Alter mürrisch.«

»Sie waren mir eine große Hilfe«, sagte Halfdan Thor schließlich. »Wenn ich die Dienstprotokolle, Medikamentenlisten und Personalpläne, die die früheren Todesfälle, die Sie erwähnt haben, betreffen, vielleicht sofort haben könnte?«

Er drückte sich bewusst vage aus, denn wie sollte er die drei Todesfälle bezeichnen? Es wäre zu weit hergeholt, sie als Morde zu deklarieren. Vorläufig handelte es sich nur um vage Vermutungen.

»Es dauert nur einen Moment, sie auszudrucken«, sagte die Centerleiterin.

»Und dann möchte ich Sie eindringlich bitten, über ihren Verdacht gegen Britta Olsen zu schweigen. Wir werden eine Hausdurchsuchung vornehmen, aber zuerst brauche ich einen Durchsuchungsbefehl.«

»Das sieht richtig gut aus. Eine Süchtige, die von den Alten Medikamente stiehlt und in Panik gerät. Das ist in der Tat die einzig einleuchtende Erklärung«, sagte Halfdan Thor, als er und Kohlberg wenig später im Dienstwagen saßen. Thor hatte gerade mit dem Staatsanwalt telefoniert, der für den Durchsuchungsbefehl zuständig war. Außerdem hatte er um einen Drogenhund und um zusätzliche Leute für die Hausdurchsuchung gebeten. Sie waren auf dem Weg.

Er sah auf die Uhr: »Jetzt ist es eins. Wir gehen um drei zu ihr und wenn wir Glück haben, ist das Gröbste vor Feierabend erledigt. Das könnte ein Aufklärungsrekord werden.«

»Wenn der Hund nicht geschissen hätte, hätte er den Hasen gekriegt. Ich habe einen Scheißhunger«, sagte Kohlberg gut gelaunt. »Lass uns sehen, ob wir im Gasthof ein Hacksteak bekommen.«

»Ja, das Ganze steht und fällt natürlich damit, dass wir bei ihr *etwas* finden«, sagte Thor.

Und sie fanden etwas. Sie fanden viel. Sie fanden es in vier Puzzlespielschachteln, die im Büffet versteckt waren. Puzzleteile lagen in Schichten über den Pillen, von denen einige noch immer in flachen Schachteln steckten, auf denen die Namen der ursprünglichen Besitzer standen. Schmerzstillende Medikamente gegen Gicht, ausgestellt auf Arnold Klausen, Beruhigungspillen, ausgestellt auf Johanne Hansen, notierte sich Halfdan Thor. Und – was ihn am meisten wunderte – große Mengen an Abführmitteln. So etwas von den Alten zu stehlen sollte doch wirklich nicht nötig sein.

Dann fiel es ihm wie Schuppen von den Augen: Johanne war in der Nacht, in der sie ermordet wurde, allein auf ihrem Gang im Altenheim. Ihr Nachbar gehörte zu den Personen, die mit Durchfall ins Krankenhaus eingeliefert worden waren. Vier Bewohner waren gestern eingeliefert worden.

Andererseits hatte Britta Olsen Nachtdienst gehabt und die Bewohner wohl kaum schon zum Mittagessen mit Abführmitteln abfüllen können? Zur Sicherheit rief er die Centerleiterin Inger-Margrethe Jörgensen an.

»Wer hat Ihre Bewohner gestern Mittag mit Medikamenten versorgt?«

»Also, als Krankenschwester dosiere ich immer die Medikamente und fülle die Medikamentenschalen, aber die Helferinnen kümmern sich um das Praktische, erinnern die Alten, ihre Medizin zu nehmen, holen sie ihnen oder geben sie ihnen, wenn sie bettlägerig sind.«

»Und wer hatte gestern Dienst?«

»Eine Assistentin mit Namen Aase Eriksen und Britta Olsen.«

»Aber Britta Olsen hatte doch auch Nachtdienst?«

»Zur Zeit sind viele krank. Sie hat freiwillig eine extra Schicht übernommen und 18 Stunden durchgearbeitet.«

Aha. Thor rief den Oberarzt der medizinischen Abteilung des Provinzkrankenhauses an.

»Wäre es vorstellbar, dass der Auslöser eine Überdosis an Abführmitteln war?«, fragte er.

»Das wäre durchaus vorstellbar, aber es lässt sich unmöglich etwas sagen, bevor die Ergebnisse der Analyse vorliegen. Von den genommenen Proben müssen Kulturen angelegt werden … frühestens morgen liegt ein Ergebnis vor«, antwortete er.

Natürlich sind diese Gerüchte kursiert, aber sie waren glitschig wie Aale und unmöglich zu fassen. Und dann kam es letzten Montag in der Kirche bei dem Begräbnis zu der grotesken Szene mit Johanne.«

Karin Sommer goss ihrem Kollegen, Henrik Johansen, der es sich – den Kopf auf der einen Armlehne und die Beine über der anderen – auf Tante

Agnes' kurzem, grünen Plüschsofa gemütlich gemacht hatte, Kaffee nach.

Karin und Henrik hatten sich bei der »Sjaellandsposten« fünf Jahre ein Büro geteilt und fühlten sich wohl miteinander, gleicher Beruf, gleiche Generation, gleiches Bezugssystem. Plus einer Vertrautheit und einem gegenseitigen Verständnis, die aus den vielen Jahren resultierten, die sie eng beieinander gesessen und die privaten Telefongespräche des anderen mitangehört hatten.

Nie hatte es auch nur die Andeutung eines Flirts oder sexuelle Schwingungen zwischen ihnen gegeben, ihr Verhältnis war von einem geschwisterlichen, freien und offenen Jargon geprägt.

»Reicht die Potenz immer noch zur Vielweiberei?«, konnte Karin ihn beispielsweise fragen, wenn sie hörte, wie Henrik am Telefon versuchte, zwischen seiner Frau und seiner Geliebten zu navigieren.

Und er konnte entsprechend sagen: »Du machst zur Zeit einen so gut gelaunten Eindruck. Hast du was Interessantes am Laufen?«

Im Moment war Henrik überaus zufrieden. Ein ordentlicher lokaler Mord war trotz allem keine Alltagskost für einen Kriminalreporter einer Provinzzeitung.

»Bei den früheren Todesfällen – Eigil Andersen, Arnold Klausen und Gustav Kwium – haben wir es vor allem mit Vermutungen zu tun und es dürfte schwierig werden, die Leute zu konkreten Aussagen zu bewegen. Selbst meine Tante meint: ›Ich glaube, sie bringen uns um. Aber zitiert mich bloß nicht.‹«

Karin rieb sich ihr wehes Knie und fuhr fort: »Ich habe schon ein wenig nach einem neuen Pflegeheim-Fall Ausschau gehalten. Sterbehilfe oder so etwas. Und ich habe das ganze Drumherum verfolgt, wie eine Stimmung aufgepeitscht wird. Die Hexenjagd ...«

»Haben sie denn eine Hexe ausgeguckt?«, fragte Henrik.

»Ja, sicher. So einen Typen, der Satanist ist. Er hat da oben geputzt und ist am Donnerstag gefeuert worden – nach einer Geisterseance.«

Sie erzählte von dem großen Abend des Heiler-Franz im Therapeutenkollektiv.

»*Jesus Christ*«, kommentierte Henrik mit englischer Aussprache und zum Himmel gerichteten Augen.

»Ja, die Menschen sind schon verrückt«, sagte Karin und fuhr fort: »Aber ich habe das Gefühl, dass eine andere Person in den Blickpunkt der Hexenjagd gerückt ist. Jetzt zeigt der Flaschenhals auf das kleine, unglückliche Scheusal von einer Krankenschwester. Sie wohnt gleich nebenan.«

Sie zeigte zu Britta Olsens Haus hinüber.

»Sie ist ein nervöser, kränklicher Verlierertyp, der seine Arbeit hasst. Die Gemeinde hat sie mehr oder weniger dazu gezwungen. Am Freitag hat sie mir einen anonymen Brief gezeigt, in dem man sie beschuldigt, die Alten umzubringen. Sie fühlt sich verfolgt und gemobbt, was sicher auch stimmt, denn sie ist genau der Typ, der danach schreit, mit Füßen getreten zu werden.«

»Hei, was ist denn da los?«, sagte Karin und ging

zum Fenster. Vier Autos bogen in die kleine Einfahrt ein, die von der Hauptstraße am Giebel des Fliederhauses vorbei zu Britta Olsens Haus führte.

»Das sieht ja ganz so aus, als kämen sie sie holen. Ich sehe Halfdan Thor«, fuhr sie fort. »Und Britta, die aus dem Garten ins Haus geht. Was zum Teufel hat das zu bedeuten?«

Die beiden Journalisten versteckten sich in der Hecke von Tante Agnes' Hintergarten, die die Grenze zu Britta Olsens Grundstück bildete. Von hier aus konnten sie die fünf Polizisten – inklusive Hundeführer mit Hund – sehen, wie sie in das Haus der Pflegehelferin eindrangen.

Genau 42 Minuten später kamen sie wieder heraus. Allen voran ging zwischen zwei Polizisten die weinende Frau, gefolgt von Halfdan Thor, der einen Stapel Puzzlekartons trug, während die restlichen Polizeibeamten durchsichtige Säcke mit Schuhen und Kleidung schleppten. Sie versiegelten die Eingangstür hinter sich.

Henrik rief in der Redaktion an.

»Es sieht ganz so aus, als hätten sie bereits jemanden festgenommen. Eine der Pflegehelferinnen. Ich spreche später mit der Polizei – und komme zurück in die Redaktion und schreibe meinen Bericht.«

»Du kannst auch gerne bleiben und hier arbeiten«, sagte Karin. »Mein Telefon hat eine Verlängerungsschnur, sodass du den Computer in dem kleinen Zimmer anschließen kannst.«

»Danke, aber ich möchte lieber zurück. Ich habe im Moment so viel um die Ohren.«

»Und eine brandneue Geliebte«, sagte Karin.

»Das auch. Aber eigentlich bin ich der Meinung, dass es oft leichter ist, die Dinge per Telefon zu klären und die Pressekonferenz wird im Polizeipräsidium stattfinden und falls man sie dem Gericht vorführt, wird das auch zu Hause passieren.«

Nun gut. Karin hatte vergessen, dass sie lediglich am äußersten Rand des Bezirks saß. Seltsam, dass man das Gefühl hatte, in einer anderen, weit entfernten Welt zu sein, wenn man sich auf einer Insel befand.

»Wenn ich etwas mehr Stimmung und Lokalkolorit brauche, komme ich wieder, aber wir rechnen auch mit deinen Hintergrundartikeln. Ich glaube, Lorentzen will den ersten am Samstag haben.«

»Den kann ich schnell zusammenschreiben«, sagte sie.

»Aber es ist doch okay, wenn ich die dramatische Szene bei der Beerdigung in meine Geschichte einbaue, weil sie einen direkten Bezug zu dem Mord hat. »Der Robinson-Mord« werde ich ihn nennen«, sagte Henrik.

»Sicher, die musst du bringen, aber dafür möchte ich die Geisterbeschwörung und den gefeuerten Satanisten für meinen Hintergrundartikel haben«, sagte Karin. »Denn ich will schon versuchen, den Tratsch-Hexenjagd-Aspekt in den Artikel einzubringen.«

»Okay, aber glaubst du die Geistergeschichte bleibt bis Samstag geheim? Die Hyänen aus Kopenhagen sind auch angerückt, um ein paar Brocken zu erbeuten ... einige von ihnen habe ich im Hafen gesehen.«

»Sie machen das Gleiche wie du – sie hetzen zurück, wenn sich das Zentrum des Geschehens ins Polizeipräsidium und ins Gericht verlagert. Dann habe ich die Insel wieder für mich.«

»Auf meiner grünen Insel will ich leben, will ich sterben«, trällerte Henrik, der in seiner Freizeit in einem Männerchor sang.

»Ich fahre ins Center und zum Hafen, sehe mal, was dort los ist und lausche der Stimme des Volkes«, sagte er auf dem Weg zur Tür.

»Und ich besuche meine Tante. Wir sprechen uns, bis bald«, sagte Karin.

»Wenn es dich auch nur das kleinste Bisschen nervös macht, hier zu sein, nehme ich dich mit nach Hause ins Fliederhaus. Das wäre nur gemütlich und das Buch eilt nicht im Mindesten«, sagte Karin.

»Unsinn«, antwortete Agnes. »Es trifft einen, wenn es einen treffen soll! Die arme Johanne, aber es heißt, dass sie keine Schmerzen gehabt hat.«

»Jetzt haben sie Britta Olsen verhaftet. Glaubst du ...?«, fragte Karin.

»Der Charme in Person ist sie bestimmt nicht«, antwortete Agnes.

»Aber warum sollte sie das getan haben?«

»Es heißt, dass sie süchtig ist«, sagte Agnes und wie immer wunderte sich Karin, wie die Tante nahezu gelähmt in ihrem Bett liegen und trotzdem so unglaublich gut informiert sein konnte.

»Nimm einen Schluck«, sagte sie und schob die Flasche zu ihrer Nichte hinüber.

Karin nahm einen richtig großen.

Als sie wieder im Auto saß, rief sie Jörgen Wad an.

»Kann ich dich später zurückrufen. Ich spreche gerade mit der Polizei«, sagte er.

»Ja, ich bin gleich zu Hause.«

Als eine halbe Stunde später das Telefon schellte, glaubte sie, dass er es sei, doch stattdessen meldete sich ein Polizeibeamter, der den Hörer an eine tränenerstickte Britta Olsen weitergab.

»Ich war das nicht. Sie haben versprochen, mir zu helfen. Ich brauche einen Anwalt. Sie stecken mich ins Gefängnis und ich bin krank.«

Karin sprach laut und deutlich: »Beruhigen Sie sich. Sie können die Aussage verweigern. Sie haben das Recht auf einen Anwalt und man wird Ihnen einen stellen.«

»Aber ich will keinen von ihren …«

»Die Pflichtverteidiger haben nichts mit der Polizei zu tun«, antwortete Karin.

»Aber können *Sie* mir keinen guten besorgen?«, wimmerte die Frau.

»Ich kenne ein paar und kann es versuchen, aber ich weiß nicht, ob so kurzfristig einer Zeit hat. Wenn nicht, müssen Sie erst einmal einen Pflichtverteidiger nehmen … Sie können da ganz unbesorgt sein«, sagte Karin.

»Danke, Sie sind die Einzige, die bereit ist, mir zu helfen.«

Die Strafverteidigerin Andrea Vendelbo hatte gerade ihre Tochter, Dagmar, mit der Vorschulklasse – oder der Nullten, wie es jetzt hieß – nach Schweden ins Ferienlager geschickt. Sie hatte geplant, sich in den kommenden Tagen in ein rechtspolitisches Thema, die Freiheitsberaubung von Amts wegen, zu vertiefen, erlag jedoch der Versuchung, als Karin anrief und von der unter Mordverdacht stehenden Pflegehelferin erzählte, die einen Anwalt brauchte.

»Ja, ich mach das«, sagte sie nach einer kurzen Bedenkzeit und fieberte der Aufgabe entgegen wie ein Zirkuspferd, das die Manege riecht.

Sie liebte ihre Arbeit als Strafverteidigerin und je mehr strittige Fälle darunter waren desto besser. Dieser klang richtig viel versprechend. Ganz hinten in ihrem Hinterkopf spukte auch der Gedanke an Kriminalinspektor Halfdan Thor, den sie bei der Übernahme dieses Falls wiedersehen würde. Ein Gedanke, der von ihrem Über-Ich aber schnell als für den Zusammenhang irrelevant abgewiesen wurde.

»Hast du eigentlich mal daran gedacht, dass auch dein Freund, der Arzt, Sterbehilfe geleistet haben kann?«, fragte sie.

»Das ist in diesem Fall ausgeschlossen«, antwortete Karin.

»Warum?«

»Weil man der alten Frau den Schädel eingeschlagen hat. So etwas würde ein Arzt nie tun … ich meine, als Arzt kann man jemanden ganz diskret umbringen und deshalb habe ich auch geglaubt, das vielleicht … Nein, das ist völlig unmöglich. Ich kenne Jörgen Wad und er würde nie …«

»Gut, gut«, sagte Andrea Vendelbo. »Ich übernehme den Fall und nehme Kontakt zu ihr auf.«

»Ich werde nicht zur ersten richterlichen Vernehmung kommen. Schickst du mir eine Mail, wie es gelaufen ist?«, fragte Karin.

»Ja, unter den üblichen Bedingungen.«

»Natürlich.«

Die üblichen Bedingungen waren die, dass Andrea Vendelbo sich strikt an die Bestimmungen des Rechtspflegegesetzes hielt. Karin sollte also nicht mit vertraulichen Informationen rechnen – jedenfalls nicht per Internet.

»Verdammt«, seufzte Kriminalassistent Magnus Kohlberg. Er hatte in der Zentralwäscherei des Altencenters erfahren, dass der für das morgendliche Saubermachen zuständige Mitarbeiter dienstags und donnerstags die Säcke mit schmutziger Wäsche einsammelte und dass die acht großen Waschmaschinen um sieben Uhr morgens eingeschaltet wurden.

Falls Britta Olsen eine blutige Schwesterntracht in einen der Säcke gesteckt hatte, war sie jetzt gekocht, sterilisiert und gebügelt und selbst das Waschwasser war nicht mehr da.

Er hatte das junge Mädchen in der Wäscherei gefragt, ob ihr etwas Besonderes aufgefallen war.

»Nein«, hatte diese geantwortet. »Ich stopfe den Inhalt der Säcke in die Waschmaschine und vermeide, soweit als möglich, irgendetwas zu sehen oder zu riechen.«

»Ist manchmal Blut an den Trachten?«, hatte er gefragt.

»Ja, und noch Ekligeres: Eiter, Scheiße und Erbrochenes«, hatte sie geantwortet.

»Ein Kittel mit Blutgeruch wäre Ihnen also nicht aufgefallen?«, fragte er.

Sie hatte den Kopf geschüttelt.

Britta Olsen hatte erklärt, dass sie, unmittelbar bevor sie Johanne tot aufgefunden hatte, ein Bad genommen und ihre gesamte Kleidung gewechselt hatte.

Und das Problem für die Polizei war, dass das ihrer üblichen Routine nach einer Nachtschicht entsprach. Dem Personal stand ein Badezimmer zur Verfügung und Britta Olsen benutzte es regelmäßig, um zu Hause an warmem Wasser zu sparen. Während der Arbeit trug sie die von der Institution gestellte Kleidung. Die schmutzige Arbeitskleidung hatte sie am Morgen in einen der Säcke gesteckt, die in die Wäscherei gegangen waren.

Auch Halfdan Thor knirschte mit den Zähnen, als ihn Kohlberg telefonisch davon unterrichtete, dass die Sachen, die die unter Mordverdacht stehende Britta Olsen in der Nacht getragen hatte, inzwischen gekocht und gebügelt waren.

»Wir hätten daran denken müssen, die Maschinen sofort anhalten zu lassen«, sagte er.

»Wir konnten ja nicht wissen, dass sie gerade Waschtag hatten«, sagte Kohlberg.

»Nein, aber *sie*«, schnaubte er.

»Du bist ziemlich überzeugt, dass wir die Richtige festgenommen haben?«

»Ich bin selten überzeugter gewesen, aber ich halte sie für verdammt durchtrieben und zäh«, antwortete er. »Ich meine, sie hat sich schon abgesichert. Selbst wenn die Techniker ihre blutigen Fingerabdrücke überall finden, hat sie eine gute Erklärung parat.«

Er war im Polizeipräsidium und seine Vernehmung von Britta Olsen hatte nichts erbracht. Natürlich gab sie zu, dass sie medikamentensüchtig war und Medikamente von den Alten gestohlen hatte, aber sie leugnete, irgendetwas über den Tod von Johanne Hansen zu wissen.

»Wir glauben, dass Sie sie ermordet haben, weil sie wusste, dass Sie Medikamente gestohlen haben. Und weil sie wusste, dass Sie Gustav Kwium umgebracht haben. Hat sie bei dem Begräbnis nicht direkt auf Sie gezeigt? Wie haben Sie Gustav Kwium umgebracht? Wissen Sie, was wir tun werden? Wir graben ihn aus und finden es heraus!«, sagte er und schlug auf den Tisch.

Sie ließ sich nicht von ihm provozieren.

»Und die ganzen Abführmittel, die Sie gesammelt haben. Wir glauben, dass Sie die gestern zum Mittagessen verteilt haben, um Unruhe zu schaffen und Johanne Hansens Nachbarn aus dem Weg zu räumen. Woher hatten Sie die Rohrzange? Gut, das finden wir auch noch heraus ...«

»Ich will nicht mehr mit Ihnen reden. Ich habe Dienst gehabt und 24 Stunden nicht geschlafen, ich will in Ruhe gelassen werden und werde mich beschweren«, antwortete sie mit zitternder, beleidigter Stimme.

Später sprach er die Beschuldigungen mit dem Staatsanwalt Leon Hartung durch.

»Ich glaube nicht, dass wir in diesem Fall etwas gewinnen, wenn wir die Beschuldigungen aufbauschen«, sagte der Jurist. »Mit den gestohlenen Medikamenten haben wir eine gute Argumentationsgrundlage. Sie bilden ein Motiv für den Mord an Johanne Hansen und Gelegenheit dazu hat sie auch gehabt. Wir beschuldigen sie dieses Mordes und weisen gleichzeitig auf die Möglichkeit einer späteren Ausweitung der Anklage auf weitere Morde hin. Ich werde einen Antrag auf vier Wochen Isolationshaft stellen.«

»So ein Mist mit den Kleidern. Hoffen wir, dass die technischen Untersuchungen etwas bringen. Morgen setzen wir eine Sonderkommission ein, um die früheren Todesfälle zu untersuchen. Der Arzt, der die Totenscheine ausgestellt hat, hat zu Protokoll gegeben, dass er die Möglichkeit eines unnatürlichen Todes in diesen Fällen zwar nicht erwogen hat, aber auch nicht ausschließen kann, dass es Mord war.«

Halfdan Thor blätterte in dem Protokoll und zitierte den Arzt: »Wenn kein konkreter Verdacht vorliegt, wundert man sich nicht, wenn sehr alte oder sehr kranke Menschen sterben. Und sichtbare Zeichen eines unnatürlichen Todes lagen weder bei Arnold Klausen noch bei Gustav Kwium vor. In Eigil Andersens Fall liegt ein Leichenbericht vor.«

Der Staatsanwalt runzelte die Stirn und zog an seinem Kinn.

»Wenn ihr sie festhalten wollt, müsst ihr euch auf den Mord an Johanne Hansen konzentrieren, denke ich. Wenn ihr um Fristverlängerung ersucht, müssen weit überzeugendere Beweise auf den Tisch. Unter uns gesagt, ist das, was ihr habt, für eine

Mordanklage ziemlich dünn. Hoffen wir, dass der Richter das *nicht* bemerkt. Ich werde mein Bestes tun.«

Was für ein furchtbarer Tag, ich bin hundemüde«, sagte Jörgen Wad am Telefon. »Ich bin mehrere Stunden mit einem Polizisten alte Patientenjournale und Medikamentenlisten durchgegangen. Die glauben wirklich, dass es sich um Serienmorde handelt.«

»Die Geschichte ist schließlich eine ganze Zeit lang umgegangen und wenn dann die Person, die sie auf die dramatischste Weise verbreitet hat, auch noch umgebracht wird, muss das doch Anlass zu Spekulationen geben«, antwortete Karin.

»Ja, das muss es wohl«, sagte er.

»Weiß man, wann Johanne gestorben ist?«

»Ungefähr. Zwischen zwei und vier.«

Sie zögerte und dachte an Jörgen, der sie letzte Nacht um zwei Uhr verlassen hatte und an die Danksagung, die ihm Sune Kwium geschickt hatte, der gestern Abend im Center gewesen war, um das Zimmer seines Vaters zu räumen. Und sie dachte an Wolf, der auch in der Nacht unterwegs gewesen war. Und an die Affäre von Wolf und Inger-Margrethe. Und an Brian Klausen, für den der Tod des Großvaters ein großes Glück war. Und an Bentes Gedicht über den Vampir in der Leichenhalle. Und an die Pfarrerin. Und an das beliebteste Mobbing-Opfer der Insel, das jetzt drüben in U-Haft saß.

»Hallo?«, sagte Jörgen. »Bist du noch dran? Ich schlage vor, dass wir uns heute Abend ausruhen, ich bin keinen Pfifferling mehr wert, und morgen fahren wir dann *rüber*. In die Stadt, da hat ein neues Restaurant aufgemacht. Es soll richtig gut sein.«

»Ausgezeichnet«, antwortete sie. »Ich muss nämlich mal raus. Langsam bekomme ich einen Inselkoller.«

Dann fiel ihr etwas ein.

»Wie geht es eigentlich den Alten, die mit der Magenverstimmung ins Krankenhaus eingeliefert worden sind?«

»Es ist nichts Ernstes. Sie kommen morgen alle zurück. Die Polizei glaubt, dass Britta Olsen ihnen ein Abführmittel gegeben hat, um Chaos und Johannes einzigen Nachbarn aus dem Weg zu schaffen. Das ist bisher aber nur eine vage Theorie, da noch keine Laborergebnisse vorliegen.«

Karin ging mit dem Buch einer berühmten Frau ins Bett, die über ihre erotischen Affären berichtete. Sie hoffte, es würde sie ein wenig ablenken, aber es hatte genau die gegenteilige Wirkung. Sie musste an Jörgen denken und ihre Gedanken begannen sich im Kreis zu drehen. Sie war davon ausgegangen, dass er schlimmstenfalls in einen Sterbehilfe-Fall verwickelt sein könnte, doch wenn er jetzt … nein, nein und nochmals nein.

Sie spürte einen beginnenden drückenden Kopfschmerz und ging ins Bad, um Paracetamol zu nehmen. Hier fiel ihr Blick auf eine Hand voll brauner Pillen, die ihr der Heiler-Franz gestern Vormittag im Center gegeben hatte. Was hatte er noch über ihre Wirkung gesagt? Vitamine, Mineralien und magenregulierend …

Sie hatte eine Idee und traf einen schnellen Entschluss.

Einen übereilten Entschluss, wie sie drei Stunden später bitter erkennen musste, als sie sich fast die Seele aus dem Leib geschissen hatte und so krank war, dass sie, beschmiert mit Scheiße und Erbrochenem, zum Telefon kriechen musste. Ihr war alles egal, sie brauchte ärztliche Hilfe.

»Ich bin in fünf Minuten bei dir«, sagte Jörgen Wad besorgt.

»Ich sehe nicht gerade sexy aus«, murmelte sie und blieb auf dem Boden liegen.

Er gab ihr stopfende Medikamente und eine Salz-Zucker-Lösung zum Trinken. Er bezog ihr Bett neu und half ihr ins Bad. Später saß er auf der Bettkante, hielt ihre Hand und sagte, dass sie schön sei.

»Jedenfalls schöner als vor einer Stunde«, antwortete sie ergeben und fuhr fort: »Das mit den Pillen war ein Experiment. Mir ist plötzlich eingefallen, dass der Heiler-Franz sie gestern Vormittag im Center verteilt hat.«

»*My God*«, sagte er und griff nach seinem Telefon.

»Es ist nach zwölf. Es war ein anstrengender Tag für die Bewohner. Sind Sie wirklich der Meinung, dass wir sie alle wecken sollen?«, fragte die Centerleiterin Inger-Margrethe Jörgensen am anderen Ende.

»Um ganz sicher zu gehen, ja. Ich kann das natürlich nicht mit hundertprozentiger Sicherheit sagen, aber vieles weist daraufhin, dass es diese … diese Naturmedizin gewesen sein kann. Nein, ich weiß nicht, wie die Verpackung aussieht, aber die

Pillen sind ziemlich auffällig, groß, braun, unregelmäßig und rau in der Struktur, handgerollt, glaube ich.«

Anschließend rief er den Heiler-Franz an, doch der Hörer wurde von Dina abgenommen. Franz war nach Kopenhagen gefahren, um bei einer Fernsehsendung mitzuwirken. Und sie wusste nicht, wo er schlief. Nein, er hatte kein Handy. Er würde morgen zurückkommen. Nein, sie wusste nicht, was das für Pillen waren. Sie selbst war ja Numerologin. Franz hatte so viele verschiedene Medikamente. Er kaufte auf Anzeigen in Naturmedizin-Blättern und über das Internet ein. Ja, sie würde ihn bitten, sich mit dem Arzt in Verbindung zu setzen, sobald er zurück war.

»Das Krankenhaus muss ich auch gleich benachrichtigen«, sagte Jörgen Wad und führte ein Gespräch mit der Nachtschwester, die lange brauchte, um alles aufzuschreiben und sich manche Worte buchstabieren ließ.

»Ich bleibe bei dir«, sagte er anschließend zu Karin. »Ich schiebe Tantes Sofa und Lehnstuhl zusammen und davon abgesehen bin ich so müde, dass ich im Stehen schlafen könnte.«

»Mir geht es schon viel besser, ich fühle mich nur noch ein bisschen matt und verschwitzt, aber das ist lieb von dir«, antwortete Karin.

»Nicht lieb sondern raffiniert und berechnend. Ich erwarte nämlich eine Gegenleistung«, antwortete er und zog die eine Augenbraue auf äußerst charmante Weise hoch.

Sie legte sich schlafen. Es war seltsam. Wenn sie

ihn sah und mit ihm zusammen war, *wusste* sie, dass er in nichts Illegales verwickelt war. Doch sobald er nicht physisch anwesend war, begann der Zweifel an ihr zu nagen. Sie war schon früher von Menschen verraten worden, die sie geliebt hatte.

Mittwoch, 5. Juni

Bei der Polizei, wo Kriminalinspektor Halfdan Thor und Staatsanwalt Leon Hartung, der vor Gericht als Ankläger auftreten sollte, die Anklageschrift gegen Britta Olsen zusammenstellten, herrschte rege Betriebsamkeit. Unterdessen trafen gute wie auch schlechte Neuigkeiten ein.

Von Seiten der Anklagebehörde aus betrachtet, war es eine schlechte Neuigkeit, dass das Krankenhaus mitteilte, dass die Magenverstimmungen der alten Leute aller Wahrscheinlichkeit nach von sogenannten Nahrungsergänzungspillen herrührten, die sie auf Empfehlung eines alternativen Heilers zu sich genommen hatten. Das kippte die Vermutung, die Angeklagte habe ihnen Abführmittel gegeben.

Eine gute Neuigkeit dagegen war, dass die Pflegehelferin Else Kaerhus, die zusammen mit Britta Olsen Nachtdienst gehabt hatte, sich an einen der recherchierenden Kriminalbeamten gewandt hatte, um »die Karten auf den Tisch zu legen«, wie sie gesagt hatte. Sie gab jetzt zu Protokoll, dass die beiden Nachtschwestern sich darauf geeinigt hatten, sich in der Mordnacht ein wenig Schlaf zu gönnen. Britta Olsen hatte demnach von circa 1.30 Uhr bis circa 2.30 Uhr geschlafen und Else Kaerhus von circa 3.00 bis circa 4.00. Sie hatten auf dem Sofa in einem sogenannten Ruheraum neben dem Personalzimmer geschlafen.

Außerdem gab Else Kaerhus zu Protokoll, dass Britta Olsen zwischen drei und vier Uhr den Kittel gewechselt hatte, angeblich weil sie sich – ihren eigenen Worten zufolge – mit Scheiße beschmiert hatte, als sie einem Bewohner auf die Toilette geholfen hatte. Der fragliche Bewohner war so senil, dass er diese Aussage weder bestätigen noch entkräften konnte.

»Das heißt, dass Britta Olsen die Möglichkeit gehabt hat … und die Tatsache, dass sie den Kittel gewechselt hat, ist in jedem Fall ein Indiz«, sagte Thor.

Der Staatsanwalt nickte und blätterte in den Papieren.

»Aus den Vernehmungsprotokollen geht hervor, dass es eine ganze Reihe von Zeugen gibt, die die Angeklagte für sonderbar und unfreundlich halten und ihr Verhalten merkwürdig finden, aber uns fehlen handfeste Indizien«, sagte er.

»Wir brauchen nur ein bisschen mehr Zeit«, sagte Halfdan Thor. »Und es sei uns gestattet zu hoffen, dass die U-Haft sie mürbe macht. Wer verteidigt sie?«

»Sie hat selbst jemanden beauftragt. Eine ziemlich harte Nuss aus Kopenhagen, Andrea Vendelbo. Kennst du sie?«

»Ja, verdammt. Ich kenne sie – auch privat. Verdammt, verdammt«, sagte Halfdan Thor und kratzte sich nachdenklich sein schwarzes Kapitän Haddock-Bärtchen.

»Das wird also kein Routinefall, sondern ein regelrechter Medienzirkus. Nach dem Pflegeheim-Fall dürfte die Aufmerksamkeit geschärft sein. Die Erfahrungen machen Angst und der Richter wird kaum Zugeständnisse machen.«

»In jedem Fall *haben* wir den Diebstahl der Medikamente – den die Beschuldigte auch zugegeben hat. Und das Ausschlussverfahren. Wer außer dem Dieb könnte ein Interesse daran haben … welches Motiv könnte jemand haben …?«

»Hmm, man kann auch umgekehrt fragen: Welches Interesse könnte sie daran haben, eine senile Person zu ermorden, von der sich leicht Medikamente stehlen ließen? Und habt ihr überhaupt nach anderen Motiven gesucht? Es fängt mit dem Begräbnis von Gustav Kwium an, nicht? Wenn sein Tod der Schlüssel zu …«

»Wir sind dabei, aber die Dinge brauchen ihre Zeit«, sagte Thor.

»Du klingst ungewöhnlich überzeugt«, sagte der Staatsanwalt. Er wunderte sich, weil Thor normalerweise ein Polizeibeamter war, der einen kühlen Kopf behielt.

»Meine Intuition«, antwortete Thor und lächelte, weil er genau wusste, dass das nicht reichte. Vielleicht sollte er wirklich weniger voreingenommen an den Fall herangehen, dachte er. Selten war ihm eine so hässliche und unsympathische Frau begegnet, doch das machte sie nicht notwendigerweise zur Serienmörderin. Er würde den Ermittlern einschärfen, auch nach anderen möglichen Motiven und Tätern die Augen offen zu halten – ungeachtet, wie es heute vor Gericht lief.

Jörgen Wad brach gegen sieben auf, um sich frisch zu machen, bevor er die Praxis öffnete.

»Soll ich Tee machen oder willst du lieber weiterschlafen?«, flüsterte er.

»Ich will lieber weiterschlafen. Vielen Dank«, antwortete sie.

Sie konnte jedoch nicht wieder einschlafen, sondern lag wach und entwarf in Gedanken den Samstagsartikel, den sie versprochen hatte, bis spätestens Donnerstagabend abzuliefern. Die stürmische Entwicklung machte es ihr leichter und schwerer zugleich.

Leichter, weil die Artikel eine gewisse Aktualität bekommen hatten. Schwerer, weil jetzt, wo die Insel im Brennpunkt des Interesses stand, bis Samstag vermutlich viele der Leckerbissen bereits von den anderen Zeitungen gebracht worden waren.

Andererseits hatte sie den gesamten Background: eine kleine Gesellschaft in Angst, die ihre Hexe suchte. Gott bewahre. Plötzlich fielen ihr alle historischen Parallelen ein. Britta Olsen war eine Hexe wie aus dem Geschichtsbuch: Eine hässliche, unsympathische Frau mittleren Alters.

Konnte sie es gewesen sein? Das konnte sie bestimmt, aber das konnten andere auch und vor einer Woche noch hatte man einen ganz anderen Sündenbock ausgeguckt. Genau, das würde ihre Einleitung werden: Die Geisterseance, auf der der

Heiler-Franz Gustav Kwiums Geist den Satanisten Wolf hatte ausgucken lassen, den man am darauf folgenden Tag gefeuert hatte. Sie würde Wolf aufsuchen und ihn die Geschichte von Verdächtigung und Kündigung weiter ausführen lassen.

Sie fühlte sich müde und matt, aber nicht direkt krank, trank eine große Tasse Tee und schluckte eine der stopfenden Pillen, die Jörgen Wad ihr verschrieben und mitgebracht hatte. Gleichzeitig überflog sie im Internet die Zeitungen. Der Mord und die Verhaftung waren *die* Tagesthemen, doch um Details zu erfahren, musste sie die Zeitungen kaufen.

Bei Kaufmann Klausen, der eine extra Ladung Zeitungen bestellt hatte und sich von seinem Sohn Brian helfen ließ, ging es hoch her.

»Es ist erschütternd, dass so etwas passieren kann. Gut, dass sie das Weib so schnell geschnappt haben«, sagte Brian Klausen zu Karin Sommer. »Aber wir bedauern, dass die Medien Großvaters Tod mit in die Geschichte hineinziehen. Wir wollen doch nur, dass er in Frieden ruhen kann, aber das ist wohl typisch für die Presse, nicht?«

»In den meisten Fällen wird so etwas nicht erfunden«, antwortete Karin in dem vorsichtigen Versuch, ihre Branche zu verteidigen.

»Aber die Polizei hat uns nichts davon gesagt und ich habe die ganze Pressekonferenz im Fernsehen verfolgt. Hätten sie das nicht gesagt, wenn sie der Meinung wären, dass mein Großvater auch ermordet worden ist?«

Karin zuckte mit den Schultern: »Manchmal begnügen sie sich damit, den Journalisten etwas ins Ohr zu flüstern.«

»Sie schreiben nicht darüber?«, fragte er.

»Nein, nicht über den Mord selbst, aber ich werde einen Artikel über die Insel schreiben, der jetzt natürlich an Aktualität gewonnen hat«, antwortete sie.

Als Karin die Zeitungen gelesen hatte, hatte sie ein ungefähres Bild, wie die Dinge standen.

»Darüber hinaus wird sich die Polizei mit Unklarheiten bei früheren Todesfällen beschäftigen«, hieß es in den Morgenzeitungen, während sich die Vormittagsblätter direkter ausdrückten.

»ERMORDETE SIE AUCH ANDERE?«, fragte eine der Boulevardzeitungen über eine Doppelseite mit Berichten über Eigil Andersen, Arnold Klausen und Gustav Kwium.

Eine Reihe anonymer Quellen wollte wissen, dass man die 56-jährige Pflegehelferin schon lange verdächtigt hatte. Sie war sehr reserviert, machte keinen Hehl aus ihrem Hass auf ihre Arbeit und hatte sich bei mehreren Gelegenheiten seltsam aufgeführt.

Ein nicht genannter Kollege hatte sie murmeln hören: »Der Teufel soll sie alle holen«, als einer der Alten sie gebeten hatte, sein Essen aufzuwärmen. Zu einem anderen Kollegen sollte sie anlässlich eines Begräbnisses gesagt haben: »Wir können uns doch nur freuen, dass die ganze Inselbevölkerung ausstirbt.«

»Sie war immer so voller Hass«, berichtete eine Quelle, die die Verdächtige seit ihrer Kindheit kannte.

Mit besonderem Interesse las Karin Sommer die vielen verschiedenen Berichte über Gustav Kwiums Begräbnis. Sie griff sich an den Kopf angesichts der beabsichtigten oder unbeabsichtigten Entstellungen. Natürlich konnten Auffassungs- und Erinnerungsvermögen der Leute versagen, aber dieses Versagen ging in eine ganz bestimmte Richtung. Fast alle erinnerten sich *genau*, dass Johanne mit ihrem Krückstock auf Britta Olsen als die für Gustav Kwiums Tod Verantwortliche gezeigt hatte.

Nun gut, sie hatte ihre Notizen von dem Begräbnis und zumindest diesen Punkt würde sie in ihrem Samstagsartikel über Tratsch und Hexenjagd zu korrigieren versuchen.

Mehrere Zeitungen schrieben, dass die Polizei die 56-jährige verdächtigte, die Magenepidemie ausgelöst zu haben, die dazu geführt hatte, dass der Nachbar der ermordeten Frau in der Mordnacht nicht anwesend war. Mehrere Bewohner hatten sich in *Lebensgefahr* befunden und mussten ins Krankenhaus eingewiesen werden …

Sie war richtig stolz, dass Henrik Johansen von ihrer Zeitung einen kühlen Kopf bewahrt und eine nüchterne Reportage geschrieben hatte.

»Der Polizei zufolge läßt sich noch nichts darüber sagen, inwieweit die früheren Todesfälle in die Ermittlungen einbezogen werden …«

Henrik Johansen war einer der wenigen – wenn nicht der einzige Journalist, der Britta Olsen nicht implizit verurteilt hatte.

Selbst in den Morgennachrichten des Fernsehens hatte sie einen Journalisten einen Angestellten des

Gesundheitswesens mit der Frage interviewen hören: »Ist an dem System nicht etwas falsch, wenn wir jetzt mit ansehen müssen, wie drei alte Menschen in einem Altenheim ermordet werden konnten ...«

Sie schnaubte irritiert und machte sich voller Eifer an ihren Samstagsartikel, dem sie den Arbeitstitel *Hexenjagd* gegeben hatte.

Voll Energie vor lauter Entrüstung fuhr sie zu der alten Galerie, um mit den Satanisten zu reden. Allein der Name der Sekte würde dem Artikel Kolorit verleihen.

Gott sei Dank hatte keine der Zeitungen Wind von *dieser* Geschichte bekommen. Vermutlich war sie bereits in Vergessenheit geraten, weil die Jagd jetzt die Richtung gewechselt hatte und alle dieselbe Spur verfolgten.

Karin Sommer hegte ein tief verwurzeltes Misstrauen gegen Volksstimmungen, Mehrheiten und Macht. Die kritische Haltung lag ihr im Blut und resultierte sowohl aus ihrer Lebenserfahrung als aus ihrem beruflichen Selbstverständnis.

Jetzt würde sie in aller Bescheidenheit versuchen, gegen den Strom zu schwimmen, und sie genoss die Herausforderung.

Belia hatte Rucksack und Wickeltasche gepackt und die kleine Lucy in den Kinderwagen gelegt.

»Ich fahre nach Hause, nach Hause nach Skovby und denke über alles nach«, sagte sie müde.

Die ganze Nacht hatten sie über ihre Beziehung in Relation zur satanischen Philosophie diskutiert.

Wolf hielt daran fest, dass er als Satanist seiner sexuellen Natur folgen musste und sie hielt ebenso daran fest, dass sie *ihrer* folgen musste. Er war polygam und sie monogam und die beiden Naturen schienen miteinander unvereinbar. Ergebnislos hatten sie verschiedene Kompromisslösungen erörtert und alle Argumente gedreht und gewendet. Er hatte vorgeschlagen, seine Natur auf ein diskretes Minimum zu beschneiden, vielleicht einmal im Monat? Oder einmal im Quartal? Und sie dürfe nie daran zweifeln, dass er sie liebte.

Belia hatte den Kopf geschüttelt und geweint. Sie hatte bereits Höllenqualen gelitten, als Wolf mit Inger-Margrethe seiner Natur gefolgt war.

Sicher, sie wollte an sich und dem Problem arbeiten, aber sie brauchte eine Denkpause.

Sie erzählte ihm nicht, dass es noch andere Gründe für den Wunsch nach einer Denkpause weit weg von Skejø gab. Sie wurde nämlich von religiösen Anfechtungen geplagt, hatte begonnen, am Satanismus zu zweifeln, während sich gleichzeitig die Angst bei ihr eingeschlichen hatte. Merkwürdige Dinge geschahen um sie herum und als sie das letzte Mal die Tür zur Ritualkammer (dem früheren Hühnerhaus) geöffnet hatte, hatte sie einen regelrechten Schock erlitten.

Der Mann mit dem satanischen Namen Seth – ihr schwedischer Gast – lag nackt mit einem Skelett im Arm da und schlief.

»Vermutlich muss er sich von der christlichen Todeshysterie befreien«, hatte Wolf gesagt.

»Aber wo … wo hat er das her?«, hatte sie gefragt.

»Das weiß ich nicht, wahrscheinlich ist es aus Plastik«, hatte Wolf geantwortet.

Wolf standen Tränen in den Augen, als er sich an der Fähre von Belia und Lucy verabschiedete.

»Das ist nur eine Denkpause, nicht? Ich werde auch darüber nachdenken«, sagte er.

»Ja, nur eine Denkpause«, schluchzte sie mit dem sicheren Gefühl, dass ihre Beziehung zu Ende war. Schon als die kleine Fähre ablegte, hörte das Weinen auf und bevor sie die andere Seite erreicht hatten, empfand sie eine ungeheure Erleichterung. Sie würde in dem Einfamilienhaus der Eltern in Skovby in Mitteljütland mehr als willkommen sein und plötzlich sehnte sie sich sehr nach einem Leben in kleinbürgerlichen Konventionen.

Als Karin Sommer zu der alten Galerie kam, um mit Wolf zu reden, standen alle Türen offen und sie rief ihr »Hallo!« in ein leeres Haus. Sie spazierte durch den Garten, wo sie einen neugierigen Blick ins Hühnerhaus warf, das jetzt schwarz gestrichen und mit einem satanischen Sternensymbol auf der morschen Tür versehen war.

Zuerst klopfte sie. Dann öffnete sie vorsichtig die Tür.

Sie schrie auf, als ein starker, behaarter Arm sie ins Dunkel zog.

»Das ist eine Kirche. Sie brauchen keine Angst zu haben«, sagte der Mann sanft auf Schwedisch und setzte sich mit dem Rücken gegen die Tür.

»Sie haben mich erschreckt«, antwortete Karin ruhig und ließ sich auf einer Hühnerstange nieder, während sich ihre Augen an das Halbdunkel gewöhnten. Sie spürte Panik, hatte jedoch Übung im Umgang mit Verrückten. Keine provozierenden Äußerungen, keine plötzlichen Bewegungen. Ruhig, ruhig. Sie sah sich in dem kleinen Raum um. Schwarzer Samt war über eine an einen Altar erinnernde Erhöhung drapiert, auf der neben einem silberbeschlagenen Schädel ein Stearinlicht flackerte und mitten auf dem Boden hatte sich der Schwede mit einer unbezogenen Schaumgummimatratze und einem Schlafsack ein Lager bereitet. In einer Ecke stand ein verschnürter Rucksack. An ihm lehnte ein Pfadfinderspaten und davor lagen ein Beil und ein Messer.

»Hier wohnen Sie also«, sagte Karin leichthin. Sie hatte den Schweden sofort als den Kostüm-Teufel erkannt, den Wolf am Samstag von der Fähre abgeholt hatte. Jetzt trug er nichts als einen kleinen Lendenschurz und das schwarze Haar, dass zu zwei Hörnern hoch gekleistert gewesen war, hing ihm in langen, fettigen Strähnen vor dem Gesicht.

»Nein«, antwortete er. »Das tue ich nicht. Ich bin ein Bürger des Universums. Ich habe keine Haut und keine Abgrenzung.«

»Ach so«, sagte sie.

»Kennen Sie die neun Sünden der satanischen Kirche?«, fragte er.

»Nun ja …«, antwortete sie.

»Ich kann sie auswendig. Wollen Sie sie lernen?«

»Gern«, sagte sie. Sie wollte vor allem Zeit gewinnen, ihn sich wohl und sicher fühlen lassen.

»Gut, dann wiederholen sie meine Worte – die erste Sünde ist: *Dummheit*!«

»Dummheit«, wiederholte sie und man musste sie schon gut kennen, um das leichte Zittern in ihrer Stimme zu hören. Er fuhr mit der Aufzählung fort und bat sie, jede einzelne Sünde zu wiederholen.

»Zweite Sünde: *Übertriebene Erwartungen.*

Dritte Sünde: *Engstirnige Einstellung.*

Vierte Sünde: *Selbstbetrug.*

Fünfte Sünde: *Herdenmentalität.*

Sechste Sünde: *Mangelnde Perspektive.*

Siebte Sünde: *Mangelnde Fähigkeit, aus seinen Erfahrungen zu lernen.*

Achte Sünde: *Unproduktiver Stolz.*

Neunte Sünde: *Mangelnder Sinn für Ästhetik.*

»Das sind«, sagte sie und suchte nach Worten, »wirklich gute Sünden. Man kann nur einig sein.«

»Viele Menschen sind Satanisten, ohne es zu wissen. Sie vielleicht?«

»Tja«, antwortete sie, um ihm nicht zu widersprechen. »Ich weiß nicht richtig. Satan …«

»Satan ist keine Person sondern ein Prinzip«, sagte er.

Sie nickte nachdenklich und sagte: »Das ist wirklich sehr interessant, aber eigentlich bin ich gekommen, um mit Wolf zu reden.«

»Na, dann gehen wir doch rüber ins Wohnzimmer«, sagte er, erhob sich und riss die Tür des Hühnerhauses auf. Die Sonne traf sie wie eine riesige Befreiung.

»Ich weiß nicht, wo sie sind. Möchten Sie einen Tee, während Sie warten?«

Karin fühlte sich ganz schwach vor Erleichterung angesichts der alltäglichen Konversation.

»Ja, danke«, sagte sie. »Ich setze mich raus in die Sonne.«

Belia und Lucy sind in die Ferien gefahren – zu ihren Eltern nach Jütland«, erzählte Wolf und verriet sich durch ein schwaches Zucken der Kiefermuskeln.

Karin konnte sich nicht ganz von einem Gefühl des Mitleids mit dem jungen Menschen freimachen. Erst die Kündigung und dann das selbstverschuldete Beziehungschaos. Eigentlich fand sie ihn recht sympathisch. Er machte einen sehr offenen Eindruck und hatte ein sanftes Wesen. Hinzu kam, dass er so schön war, dass man nur zu gut verstehen konnte, dass Inger-Margrethe sich vorübergehend von ihrer Höheren-Töchter-Erziehung verabschiedet hatte.

»Ihr Gast hat mich ein wenig erschreckt«, sagte Karin mit ihrem schönsten Lächeln.

»Ach, *Seth*. Der ist verrückt. Er läuft herum und redet mit sich selbst, tut jedoch keiner Fliege etwas zu Leide. Der Satanismus zieht verrückte Menschen an und sie sollen auch bei uns sein dürfen, aber sie schaden leider dem Ansehen der Kirche.«

»Ist er Schwede?«

Wolf nickte.

»Göran Svensson, so hieß er, bevor er Satanist wurde. Er gehört zur Kirche Satans in Göteborg und hat bestimmt eine Art Offenbarung gehabt, dass er nach Skejø kommen soll. Er hat sich in unserer Ritualkammer eingerichtet, aber jetzt werde ich ihn bitten, wieder abzureisen. Er fängt an, mir auf die Nerven zu gehen«, sagte Wolf und sah ihr direkt in die Augen.

Sie spürte einen Nadelstich aus Zärtlichkeit und Schmerz. Wolf war Jahrgang 1972 und diesen Jahrgang hatte sie zu *ihren* Kindern auserkoren. In diesem Jahr hätte sie ihr Kind zur Welt gebracht, wäre sie nicht zu stolz oder vielleicht auch zu feige gewesen.

Es war die übliche Geschichte eines Liebespaars, beide Mitte zwanzig, bei der die Frau ungewollt schwanger geworden war.

Er hatte sofort einen Rückzieher gemacht. War nicht bereit gewesen, Vater zu werden. Nicht bereit, sich zu binden und Ernährer zu sein. Und Abtreibung war inzwischen legal und sie könnten doch später noch immer ein Kind bekommen – vielleicht in ein paar Jahren, wenn sie in geordneteren Verhältnissen lebten.

Nach einer langen Nacht in tränenerstickter Einsamkeit hatte sie ihren Entschluss gefasst. Sie würde nicht als Alleinerziehende ihre Karriere aufs Spiel setzen und sie wollte auch keinen halbherzigen, um nicht zu sagen zwangsverpflichteten Kindsvater.

»Wenn du das Kind wirklich haben *willst*, stehe ich natürlich dazu«, hatte er am nächsten Tag am Telefon gesagt.

Sie hatte den Hörer aufgeknallt und sich einen Arzttermin geben lassen. Wegen der Abtreibung hatte sie nie Schuldgefühle gehabt. Sie hatte eine

Wahl getroffen, die sie damals als notwendig angesehen hatte und Selbstvorwürfe gehörten nicht zu ihrer mentalen Disziplin.

Später hatte sie vieles besser verstanden – auch dass ihre Wahl vielleicht nicht die einzig mögliche gewesen war.

»Herrgott noch mal, wenn die Frauen nur die Kinder zur Welt brächten, die die Männer sich wünschen, wäre die Welt ziemlich dünn bevölkert«, hatte ihre Freundin Birgitte die Geschichte später kommentiert.

Hätte sie nicht so absolute Forderungen gestellt, wäre ihr Leben anders verlaufen. Und Wolf hätte ihr Sohn sein können. Er war dunkel wie sie und hatte die gleiche, ein wenig viereckige Gesichtsform.

Sie erzählte ihm von dem Artikel, an dem sie gerade schrieb.

»Ich möchte das Thema Hexenjagd gerne mit hineinnehmen. Erst wurden Sie ausgeguckt und was man sich jetzt über Britta Olsen erzählt, ist absolut unglaublich …«

»Die Hexenjagd ist eine ganz besondere christliche Spezialität«, sagte Wolf.

»Meinen Sie? Ich betrachte sie eher als allgemein menschliches Phänomen. Aber lassen wir das jetzt. Was haben Sie empfunden, als sie entdeckten, dass man Sie als Schuldigen ausgeguckt hat und Ihnen ihre Arbeit gekündigt wurde?«

»Erleichterung«, antwortete er. »Ich habe mir diese Arbeit nicht ausgesucht und ich verspüre kein besonderes Bedürfnis, sieben Stunden in einem Altenheim zu putzen. Jetzt bekomme ich das gleiche Geld, ohne Klos schrubben zu müssen. Für mich ist das okay.«

Verdammt, dachte sie. Es hätte ihr besser in ihren journalistischen Kram gepasst, wenn er die Rolle des Opfers eingenommen hätte. Sie näherte sich dem Thema von einer anderen Seite.

»Der Heiler-Franz hat Sie öffentlich beschuldigt. Haben Sie nicht erwogen, dagegen vorzugehen?«

»Das habe ich. Er ist natürlich mein Feind und wir haben einen Hassstrahl auf ihn gerichtet«, sagte Wolf.

»Einen *was*?«

»Dem Christentum zufolge sollen wir unsere Feinde lieben und ihnen die andere Wange hinhalten. Das ist ein menschenunterdrückender Quatsch, nach dem sich im wirklichen Leben niemand richtet. Wir Satanisten geben zu, dass wir unsere Feinde hassen und auf Rache aus sind, weil das in Übereinstimmung mit der wahren Natur des Menschen ist.«

»Hm«, sagte Karin. »Es gibt Leute, die meinen, dass es der wahren Natur des Menschen entspricht, der Natur zu trotzen.«

Der junge Mann überhörte ihre Worte und fuhr fort: »Deshalb konzentrieren wir unsere gesamte Hass-Energie und richten sie in einem Strahl auf den Heiler-Franz, der versucht hat, mir zu schaden. Einen Moment, dann werden Sie sehen …«

Er erhob sich aus dem Gartenstuhl und ging ins Haus.

Karin musste ein Lächeln unterdrücken, als er

mit einer von Stopf- und Stricknadeln durchbohrten Stoffpuppe zurückkam. Der reinste Voodoo.

»Belia hat sie selbst genäht. Wir brauchen sie für die Ritualmagie. Um unsere natürlichen Hass- und Rachgefühle zu befreien, damit sie sich nicht als Geschwür in der Seele festsetzen.«

»Ich habe auch einmal das Foto eines Mannes als Dartscheibe benutzt«, sagte Karin und dachte an den Vater ihres abgetriebenen Kindes.

»Ja, genau. Das kann man gut vergleichen«, sagte Wolf eifrig. »Man muss seine natürlichen Gefühle akzeptieren. Hass ebenso wie Liebe, Begierde oder Freude. Wir müssen uns von allen kranken, moralischen Begrenzungen des Christentums befreien.«

»Einige der Begrenzungen haben möglicherweise ihren Ursprung in praktischer Lebenserfahrung«, murmelte Karin und bereute ihre Worte. Gefühlsbesetzte Diskussionen mit einer Quelle sollte man soweit als möglich vermeiden und sich an Fragen halten. Sie richtete sich in ihrem Gartenstuhl auf und sagte: »Um wieder auf das Altenheim zu sprechen zu kommen. Sie waren an dem Nachmittag dort, an dem Gustav Kwium starb, und Johanne hat sein Tod extrem stark berührt. Hatten Sie an dem Tag Kontakt mit ihr?«

»Ja«, sagte er. »Und zwar am späten Nachmittag. Ich hatte die großen Fenster im Erdgeschoß von außen geputzt und war auf dem Weg ins Haus, aber dann stand sie im Garten und weinte, während Sune Kwium auf einer Bank saß und ein dummes Gesicht machte. Ich habe gedacht, dass er unfreundlich zu der alten Haut war und bin mit ihr in den Rosengarten gegangen. Sie war sehr verwirrt, aber ich habe verstanden, dass sie Gustav Kwiums Zähne gerichtet hat. Sie waren ihm in den Hals hinuntergerutscht, hat sie gesagt. Zu dem Zeitpunkt wusste ich noch nicht, dass er tot war. Deshalb habe ich nur gesagt, dass es nett von ihr war, Gustav Kwium zu helfen. Das hat ihre Laune ein wenig verbessert und ich habe sie mit ins Haus genommen.«

»Haben Sie das der Polizei erzählt? Ich meine, dass Sie Sune Kwium und Johanne zusammen gesehen haben und dass Johanne Gustav Kwiums Zähne zurechtgeschoben hat. Vielleicht hat sie etwas gesehen und Sune Kwium damit konfrontiert ...«

»Die Polizei hat sich nicht an mich gewandt und ich lebe nach dem *Lex Satanicus*.«

»Was ist das jetzt schon wieder?«, fragte Karin.

»Das ist Anton LaVeys satanische Ethik. Die erste Regel lautet: Du sollst weder deine Meinung kundtun, noch Ratschläge erteilen, es sei denn, du wirst gefragt.«

»Nun gut, aber jetzt frage ich Sie nach ihrer Meinung«, sagte Karin mit einer leichten Schärfe in der Stimme.

»Ich meine, dass sich die Polizei für Sune Kwium interessieren sollte. Er ist kalt wie ein Fisch, er wollte Morphium für seinen Vater und die Leiche des Alten war noch nicht richtig kalt, als er auch schon dessen Haus zum Verkauf ausgeschrieben hat. Und außerdem hat Sune Kwium Johanne an diesem Tag zum Weinen gebracht.«

Karin nickte nachdenklich und sagte: »Die Polizei wird sich vielleicht auch dafür interessieren, was Sie in der Nacht draußen gemacht haben.«

Sein Tick wurde fast zu einer Grimasse: »Dazu kann ich mich nicht äußern, weil das ... weil das mit der Ehre einer Frau zu tun hat.«

Karin lächelte: »Oder der wahren Natur einer Frau, wie ihr Satanisten wohl sagen würdet?«

Auf dem Weg zurück zum Fliederhaus diskutierte sie mit sich selbst. Wenn Sune Kwium es getan haben konnte, konnte Jörgen Wad das auch. Nein, sie weigerte sich, das zu glauben und sie konnte ihn nicht fragen. Ihr Verhältnis war zum Tode verurteilt, wenn sie mit Misstrauen und Verdächtigungen anfing. Und davon abgesehen war das nicht ihr Job. Sie musste ein paar Artikel schreiben und die Polizei musste einen oder mehrere Morde aufklären. So war das.

In ihrem Artikel würde sie Wolf sachlich von seinem Erlebnis an Gustav Kwiums Todestag berichten lassen und dann mussten andere eventuelle Schlussfolgerungen ziehen.

Nicht die eigene Meinung kundtun, es sei denn, man wird gefragt. Sollte der Teufel diese ethische Regel holen, nach der die Satanisten lebten. Sie würde sie nie befolgen können. Im Gegenteil, viele Probleme in ihrem Leben waren aus dem unbändigen Drang entstanden, ihre Meinung zu äußern. Und das gesamte Hexenjagdprojekt, an dem sie zur Zeit arbeitete, war entstanden aus dem Drang, etwas zu meinen, meinen, meinen ...

... mene, tekel, uparsin fuhr der Autopilot ihres

Unterbewusstseins fort, als wollte er die christliche Prägung ihrer Natur sofort demonstrieren. Bruchstücke von Bibelworten und Psalmversen waren wie lose Fragmente überall auf der Harddisk verstreut.

Mene, mene, tekel, uparsin. Die Schrift an der Wand des ungläubigen Königs Belsazar: »Man hat dich gewogen und zu leicht befunden.«

Warum sollte man sein Leben eigentlich von einem so deprimierenden und abqualifizierenden Zitat, das ins Bewußtsein gemeißelt war, bestimmen lassen? Die Satanisten hatten einen Zipfel von etwas zu fassen bekommen, wenn sie gegen diese kulturelle Prägung rebellierten. Und in einigen Bereichen kam ihre Menschenauffassung der Wirklichkeit jedenfalls erheblich näher als die Ideale des Christentums. Hass und Rache prägten das wirkliche Weltbild mehr als Nächstenliebe und Vergebung.

Hass und Rache. Die Begriffe rumorten lange in ihrem Unterbewusstsein. Wollten etwas von ihr, aber sie verstand das Signal nicht und verdrängte das unangenehme Gefühl in ihrem Inneren.

Das Telefon schellte in dem Moment, als sie das Haus betrat. Es war Henrik Johansen. Er war auf dem Weg ins Gericht, um über die erste richterliche Vernehmung von Britta Olsen zu berichten, aber vorher wollte er sie noch schnell warnen, sagte er und lachte laut.

»Warnen – wovor?«

»Auf Skejø läuft ein Heiratsschwindler herum!«

»Und ich bin eine fette Beute – jetzt, wo ich meine Schulden bei der Bank fast beglichen, meine Steuernachzahlung bezahlt habe und mein Konto nicht mehr nennenswert in den Miesen ist ... mal ehrlich, wer?«

»Auf dem Heimweg von Skejø bin ich auf der Fähre einem Typen begegnet und ich war sicher, ihn schon irgendwo einmal gesehen zu haben. Einen kleinen, gedrungenen Mann mit langem, zu einem Pferdeschwanz gebundenen Mönchshaar ...«

»Der Heiler-Franz«, sagte Karin.

»Mir ist einfach nicht eingefallen, wo ich ihn schon einmal gesehen hatte, deshalb habe ich in meinen alten Unterlagen aus Kopenhagen geblättert.«

Ja, Karin konnte es vor sich sehen. Henrik Johansen hatte – genau wie sie – eine Vergangenheit bei der Hauptstadtpresse, die er als seine große Zeit ansah, an die er sich gerne erinnerte und von der er lang und breit erzählte – ohne die müden Gesichter der jüngeren Mitarbeiter zu bemerken.

»Und ich bin auf die Geschichte gestoßen, deren Hauptperson er war. Es ging um eine Anklage vor dem Amtsgericht, über die ich berichtet habe. Er hat ein paar naive, heiratslustige Frauen um über 100 000 Kronen betrogen. Vor 20 Jahren war das viel Geld. Er hat eineinhalb Jahre bekommen, hatte jedoch bereits ein halbes Jahr auf Bewährung wegen irgendeines erfolglosen Anzeigenschwindels.«

Karin lachte: »Das kann ich mir gut vorstellen. Auf Frauen versteht er sich noch immer und jetzt macht er in Naturmedizin und Geistern.«

»Hochstapler waren schon immer meine Lieblingsverbrecher«, sagte Henrik Johansen. »Vor allem wenn sie Stil haben. Im Grunde genommen sind sie harmlos. Ich meine, sie richten nur materiellen Schaden an und stellen gleichzeitig die Dummheit und Eitelkeit anderer Menschen auf die listigsten Weisen zur Schau.«

Karin dachte nach und sagte: »Aber hier auf der Insel hat er sich eine gewisse Position aufgebaut und es ist schwer zu sagen, wie weit er gehen würde, um die zu verteidigen.«

»Wie meinst du das?«

»Wie weit er gehen würde, um zu vermeiden, dass seine Vergangenheit ans Licht kommt. Er hat gehört, wie Johanne angekündigt hat, dass sie zum Landpolizisten gehen will. Und er war da, als Gustav Kwium und ...«

Sie unterbrach sich selbst: »Herrgott noch mal, alle sind immer überall. So ist das nun einmal auf einer kleinen Insel. Aber danke für die Information über den Heiler-Franz. Das war interessant.«

»Ich wollte dich nur warnen«, sagte er und lachte wieder, bevor sie auflegten.

Sie machte sich eine Notiz: Der Heiler-Franz kannte Eigil Andersen von *drüben*, wie Agnes gesagt hatte. Das musste warten. Jetzt war der Samstagsartikel an der Reihe. Sie schaltete den Computer ein und hatte einen ihrer guten Tage. Die Sätze kamen elegant und mühelos und fügten sich zu einem logischen Muster zusammen.

Sie nahm die Geisterseance als Einleitung, weil darüber noch niemand geschrieben hatte. Und brachte im Gegensatz zu den unterschiedlichen Versionen, die unter den Leuten kursierten, einen genauen Bericht über die Vorfälle auf Gustav Kwiums Begräbnis.

Sie schilderte, wie die Geschichten über das vorzeitige Ableben von Altenheimbewohnern wie ein Flüstern über die Idylle der Insel hereingebrochen waren. Und wie Tratsch und Geisterbeschwörer zuerst den Satanisten als den Schuldigen ausgeguckt hatten, jetzt jedoch voll und ganz die Meinung der Behörden teilten, dass die Pflegehelferin Britta Olsen die Täterin war. Der Verdacht gegen Britta Olsen hatte im Übrigen bereits parallel zu den Beschuldigungen gegen den Satanisten bestanden und in einem anonymen Brief seinen Ausdruck gefunden. Karin zitierte den Brief aus der Erinnerung.

Es fehlte ihr nicht an Zitaten. Auf dem Heimweg von Wolf hatte sie im Hafen und beim Kaufmann vorbeigeschaut und aufgeschrieben, was die Leute zu sagen hatten. Ja, so würde sie es machen. Keine Wiedergabe informellen Tratsches, kein Gebrauch anonymer Quellen. Keine Verdächtigungen. Zum einen hatte sie kein klares Bild vorzuweisen und zum anderen wollte sie sich auch nach dem Erscheinen des Artikels noch auf der Insel sehen lassen können.

Irgendwo in ihrem Inneren nagte auch der Zweifel: War Jörgen Wad in die Sache verwickelt?

Zuletzt arbeitete sie lange an Vorspanntext und Textkörper. Sie hatte starke Zweifel, inwieweit sie das Wort Hexenjagd gebrauchen sollte, doch da das Wort in mehreren Zitaten in dem Artikel erwähnt wurde – unter anderem von Wolf, entschied sie sich für: HEXENJAGD AUF SKEJØ

Zufrieden schaltete sie den Computer aus und rief Jörgen Wad an: »Danke für deinen barmherzigen Einsatz heute Nacht. Mir geht es zwar wieder ausgezeichnet, aber ich glaube nicht, dass mein Magen heute Abend schon ein Fünf-Sterne-Menü verkraftet. Vielleicht können wir uns stattdessen zu einer Portion Hafersuppe treffen?«

»Das klingt verlockend!«

»Die Hafersuppe?«

»Nein, dich zu sehen.«

»Komm gegen 19 Uhr. Ich schwitze über dem Samstagsartikel. Eigentlich wollte ich auch noch deine Sekretärin sprechen, Bente oder Bheentee.«

»Sie wird doch nicht in das Ganze hineingezogen?«, fragte er und Karins trainiertes Ohr nahm eine schwache Unruhe in seiner Stimme wahr.

»Nein, sie wartet auf ein Feedback zu ihren Gedichten. Kannst du mich durchstellen?«

»Natürlich. Ich freue mich. Küsschen«, sagte er.

»Es war interessant, ihre Gedichte zu lesen und ich denke, dass sich eine ganze Reihe guter Elemente darin finden«, sagte Karin.

Bente strömte über vor Freude und wollte Einzelheiten hören. Das wollte Karin auch. Vor allem über den Vampir auf Skejø – das Gedicht, das sie in Durchschrift auf einem leeren Blatt Papier gefunden hatte, das jetzt auf einem Bügel in Agnes' Kleiderschrank hing.

»Sie kommen doch auf dem Heimweg bei mir vorbei und wenn Sie Zeit für eine Tasse Tee haben, können wir die Gedichte direkt durchgehen. Gegen vier«, sagte sie.

»Ich bringe Kuchen mit«, sagte Bente.

»Danke, aber für mich nicht. Mich hat die Magenverstimmung auch erwischt.«

»Die Nahrungsergänzungspillen vom Heiler-Franz?«

»Ja, ich wollte sie ausprobieren«, antwortete Karin.

Was Britta Olsen an intellektueller Begabung fehlte, hatte sie an emotionaler. Ihr emotionaler Sinnesapparat war extrem gut entwickelt. Sie nahm den kleinsten Missklang in einer Stimme wahr und nur ein Moment der Abwesenheit in den Augen ihres Gegenübers wurde von ihr registriert und gedeutet.

Jetzt spürte sie deutlich, dass die Strafverteidigerin nicht überzeugt war.

»Sie glauben mir doch, oder nicht? Sie glauben mir, dass ich unschuldig bin?«, fragte sie.

»Ja, das tue ich«, antwortete Andrea Vendelbo.

»Sie wirken nur so … so professionell«, murmelte die unter Mordverdacht Stehende.

»Das versuche ich auch zu sein«, antwortete Andrea. »Denn Gefühle zählen vor Gericht nicht.«

Sie kannte das. Mandanten, die in *der* Krise ihres Lebens in einer trostlosen U-Haft saßen, hatten Schwierigkeiten, die Nüchternheit zu verstehen, die der Strafverteidiger an den Tag legte.

Es war nahezu unmöglich zu erklären, dass die persönliche Meinung des Verteidigers im Grunde genommen keine Rolle spielte. Entscheidend war das Beweismaterial der Anklagebehörde oder der

Mangel an Beweisen. Da musste die Verteidigung ansetzen.

Sie versuchte es trotzdem zu erklären: »Das Rechtssystem ist so aufgebaut, dass Polizei und Anklagebehörde ihre Schuld beweisen müssen. *Sie* müssen nicht beweisen, dass Sie unschuldig sind. Bei der ersten richterlichen Vernehmung muss der Ankläger den Richter überzeugen, dass der Verdacht gegen Sie so begründet ist, dass Sie weiter in Haft bleiben müssen, während die Polizei die weiteren Ermittlungen führt.«

Britta Olsen begann zu weinen: »Ich will nicht länger im Gefängnis sein. Ich habe nichts getan ...«

»Sicher, und ich werde auch auf ihrer sofortigen Entlassung bestehen, weil der Polizei die Grundlage fehlt, Sie des Mordes zu verdächtigen«, antwortete Andrea Vendelbo und legte der kleinen Frau ungeschickt eine Hand auf die Schulter.

»Versuchen wir alles noch einmal zusammenzufassen: Sie erklären, dass Sie medikamentensüchtig sind und geben zu, Medikamente von den Bewohnern des Altenheims gestohlen zu haben. Es hat mehrere solcher Fälle gegeben, wo Leute aus dem Gesundheitswesen verurteilt worden sind. Sie haben nie mehr als eine Bewährungsstrafe bekommen. Das reicht also nicht, Sie weiter in Untersuchungshaft zu behalten. Die Anklagebehörde wird den Diebstahl der Medikamente jedoch mit dem Mord in Verbindung bringen, weil sie auch von Johanne Hansen Medikamente gestohlen haben. Gegen diese Verbindung werde ich Protest einlegen. Ich will damit sagen, dass der Verdacht –

bzw. die Beschuldigung, wie es heißt – unbegründet ist.«

Sie blätterte in dem Stapel von Papieren, der bei der Gerichtssekretärin für sie bereit gelegen hatte.

»Ich verstehe nur nicht ganz, warum Sie auch Abführmittel gestohlen haben?«

»Weil Morphium stopft«, antwortete Britta Olsen.

»Ach so. Der Polizei zufolge ist der Medikamentendiebstahl das Motiv und – was die Anklagebehörde anführen wird – Sie haben die Möglichkeit gehabt, den Mord zu begehen. Aber das reicht nicht«, fuhr sie fort.

»Sie haben bei der ersten Vernehmung nicht erzählt, dass Sie und ihre Kollegin während der Wachen geschlafen haben, aber dafür gibt es eine natürliche Erklärung – und ihre Kollegin Else Kaerhus hat auch gelogen, ohne deswegen beschuldigt worden zu sein. Außerdem hängt sich die Polizei daran auf, dass Sie zwischen zwei und vier Uhr den Kittel gewechselt haben.«

Sie sah ihre Mandantin fragend an, deren Stimmung sich langsam besserte.

»Warum ich das getan habe? Das machen wir fast immer. Wir brauchen im Schnitt zwei Kittel pro Nacht, sagen sie in der Wäscherei. Das ist eine dreckige Arbeit ...«

Endlich spürte Andrea Vendelbo ein wenig Kampfgeist in ihrer Mandantin.

»Gut. Es ist also ganz normal, während einer Wache den Kittel zu wechseln. Das werde ich vor Gericht vorbringen und die Wäscherei wird das bestätigen können. Es ist ein Fehler, dass die Polizei nicht selbst danach gefragt hat. Ihr nächstes Argument ist, dass Sie kurz vor sechs ein Bad genommen und Ihre private Kleidung angezogen haben, aber wir wissen bereits, dass Sie das nach jeder Wache getan haben. Das kann die Anklagebehörde nicht gegen Sie verwenden. Schließlich haben sie noch eine äußerst schwache Ausschlusstheorie, die besagt, dass Sie die Einzige waren, die ein Motiv und die Gelegenheit hatte, aber dafür gibt es keine Beweise. Ganz im Gegenteil, aus einem der Vernehmungsprotokolle geht hervor, dass Johanne Hansen mit offener Tür geschlafen hat.«

»Was ist mit Gustav Kwiums Tod und Begräbnis?«, fragte Britta Olsen.

»Die Polizei hat Vernehmungen durchgeführt, es liegen verschiedene Zeugenaussagen vor und soweit ich sehe, soll weiter ermittelt werden, aber Gustav Kwiums Tod wird nicht in die Beschuldigungen gegen Sie einbezogen und falls die Anklagebehörde versucht, mit Andeutungen oder Spekulationen zu kommen, werde ich das schärfstens zurückweisen. Soweit ich verstanden habe, hat sich Johanne Hansen, senil und verwirrt wie sie war, in ein Gerücht hineingesteigert …«

»Ja, das hat lange die Runde gemacht. Auf Skejø wird viel geredet«, antwortete Britta Olsen und wechselte das Thema: »Kann ich einen Arzt bekommen? Das war ein Schock und ich habe Entzugserscheinungen.«

»Falls man Sie weiter in U-Haft hält, werde ich dafür sorgen …«

Die Angeklagte brach weinend über dem Tisch zusammen.

»Nun, nun, immer mit der Ruhe.«

»Sie haben *falls* gesagt. Sie dürfen nicht *falls* sagen. Ich gehe nicht ins Gefängnis. Ich bin unschuldig.«

Als sie sich einigermaßen beruhigt hatte, fragte Andrea Vendelbo: »Es ist Ihnen wahrscheinlich lieber, wenn die Gerichtsverhandlung unter Ausschluss der Öffentlichkeit stattfindet?«

Die Antwort war ungewöhnlich: »Oh, nein, sollen doch alle die kleine, hässliche Hexe sehen, die auf dem Scheiterhaufen verbrannt werden soll. Ich bin unschuldig und habe nichts zu verbergen. Ich werde mir auch keine Jacke über den Kopf ziehen, wenn sie mich hereinführen ... sie können Bilder von mir machen, mit denen sie den Kindern Angst machen können.«

»Wollen Sie, dass ich auf einer öffentlichen Gerichtsverhandlung bestehe, wenn der Ankläger eine Verhandlung unter Ausschluss der Öffentlichkeit wünscht?«

»Ja, das will ich. Sonst glauben sie noch, dass ich etwas zu verbergen habe.«

»Da könnte wirklich etwas dran sein«, antwortete Andrea nachdenklich.

Sie war sich nahezu sicher, dass der Ankläger in Hinblick auf die weiteren Ermittlungen auf eine Verhandlung unter Ausschluss der Öffentlichkeit drängen würde. Es bestand eine Tendenz, in solchen Fällen unter Ausschluss der Öffentlichkeit zu verhandeln, in denen die Anklagebehörde einen schwachen Stand hatte. Der Ausschluss der Öffentlichkeit brachte es mit sich, dass dem Verteidiger ein Maulkorb angelegt wurde, während Polizei und Anklagebehörde in einer Reihe von Fällen von der Möglichkeit Gebrauch gemacht hatten, ihren schwachen Standpunkt in den Medien aufzubauschen. Das hatte man im Pflegeheim-Fall gesehen, der mit Sicherheit in den Hinterköpfen der Akteure der heutigen ersten richterlichen Vernehmung herumspuken würde.

Die U-Haftzelle befand sich im Untergeschoss des Gerichtsgebäudes, sodass keine Bilder von der des Mordes Verdächtigten gemacht werden konnten, als diese zur ersten richterlichen Vernehmung vorgeführt wurde. Die Pressefotografen waren vergebens gekommen. Desgleichen die Journalisten, da die Verhandlung – im Hinblick auf die weiteren Ermittlungen – auf Antrag der Anklagebehörde unter Ausschluss der Öffentlichkeit stattfand.

Der Gerichtstermin vor dem gewissenhaften 60-jährigen Richter Ingvar Nörgaard dauerte über drei Stunden. Der Ausgangspunkt der Anklagebehörde, vertreten durch Staatsanwalt Leon Hartung, war ein Antrag auf vierwöchige Isolationshaft, während Andrea Vendelbo die umgehende Freilassung ihrer Mandantin forderte.

Der richterliche Beschluss lautete auf Aufrechterhaltung der U-Haft um 3 x 24 Stunden, was, in eine allgemeine Sprache übersetzt, eine Aufforderung an Polizei und Anklagebehörde war: Ihr habt nichts, worauf ihr eure Beschuldigung aufbauen könnt, aber ihr bekommt drei Tage, um etwas zu finden.

Das war ein klarer Sieg für Andrea Vendelbo, doch Britta Olsen empfand das anders. Bei dem Gedanken an drei weitere Tage in Haft brach sie weinend zusammen. Der Gerichtsdiener musste sie quasi aus dem Raum tragen, während Andrea Vendelbo echte Bekümmerung im Gesicht des Richters wahrnahm. Nicht schlecht, dachte sie. Jetzt musste sie erst einen Arzttermin für ihre Mandantin machen, dann brauchte sie etwas zu essen und anschließend wollte sie, bevor sie zurück nach Kopenhagen fuhr, einen Besuch in der U-Haftzelle abstatten.

Auf dem Gerichtsvorplatz lief sie buchstäblich in Kriminalinspektor Halfdan Thor. Jedenfalls musste einer von ihnen ausweichen, wenn es nicht zu einem körperlichen Zusammenstoß kommen sollte. Beide traten gleichzeitig einen Schritt zur Seite und blieben dann stehen, was an einen Volkstanz erinnerte.

»Hallo und herzlichen Glückwunsch. Ich habe gerade mit dem Staatsanwalt gesprochen und erfahren, dass das Gericht dir Gehör geschenkt hat«, sagte Thor und lächelte steif.

»So würde ich das nicht sehen. Euer Material hat einfach nicht ausgereicht.«

Sie hatte keine Lust, den Fall mit ihm zu diskutieren und wechselte das Thema.

»Wie geht es sonst – mit Esben und Aske?«

Er zuckte mit den Schultern: »Wenn das denn nun der Tag der Niederlagen sein soll, kann ich dir erzählen, dass ich Probleme mit Esben habe. Ich habe verdammt noch mal den Kontakt zu dem Knaben verloren und er ist einfach unmöglich. Wahrscheinlich die Pubertät und so ... Warum setzen wir uns nicht in ein Café? Ich habe es heute noch nicht geschafft, etwas zu essen.«

»Ich auch nicht, aber aus prinzipiellen Gründen glaube ich, dass es keine gute Idee ist, uns in aller Öffentlichkeit zusammen zu zeigen, so lange ich in diesem Fall als Strafverteidigerin tätig bin. Ich meine, das könnte doch jemand falsch verstehen, dass man mit der Gegenseite fraternisiert sozusagen.«

»Okay, dann setzen wir uns jeder an einen Tisch und blinzeln uns zu, wenn niemand es sieht.«

»Lass uns zusammen was unternehmen, wenn ihr euren Mörder habt«, sagte sie und lächelte.

»Wir *haben* unseren Mörder«, sagte er mit überzeugter Stimme.

»Darüber diskutieren wir in drei Tagen vor Gericht«, antwortete sie leichthin. »Ich muss sehen, dass ich weiterkomme.«

»Hei, warte«, sagte er. Und als sie stehen blieb: »Dann ist das abgemacht, wir sehen uns, wenn der Fall erledigt ist – gleichgültig wer gewinnt, okay?«

Sie nickte und lächelte: »Abgemacht.«

Vor einem Jahr waren sie sich zum ersten Mal begegnet und hatten einander beschnuppert, ohne dass ihre Gefühle zum Durchbruch gekommen waren. Er war in sie verliebt gewesen, doch war die Glut aufgrund mangelnder Nahung erloschen. Er hatte ihr Signal so verstanden: Wir sind gute Freunde, aber auf drei Meter Abstand.

Sie hatte sich auch verliebt, war aber nicht im Stande gewesen, mit dem Gefühl umzugehen oder ihm in etwas anderem als allgemeiner Freundlichkeit Ausdruck zu verleihen. So war alles stagniert und sie hatten sich zuletzt um Weihnachten herum gesehen, wo sie ihn zum Weihnachtsempfang ihrer Kanzlei eingeladen hatte. Nach dem Empfang hatte er Weihnachtseinkäufe machen und sie sich um die Vorbereitung eines wichtigen Falls kümmern müssen.

»Wir haben uns lange nicht gesehen. Ich habe dich vermisst«, sagte er jetzt.

Sie sah ihn überrascht an: »Du hättest doch anrufen können.«

»Man will schließlich nicht aufdringlich sein«, antwortete er.

Er sah ihr nach, wie sie über den Marktplatz ging. Sie trug ein hellblaues Kleid, das für ihre feine, zierliche Gestalt ein wenig zu groß und sackartig war und flache, kitfarbene Schnürschuhe. Arbeitskleidung, dachte er. Ihr blasses, ungeschminktes Gesicht war ernst und nachdenklich und er fand es schön. Die Sommersprossen auf der Nase, die grünen Augen und der füllige Mund. Andrea war ein durch und durch seriöser und ehrlicher Mensch und in den hatte er sich verliebt. Verdammt, dass sie sich als Gegner gegenüberstehen mussten, verdammt, dass er nicht mehr dafür getan hatte, dass ihre Beziehung sich entwickelte.

Er kaufte sich ein Sandwich, ein Bier und ein Wasser und ging zurück zum Polizeipräsidium. Er brauchte mehr Leute auf Skejø und dann musste geklotzt werden. Verlängerung der U-Haft um drei Tage – in einem Mordfall. Das war verdammt noch mal der stressigste Beschluss, den ein Richter verkünden konnte, dachte er.

Es gelingt Ihnen gut, Ihre Liebe zu der Insel und der Natur auszudrücken«, sagte Karin Sommer und schenkte der Dichterin Bheentee mit den kindlich strahlenden Augen und den glühenden Apfelbäckchen Tee ein.

Gleichzeitig dachte Karin: Irgendwie hat diese Frau es geschafft, nicht vom Leben gezeichnet zu werden, obwohl sie um die 50 sein muss. Entweder hat sie nie etwas Böses gesehen oder erlebt oder sie hat ein einzigartiges Talent, das Traurige auszublenden.

Bente hatte diese unschuldigen Augen und diese ruhigen, zufriedenen Gesichtszüge, die man sonst nur bei religiösen Menschen findet, die die Verantwortung an Gott abgegeben haben und niemals zweifeln. In schwachen Augenblicken konnte Karin diese Menschen beneiden, die über die *Gnadengabe des Glaubens* verfügten – wie man in missionarischen Kreisen zu sagen pflegte. Sie selbst war ihr ganzes Leben von Unrast, Zweifeln und innerem Bürgerkrieg geplagt worden. Und das hatte mit der Zeit seine Spuren in einer zögernden, ironischen Haltung den großen Lebensfragen gegenüber und einer chronischen Skepsis, was die Motive und Handlungen anderer Menschen anging, hinterlassen. Es hatte auch physische Spuren hinterlassen, meinte sie. Ihre Augen hatten ihren Glanz verloren und der

Sarkasmus hatte sich in einem Lächeln um den Mund gelegt, das sich nicht entschließen konnte, ob es nach oben oder nach unten zeigen sollte.

Ihr Unterbewusstsein hielt ein Bibelwort für jede Gelegenheit bereit und wenn sie sich jetzt Bente ansah, lautete die innere Meldung: *Selig sind die Einfältigen.*

»Ich bin froh, dass Ihnen die Gedichte gefallen«, antwortete Bente. »Ich wollte so gern über die Natur und die Liebe schreiben.«

»Glauben Sie an Gott?«

Das war eine Frage, die Karin Sommer im Normalfall nie stellen würde, aber plötzlich musste sie das wissen.

»Nicht an den bärtigen, alten Weihnachtsmann«, antwortete Bente mit einem glucksenden Lachen über ihr eigenes Bild. »Aber ich glaube daran, dass es jemanden oder etwas gibt, eine gute Kraft, die hinter allem steht. Und Sie?«

Karin schüttelte den Kopf: »Ich wünschte, dass ich das täte, könnte ...«

Sie unterbrach sich selbst.

»Man spürt in ihren Gedichten, dass Sie Gott in der Natur finden. Ich glaube, irgendwo schreiben Sie auch etwas in der Richtung?«

Bente nickte eifrig.

»Glauben Sie, sie lassen sich veröffentlichen?«

Karin war auf die Frage vorbereitet und hatte eine Antwort parat: »Es ist schwer, Gedichte herauszubringen, denn sie verkaufen sich nicht gut. Ihre Gedichte sind gut als Ausdruck ihrer Persönlichkeit und ihres Lebens und ich bin sicher, dass viele hier auf der Insel sie lesen werden. Ich denke, Sie sollten sie zunächst einmal als Link zu Skejøs Homepage ins Net stellen.«

»Natürlich, ich muss sie nur auf Diskette speichern und dann kann Brian Klausen das in die Hand nehmen. Er gestaltet unsere Homepage. Das ist immerhin ein Anfang«, antwortete sie froh.

»Sie können die Leser um ihre Meinung bitten und sich auf diese Weise weiterentwickeln«, schlug Karin vor. Sie begann die Bögen mit den Gedichten einzusammeln und fuhr wie beiläufig fort: »Sie hatten ein paar leere Seiten zwischen die Gedichte gelegt, die ich aussortiert habe, aber auf einem war der deutliche Abdruck eines Gedichts zu sehen, das Sie *Der Vampir* betitelt haben. Ich konnte das ganze Gedicht lesen. Es war anders als die anderen, ein bisschen unheimlich, aber mit den Namen von drei Toten auch sehr realistisch?«

Zuerst redete sie abgehackt von Inspiration, die aus den seltsamsten Quellen kam, doch als sie Karins forschenden Blick sah, sagte sie: »Also, in aller Vertraulichkeit und ganz unter uns …«

Und dann erzählte sie mit großen, erschrockenen Augen von den Beobachtungen ihres Mannes im Leichenhaus. Von den Einstichen in den Hälsen der drei Toten: Eigil Andersen, Arnold Klausen und Gustav Kwium.

»Und jetzt der Mord und so … vielleicht sollten wir zur Polizei gehen?«, fragte sie.

»Schon möglich. Das ist eine merkwürdige Geschichte, aber sie sind auf keinen Fall an den Einstichen im Hals gestorben, wenn Einar sicher ist, dass man sie ihnen erst im Leichenhaus zugefügt hat«, antwortete Karin. Sie kombinierte ihre Informationen. Wolf hatte die Pfarrerin in der Nacht vor Gustav Kwiums Begräbnis ins Leichenhaus gehen sehen – sagte er jedenfalls. Aber welche verrückte Idee hatte die Pfarrerin bewogen, den Leichen in die Hälse zu stechen? Nahm sie Proben, weil sie Mord witterte … oder war es vielleicht der Satanist selbst?

»Ich denke auch, dass wir es hier mit etwas Übernatürlichem zu tun haben, mit Geistern – um es frei heraus zu sagen«, fuhr Bente fort. »Vielleicht hatte Einar diese Visionen nur deshalb, weil die Toten ihm etwas sagen wollten. Und damit kann die Polizei doch nichts anfangen, oder? Und er riskiert nur, sich lächerlich zu machen«, sagte Bente.

Karin nickte nachdenklich.

Bente fuhr sich mit der Hand durch ihre strubbelige Frisur und lächelte herzlich: »Wissen Sie was? In Wirklichkeit geht es doch darum, positiv zu denken, nicht?«

Eine verständnislose Falte bildete sich zwischen Karins Augenbrauen und die andere erklärte: »Also, ich lese gerade ein Buch über positives Denken. Positives Denken fördert Harmonie und Gleichgewicht – und kann Krebs heilen … Sie sollten es lesen!«

Karin stellte ein schnelles Menü aus Salat, Tiefkühl-Hühnersuppe, Käse und Brot zusammen. Während sie das Essen zubereitete, beobachtete sie die Aktivitäten in und um Britta Olsens Haus. Die Polizeibeamten eilten geschäftig hin und her. Sie suchten den Boden mit Hunden ab, brachen Gartenfliesen auf und trugen in Plastiktüten Sachen aus dem Haus.

Die Untersuchungshaft war um 3 x 24 Stunden verlängert worden. Dann hatten sie also nichts gegen sie in der Hand und keine Zeit zu verlieren, das war Karin klar.

»Du musst eine fantastische Konstitution haben, dass du nach der Diarrhö heute Nacht schon wieder so fit bist«, sagte Jörgen Wad, der kalten, auf der Insel hergestellten Apfelcidre mitgebracht hatte. »Schmeckt gut und ist gut für den Magen«, sagte er.

»Haben sie herausgefunden, was in der Naturmedizin war?«, fragte Karin.

»Nein, das braucht Zeit. Aber es besteht kein Zweifel. Alle, die die Pillen genommen haben, hatten Dünnschiss. Ich hatte eine Unterredung mit dem Heiler. Er hat mehr als angedeutet, dass ich nur aus beruflichen Gründen neidisch bin und ihn deshalb in Verruf bringen will. Deshalb habe ich ihm vorgeschlagen, selbst eine der Pillen zu nehmen. Er hat so getan, als würde er eine nehmen, hat sie aber unter der Zunge versteckt und ist beleidigt seines Weges gegangen.«

»Schwindler«, sagte Karin.

»Ja, jetzt wo du es sagst. Aber so etwas würde ich nie auch nur anzudeuten wagen, denn die Leute glauben wirklich, dass zwischen uns eine gewisse berufliche Konkurrenz herrscht.«

Später am Abend lag er neben ihr und zeichnete Muster auf ihren nackten Rücken.

»Bei Gelegenheit könnte ich mir gut vorstellen, einen Blick unter deinen Teppich zu werfen und deine Beule näher zu untersuchen. Du kannst einfach einen Zipfel anheben, wenn du es für richtig hältst«, sagte er.

Sie antwortete nicht.

»Es hat mit einem Mann zu tun, nicht?«, forschte er.

»Ja, es hat mit einem Mann zu tun«, antwortete sie.

»Sonst wirkst du so natürlich und unkompliziert, was das angeht.«

»Das bin ich auch. Es hat nichts mit einem Liebhaber zu tun. So etwas hat mir seit meinen Teenagertagen keine großen Probleme mehr gemacht. Es geht um eine Familienangelegenheit und ich habe keine Lust, darüber zu reden. Vielleicht ein anderes Mal.«

»Entschuldigung, ich habe kein Recht ...«, sagte er.

Sie wechselte das Thema. Erzählte von der ersten richterlichen Vernehmung und dem offensichtlich schwachen Stand der Polizei im Fall Britta Olsen.

»Ich habe auch Schwierigkeiten, mir Britta Olsen als Mörderin vorzustellen«, sagte Jörgen Wad.

»Aber sie ist der ausgemachte Sündenbock«, sagte Karin.

»Die Hexe meinst du?«

»Genau«, antwortete Karin, »Und irgend jemand hat der alten Dame schließlich den Schädel eingeschlagen.«

»Absolut unverständlich. Ich hoffe, dass die

Polizei den Schuldigen bald findet«, sagte Jörgen Wad.

»Ich denke, dass das Motiv wichtig ist«, sagte Karin.

»Wie bitte?«

»Ich glaube, dass man in den kollektiven Geheimnissen der Insel nach dem Motiv suchen muss ...«

»Kannst du das ein bisschen präzisieren?«

»Nein, weil ich nicht weiß, wonach man suchen muss. Aber nach meinem Gefühl riecht es nach Lüge und Vertuschung.«

»Das Gefühl habe ich überall, wo Menschen zusammen sind«, sagte Jörgen Wad. Er zögerte leicht, umfasste ihren Kopf mit beiden Händen und drehte ihr Gesicht zu sich herum: »Und jetzt heraus damit. Was glaubst du von mir? Welche Frage wagst du nicht zu stellen? Lass uns diese Wand zwischen uns niederreißen.«

Sie sah ihm ruhig in die Augen und sagte: »Ich habe mich über die Dankeskarte von Sune Kwium gewundert, die auf deinem Weinregal lag und auf der in etwa stand:

Danke für die Hilfe, so haben wir den Schmerzen doch noch ein Ende bereitet.

Er hat das unmittelbar nach dem Tod seines Vaters geschrieben.«

Jörgen Wad lächelte und das Lächeln kam tief aus seinen Augen.

»Tja, eigentlich unterliege ich ja der Schweigepflicht, aber ich mache mich wohl nicht strafbar, wenn ich dir erzähle, das Sune Kwium unter chronischen Schmerzen leidet. Bandscheibenvorfall. Er hatte einen akuten Anfall und nach Absprache mit seinem Arzt habe ich ihm Morphium gegeben.«

»Könnte es sein, dass er das Morphium an seinen Vater weitergegeben hat?«

»Nein.«

»Warum nicht?«

»Weil er es als Injektion bekommen hat!«

»Entschuldigung«, sagte sie.

»Hast du nie die internationale Schnulze *Love Story* gelesen?«, fragte er sanft.

»Nein, warum?«

»Menschen, die sich lieben, brauchen sich nicht zu entschuldigen«, flüsterte er und zog sie an sich.

»Ich muss gehen und ein paar Stunden richtig schlafen«, murmelte er ihr ins Ohr, als es langsam hell wurde. Er befreite sich vorsichtig aus ihren Armen und wand sich aus dem allzu schmalen Bett.

»Dann wird es leer hier.« Bedauern schwang in ihrer Stimme mit.

»Das müsste nicht so sein … wir könnten zusammenziehen … darüber sollte man einmal nachdenken«, sagte er, während er die Sandalen an die nackten Füße zog.

Sie hatte keine klugen Bemerkungen parat und ihr war schwindelig, obwohl sie lag.

»Das ist noch immer so neu«, flüsterte sie.

»Wir sind zu alt für eine lange Verlobungszeit. Denkst du darüber nach?«

Sie stand aus dem Bett auf, umarmte ihn und verabschiedete ihn mit den Worten: »Ja, natürlich denke ich darüber nach. Schließlich bekommt man nicht jeden Tag das Angebot, die fünfte Frau eines Mannes zu werden!«

Sie zog sich die Decke über die Nase, um seinen Duft und den Duft der Liebe einzuatmen. Sie war glücklich und entsetzt zugleich. Wie konnte er nach einer Woche Beziehung vorschlagen, dass sie zusammenzogen? Und warum eigentlich nicht? Es war unüberschaubar, aber die Leute machten so etwas. Bestimmt waren sie beide zu alt und zu kauzig, aber wenn man nie eine Chance ergriff? Auf Skejø wohnen? Nein, nie im Leben – aber warum eigentlich nicht? Sie könnte pendeln wie so viele andere oder vielleicht die eine oder andere exklusive Absprache mit der Zeitung treffen, dass sie nicht jeden Tag in die Redaktion musste? Oder in der Lokalredaktion drüben auf der anderen Seite des Wassers sitzen? Nein, das war ihr zu wenig. Sie würde es nicht schaffen, Artikel über die Neuverlegung eines Kabels unter dem Kaufmannsladen und die Generalversammlung des Kaninchenzuchtvereins zu schreiben. Mit dieser Art Journalismus hatte sie vor 40 Jahren angefangen. Als Genre hatte sie Respekt davor und beruflich blasiert war sie nicht, aber sie konnte unmöglich an ihren Ausgangspunkt zurückkehren. Nein, dann besser auf den Autorentraum setzen. Egal wie, sie musste versuchen, heute mit dem Buch weiterzukommen. Es war gefährlich, zu lange Pause zu machen. Das Problem war nur, dass die Realität sie abgelenkt und ihre Aufmerksamkeit in Anspruch genommen hatte. Man konnte sich nicht theoretisch mit Hexenjagd beschäftigen, ohne sich für die Hexenjagd zu interessieren, die sich vor den eigenen Augen abspielte. Die arme Britta. Jetzt hatte sie wirklich einen Grund, sich Leid zu tun.

Aber wer war es? Brächte man den Mord an Johanne Hansen mit Gustav Kwiums Tod in Verbindung, hätte sie auf Sune Kwium getippt, doch dann müsste man von der Theorie ausgehen, dass wirklich Sterbehilfe geleistet worden war und Jörgen Wad möglicherweise seine Hand im Spiel gehabt hatte. Und ihn verdächtigte sie überhaupt nicht mehr.

Wenn sie Tante Agnes glaubte und sowohl Eigil Andersens als auch Arnold Klausens Tod in den Fall mit einbezog, wie sollte sie dann Sinn oder Motiv finden?

Brian Klausen hatte einen Grund gehabt, sich den Tod seines rechtschaffenen Großvaters zu wünschen, aber gab es auch jemanden, der sich Eigil Andersens Tod gewünscht hatte? Jemand anderen als ihn selbst?

Vielleicht den Heiler-Franz, dessen Vergangenheit ein Geheimnis war?

Oder hatten sie es mit einem wahnsinnigen Serienmörder zu tun, der sich die hilflosesten Patienten des Altenheims ausgesucht hatte?

Die Pfarrerin war sonderbar, aber das brachte ihr Beruf wohl mit sich. Von Menschen, die Neugeborene fragen, ob sie dem Teufel und all seinen Werken entsagen und die symbolische Geschmacksproben von Christi Leib und Blut austeilen, konnte man – nach Karins Meinung – keine rationalen Gedankengänge und kein vernünftiges Verhalten erwarten.

Bei den Satanisten war es ähnlich – nur mit umgekehrtem Vorzeichen, aber könnte Wolf …?

Der Gedanke an Wolf ließ sie automatisch an die Centerleiterin Inger-Margrethe Jörgensen denken. Sie war nicht *nur* die, für die sie sich ausgab, aber wohnten gefährliche Dämonen in ihr?

Gerade als sie in den behaglichen Schlaf fallen wollte, der der sexuellen Befriedigung folgt, beschlich sie das Gefühl, etwas zu wissen – auf einer subtilen, emotionalen Ebene. Das Problem war nur, dass dieses Wissen ihr rationales Gehirn nicht erreichen würde. Ihr Über-Ich hatte eine Barrikade gegen die Wahrheit errichtet, nach der sie suchte und deren Bruchstücke man ihr geliefert hatte. Es ist schon kompliziert, dass das Gehirn so viele Ebenen hat und man den Verkehr zwischen diesen Ebenen nicht immer selbst dirigieren kann, konnte sie noch denken, bevor sie auf eine der tieferen Ebenen hinabsank, auf die des Schlafs.

Donnerstag, 6. Juni

Es herrscht heutzutage die verbreitete Meinung, dass die Hexenprozesse des 16. Jahrhunderts mit Hilfe der Pöbeljustiz durchgezogen wurden, was jedoch völlig falsch ist. Das öffentliche Rechtssystem Dänemarks umfasste damals – wie auch heute – drei Rechtsinstanzen und die Hexenprozesse mussten vor mindestens zwei zur Verhandlung kommen. Sie wurden mit großem Ernst von den besten Gehirnen des Landes und nach allen Regeln der juristischen Kunst geführt.

So wurde Maren Splids 1640 zunächst von dem Amtsgericht der Zauberei für schuldig befunden, dann jedoch von der nächsten Instanz, dem Rathausgericht zu Ribe, freigesprochen.

Die Anklagebehörde, die zu diesem Zeitpunkt durch den Lehnsmann, der direkt dem König unterstand, verkörpert wurde, war mit dem Freispruch äußerst unzufrieden und legte bei der höchsten richterlichen Instanz des Landes, dem Königlichen Gericht oder dem Herrendag, der dem heutigen Obersten Gerichtshof entspricht, Berufung ein.

Maren Splids sollte in Untersuchungshaft sitzen, bis der Fall vor das höchste Gericht kam. Sie wurde erneut festgenommen, in einem Wagen an Eisen-

haken gekettet und von Ribe nach Kopenhagen gebracht, wo man sie in eine dunkle, kalte und schmutzige Zelle im blauen Turm warf. Der Sicherheit halber wurde sie in der Zelle an die Wand gekettet und rund um die Uhr von zwei Kerlen bewacht, die verhindern sollten, dass sie die Gerechtigkeit durch einen Selbstmord betrog.

Im Gefängnis wurde sie verhöhnt und verprügelt, getreten, ausgehungert und gepeinigt. Der Henker kam immer wieder in ihre Zelle und jedes Mal brachte er neue Folterinstrumente mit, aber Maren Splids weigerte sich zu gestehen.

Eines Tages wurde sie in die Folterkammer geschleppt, wo man sie auf die Folterbank legte, ihre Fingerknochen brach und sie mit glühenden Eisen verbrannte, aber noch immer wollte sie nicht gestehen.

Sie wollte nicht gestehen, »obwohl«, hieß es in dem Bericht, »der König und der Thronfolger anwesend waren.«

Der König war Christian IV., einer der größten Hexenjäger seiner Zeit.

Sowohl der König als auch der Thronfolger wurden wütend und man beschloss, Maren Splids der Gewichtsprobe zu unterziehen, die eine der wissenschaftlichen Methoden zur Entlarvung von Zauberinnen darstellte. Da Hexen zu ihrem Hexensabbat fliegen konnten, schloss man, dass sie aus leichterem Stoff als die übrigen Menschen geschaffen sein mussten. Deshalb war ein geringes Gewicht ein entscheidendes Indiz.

Die Gewichtsprobe hatte an den Tag gebracht,

dass viele große, fette Hexen nicht mehr als ein Pfund wogen, ging aus den Gerichtsakten hervor.

Hieraus lässt sich heute klar erkennen, dass nicht nur Aberglaube sondern auch regelrechte Beweisfälschung hinter den Urteilen stand. Denn man verfügte über ausgezeichnete und präzise Gewichte.

Eine andere Methode, die ebenfalls auf der Annahme eines geringeren Gewichtes von Hexen basierte, war die Wasserprobe. Eine Hexe schwamm oben, wurde sie ins Wasser geworfen.

Christian IV. wies den Henker an, Maren Splids auch der Wasserprobe zu unterziehen.

Krank durch Marter, Verletzungen, Hunger und hohes Fieber wurde die mutmaßliche Zauberin aus Ribe ins Wasser geworfen, gefesselt an Händen und Füßen, »aber«, hieß es in dem Bericht, »obwohl sie sich sichtlich bemühte zu sinken, schwamm sie doch die ganze Zeit an der Oberfläche wie eine Gans oder ein Stück Holz.«

Damit lag das nötige Beweismaterial vor und die abschließende Gerichtsverhandlung fand am 19. Oktober 1641 vor dem Herredag statt. Sie wurde von den mächtigsten Männern des Landes geleitet: von König Christian IV., dem Reichsmarschall Jörgen Urne, dem Reichskanzler Jost Höeg und allen adeligen Reichsräten.

In Übereinstimmung mit dem Urteil des Amtsgerichts befanden sie Maren Splids für schuldig.

Das Feuer war ihr sicher, doch vorher stand ihr noch das Schlimmste bevor.

In Wirklichkeit hatte der König die Strafprozessordnung ein wenig gebeugt, indem er Maren Splids auf die Folterbank schickte, bevor sie verurteilt worden war. Streng juristisch gesehen, durften Hexen erst gefoltert werden, wenn sie für schuldig befunden worden waren.

Ziel der Folterbank war zum einen, dass die Frauen all ihre Hexereien gestanden und zum anderen, dass sie ihre Mithexen verrieten.

Jetzt sollte Maren Splids den laut Strafprozessordnung korrekten »peinlichen Verhören« unterzogen werden und viele verurteilte Hexen waren auf der Folterbank gestorben.

Karin Sommer konnte das Fallbeispiel nicht schreiben, ohne die Wut in sich wachsen zu spüren. Die Wut auf die zu jeder Zeit herrschende, dumme Übermacht. Die Wut, dass sich noch immer Parallelen zu den Prozessen des 16. Jahrhunderts fanden, wenn es um Hexenjagd ging: Einzelhaft als Folter, kleine Schummeleien in der Beweisführung, juristische Beugung des Gesetzes und – eine sichere soziologische Gesetzmäßigkeit, die beinhaltete, dass so gut wie immer Repräsentanten der Oberklasse die sozial Schwächeren verurteilten.

Automatisch wanderten ihre Gedanken zu Britta Olsen, die in U-Haft saß.

Wie es ihr jetzt wohl ging?

Resolut griff sie zum Telefon.

Andrea Vendelbo war beschäftigt, rief jedoch kurz darauf zurück: »Die Verhandlung fand unter Ausschluss der Öffentlichkeit statt, aber, zitier' mich nicht, an dem Beweismaterial der Anklage war nicht viel dran. Der Richter hat der Aufrechterhaltung der Haft um 3 x 24 Stunden nur aufgrund des Medikamentendiebstahls zugestimmt«, sagte sie.

»Was glaubst du?«, fragte Karin.

»Glaube ist nicht mein Geschäft«, antwortete Andrea.

»Das weiß ich, aber du musst doch verdammt noch mal einen Eindruck von der Frau haben?«

»Das habe ich auch, aber der ist zwiespältig«, antwortete Andrea.

Karin ließ die Pause in der Unterhaltung dauern und Andrea biss an: »Ja, natürlich. Du hast Recht. Es ist schwer, sich die arme Frau als Mörderin vorzustellen, aber nur allzu leicht als Verdächtige. Ich bin jedenfalls froh, dass ich den Fall übernommen habe. Wir werden sehen«, erläuterte sie.

»Wenn du sowieso in der Stadt bei Gericht bist, brauchst du nur eine Stunde bis Skejø. Es wäre schön, wenn du Zeit hast.«

»Danke, einen freien Tag könnte ich gut gebrauchen. Das Problem ist nur, dass ich meinem Leben ungefähr um ein halbes Jahr hinterherhinke«, sagte Andrea.

Karin lachte: »Das ist doch noch gar nichts. Ich hinke meinem um ungefähr 30 Jahre hinterher und komme gerade erst in das Alter, wo ich über eine Verlobung nachdenke.«

»Mit dem Arzt?«

»Mmm.«

»Nun denn«, antwortete Andrea und klang weder überrascht, noch neugierig oder begeistert.

Karin fiel es schwer, das zu verstehen – oder Andrea. Ein einziges Mal hatte sie erlebt, dass Andrea die Fassung verloren hatte, ansonsten war sie immer die Rationalität in Person. Wie konnte jemand so Vernunft gesteuert sein? Sie lud nicht zu Intimitäten ein und deshalb wollte Karin nicht fragen, wie es um ihr Liebesleben bestellt war. Eine Frage, die in Karins übrigem Freundeskreis ganz selbstverständlich war. Stattdessen erzählte sie ein wenig von dem 360 Jahre zurückliegenden Prozess gegen Maren Splids, mit dem sie sich heute beschäftigt hatte und Andrea hörte interessiert zu und wollte gerne Einzelheiten hören. Das Gespräch wurde nur unterbrochen, weil es an Karins Tür klingelte – an der feinen, die zur Straße raus ging.

»Ich mache nur meine Drohung von Montag wahr und schaue mit einem gekühlten Weißwein vorbei, wenn Sie also Zeit haben …?«, sagte die Lehrerin Ulrikka Thomsen.

»Es könnte mir nicht besser passen. Setzen wir uns in den Garten. Ich hole nur schnell ein paar Gläser«, antwortete Karin. Ihre Begeisterung war echt.

Sie setzten sich in zwei Gartenstühle und schwangen die Beine auf ein paar andere. Sie verstanden sich auf Anhieb.

»Ich muss schon sagen, da ist ja richtig was los. Gerade hat eine ganze Ermittlertruppe das kleine Versammlungslokal im Center in Besitz genommen«, erzählte Ulrikka Thomsen.

»Drüben bei Britta Olsen haben sie heute auch jeden einzelnen Stein umgedreht und den Garten mit Hunden abgesucht«, sagte Karin und zeigte zum Haus ihrer inhaftierten Nachbarin hinüber.

»Die arme Frau«, sagte Ulrikka Thomsen.

»Was sagt man denn so? Glauben die Leute, dass sie es war?«, fragte Karin.

»Ja, das scheint die vorherrschende Meinung zu sein, aber vor allem deshalb, weil – wer sollte es sonst gewesen sein? Und man weiß ja, dass Süchtigen die Nerven durchgehen können.«

Karin zuckte mit den Schultern.

»Es könnte doch auch derjenige gewesen sein, der Eigil Andersen oder Arnold Klausen oder Gustav Kwium umgebracht hat ... oder alle zusammen?«

»Hm. Der Robinson-Mörder?« Ulrikka Thomsen lächelte schief. »Das ist ziemlich weit hergeholt, nicht?«

»Nicht weiter als dass die Polizei die früheren Todesfälle in ihre Untersuchungen mit einbezieht«, sagte Karin. »Erzählen Sie mir etwas über Arnold Klausen.«

»Er war der letzte König von Skejø«, sagte Ulrikka Thomsen.

»König?«

»Ja, man nannte ihn wirklich den König oder den Inselkönig. Er war Bürgermeister, bevor die Gemeinden zusammengelegt und wir der Großgemeinde drüben unterstellt wurden. Er hat den Posten fast 30 Jahre inne gehabt und war der mächtigste Mann auf der Insel.«

»War er beliebt?«, fragte Karin.

»Sonst wäre er wohl nicht wieder gewählt worden. Ja, er war sehr beliebt und wurde respektiert.«

»Meine Tante hat ihn auch geschätzt«, sagte Karin, und eine nachdenkliche Falte bildete sich zwischen ihren Augenbrauen, als sie fortfuhr: »Der König … seltsam. Johanne hat zu dem Landpolizisten gesagt, dass sie einen Mord an dem König anzeigen will. Könnte es sein …?«

Karin dachte laut.

»Sie war total senil«, sagte Ulrikka Thomsen skeptisch.

Karin schenkte ihnen beiden ein.

»Über Eigil Andersen weiß ich eigentlich gar nichts. Wie war er?«, fragte sie.

»Ich weiß nur, was alle wissen, weil ich ihn nicht persönlich gekannt habe. Er war ein wilder, junger Mann, der des Landes verwiesen wurde.«

Ulrikka Thomsons Augen blitzten amüsiert.

»Des Landes verwiesen?«, fragte Karin.

»Er wurde zum König beordert, wo er den Bescheid bekam, dass seine Gegenwart auf Skejø nicht länger erwünscht war.«

»Was warf man ihm vor?«

»Saufereien, Krawall, Schlägereien und Diebstahl, habe ich gehört. Es heißt auch, dass er später *drüben* im Gefängnis gesessen hat.«

Ein Steinchen fand möglicherweise seinen Platz: Der Heiler-Franz hatte auch im Gefängnis gesessen und Agnes zufolge kannten die beiden sich von *drüben*, dachte Karin.

»Als er zurück auf die Insel kam, war er nur noch ein Schatten seiner selbst, vom Drogenmissbrauch gezeichnet, denke ich, und später kamen noch die Hirnblutungen hinzu. Er war harmlos, fast sanft und vollkommen hilflos. Solange er mit dem mobilen Pflegedienst auskam, hat er in einem der Häuser der Gemeinde gewohnt, aber die letzten Jahre hat er im Center verbracht, weil er sehr viel Pflege brauchte.«

Ulrikka Thomsen leerte die Weißweinflasche und fügte hinzu: »Es ist nahezu unmöglich, sich vorzustellen, dass jemand an seinem Tod ein Interesse gehabt haben könnte, nicht?«

Karin nickte und sagte: »Ich hole uns eine neue Flasche.« Sie fühlte sich in der Gesellschaft ihrer neuen Bekannten sehr wohl.

Als die nächste Flasche zur Hälfte geleert war, sagte Karin: »Ich habe auch die Pfarrerin interviewt, was jedoch nicht viel gebracht hat – von ein paar Bibelzitaten einmal abgesehen. Sie scheint mir ein sehr verschlossener Mensch zu sein, aber Sie kennen sie vermutlich besser – ist es nicht so, dass der Lehrer und der Pfarrer …«

Ulrikka unterbrach sie laut lachend und fuhr fort: »… und der Arzt und der Apotheker jeden Freitagabend Bridge spielen. Nein, ich kenne sie nur oberflächlich und bin nie in ihrem Gottesdienst gewesen. Ich gehöre nämlich einer aussterbenden Rasse an, müssen Sie wissen – Skejøs letzte atheistische Sozialistin! Bestimmt ende ich einmal als ausgestopftes Ausstellungsstück im Lokalmuseum unten im Keller, wo ich mit einem Gedicht in der Hand sitzen werde; wie wär's mit diesem von Otto Gelsted …«

Sie erhob sich mit der natürlichen Selbstsicherheit der Lehrerin, machte eine ausladende Handbewegung und rezitierte:

»Befreit euch von Selbstbetrug und Leben,
das längst ist tot.
Löscht auf der Flagge das weiße Kreuz,
macht es rot!«

Karin lächelte und Ulrikka setzte sich wieder hin: »Ja, ja, ich werde mich hüten, den Kindern so etwas beizubringen, aber schön ist es schon, nicht?«

»Stark. – Ich hole uns etwas Käse.«

Es wurden ein paar Nachmittagsstunden, die Karin in vollen Zügen genoss. Ein freier Wechsel zwischen Smalltalk, Geschwätz und ernster Unterhaltung, wie er nur unter Gleichaltrigen gleichen Geschlechts mit einem weitgehend identischen Bezugssystems möglich ist.

»Und es ist abgemacht, Sie kommen am Samstag zum Essen – vielleicht in Begleitung?«, sagte Ulrikka Thomsen, als sie gegen 16 Uhr ging.

»Ich weiß nicht, welche Pläne er für das Wochenende hat, aber ich komme auf jeden Fall und ich freue mich darauf«, antwortete Karin, aufgekratzt vom Wein und der neuen Bekanntschaft.

Sie blieb draußen in der Sonne sitzen. Der Alkohol hatte ihr arthritisches Knie betäubt und sie ärgerte sich über ein paar Brennnesseln, die vor der Hecke zu Britta Olsens Garten gewachsen waren. Sie beschloss, sie zu jäten, holte ein paar Gartenhandschuhe und kniete sich hin.

Es lag unter der Hecke, fast ganz auf Britta Olsens Seite. Es war unerklärlich, dass die Polizeihunde es nicht gefunden hatten. Es steckte in einem grünlichen, steifen Umschlag und war sauber und unbeschädigt. Als Karin den Umschlag aufhob, öffnete und die fein geschriebenen Blockbuchstaben sah, zweifelte sie keinen Augenblick: Das war Gustav Kwiums verschwundenes Protokoll.

Sie trug noch immer die Gartenhandschuhe und ihr war klar, dass sie keine Fingerabdrücke hinterlassen durfte und ihren Fund bei der Polizei abliefern musste, aber keine zehn Pferde konnten ihre journalistische Neugier zügeln. Sie nahm das Protokoll mit hinein an den Küchentisch und holte sich zum Umblättern der Seiten eine Stricknadel.

Sie brauchte eine Stunde, um das Protokoll zu lesen. Es war erschütternd langweilig. Meckereien, pathetische Selbstbeweihräucherungen und alltägliche Bemerkungen über Essen und Pflege sowie kritische Benotungen des Personals – gemischt mit Zitaten aus Bibel, Gesangbuch, Volksliedgut und »weisen Worten«, die die Banalitätsprobe nicht bestehen würden. (Konnte ein normaler, zurechnungsfähiger Mensch da eventuell anderer Meinung sein?)

Sie kam zur letzten Seite: »Heute kommt die Strafe …« und stutzte. War das S nicht ein wenig größer als die anderen Buchstaben? Sie ließ den Blick über die Seite wandern. Nein, er folgte keiner speziellen, eigenen Rechtschreibung. Sonderbar. Sie blätterte ein paar Seiten zurück. Jedes Mal, wenn er auf das Thema Strafe zu sprechen kam, war das Wort mit einem sehr großen S geschrieben. Nicht ins Auge springend, aber trotzdem. Sie suchte nach einem Satz, der mit S begann. »Später am Tag kam die Ergotherapeutin.« Ja, sein großes S war relativ klein. Doch in Strafe war es jedesmal groß.

Sie schloss das Protokoll ein, ging zum Telefon, rief im Altenheim an und wurde zum Krisenstab der Kriminalpolizei im kleinen Versammlungslokal durchgestellt. Sie bot an, das Protokoll vorbeizubringen.

»Nein, ich würde lieber zu Ihnen kommen, damit Sie mir genau zeigen können, wo Sie es gefunden haben«, antwortete Kriminalinspektor Halfdan Thor.

»Merkwürdig. Wir haben den Garten erst heute Vormittag gründlich mit Hunden abgesucht. Ist Ihnen aufgefallen, ob jemand bei Britta Olsens Haus war?«, fragte er, als sie ihm das Protokoll mit ihrer behandschuhten Hand überreicht hatte.

Halfdan Thor war ein ruhiger, Vertrauen erweckender Mann und Karin Sommer hatte als Kriminalreporterin mehrere Jahre ausgezeichnet mit ihm zusammengearbeitet.

»Wir haben heute Nachmittag im Garten gesessen, der – wie Sie sehen – sehr zugewachsen ist«, antwortete sie. »Ein Auto hätten wir bestimmt gehört, eine vorbeigehende Person jedoch nicht unbedingt bemerkt.«

»Und diese Ulrikka Thomsen – hat sie die Möglichkeit gehabt, das Buch dorthin zu legen? Ich meine, hatte sie eine Tasche bei sich, in der sie es hätte verstecken können und ist sie irgendwann alleine im Garten gewesen?«

»Ja, aber ...«, Karin wollte gerade entrüstet protestieren, aber der Mann musste schließlich fragen: »Sie kam direkt von der Schule und hatte ihre Schultasche mit, und sie ist ein paar Mal alleine im Garten gewesen. Ich habe Käse geholt und war auf der Toilette, aber ...«

»Ich lasse Buch und Fundort von den Technikern untersuchen und komme eventuell noch einmal wieder.«

»Gern.«

Halfdan Thor war nicht gerade begeistert über den Fund des Protokolls. Zum einen waren sie sich immer noch nicht sicher, ob Gustav Kwium wirklich ermordet worden war. Es war zweifelhaft, ob das Protokoll überhaupt von Interesse war. Und zum anderen konnte es dort hingelegt worden sein, um die Polizei auf eine falsche Fährte zu führen. Es sah nicht so aus, als wäre es dem Morgentau ausgesetzt gewesen und warum hatten es die Hunde und die ganzen Polizeibeamten nicht gefunden?

Und wenn es eine falsche Fährte war, die den Verdacht auf Britta Olsen lenken sollte, hieß das, dass sie nicht die Mörderin war.

Magnus Kohlberg war optimistischer: »Sie kann es selbst dort versteckt haben. Es hat nicht einen Tropfen geregnet und wenn es unter der Hecke gelegen hat, ist kein Tau darauf gefallen. Außerdem ist es fast tarnfarben und die Hunde, na ja, die versagen auch hin und wieder einmal, wenn sie nicht genau wissen, wonach sie suchen sollen. Sie sollten nach Rauschgift und Medikamenten suchen, nicht?«

Thor nickte: »Aber die Frage ist auch, ob irgendetwas Interessantes in dem Buch steht, etwas, das die Beschuldigung erhärten kann. Ich werde es gleich lesen.« Er legte das Buch zwischen ein paar Plastikfolien und drehte die Seiten mit seinem Taschenmesser um.

»Sie kommen morgen früh um sechs und graben Gustav Kwium aus. Sie haben für den Transport der Leiche in die Gerichtsmedizin einen Spezialbehälter«, sagte Kohlberg.

»Na schön«, brummte Thor und las weiter.

»Und dem Zentralregister liegen ein paar Fingerabdrücke vor. Vor allem Britta Olsens halber, blutiger Zeigefingerabdruck auf dem Wasserhahn in der Toilette der Ermordeten«, sagte Kohlberg, der als Koordinator für das Ermittlerteam fungierte, das inzwischen aus insgesamt fünf Männern und Frauen bestand, die auf der Insel Zeugen vernahmen.

»Das hilft uns auch nicht weiter. Sie hat für diesen Abdruck eine Erklärung. Sie hat sich die Hände blutig gemacht, als sie die Tote umdrehen wollte und sich natürlich die Hände gewaschen … und, weißt du was? Egal, was sie an DNA-Material von dieser Frau finden, es gibt eine natürliche Erklärung.«

Kohlberg unterbrach ihn: »Und auf der Mordwaffe sind – außer denen des Klempners – nur die Fingerabdrücke der Ermordeten. Dafür aber ziemlich viele – überall auf der Zange. Fast als hätte sie damit gespielt.«

»In jedem einzelnen Zimmer hängen Einmalhandschuhe«, sagte Thor resigniert.

Kohlberg richtete sich auf und sah seinen Chef direkt an.

»In Wirklichkeit meinst du, dass sie das perfekte Verbrechen begangen hat?«

»Das kannst du wohl sagen. Wir waten in Spuren und Beweisen, die sich zu absolut nichts gebrauchen lassen.«

»Es wäre doch ebenso gut möglich …«, sagte Kohlberg und brauchte den Satz gar nicht zu beenden.

»Ja«, unterbrach ihn der Chef. »Und weißt du was? Auf der Insel leben so wenig Menschen, dass wir jedes einzelne, verdammte Alibi überprüfen können!«

»Das wird bereits gemacht. Wir haben mit denen angefangen, die am Montagabend, als Johanne ihre Drohung laut verkündet hat, im Center waren. Das sind ziemlich viele, weil an dem Abend zwei Veranstaltungen stattfanden, aber in ein paar Tagen sind wir durch.«

»Gut. Das ist saulangweilig, das hier«, sagte Thor und drehte eine Seite um.

Sein Handy klingelte. Es war Esben: »Aber Vater, ich *muss* am Wochenende nach Kopenhagen. Das ist eine wichtige Ausstellung und ein Treff von Graffitikünstlern … ja, in Christiania – na und? Das ist verdammt noch mal ein kulturelles Ereignis! Mir verbieten? Ha! Was willst du denn dagegen tun? Mich festbinden? Mir Handschellen anlegen? Mich inhaftieren?«

Halfdan Thor umfasste die Tischkante so fest, dass seine Knöchel ganz weiß wurden.

»Hör zu, Esben, wir reden heute Abend. Und sobald der Fall gelöst ist, machen wir beide zusammen Ferien!«

»Das klingt ja supergeil«, antwortete Esben mit deutlicher Ironie.

»Findest *du*, dass man einem 15-jähriger Knaben vom Land erlauben sollte, sich nachts in Christiania herumzutreiben?«, fragte er Kohlberg, der eine Art Experte sein musste, weil er ein Lehrerstudium absolviert hatte, bevor zur Polizei kam.

»Das hängt von so vielem ab«, antwortete Kohlberg, der selbst eine pubertierende Tochter hatte.

»Ein süßes, kleines Mädchen müsste man haben«, seufzte Thor.

»Ja, so eins wünsche ich mir auch«, antwortete Kohlberg und lachte. »Weißt du, was auf Lauras Wunschzettel zu ihrem elften Geburtstag an erster Stelle stand? *Sexy Unterwäsche*, genau diese Worte – Gott steh mir bei! Aber wir nehmen das nicht so ernst. Kleine Mädchen wollen wie große Mädchen sein und große Mädchen werden mit Werbung bombardiert, nicht?«

»Da ist noch etwas anderes, das mich bei Esben wundert«, sagte Thor und suchte nach Worten: »Ich meine, als ich in seinem Alter war, hatte ich nur Mädchen im Kopf und habe Pornoblätter unter meinem Bett versteckt. Weißt du, was Esben unter seinem Bett versteckt? Spraydosen mit Farbe, verdammt noch mal!«

»Herrgott noch mal, er ist fünfzehn. Was hältst du davon, dich ein bisschen auf seine Prämissen einzulassen?«, fragte der frühere Lehrer.

»Soll ich zusammen mit ihm einen Joint rauchen?« Jetzt war es Thor, der seine Ironie nicht steuern konnte.

»Es gibt immer einen Mittelweg, nicht? Beschäftige dich ein bisschen mit Graffiti. Es gibt Bücher darüber. Oder gib ihm einen deiner hart verdienten Tausender für ein Hotelzimmer am Wochenende. Ein Künstler muss schließlich standesgemäß wohnen, nicht?«

Halfdan Thor begnügte sich damit, eine undeutliche Antwort zu brummen.

»Also«, sagte Kohlberg. »Das Wichtigste ist, ihnen gegenüber offen zu bleiben.«

»Das ist mir schon klar, aber für euch ist das leichter, ihr seid zu zweit – und noch dazu Pädagogen.«

Kohlberg war mit einer Lehrerin verheiratet.

Thor hörte es selbst. Er suchte nach einer Entschuldigung. Die Haft war auf 3 x 24 Stunden verlängert worden. Der stressigste Beschluss, den ein Richter verkünden konnte. Das Ermittlerteam arbeitete rund um die Uhr, aber Halfdan Thor musste nach Hause zu seinen Kindern.

Gegen 20 Uhr machte er sich auf den Heimweg.

»Ich bin zur Morgenbesprechung um 9 Uhr wieder da. Dann müssen wir Bilanz ziehen und eine Strategie festlegen. Die Haftfrist läuft am Samstag um 15.00 ab«, sagte er.

In Connies Grill stopfte er einen Hamburger in sich hinein, bevor die kleine Fähre anlegte. Sechs Autos warteten in einer Schlange. Dann gab es noch einen Fußgänger im wahrsten Sinne des Wortes – auf nackten Füßen. Die Leute starrten ihn diskret an. Der merkwürdige Mann, der am Samstag gekommen war und jetzt die Insel wieder verließ, trug ein Lendentuch im Leopardenmuster und eine altmodische, schwarze Weste. Auf dem Rücken hatte er einen grünen Rucksack und sein fettiges, schwarzes Haar war zu einem Pferdeschwanz gebunden.

Halfdan Thor stand zusammen mit Kaufmann Klausen an der Reling, mit dem er einige Male ein paar höfliche Worte gewechselt hatte.

Klausen warf dem Original auf der gegenüberliegenden Seite des Schiffes einen Blick zu und lächelte den Polizisten wissend an.

»Stammt er von der Insel?«, fragte Thor.

»Nein, er war bei den Satanisten zu Gast«, antwortete Klausen.

Die Überfahrt dauerte 20 Minuten und einige Passagiere blieben in ihren Autos sitzen, während fünf bis sechs Leute den milden Sommerabend auf dem offenen Autodeck genossen, das nur halbvoll war.

Auf halber Strecke kam es zu einem Zwischenfall.

Göran, der den satanischen Namen *Seth* trug, stellte sich auf den Kasten mit den Rettungswesten und streckte die Arme in die Luft, als wollte er die kleine Versammlung segnen.

»Darf ich für einen Moment die Aufmerksamkeit der Damen und Herren in Anspruch nehmen?«, sagte er auf Schwedisch.

Die Frage war überflüssig.

»Nackt kamst du auf die Welt und nackt wirst du sie wieder verlassen«, rief er und ließ mit der Eleganz eines Strippers sein Lendentuch fallen. Sein nacktes Glied hing grotesk zwischen den beiden Zipfeln seiner zugeknöpften schwarzen Weste herab.

»Oho«, sagte der Fährmann, der sich als Schiffer als höchste Autorität auf See fühlte, »ziehen Sie das wieder an. Sie erschrecken ja die Mädchen.«

Göran hob Stimme und Arme und psalmodierte in seinem tiefsten, rauen Schwedisch – während sein Schwanz unter der Weste hin und her baumelte: »Aus Erde bis du genommen, zu Erde sollst du wieder werden und aus der Erde wirst du *nie, nie, nie* wieder auferstehen!«

Angesichts dieser offenkundigen Verrücktheit lächelten sich die Leute nachsichtig an und der Gedanke an die Geschichte, die sie jetzt zu erzählen hatten, erheiterte sie.

»Auf das unser Wissen um die Vergänglichkeit uns alle stärke«, rief Göran, schnürte seinen grünen Rucksack auf und entleerte den Inhalt auf Deck.

Das Lächeln erstarrte, das Grauen war den Leuten in die Gesichter geschrieben und eine Frau stieß einen Schrei aus. Über Deck rollte ein Schädel, gefolgt von einer Hüftpfanne, einem Oberschenkelbeinknochen und einem halben Brustkasten. Zu guter Letzt kullerte eine Zahnprothese ein paar Meter weit über Deck, bis sie gegen eine Taurolle stieß.

Göran war sanft wie ein Lamm und streckte ihm freiwillig die Arme entgegen, als Halfdan Thor ihm die Handschellen anlegte. Der Polizeibeamte zog ihm das Lendentuch an, bevor er ihn auf dem Rücksitz seines Autos unterbrachte und an Land fuhr. Der Rucksack mit den Skelettteilen lag im Kofferraum und das Gebiss steckte in einer Plastiktüte in Thors Tasche.

Er rief auf der Wache an: »In einer halben Stunde komme ich mit einem Festgenommenen und brauche einen Arzt – wir müssen den Festgenommenen in die Psychiatrie des Kreiskrankenhauses überführen.«

Der Schwede hatte keine Ausweise bei sich und erklärte, er sei Göran, aber auch Belzebub und Gabriel, der kleine und der große Satan.

»Woher haben Sie die Zähne?«, fragte Thor den schizophrenen Mann.

»Die hat Belzebub gefunden.«

»Wo?«

»Zwischen Strömen von Blut.«

»Wann?«

»In der Nacht, in der alle Häuser leer standen und ich meine Beine auf dem Friedhof gefunden habe.«

»Ich glaube, die Zähne haben der alten Frau gehört, die ermordet worden ist. Haben Sie sie umgebracht?«

»Ja, sicher«, antwortete Göran. »Das waren ich und Belzebub und Gabriel.«

»Wie habt ihr das gemacht?«

»Durch Telepathie«, antwortete Göran.

»Habt ihr auch noch andere Menschen umgebracht?«

»Viele. Wir waren am 11. September dabei ...«

»Was Sie nicht sagen! Geht der Königsmord, der

um 1286 in Finderup Lade begangen und nie aufgeklärt wurde, auch auf euer Konto?«

»Sicher, das waren auch ich, Belzebub und Gabriel.«

Er war absolut schizophren, und das war eine Möglichkeit: Der verrückte Mörder. Jetzt mussten die falschen Zähne identifiziert und rekonstruiert werden, was der Mann in der Mordnacht gemacht hatte. Ein weiteres Verhör machte bei seinem augenblicklichen Geisteszustand keinen Sinn.

Als der Festgenommene in die Psychiatrie des Kreiskrankenhauses überführt worden war, rief Thor Kohlberg an: »Wir haben ein Geständnis und ein Beweisstück, aber ehrlich gesagt, fällt es mir schwer zu glauben, dass er es war. Er hat das Gebiss in aller Öffentlichkeit gezeigt. Und er ist absolut nicht in einem Zustand, in dem es ihm gelingen dürfte, alle Spuren hinter sich zu verwischen, aber wir halten ihn erst einmal fest. Er hat zumindest gegen Paragraph 139 verstoßen.«

Dieser Paragraph des dänischen Strafgesetzbuches beschäftigte sich mit der Störung des Grabfriedens und der ungehörigen Behandlung von Leichen.

»Aber ich schlage vor, ihr überprüft sofort, wo er in der Nacht zum Dienstag war und sichert eventuelles Beweismaterial. Er hat bei den Leuten in der alten Galerie gewohnt – sie sind auch als Satanisten bekannt.«

»Wir fahren sofort zu ihnen hinaus«, sagte Kohlberg sichtlich guter Dinge.

»An ein paar Knochen war noch Erde, das heißt,

ihr müsst mit dem Kirchenpersonal sprechen und herausfinden, ob die Erde von dem Friedhof auf Skejø stammt.«

»Satanisten, hast du gesagt?«, sagte Kohlberg. »Das ist das erste Mal, das ich mit so etwas zu tun habe – und das auf dieser idyllischen, kleinen Insel.«

»Mit der Idylle ist es eben nicht so weit her«, brummte Thor.

Es war fast Mitternacht, als er endlich nach Hause auf den Hof kam, wie er die frühere Häuslerstelle, wo er mit seinen beiden Söhnen wohnte, ein wenig hochtrabend nannte.

»Entschuldigung. Es ist spät geworden, aber mir hat jemand ein Skelett direkt vor die Füße geschmissen.«

Diese Eröffnungsreplik verschaffte ihm sofort Gehör bei den Jungen, die den Videofilm ausschalteten. Er erzählte ihnen die Geschichte, ohne die dramatischen Effekte abzuschwächen.

»Glaubst du, dass er der Robinson-Mörder ist?«, fragte der 13-jährige Aske mit großen Augen.

»Auszuschließen ist das nicht, aber eigentlich glaube ich, dass er zu krank ist, um jemanden umzubringen und die Spuren hinter sich zu verwischen«, antwortete der Vater und fügte hinzu: »Ich muss morgen sehr früh los.«

Esben sah auf den Kacheltisch hinunter und sagte: »Vater, was ist mit dem Wochenende in Kopenhagen? Ich möchte …«

Der Vater unterbrach ihn.

»Du darfst nach Kopenhagen, aber unter einer Bedingung.«

»Ich räume vorher auf«, sagte der Junge voller Hoffnung.

»Die Bedingung ist die, dass ich ein ordentliches Hotelzimmer für dich reserviere. Wo willst du wohnen? Im d'Angleterre?«

Esben sah ihn ungläubig an.

»Willst du mich verarschen?«

»Nein ... vielleicht muss es ja nicht gleich das d'Angleterre sein, aber ein anderes gutes Hotel, das zentral liegt.«

»Mit Room Service?«

»Sicher. Und mit Bad und mindestens 777 Fernseh-Kanälen. Ich reserviere und bezahle. Du darfst *niemanden* mit auf das Zimmer nehmen und du darfst *keinen* Alkohol trinken und *kein* Hasch rauchen, ist das ein Deal?«

Der Junge nickte.

»Supercool, Vater.«

Thor war, was die moderne Sprachentwicklung anging, nicht ganz auf dem Laufenden, aber der Ton war dankbar und warm, deshalb räusperte er sich und sagte: »Wenn Aske dann am Sonntag in die Stadt kommt, um sich die Ausstellung anzusehen ... Wenn ich Zeit habe ... eigentlich glaube ich das nicht, weil ich diesen Mord auf Skejø am Hals habe, aber wenn – wäre es dir peinlich, wenn ich auch komme und mir die Ausstellung ansehe? Ich meine ... kommen da auch ältere Leute hin? Man möchte doch schließlich wissen, was sich in der Kunst so tut.«

»Also Vater«, sagte Esben mit nachsichtiger

Stimme. »Du bist doch nicht alt und die Ausstellung ist für alle da. Sie hat richtig gute Kritiken bekommen – auch in der »Berlingske Tidende«. Soll ich sie dir ausdrucken?«

»Ja, danke, das könnte interessant sein. Habt ihr etwas zu essen?«

»Nein, aber Aske ist dran. Er will Spaghetti kochen. Ich helfe ihm«, sagte Esben und tanzte fast in die Küche hinaus.

Thor sah ihm nach und spürte den gleichen Kitzel, wie wenn in einem schweren Fall der Durchbruch kommt … war es wirklich so einfach?

Die Kunstausstellung in Christiania. Es war bestimmt 12 oder 13 Jahre her, seit er zuletzt in Christiania gewesen war – und einen Stein an die Stirn bekommen hatte, sodass er mit drei Stichen genäht werden musste.

Sie aßen ihre Mitternachtsspaghetti und die Stimmung war gut. Den Abwasch ließen sie stehen. Die Spülmaschine war bereits übervoll. Manchmal überlegte Thor, ob sie nicht zu Einmalgeschirr übergehen sollten.

»Es ist furchtbar, dass erst ein Mord passieren muss, bis die Polizei endlich aufwacht«, sagte Tante Agnes und teilte Karten aus.

Sie spielten Canasta – eins der beiden Zwei-Personen-Spiele, die Karin kannte.

»Ja, aber bisher hat sich doch niemand an die Polizei gewandt und niemand hatte etwas Konkretes, das einen Mordverdacht begründen konnte. Du auch nicht«, antwortete sie.

»Nein, aber wir sind viele, die das im *Gefühl* gehabt haben!«, sagte die Tante und schenkte ihnen beiden Portwein ein.

Karin konnte ein Lächeln nicht unterdrücken.

»Wenn die Polizei noch nicht einmal etwas von euren Gefühlen gewusst hat, wie sollte sie dann etwas unternehmen. Weißt du was: Als Journalistin habe ich immer wieder mal von einer Rubrik geträumt, wo ich über all das schreiben kann, wovon ich überzeugt bin, ohne es belegen zu können. Vielleicht mit der Überschrift: KARIN SOMMER HAT DAS GEFÜHL. Hast du auch im Gefühl, wer Johanne ermordet hat?«

Die Tante schüttelte den Kopf: »Alle sagen, dass Britta es war, aber ich will niemanden beschuldigen. Warten wir ab, was die Polizei herausfindet. Stört dich der Zigarillorauch?«

»Absolut nicht«, antwortete Karin nicht ganz wahrheitsgemäß.

Agnes gewann zwei Spiele hintereinander, kniff die Augen leicht zusammen und sagte: »Und was ist jetzt mit dir und dem Doktor?«

»Das frage ich mich auch«, antwortete Karin und lachte.

»Man sollte nichts überstürzen«, brummte die Tante und nahm sich Karten aus dem großen Stapel.

»Andererseits hat man nicht mehr das ganze Leben vor sich«, antwortete die Nichte und erkannte, dass sie auch dieses Spiel verlieren würde.

Freitag, 7. Juni

Er nennt sich Wolf, heißt aber in Wirklichkeit Mikael Jensen«, erzählte Magnus Kohlberg.

Die fünf Polizeibeamten, die zum Ermittlerteam gehörten, saßen mit ihren Vernehmungsprotokollen um den Piet-Hein-Tisch im kleinen Versammlungslokal des Altenheims und tranken den elenden Kaffee aus der Zentralküche.

»Und er ist Satanist, was schon etwas merkwürdig ist.«

»Vielleicht ist er genauso abgrundtief verrückt wie der, den ich gestern Abend festgenommen habe?«, fragte Halfdan Thor.

»Nein, ich würde eher sagen, er wirkt unangenehm normal – für einen Satanisten sozusagen.«

»Hm«, sagte Thor.

»Aber in anderen Ländern hat es Fälle gegeben, in die Satanisten verwickelt waren – Ritualmorde und so«, sagte ein jüngerer Kriminalassistent mit Namen Kim Skovager, einer der beiden Männer vom NEC, der neuen mobilen Einsatzreserve.

»Nun gut, aber wie aus dem Protokoll hervorgeht, hatte er diesen Gast aus Schweden, der im Hühnerhaus gewohnt hat, das jetzt ihre Kirche ist. Im Hühnerhaus haben wir auch einen Schädel gefunden, von dem Mikael Jensen behauptet, ihn in Nepal gekauft zu haben. Vielleicht stimmt das sogar, denn er ist blank geputzt und um die Augenhöhlen mit diesen indisch wirkenden Silberornamenten versehen ... ein bizarrer Geschmack. Wir haben ihn zur kriminaltechnischen Untersuchung beschlagnahmt.«

Kohlberg zeigte auf eine Plastiktüte, die mitten auf dem Tisch lag, und fuhr mit einem kurzen Blick ins Protokoll fort: »Mikael Jensen gibt an, seinen schwedischen Gast nicht gemocht zu haben, bezeichnet ihn als »mental gestört« und hat ihn gebeten abzureisen, nachdem ihn seine Lebensgefährtin, Lone Sejersen, mit einem Skelett im Hühnerhaus überrascht hat.«

»Was? Nekrophilie?«, rief Skovager und fuhr sich mit der Hand durch seine millimeterkurzen Stoppeln – eine Modefrisur, die gerade bei ihm eine allzu niedrige Stirn betonte, dachte Thor, dem es nicht gefiel, dass die Hälfte der Polizisten allmählich Ähnlichkeit mit Skinheads hatte.

»Davon sagt er nichts. Er erzählt, dass seine Lebensgefährtin gesehen hat, wie der Schwede neben den Knochen geschlafen hat, was an sich schon Furcht erregend ist. Im Übrigen hatte er die Angewohnheit, die Landstraße entlangzuspazieren und laut mit sich selbst zu reden.«

»Wir sehen uns das Protokoll nachher noch genauer an«, unterbrach ihn Thor. »Aber um zum Kernpunkt zu kommen: Wo war er in der Mordnacht?«

»Das weiß Mikael Jensen nicht. Der Gast konnte

kommen und gehen, ohne dass man ihn vom Haus aus, einer früheren Galerie, sehen konnte. Von Wohnzimmer und Schlafzimmer gehen keine Fenster zum Garten hinaus. Das Schlafzimmer ist ein früherer Lagerraum und das Wohnzimmer ein ehemaliger Ausstellungsraum mit großen Fenstern zur Straße hin.«

»Und Mikael Jensen selbst?«

»Er gibt an, Montagabend hier im Center gewesen zu sein, um seine Kündigung unterschreiben zu lassen und anschließend direkt nach Hause gefahren zu sein, vier bis fünf Stunden an seinem Computer gearbeitet zu haben und anschließend ins Bett gegangen zu sein und geschlafen zu haben. Da ist nur ein Problem ...«

Kohlberg legte eine Kunstpause ein, um sich die volle Aufmerksamkeit aller zu sichern, nahm langsam das Protokoll in die Hand und fuhr fort: »Seine Lebensgefährtin, Lone Sejersen, erklärt auf telefonische Befragung über eben diesen Punkt, dass Mikael Jensen erst gegen 3.30 in der Nacht zum Dienstag, den 4. Juni, nach Hause gekommen ist.«

»Warum telefonisch?«, fragte Thor.

»Sie ist vorgestern mit dem gemeinsamen Kind zu ihren Eltern nach Jütland gefahren. Als Grund dafür gibt sie private Beziehungsprobleme an, möchte sich jedoch nicht näher dazu äußern«, sagte Kohlberg, dessen Alltagssprache wie die vieler Polizeibeamter von der Sprache in den Protokollen geprägt war.

Um den Tisch wurde es still.

»Sucht die Fälle heraus, in denen es um Morde

der Satan-Sekte ging. Wir lassen Mikael Jensen heute kommen und nehmen ihn in die Mangel. Ich werde mich selbst darum kümmern. Dann kontaktieren wir die Polizei in Göteborg, um den Verrückten überprüfen zu lassen. Und dann informieren wir uns, um was es den Satanisten geht.«

»Steht Britta Olsen nicht mehr unter Verdacht?«, wollte Kohlberg wissen.

Thor dachte lange nach: »Doch, ich denke schon, aber wenn kein entscheidendes Material auftaucht, sitzt sie ab morgen nicht mehr in U-Haft und wir dürfen die Augen nicht vor der Möglichkeit verschließen ... warten wir ab, was der Zahntechniker zu dem Gebiss sagt, ob es sich um das von Johanne handelt. Außerdem kann der Schwede es prinzipiell überall gefunden haben. Oder jemand hat es ihm untergejubelt.«

»Heute morgen haben die Gerichtsmediziner Gustav Kwiums sterbliche Reste bekommen«, teilte Kohlberg mit.

Er und Thor blieben sitzen, um die Protokolle genauer zu studieren und zu vergleichen, nachdem die Gruppe sich zerstreut hatte.

»Selbst in seiner wildesten Fantasie kann man sich wohl kaum vorstellen ...«, begann Thor, woraufhin Kohlberg fortfuhr: »dass Satanisten sich auf einer dänischen Insel nierderlassen und Serienmorde begehen, um sich Skelette für schwarze Messen zu beschaffen.«

»Nein, so etwas gibt es nur in Amerika«, sagte Thor bestimmt.

»Aber soweit ich das verstanden habe, gehen sie auch irgendwelchen grenzüberschreitenden Praktiken nach, um sich von der christlichen Moral zu befreien oder so. Mikael Jensen machte einen verblüffend sympathischen Eindruck, nichts desto trotz war er im Altenheim – auch als Gustav Kwium starb, und als Eigil Andersen und Arnold Klausen …«

Kohlberg ließ den letzten Teil des Satzes in der Luft hängen und sagte entschlossen: »Kümmern wir uns erst einmal um die Knochen. Ich fahre zum Friedhof, zur Pfarrerin und zum Totengräber.«

»Und frag verdammt noch mal jeden einzelnen Idioten, wo er in der Nacht zum Dienstag war«, sagte Thor.

Sie wurden unterbrochen, als Skovager mit Wolf alias Mikael Jensen hereinkam.

Was Thor unmittelbar auffiel, war die seltene Schönheit des jungen Mannes. Dann stellte er fest, dass der frühere Serviceassistent im Altenheim sowohl höflich als auch nachdenklich war und sich in wohlgesetzten Worten ausdrückte. Er antwortete bereitwillig auf die einleitenden formellen Fragen und erklärte äußerst überzeugend, keine Ahnung zu haben, woher Göran oder Seth seine Menschenknochen hatte.

»Eigentlich habe ich geglaubt, dass sie aus Plastik sind. So etwas kann man ja kaufen«, sagte er.

»Und was glauben Sie, wo er die falschen Zähne her hatte?«, fragte Thor.

»Die falschen Zähne?«, sagte Wolf und machte einen überraschten Eindruck.

»Sie haben sehr wohl gehört, was ich gefragt habe!«, knurrte Thor.

»Ja, aber ich hatte keine Ahnung, dass er falsche Zähne hatte.«

Thor brummte etwas und wechselte das Thema. »Wo waren Sie, als Gustav Kwium starb?«

Wolf berichtete von seinem Arbeitstag und wie er Johanne getroffen hatte.

»Sie stand da und weinte, deshalb habe ich geglaubt, dass Sune Kwium gemein zu ihr war. Er saß draußen auf der Bank, aber kurz zuvor hatte ich ihn aus dem Zimmer seines Vaters kommen sehen. Er war oft da. Zuerst hat er mich für einen Arzt gehalten und mich um Morphium für den Vater gebeten. Und ich weiß genau, dass der Alte nicht über Schmerzen geklagt hat. Die Helferinnen haben nämlich später darüber gesprochen.«

»Aha«, sagte Thor und dachte, dass sie auch Sune Kwium überprüfen mussten, falls sich zeigen sollte, dass der Vater aktive Sterbehilfe bekommen hatte.

Wolfs Fähigkeit zu lügen beunruhigte Thor.

»Ich bin gegen 9 Uhr nach Hause gekommen und habe wohl vier bis fünf Stunden am Computer gearbeitet, bevor ich ins Bett gegangen bin«, berichtete er über sein Treiben in der Mordnacht.

»Ihrer Lebensgefährtin zufolge sind Sie erst um halb vier Uhr morgens nach Hause gekommen. Sie hat gehört, wie die Autotür zuschlug und wie Sie hereingekommen sind«, sagte Thor.

Wolf ließ diese Enthüllung völlig unbeeindruckt: »Ach, sagt Belia das? Dann wird es wohl stimmen, sie lügt nämlich nicht«, sagte er und sah dem Polizeibeamten direkt in die Augen.

Thor erwiderte den Blick und sagte: »Wären Sie dann so freundlich, mir zu erzählen, wo Sie nachts waren?«

»Nein«, antwortete der Satanist ruhig. »Das bin ich nicht. Ich hatte etwas ganz Privates zu erledigen, das niemanden etwas angeht.«

Thor überdachte seine Strategie. Der harte Weg oder der sanfte? Er entschied sich für letzteren: »Also Mikael …«

»Ich heiße Wolf.«

»Gut. Hören Sie zu, Wolf: Wenn Sie ein gutes Gewissen haben, was ich eigentlich glaube …«

»Der Gewissensbegriff existiert für mich nicht. Als Satanist akzeptiere ich mich und mein komplexes Wesen als Bestie«, antwortete Wolf ruhig.

»Okay, okay! Ich bin kein Philosoph, aber verdammt noch mal, Sie machen es mir und Ihnen leichter, wenn Sie mir sagen, wo Sie waren, als die alte Frau in der Nacht zum Dienstag zwischen zwei und vier Uhr ermordet wurde.«

»Das werde ich nicht, aber ich kann Ihnen versichern, dass ich sie nicht ermordet habe – und in dem Fall ist es wohl ihre Aufgabe, etwas anderes zu beweisen?«

Thor seufzte laut. Der Mann war nicht dumm.

»Aber wir können festhalten, dass Sie in dieser Nacht mit dem Auto unterwegs waren. Haben Sie jemanden getroffen?«

Wolf nickte.

»Gegen zwei Uhr hat mich der Arzt überholt und

der Heiler-Franz hielt an der Ausfahrt zu seinem Hof, als ich gegen ein Uhr vorbeikam. Sie haben mich natürlich gesehen. Wir kennen unsere Autos.«

»Haben Sie sonst noch jemanden gesehen?«

»Ja, Brian Klausen kam angelaufen. Das ist nichts Ungewöhnliches. Er trainiert für den Marathon rund um die Uhr.«

Thor verlor den letzten Stich: »Können wir uns in Ihrem Haus ein wenig umsehen – oder ziehen Sie es vor, dass wir mit einem richterlichen Durchsuchungsbefehl kommen?«

»Ich ziehe es vor, Sie kommen mit einem Durchsuchungsbefehl. Letzte Nacht ist viel Unordnung gemacht worden und Sie haben bereits den Schlüssel zur Ritualkammer, die man als Tatort der Leichenschänderei oder wie Sie das nun nennen, abgesperrt hat.«

Kohlberg hatte ein wenig mehr Glück gehabt.

»Es ist nahezu sicher, dass die Knochen aus einem anonymen Gemeinschaftsgrab stammen, das hinten bei der Friedhofsmauer liegt, die zur See hin geht. Niemand hat etwas bemerkt, weil zwischen ein paar Büschen und der Mauer gegraben wurde. Diese Stelle lässt sich vom Gehweg aus nicht einsehen und das Grab ist wieder ordentlich zugeschüttet worden«, erklärte er.

»Bizarr«, sagte Thor.

»Ich habe mit dem Totengräber gesprochen. Es ist eine Frau und sie ist neu auf der Insel. Man hat ihr diese Arbeit zugewiesen. Es ist kein Vollzeitjob. Sie hat früher in einer Gärtnerei gearbeitet und pflegt auch einen Teil der Gräber. Sie machte einen ganz vernünftigen Eindruck und hat nichts Ungewöhnliches bemerkt.«

»Und der Pfarrer?«, fragte Thor.

»Auch eine Frau. Das Pfarrhaus liegt gegenüber der Kirche, aber sie hat auch nichts gesehen. In der Mordnacht war die Totengräberin zu Hause. Sie wohnt mit einer Freundin zusammen, die das bestätigen kann. Die Pfarrerin wohnt alleine und erklärt, dass sie am Montagabend – nachdem sie aus dem Altenheim nach Hause gekommen ist – an ihrer Sonntagspredigt geschrieben hat. Aber weißt du was? Sie ist sonderbar, die Pfarrerin!«

Thor hob die Augenbrauen: »Das ist in der Branche wohl so üblich.«

»Ich glaube, sie lügt, was ihr Alibi angeht«, sagte Kohlberg.

Jetzt wurde Thor aufmerksam.

»Es war etwas ganz Banales, ihr Blick flackerte und ihre Stimme wurde ein bisschen unsicher«, erklärte Kohlberg.

»Meinst du, wir sollten dem weiter nachgehen?«

Kohlberg zuckte mit den Schultern: »Nicht direkt.«

»Wir halten den verrückten Schweden jetzt aufgrund von Paragraph 139 fest und wir müssen mit ihm über den Mord reden, wenn sie ihn im Krankenhaus soweit haben. Die Frage ist, inwieweit die restliche Satansekte involviert ist.«

Das Essen bekamen sie aus der Küche der Institution heraufgebracht. Verkochtes Gemüse in einem traurigen, grauen Fleischrand mit weißer Milchsoße bar jeglichen Geschmacks.

»Ich habe deinen Rat befolgt und dem Knaben ein Hotelzimmer reserviert«, sagte Thor. »Aber weißt du, was das kostet? 1250 Kronen! Dafür kann man eine ganze Woche in die Türkei fliegen. Und ich habe gerade eine Schlosserrechnung über 5000 Kronen bekommen! Aber wenn es denn wirkt und er in Christiania kein Hasch raucht und nicht auf dem Hauptbahnhof niedergestochen wird, ist es das Geld wert.«

»Versuch es mit dem starken Arm der Liebe«, sagte Kohlberg und schnitt eine abwehrende ironische Grimasse, weil er selbst hörte, wie pathetisch das klang.

»Warum bist du eigentlich nicht Lehrer geworden?«, fragte Thor.

»Weil der Arm der Liebe nicht stark genug war«, antwortete Kohlberg.

Magnus Kohlberg war Anfang dreißig und Thors liebster Mitarbeiter. Er war ein kleiner Mann, gedrungen, blass, typisch jütländisch – mit dünnem, zotteligem Haar, grünen Augen und einem Mund, der von einer früheren Hasenschartenoperation leicht schief war und eine Narbe hatte.

Er war ein empfindsamer Mensch und hatte das für einen Kriminalbeamten beachtliche Handicap, nur schlecht Blut sehen zu können, ohne ohnmächtig zu werden.

Seine Stärken waren ein umfassendes Verständnis der gesellschaftlichen Mechanismen, ein breites Allgemeinwissen und ein ausgezeichnetes Gedächtnis. Sie hatten ihn vor ein paar Jahren zum Hauptgewinner einer Quizsendung im Fernsehen gemacht. Thor betrachtete ihn als den besten Kopf des Polizeikorps und schätzte seine menschlichen Qualitäten. Vor allem sein gutes Beobachtungs- und Einfühlungsvermögen, das von seinem absoluten Desinteresse, selbst im Mittelpunkt zu stehen, herrührte.

Nach dem Mittagessen gingen sie das Material noch einmal durch, das sich zu stapeln begann.

Die Verhöre der Alten im Altenheim hatten nicht viel zur Erhärtung der Vorwürfe gegen Britta Olsen erbracht. Einige Bewohner beschwerten sich über ihre Unfreundlichkeit, aber sie beschwerten sich auch über das übrige Personal. Viele der Alten hatten Schwierigkeiten mit Ort und Zeit und es gab keine Aussagen, die ernsthaft Britta Olsens eigene Aussage erschütterten, die auch durch die andere Nachtschwester und das gemeinsame Protokoll gestützt wurde.

»Das Problem ist, dass wir in Spuren und Indizien waten, die vor Gericht unbrauchbar sind«, seufzte Thor zum 117. Mal.

»Nein, das Problem ist, dass ein verrückter Schwede oder ein Satanist oder irgendjemand anderer sehr wohl der Täter sein kann«, antwortete Kohlberg nüchtern.

»Aber ich bin mir so sicher ...«, begann Thor.

»Dass es das kleine, hässliche, dumme Weib war – und nicht der junge, schöne Satanist«, fuhr Kohlberg fort.

»Du glaubst doch nicht im Ernst, dass ich solchen Vorurteilen unterliege?« Thor war wütend und erzürnt.

Kohlberg zuckte mit den Schultern: »Das tun wir doch alle mehr oder weniger. Ich meine nur, dass es viele Untersuchungen gibt, die belegen, dass schöne Menschen leichter durchs Leben kommen.«

»Ja. Plus Reiche und Gesunde«, antwortete Thor mit ironischer Stimme und fuhr fort: »Wolf läuft uns nicht weg und wir werden ihn auf Herz und Nieren prüfen. Wir können ihm zunächst einmal einen Verstoß gegen Paragraph 130 vorwerfen – Beihilfe zum Mord. Im Moment ist Britta Olsen am wichtigsten. Die Haftfrist läuft morgen um 15.00 ab. Wann kommen die letzten Ergebnisse vom Tatort?«

»Die Technik meint, dass die Staubsaugeranalysen noch ein paar Tage dauern können«, sagte Kohlberg mit Hinweis auf die Teilchen, die die Techniker am Tatort aufgesaugt hatten. »Sie haben ein paar Haare und etwas Staub.«

»Haare sind gut, wenn sie nicht vom Personal stammen«, sagte Thor. »Du rufst morgen an und erkundigst dich, wie weit sie mit Gustav Kwium sind. Sie haben versprochen, ihn gleich zu obduzieren.«

Sie saßen eine Weile schweigend da, dann sagte Kohlberg: »Entschuldige, wenn ich eben ein bisschen grob war, aber mir fällt es so verdammt schwer, ihr Motiv zu sehen … Je mehr am Leben waren, desto mehr konnte sie doch bestehlen, nicht?«

»Sie kann entdeckt worden sein«, sagte Thor

ohne Überzeugung, weil er eigentlich der Beurteilung des Kollegen zustimmte.

»Ja und? Das ist doch keine Katastrophe. Du sagst doch selbst, dass sie froh war, ihre Arbeit zu verlieren«, antwortete Kohlberg und nahm ein Blatt Papier und einen Kugelschreiber, während er sagte: »Wenn wir, was ihre Motive angeht, versuchen, systematisch vorzugehen, haben wir:

Leidenschaft, Begehren, Eifersucht etc.? Ausgeschlossen!

Finanzielle Vorteile? Nein.

Mord aus Mitleid?«

»Nein«, antwortete Thor. »Dafür ist sie nicht der Typ.«

»Und Angst? An Angst vor Entdeckung glauben wir auch nicht ernsthaft. Dann bleibt nur noch der vollkommen irrationale, im Wahnsinn begangene Mord. Deutet irgendetwas bei ihr auf eine Psychose oder auf Psychopathie hin?«

Thor schüttelte den Kopf.

»Damit wären wir bei dem Schweden angelangt«, sagte er müde. »Aber ich bin mir nicht sicher, ob man die Motive überhaupt in so einer Systematik erfassen kann«, fuhr er zögernd fort.

»Warum nicht? Man nennt das *Motivanalyse* und hat bei den neuen Ermittlungstheorien viel Wesens darum gemacht.«

Thor suchte nach Argumenten: »Sicher, für das Motiv hat man sich schon immer interessiert, was natürlich auch richtig ist. Ich meine nur: das Rätsel der Bosheit ist wohl das Rätsel des menschlichen Gemüts an sich und das lässt sich nicht so einfach in eine Formel pressen.« Er zeigte auf Kohlbergs Liste.

»Natürlich gibt es keine absolut starre Schablone. Aber wenn wir einmal von diesem Modell ausgehen, kommen wir bei den Motiven, mit denen wir es am häufigsten zu tun haben, zu einem klaren Nein«, antwortete Kohlberg und schlussfolgerte: »Entweder war sie es nicht oder sie hat ein ungewöhnliches, uns unbekanntes Motiv. Ich tendiere eher zu ersterem – um es frei heraus zu sagen.«

Thor begnügte sich damit, beide Hände, die leeren Handflächen nach oben, auf den Tisch zu legen. Es war eine Art interner Zeichensprache, die bedeutete: Ich habe keine Beweise.

In dem Moment schellte das Telefon. Es war der Zahntechniker, der das Gebiss aus Görans Rucksack identifiziert hatte. Es gehörte Johanne. Der Zahntechniker hatte es selbst für sie angefertigt.

»Ehrlich gesagt, glaube ich nicht, dass wir mit dem verrückten Schweden so falsch liegen«, sagte Kohlberg. »Wir haben ein Geständnis und ein wichtiges Indiz. Sollen wir die Anklage ausweiten?«

»Ja, und auf den Königsmord in Finderup Lade gleich mit«, antwortete Thor ironisch. »Aber wir sollten uns zurückhalten, bis wir sicher sind, was Britta Olsen angeht. Kannst du wegen des Schweden Kontakt zu Göteborg aufnehmen?«

Kohlberg nickte.

Karin und Jörgen kochten zusammen – zum ersten Mal und ihr fiel auf, dass er langsam und perfektionistisch war. Er drehte die Champignonscheiben eine nach der anderen um, während sie nur mit dem Pfannenmesser umgerührt hätte. Er wollte Champignons à la creme, Kalbskoteletts und ausgehöhlte, gebackene Tomaten mit Olivenöl, Knoblauch und Petersilie machen. Sie selbst pulte Fjordkrabben für die Vorspeise. Sie hatte Geschick und Übung darin und die Arbeit ging ihr schnell von der Hand.

»Du bist ja ein richtiges Fischweib. Ich bekomme nie genug gepult für ein Essen«, sagte er imponiert und schenkte ihnen Weißwein ein.

Karin dachte, dass diese Situation der Traum vom Paarsein war, aber trotzdem hielt etwas sie davon ab, sich ihr ganz hinzugeben. Eine Mischung aus Nüchternheit und Unsicherheit. In ihrem Gepäck befanden sich einige missglückte Versuche und sie ermahnte sich, nicht den Kopf zu verlieren.

Aber das tat sie doch, wenn auch erst spät in der Nacht nach Essen, Wein und Erotik.

»Ich glaube, man sollte dem eine Chance geben und sich darauf einlassen«, sagte er. »Wenn man zu lange nachdenkt und zu viele kühle Überlegungen anstellt, wird nichts daraus. Es ist absolut unvernünftig, jemanden zu lieben.«

Sie nickte zustimmend und sagte: »Ja, und Liebe verfügt über keine alternativen Energiequellen.«

»Wir geben dem eine Chance, nicht?«, sagte er.

»Ja«, antwortete sie und war sich im Klaren, dass die Antwort vielleicht übereilt und stimmungsabhängig war.

»Ich kann im Moment nur nicht überblicken, wie das rein praktisch aussehen soll«, fügte sie eilig hinzu.

»Das ist das kleinste Problem«, antwortete er, sprang aus dem Bett und schwänzelte in die Küche.

»Wir haben uns soeben verlobt«, sagte er und bespritzte sie mit Champagner.

Lachend und ausgelassen rollten sie durchs Bett.

»Ich stehe früh auf und hole Brötchen und Zeitungen«, sagte sie, bevor sie einschliefen. Natürlich dachte sie an *die* Zeitung. Und an ihren eigenen Artikel: »Hexenjagd auf Skejø«. Ob sie ihn ordentlich aufgemacht hatten? Wie würde er sich ausnehmen und wie würden die Reaktionen sein? Dieser berufliche Narzissmus war recht ausgeprägt im Journalismus und in diesem Punkt stand sie den meisten ihrer Kollegen in nichts nach.

Samstag, 8. Juni

Sie hatte unruhig geschlafen, hatte zuviel getrunken und kam zu dem Schluss, dass sie ernsthaft versuchen musste, mehr in Übereinstimmung mit den Empfehlungen des Staatlichen Gesundheitsamtes zu leben. Aber jeder Tag schien seine Anlässe, Vorwände und Bedürfnisse anzumelden. Unter der Dusche überfielen sie der moralische Kater und das Unbehagen, im Rausch der Nacht zuviel gesagt und versprochen zu haben. Sich vielleicht sogar lächerlich gemacht zu haben?

Sie schüttelte das nasse Haar und ärgerte sich, dass sie keinen sauberen Slip mitgenommen hatte. Eigentlich war sie zu alt, um auswärts zu schlafen, dachte sie. Zu alt, um aus der Routine auszubrechen, zu alt, um sich außerhalb der bekannten und sicheren Pfade zu bewegen. Und er war noch älter und zudem viermal verheiratet gewesen. Herrgott noch mal. So schlimm war es nun auch wieder nicht. Wir sind zwei alte Narren, die ihren Spaß haben und das Ganze ist nur ein Spiel, dachte sie und lächelte sich aufmunternd im Spiegel zu.

Als Kaufmann Klausen ihr zu dem Artikel über Skejø gratulierte, lächelte sie noch mehr.

»Sie haben uns genau getroffen«, sagte er.

Aber als sie draußen im Auto den Artikel aufschlug, erstarrte das Lächeln. Die Idioten in der Redaktion hatten ihn anders aufgemacht. Die Artikelüberschrift lautete nicht mehr »Hexenjagd auf Skejø«, sondern völlig nichts sagend »Und das Gerede geht weiter«.

Resolut griff sie nach ihrem Handy, doch dann sah sie zur Uhr. Es war zu früh, um anzurufen und sich zu beschweren. Schon auf dem Rückweg beruhigte sie sich ein wenig. Sie hatte schließlich selbst ihre Zweifel gehabt, ob die Hexenjagd-Überschrift nicht zu dramatisch war und von dieser Änderung einmal abgesehen war der Artikel von der Redaktion nicht geändert worden.

»Ein kluger Artikel«, sagte Jörgen Wad.

»Verdammt gut«, lautete eine SMS von Henrik Johansen.

Also vergaß sie ihre Unzufriedenheit und später am Tag dachte sie, dass es vielleicht sogar ein Glück war, dass die Überschrift ein wenig entschärft worden war.

Sie lasen Zeitung und brunchten, dann fuhr Karin zum Fliederhaus, um zu arbeiten. Jörgen Wad wollte Fenster putzen und Gartenarbeit machen. Am Abend würden sie zum ersten Mal öffentlich als Paar auftreten – bei dem Abendessen bei der Lehrerin Ulrikka Thomsen und ihrem Mann.

»Ich weiß noch nicht einmal, wie er heißt«, sagte Karin.

»Bjarne«, informierte sie Jörgen. »Und er verfügt über eine ausgezeichnete Gesundheit. Jedenfalls habe ich ihn noch nie in der Praxis gesehen.«

»Es wäre schön, wenn du gegen sechs vorbeikommen und mich abholen kannst«, sagte Karin.

Kriminalinspektor Halfdan Thor wurde um sieben Uhr durch den Anruf von einem enttäuschten Magnus Kohlberg geweckt.

»Göteborg hat gerade geantwortet. Unser Mann hat alle Morde gestanden, die seit dem Jahrhundertwechsel nördlich des Äquators begangen worden sind. Er ist Tagespatient in einer psychiatrischen Klinik in Göteborg, aber das schließt natürlich nicht aus ... eigentlich bin ich schon der Meinung, dass der Fund der Zähne seinem Geständnis ein gewisses Gewicht verleiht.«

Halfdan Thor konnte hören, dass Kohlberg versuchte, sich selbst zu überzeugen.

»Er läuft uns nicht weg und wir reden mit ihm, sobald die Ärzte ihn soweit hergestellt haben. Hat jemand ihn in der Mordnacht gesehen?«

»Wir haben niemanden gefunden und er erregt sonst ziemlich viel Aufsehen«, antwortete Kohlberg und fügte niedergeschlagen hinzu: »Die Techniker haben auch keine Fußspuren in Größe 47 am Tatort gefunden.«

Göran hatte ungewöhnlich große Füße.

»Ich glaube einfach nicht, dass er die Nerven hätte, die Spuren hinter sich zu verwischen«, sagte Thor.

»Wir können ein Geständnis und ein Beweisstück nicht einfach ignorieren«, brummte Kohlberg, schwieg kurz und fügte hinzu: »Dann ist der Fall also geklärt. Er wird eine Einweisung in die Psychiatrie bekommen und nach Hause nach Göteborg geschickt werden.«

»Mir gefällt das nicht«, sagte Thor.

»Das liegt daran, dass du dich auf Britta Olsen eingeschossen hast.«

»Habe ich nicht«, antwortete der Kriminalinspektor sauer.

Er hatte den Hörer gerade aufgelegt, als das Telefon erneut klingelte.

»Hast du den Artikel in der ›Sjaellandsposten‹ gelesen?«, fragte der Staatsanwalt Leon Hartung.

»Nein, gestern Abend ist es spät geworden. Ich habe kaum geschlafen, aber ich bin in einer Stunde im Präsidium.«

»Also, die Zeitung bringt so eine Art Stimmungsbild von Skejø und berichtet von den Ereignissen vor dem Mord und es wird mehr als angedeutet, dass unser Material gegen Britta Olsen dünn und fragwürdig ist ... in dem Artikel gibt es ein paar konkrete Hinweise auf einen anonymen Brief und auf Fehlberichterstattungen über das Begräbnis. Man bekommt den Gesamteindruck, dass unsere Beschuldigung auf bloßem Gerede basiert.«

»Verdammt«, sagte Thor. »Wir haben doch ihren blutigen Fingerabdruck auf dem Wasserhahn. Das ist doch kein Gerede!«

»Für den Abdruck gibt es den Vernehmungsprotokollen zufolge eine ganz plausible Erklärung«, sagte der Staatsanwalt scharf. »Komm, so schnell du kannst, dann können wir die Sache durchgehen. Wir stehen besser da, wenn wir sie selbst freilassen, statt uns heute Nachmittag vor Gericht eine Niederlage einzuhandeln. Und da ihr jetzt diesen Schweden auf dem Kieker habt ... ich sehe mir die entsprechenden Protokolle an.«

Drei Stunden später erhielt der Gefängniswärter den Bescheid, die Inhaftierte Britta Olsen freizulassen.

»Aber die Beschuldigung wird aufrecht erhalten«, sagte der Staatsanwalt, als er die Strafverteidigerin Andrea Vendelbo telefonisch davon unterrichtete.

»Was Sie nicht sagen, aber die Angeklagte darf nur in meiner Gegenwart verhört werden«, antwortete Andrea Vendelbo.

Sie war irritiert über die Strategie, die Beschuldigung aufrecht zu erhalten, damit die Anklagebehörde nicht das Gesicht verlor. Andererseits gewährleistete diese Situation den Schutz, dass ihrer Mandantin bei den Vernehmungen die Rechte einer Beschuldigten zugestanden wurden.

Kriminalinspektor Halfdan Thor, der seit einigen Jahren verwitwet war, frönte einem Laster, für das er sich eigentlich verachtete: Er sah sich im Internet Pornos an, während er eigenhändig seine sexuelle Notdurft verrichtete.

In Stunden der Niederlage war sein sexuelles Bedürfnis besonders stark und an diesem Samstagnachmittag schloss er sich der Sicherheit halber in seinem Arbeitszimmer ein, bevor er sich seinem Selbsttrost widmete. Esben war zu der Graffitiausstellung in Kopenhagen gefahren, aber Aske war zum Fußball und konnte jederzeit auftauchen.

Leer und niedergeschlagen über die Einsamkeit des Aktes setzte er sich auf das alte, ausrangierte Sofa auf dem Hofplatz und trank Starkbier.

Er war auf einer der 0190er-Seiten im Internet gewesen und überlegte, ob er als Nächstes wohl zu den Nutten gehen werde. Nein, niemals.

Dann kam der Anruf von Kohlberg, der ihn über die vorläufigen rechtsmedizinischen Ergebnisse im Fall Gustav Kwium informierte: »Es gibt gewisse Probleme und es fehlen noch immer ein paar Proben, aber sie meinen, dass er erwürgt worden ist. Man hat ihm etwas in den Hals gepresst, vermutlich die falschen Zähne und das passt ja auch zu dem Gerede der alten Frau von den verkehrt sitzenden Zähnen.«

»Und er kann die Zähne nicht selbst in den falschen Hals bekommen haben?«

»Das war auch meine erste Frage. Sie sind sich über den Tathergang noch nicht ganz sicher, aber sie haben in seinem Rachen Reste von Kunstfasern gefunden, die sie an die Technik weitergegeben haben. Die Theorie ist die, dass sie von einem Kopfkissen stammen und dann zeichnet sich auch ein Bild ab, nicht?«

»Ja, tut es«, antwortete Thor.

»Ich denke, wir können von einem Mord ausgehen?«, sagte Kohlberg fragend.

»Ja, aber unter Vorbehalt. Ich meine, lass nichts an die Presse durchsickern. Im Moment komme ich mir nämlich wie bei dem Rückzug vom Danewerk vor. Das haben die Dänen 1864 auch kampflos aufgeben.«

»Jetzt hör aber auf. Da ist noch etwas: Gustav Kwium hatte eine kleine Stichwunde im Hals.«

»Wie bitte?«, fragte Thor.

»Der Rechtsmediziner sagt, dass sie ihm ganz sicher erst nach seinem Tod zugefügt worden ist. Und, dass sie unter keinen Umständen tödlich gewesen wäre. Sodass es sich dabei erst einmal nur um ein bizarres Detail handelt. Der Leichenbestatter sagt, ihm sei nichts aufgefallen, als er die Leiche in den Sarg gelegt hat. Mein erster Gedanke galt dem schwedischen Skelettmann, aber zu dem Zeitpunkt war er noch nicht auf der Insel und die Tür zum Leichenhaus, wo die Leiche aufgebahrt lag, ist nicht aufgebrochen worden.«

»Hm«, sagte Thor in Ermangelung eines Besseren.

»Wir haben uns den Sohn etwas genauer angeguckt. Sune Kwium. Er ist der neu ernannte Ministerialdirektor im Amt für Europäische Normen – er kommt vom Katasteramt. Er ist interessant, weil wir ihn von früher in der Datei haben.«

»Ja?«

»Man hat ihn angezeigt, weil er eine Frau beschissen hat.«

»Das haben wir wohl alle schon mal, ist das jetzt strafbar?«, antwortete Thor.

»Nein, aber in diesem Fall ist das ganz wörtlich zu verstehen. Er hat auf sie geschissen. Es gibt die seltsamsten Varianten«, sagte Kohlberg.

»Das dürfte dann wohl in Freuds Metier gehören«, antwortete Thor, dem seine Nummer vor dem Internet plötzlich befreiend normal vorkam.

»Eine verworrene Geschichte, ohne weitere Folgen. Irgend etwas in der Richtung, dass er erst einen gewalttätigen Überfall angezeigt hat. Er ist niedergeschlagen worden und hat ein paar Zähne verloren. Vermutlich ein Zuhälter, der ihn bestrafen wollte. Jedenfalls hat dann eine Prostituierte Kwium angezeigt, auf sie geschissen zu haben, woraufhin er *seine* Anzeige zurückgezogen hat. Er sei voll gewesen und habe sich falsch erinnert und die Zähne wahrscheinlich beim Einrennen einer Tür verloren. Gleichzeitig leugnete er hartnäckig, bei der Prostituierten gewesen zu sein.«

»Klingt nach einem richtigen Scheißkerl«, lachte Thor.

»Jedenfalls hat er mit dieser Scheiß-Geschichte irgendeinen Gewalttäter vor drei Monaten Knast gerettet«, sagte Kohlberg.

»Und er hat seinen öffentlichen Ruf gerettet und konnte ins Amt für Europäische Normen befördert werden«, stellte Thor fest.

»Skovanger meint, wir sollten uns einen Gerichtsbeschluss besorgen, um uns seine Finanzen einmal genauer anzusehen. Bizarre sexuelle Neigungen können einen teuer zu stehen kommen und mehrere Zeugen haben berichtet, dass Kwium, der Alleinerbe ist, einen auffallend unruhigen Eindruck gemacht hat, während er auf den Tod des Vaters wartete. Das Haus des Alten ist noch vor dem Begräbnis für etwas über eine Million Kronen zum Verkauf angeboten worden. Außerdem war Sune Kwium am Montagabend im Altenheim und niemand kann seine Aussage bestätigen, dass er sich im Haus des Vaters aufgehalten hat, als die alte Frau ermordet wurde. Ich bin sehr dafür, dass wir ihn uns ein wenig genauer ansehen«, sagte Kohlberg eifrig.

»Gut. Ich kümmere mich um den Gerichtsbeschluss. Sonst noch was?«

»Nein. Ich war im Hafen, als unsere freigelassene Inhaftierte an Land ging und wie eine heimkehrende Königin empfangen wurde. Eine kleines Heer von Presseleuten und ganz gewöhnlichen Leuten ist zusammengeströmt, um der Frau ihr Mitgefühl auszudrücken. Ich muss schon sagen, der Artikel in der »Sjaellandsposten« hat seine Wirkung nicht verfehlt«, sagte Kohlberg.

»So, so, vor ein paar Tagen hätten sie sie noch am liebsten gelyncht, aber jetzt tut sie ihnen Leid ... Morgen fahre ich nach Kopenhagen – zur Graffitiausstellung in Christiania, Gott steh mir bei –, aber am Montag komme ich zu euch rüber. Ruf an, wenn sich irgend etwas tut.«

Er betrank sich und um 21.30 rief er Andrea Vendelbo an: »Jetzt stehen wir uns nicht mehr als Gegner gegenüber. Nicht wirklich. Ich will morgen nach Christiania, mir Kunst ansehen.«

»Die europäische Graffiti-Ausstellung?«, fragte sie.

»Ja. Esben beschäftigt sich ja sehr mit so etwas. Er wohnt im Christian IV.«

»Lustig«, sagte sie. »Die wollte ich mir auch ansehen. Sie hat gute Kritiken bekommen und ich finde, die Künstler arbeiten mit neuen, spannenden Ausdrucksmitteln.«

»Stimmt«, antwortete er. »Mit spannenden Ausdrucksmitteln …«

»Ja, dann lass uns doch zusammen hingehen«, schlug sie vor. »Wir können uns um 13 Uhr vor dem Haupteingang treffen und gemeinsam zu Mittag essen. Ich kenne da draußen ein gutes Restaurant. Esben ist auch da?«

»Christian IV. …«, näselte er. »1250 Kronen.«

»Was hast du über Christian IV. gesagt?«

»Versuch es mit dem starken Arm der Liebe«, antwortete er.

Sie lachte.

»Vergiss nicht, dass wir uns um 13 Uhr vor dem Haupteingang treffen wollen«, sagte sie.

»*Yes Sir*. Ich schreibe es mir auf – direkt auf den langen Arm des Gesetzes.«

Dann rief er Esben im Hotel an: »Wie geht es dir?«

»Bombastisch!«, antwortete Esben mit solcher Begeisterung, dass Thor trotz seiner zwei Promille begriff, dass das Wort etwas Positives ausdrücken sollte.

»Ich habe mir Pizza und Cola für aufs Zimmer gekauft und jetzt sitze ich in einem supercoolen Bett und sehe Fernsehen.«

»Wie ist das Ausdrucksmittel?«, fragte Thor.

»Was? Bist du betrunken, Vater?«

»Nein. Und ich meine, dass diese Graffitikunst ein spannendes Ausdrucksmittel ist. Wir kommen also morgen, Aske und ich. Am Haupteingang um 13 Uhr.«

»Super, Vater. Ich will mir die Ausstellung auch

ganz genau ansehen. Ich war nur zur Eröffnung draußen, dann habe ich mich beeilt, zurück ins Hotel zu kommen, damit das Geld nicht herausgeworfen ist. Ich will auch morgen erst gegen 12 Uhr auschecken, 13 Uhr passt mir also gut.«

»Schlaf gut, du Bandit«, sagte Thor.

»Danke, Vater. Das ist der reinste Luxus hier und morgen früh gibt es ein großes Buffet. Könnt ihr zum Frühstück kommen?«

»So früh wache ich bestimmt nicht auf.«

Esben lachte: »Du bist voll, Vater. Gib es ruhig zu. Das macht doch nichts.«

»Halt die Klappe, Bursche«, antwortete Thor mit so sanfter Stimme, dass Esben die Worte zu Recht als Liebeserklärung auffasste.

Ja, aber Bente«, sagte Einar. »Ich habe die Polizei nicht angelogen. Ich habe ausdrücklich gesagt, dass ich keine Stichwunde bemerkt habe, als ich ihn in den Sarg gelegt habe. Im Übrigen war es ihnen ziemlich egal, weil er nicht daran gestorben ist.«

»Du hast bestimmt Recht, Vater, aber ich frage mich immer wieder, ob nicht doch ein Zusammenhang besteht. Wenn nun alle, Eigil, Arnold und Gustav, diese Stiche im Hals hatten.«

Das Wetter war schön und Karin ärgerte sich, dass sie nicht draußen in der Sonne am Computer arbeiten konnte. Stattdessen öffnete sie alle Fenster, bevor sie sich an die Arbeit setzte und mit dem düsteren Bericht begann:

Maren Splids war somit als Zauberin verurteilt und wurde am 10. Oktober 1641 auf die Folterbank gelegt. Zangen und glühende Eisen lagen bereit, denn nun wollte man der Sache auf den Grund gehen und die Mitschuldigen benannt bekommen.

Als Maren viele Stunden später bewusstlos in ihre Zelle zurückgeschleppt wurde, hatte sie dem Protokoll zufolge gestanden:

Dass sie Mitglied einer Hexenkompanie war, zu der alles in allem sechs namentlich genannte Hexen aus Ribe und Umgebung gehörten. Eine Frau namens Anna Gjellerups war die Leiterin der Kompanie. Diese Anna hatte, als sie Maren Splids rekrutierte, einen roten Hund mitgebracht, den sie Andreas nannte. Der Hund, der der Teufel in eigener Person war, hatte ein einziges Mal Marens Kleider berührt, womit sie in Satans Dienste aufgenommen war.

Der Teufel hatte sie auch im Gefängnis besucht und dazu gebracht, all ihre Untaten als Zauberin zu leugnen.

Sie gestand auch, dass sich die Hexenkompanie dreimal im Jahr auf verschiedenen Friedhöfen versammelte, wo sie mit dem Teufel, der mal in Gestalt eines Hundes, mal in Gestalt einer Katze und mal in der eines Kammerdieners erschien, tanzten und Feste feierten.

Ihre Geständnisse waren sehr farbenfroh und fantasievoll. Es fiel einem schnell etwas ein, das man gestehen konnte, wenn das glühende Eisen sich näherte. Alle kannten zahlreiche Geschichten über die Organisation der Hexen, über ihre Untaten und ihre Sexorgien mit dem Teufel.

Als Maren gestanden und ihre Mitschuldigen benannt hatte, bekam sie Frieden vor dem Henker und wurde in Eisen und Ketten zurück nach Ribe gebracht, wo sie verbrannt werden sollte. Gleichzeitig wurde Jagd auf die anderen Hexen der Kompanie gemacht.

Eine der Frauen, die Maren benannt hatte, war Anna Thomasdatter, auch Krüppel-Anna genannt. Sie wohnte in einem Elendsviertel in Ribe. Sie wurde am 8. November festgenommen und legte sofort ein Geständnis ab, in dem noch mehr Hexen und Untaten auftauchten: Die Hexenkompanie hatte unter anderem den kleinen Jungen des Schuhmachers Mads verhext, dass er nicht pinkeln konnte. Und sie hatte dem Zöllner Mads Lassen das Glück genommen und es einem anderen Mann gegeben. Auch die Sturmflut in Ribe, bei der ein Mann ertrunken war, ging auf das Konto der Hexenkompanie.

Maren Splids war dabei, als die Krüppel-Anna gestand. Selbst befragt, stimmte sie allem zu.

Am folgenden Tag wurde Maren Splids für das Feuer vorbereitet. Man teilte ihr eine ganze Kanne Met zu, das sie begierig trank. Das Met wurde in Ribe allen zum Tode Verurteilten gegeben, weil sie dann dem Henker weniger Mühe machten.

Anschließend band man ihr ein Säckchen Schießpulver auf den Rücken. Es war eine Art humanitärer Tat und führte zu einem schnelleren Tod auf dem Scheiterhaufen.

Die Krüppel-Anna wurde drei Monate später verbrannt.

Das war jetzt 362 Jahre her – nur etwa sechsmal meine bisherige Lebenszeit, dachte Karin. Seltsam, wie sich die historische Zeit änderte, wenn man selbst älter wurde.

Sie begann in den Stapeln und Notizen zu wühlen, um Material über aktuelle Folterungen zu finden. Da war der aktuelle Bericht von Amnesty International, der dokumentierte, dass man rund um den Erdball den Henkern des 16. Jahrhunderts in nichts nachstand. Und hier war die Mappe mit den Referaten zu der Debatte über eine besondere dänische Spezialität: die Isolationshaft.

Es war salonfähig geworden, über den Einsatz von Folter der Menschen zu diskutieren, die man verdächtigte, unter die Definition Terroristen zu fallen. So hatte der neue israelische Botschafter in Dänemark gerade bekannt gegeben, dass er in Verbindung mit dem Verhör von Palästinensern, die unter Verdacht standen, gegen die israelische Besatzungsmacht zu kämpfen, sich für einen »moderaten, physischen Druck« ausspreche.

Krieg und Folter gehörten zum menschlichen Leben und deshalb war sie froh, keine Kinder in die Welt gesetzt zu haben, dachte Karin und schaltete den Computer aus.

Sie hatte gerade die Beine im Liegestuhl hochgelegt und ein kaltes Bier aufgemacht, als Britta Olsen mit einem Ruf über die Hecke ihre Ankunft ankündigte: »Haben Sie Zeit für einen kleinen Besuch?«

»Ja, natürlich. Kommen Sie herein«, rief Karin zurück.

»Ich wollte mich nur bei Ihnen bedanken. Ich habe die ganze Zeit gewusst – schon vom ersten Tag an, als Sie kamen –, dass ich mit Ihnen rechnen kann, weil Sie über Hexen und unschuldig Verdächtigte schreiben«, sagte sie.

»Sie brauchen sich nicht zu bedanken. Das ist meine Arbeit«, antwortete Karin und fuhr fort: »Wie war die Haft?«

»Ein Kerker war das«, antwortete sie, worauf ihr Gesicht in einem überraschenden Lächeln aufleuchtete: »Aber sie haben mir erlaubt, ein Puzzlespiel mitzunehmen und damit habe ich mir die Zeit vertrieben.«

Ja, dachte Karin, und jetzt kannst du den Rest deines Lebens puzzeln.

Laut sagte sie: »Ich bin heute Abend eingeladen, deshalb bin ich etwas in Eile, aber an einem der nächsten Tage trinken wir einen Kaffee zusammen.«

Sich entschuldigend und bedankend verließ Britta Olsen im Rückwärtsgang den Garten.

Ulrikka und Bjarne Thomsen wohnten in einer soliden Maurermeistervilla aus den 50er Jahren, die sie selbst mit einer neuen Küche und einem neuen Bad modernisiert und um einen Werkzeugschuppen und einen Wintergarten erweitert hatten.

Hier – im Wintergarten – saßen sie nach dem obligatorischen Rundgang durch das Haus, der mit zu der besonderen dänischen Gästekultur bei einem Erstbesuch gehört. In die Hausführung eingeschlossen waren auch der große Küchengarten, Ulrikkas Werk, und die wohlgeordnete Werkstatt, die auf Bjarnes Konto ging.

Bei dem Begrüßungsdrink plauderte Karin mit Bjarne auf professionelle Weise über die Werkstatt, während Jörgen und Ulrikka über die Vorsorgeuntersuchungen von Kindern sprachen, die eingespart worden waren. Es war ein bisschen steif, wie solche Besuche anfangs häufig sind.

Aber dann zog Regen auf und die Männer mussten schnell den Grill unterstellen, während die Frauen den Tisch in den Wintergarten räumten und dort deckten. Das lockerte die Stimmung, und der restlichen Abend war von Munterkeit geprägt.

Es herrschte die typische Rollenverteilung: Die Männer grillten und diskutierten und probierten den Wein, während die Frauen den Tisch deckten, Gemüse und Salat anrichteten und das frisch gebackene Brot schnitten.

Es wurde spät, weil Jörgen irgendwann Spielkarten im Regal fand und eine Runde vorschlug. Sie entschieden sich für Canasta und waren sich so ebenbürtig, dass alle vom Spielfieber gepackt wurden. Es war gegen drei, als Karin und Jörgen sich verabschiedeten. Die Stunden waren verflogen und man hatte sich zu einem neuen Spieleabend verabredet – eine Woche später bei Jörgen.

Im Lauf des Abends war Karin für ihren Artikel gelobt worden und sie hatte Ulrikka gefragt, ob sie in Verbindung mit der Recherche für die beiden anderen Artikel von dem Archiv im Keller der Schule Gebrauch machen könnte.

»Sicher. Hier hast du einen Schlüssel. Geh einfach runter, wenn es dir passt.«

Natürlich hatten sie auch über den Mord gesprochen – und wie gut es war, dass Britta Olsen sich wieder auf freiem Fuß befand.

»Irgendwer muss es schließlich gewesen sein und wenn sie es nicht war?«, sagte Bjarne.

»Dann kann es eigentlich jeder gewesen sein«, antwortete Karin.

»Aber warum um Himmels Willen muss man so eine alte Frau umbringen?«, seufzte Ulrikka, woraufhin sich die Aufmerksamkeit aller darauf konzentrierte, dass sie gerade ein reines Canasta voll hatte.

Sie gingen zu Jörgen und diesmal hatte Karin eine Tasche mit ihren persönlichen Sachen gepackt, unter anderem mit einem sauberen Slip. Es störte sie, dass sie ihre fette Nachtcreme nicht auftragen konnte, da sie nicht mit einem vor Fett glänzenden, ungeschminkten Gesicht neben einem Mann liegen wollte. Das Ergebnis war, dass sie mit trockener, gespannter Haut aufwachte, wenn sie bei ihm übernachtete. Außerdem hatte sie Schwierigkeiten, tief zu schlafen, weil sie Angst hatte zu schnarchen und es wichtig für sie war, vor ihm aufzuwachen und ins Bad zu kommen, um einen morgenfrischen Eindruck zu machen, wenn er die Augen aufschlug. Sie fand, dass ihr Körpergeruch sich mit dem Alter verändert hatte und fühlte sich unsicher, wenn sie länger als zwölf Stunden nicht geduscht hatte.

Sonntag, 9. Juni

Am Nachmittag nieselte es und Jörgen Wad musste ein paar Rechnungen schreiben und Patientenjournale auf den letzten Stand bringen.

»Dann werde ich die Gelegenheit nutzen, in Skejøs Vergangenheit hinabzutauchen«, sagte Karin und küsste ihn in den Nacken. »Es war nett von Ulrikka, mir den Schlüssel für das Lokalarchiv anzuvertrauen.«

Sie freute sich darauf, im Archiv im Keller der Schule herumzustöbern, weil altes Quellenmaterial sie faszinierte. An ihr war ein Historiker verloren gegangen und in einem ihrer Tagträume sah sie sich historische Romane schreiben. Vielleicht war jetzt der Zeitpunkt gekommen? Mit einem sicheren, provinziellen Verhältnis im Rücken wäre das eine gemütliche und zufrieden stellende Beschäftigung. Sie konnte sich ohne weiteres sagen hören: »Und nächsten Monat reisen mein Mann und ich nach Venedig, wo ich die Gelegenheit nutzen werde, für einen im Mittelalter spielenden Roman zu recherchieren.«

Sie verjagte den Tagtraum. Jetzt ging es um die Wirklichkeit und die war davon geprägt, dass mindestens ein und wahrscheinlich mehrere Morde begangen worden waren. Sie war auch von dem seltsam drängenden Gefühl geprägt, im Besitz aller Puzzleteile zu sein – und doch nicht klar genug zu sehen, um das Bild zusammensetzen zu können. Irgend etwas in ihr überschattete den Durchblick.

Die Recherche für den Artikel war nur ein Vorwand gewesen. In Wirklichkeit wollte sie sehen, was an Material über Johanne Kristine Hansen sowie über Gustav Kwium, Eigil Andersen und Arnold Klausen vorhanden war. Ulrikka hatte erzählt, dass fast jeder ältere Bewohner Skejøs in dem Archiv erfasst war und vielleicht würde sie in ihren Geschichten auf etwas stoßen, das ihr den nötigen Fingerzeig lieferte.

Karin wurde von Neugier – oder besser dem Drang nach Klärung – getrieben, der einen fundamentalen Teil ihrer Persönlichkeit sowie ihrer beruflichen Vorgehensweise ausmachte. Sie ließ nicht locker, bis sie sich eine notwendige Einsicht verschafft oder einen Zusammenhang so verstanden hatte, dass er sich einfach und klar beschreiben ließ.

Es war still in der Schule und nicht ein Auto stand auf dem Parkplatz. Als sie in den Keller hinabstieg und die Tür zu dem langen, breiten, dunklen Gang öffnete, der als Inselmuseum diente und wie ein Altwarenladen roch, packte sie kurz ein Gefühl der Unheimlichkeit, das verschwand, sobald sie das Licht angemacht hatte. Der Sicherheit halber schloss sie die Außentür hinter sich ab.

Wie war das noch? Richtig, das Archiv in dem großen Raum beschäftigte sich mit der ganzen Insel, während die kleinen Räume die Geschichte der Schule beherbergten.

Der große Raum, der sich unter dem mittleren Teil des Gebäudes erstreckte, hatte keine Fenster. Außer den Archivborden war der Raum von frei liegenden Wasserrohren, Zählerkästen und Heizanlagen geprägt. Als Karin den Schalter hinter der Tür betätigte, gingen an der Decke eine Reihe Leuchtstoffröhren und die Lampe auf dem Schreibtisch an, an dem Gustav Kwium gesessen hatte.

Ein seltsamer Ort sein Alter zu verbringen, dachte Karin, als sie sich an den Schreibtisch des Verstorbenen setzte und die langen, schwarzen Kästen mit Karteikarten durchsah, auf denen sich Hinweise zu Taschennummern und Regalabschnitten A, B, C etc. befanden.

Es war ganz einfach. Die Karteikästen enthielten Namen- und Themenregister in alphabetischer Ordnung. Um ganz sicher fündig zu werden, begann sie mit Arnold Klausen, der 30 Jahre Bürgermeister gewesen war. Seine Karte war in Kwiums ordentlicher Schrift eng beschrieben. Sie sah sofort, dass es acht Taschen mit biographischem Material sowie Hinweise auf Thementaschen gab: »Gemeinderat 1952–56« und »Jahresberichte des Wasserwerks«.

Anschließend wollte sie Gustav Kwiums Archivkarte heraussuchen, doch gerade als sie bei K angelangt war, passierte es.

Das Licht ging aus und sie wusste instinktiv, dass jemand im Raum war. Das Geräusch des Schalters, der ausgeschaltet wurde, kam von einer Stelle ganz hinten im Raum, die hinter einer Reihe von Regalen versteckt lag. Leichte Schritte näherten sich.

Karin reagierte blitzschnell – stürmte dorthin, wo

sie die Tür vermutete und entging mit knapper Not, unter einem Regalbrett begraben zu werden, das mit einem Riesenkrach auf den Schreibtisch knallte.

Sie erreichte die Tür gleichzeitig mit der anderen Person, die scheinbar ebenso verzweifelt zu flüchten versuchte. Die andere Person kam bei dem Zusammenstoß zu Fall, während Karin die Tür aufriss und nach der ersten besten Waffe griff, die sie im Museumsregal mit den alten Werkzeugen finden konnte. Es war ein rostiges Krummmesser oder eine Sichel oder etwas Ähnliches.

Sie drehte sich um, um sich gegen ihren Verfolger zur Wehr zu setzen.

Die Gemeindepfarrerin Anna Skov kam langsam auf die Beine.

»Entschuldigung«, sagte sie. »Ich wollte einfach weg. Ich habe Panik bekommen. Es tut mir Leid.«

Karin sah sofort, dass die andere – falls überhaupt möglich – noch aufgewühlter war als sie, hielt aber trotzdem ihre seltsame Waffe fest, während sie Anna Skov zurück in den Archivraum dirigierte.

»Wollten Sie versuchen, mich auch umzubringen?«, fragte sie und zeigte auf das Regalbrett, das auf dem Schreibtisch lag.

»Nein, nein. Ich wollte es nur zur Seite schieben, damit Sie mich nicht sehen. Entschuldigung, bitte verzeihen Sie mir, es ist furchtbar.«

Die Pfarrerin hatte Tränen in den Augen und ihre Stimme zitterte.

»Setzen Sie sich«, sagte Karin und blieb selbst stehen, die rostige Sichel in der Hand. »Und erklären Sie mir, was hier eigentlich vorgeht. Sie können damit anfangen, dass Sie mir erzählen, was Sie nachts mit den Leichen im Leichenhaus machen.«

Anna Skov, die jetzt an die Wand gelehnt auf dem Boden saß, trug Jeans, Sportschuhe, T-Shirt und Windjacke und glich einem großen, verzagten Mädchen, als sie die Beine unter sich zog und mit beiden Händen ihren Kopf umfasste, als wollte sie sich beruhigen und stützen.

»Das ist eine lange Geschichte«, sagte sie müde.

»Ich würde sie trotzdem gerne hören«, antwortete Karin und setzte sich auf den Schreibtischstuhl.

Und dann erzählte die Pfarrerin von ihrer unglücklichen Kindheit und der Suche nach einer Familie, das heißt vor allem nach einem Vater, die sie zu einem von Dr. Moons Kindern gemacht hatte.

»In der ersten Zeit auf der Insel habe ich mir die Leute nur angesehen, um festzustellen, ob einer Ähnlichkeit mit mir hat, aber dann bin ich in Kontakt mit einem deutschen Familienforscher gekommen, der an einem Labor arbeitet, das auf Bestellung DNA-Analysen herstellt. Er hat mir vorgeschlagen, von den Personen, mit denen ich verwandt sein könnte, Proben einzuschicken.«

»Dann haben Sie die alten Männer umgebracht, um Proben von ihnen zu nehmen?«, sagte Karin.

Die Pfarrerin schnitt eine Grimasse, die an ein ungläubiges Lächeln erinnerte.

»Das glauben Sie doch nicht im Ernst?«, fragte sie erschüttert.

»Nein, eigentlich nicht«, antwortete Karin. »Aber erzählen Sie mir, wie Sie vorgegangen sind?«

»Ich habe im Leichenhaus Proben genommen – bei den alten Männern und den Toten, die meine Geschwister hätten sein können. Ich wollte einfach wissen ... ich war wie besessen, aber ich habe niemandem etwas Böses getan.«

Karin ließ den Arm mit der rostigen Sichel sinken – einer lächerlichen Waffe, die ihr kaum zu etwas hätte nutzen können.

»Glauben Sie mir?«, fragte Anna Skov.

Karin nickte: »Ja. Aber ich verstehe nicht, warum Ihnen jetzt, wo Sie erwachsen sind und gut und alleine zurechtkommen, ein Vater so wichtig ist?«

»Ich wollte wissen, wer ich bin«, sagte die Pfarrerin.

»Das würde ich auch gerne – wissen, wer ich bin, aber darüber geben die Gene nun mal keine Auskunft. Das ist schon etwas komplizierter«, sagte Karin sarkastisch.

Es entstand eine Pause, in der die beiden Frauen sich ruhig beobachteten.

»Haben Sie ihren Vater denn gefunden?«

Die Pfarrerin antwortete mit einer Gegenfrage:

»Werden Sie mich anzeigen? Werden Sie darüber schreiben?«

Karin dachte nach.

»Soweit ich sehe, ist niemandem ein Schaden entstanden und wenn zu dem Mord oder den Morden keine Verbindung besteht«, sagte sie.

»Bestimmt nicht«, antwortete die Pfarrerin schnell.

»Wenn dem denn so ist, besteht kein Grund, dass jemand von unserem Gespräch erfährt, aber wenn sich herausstellen sollte ... ich möchte nichts sicher versprechen. Wer war ihr Vater?«

»Gustav Kwium. Ein Hauptlehrer von 42 Jahren, der sein 17-jähriges Dienstmädchen geschwängert hat. Und meine Mutter hat ihn ihr ganzes Leben lang nicht verraten. Ich habe die Antwort am Freitag bekommen, aber ich habe kein Interesse daran, dass jemand davon erfährt. Das geht niemanden etwas an und ich hoffe, dass Sie das respektieren.«

»Haben Sie das Gefühl, sich jetzt besser zu kennen?«, fragte Karin.

»Nein, überhaupt nicht«, antwortete die Pfarrerin. »Ich kann mein Leben nur in *Seine* Hände legen.«

»Sie könnten es versuchsweise auch in die eigenen nehmen. Sie sind alt genug«, sagte Karin kalt und fuhr fort: »Aber warum haben Sie sich hier versteckt?«

»Ich habe mich nicht versteckt. Ich habe nach Material über Gustav Kwium gesucht. Ich wollte seine Geschichte lesen. Dann habe ich gehört, wie jemand kam und das Licht gelöscht. Eine dumme Panikhandlung. Ich wollte abhauen, ohne dass Sie mich sehen.«

Karin schüttelte den Kopf. Das war wirklich lächerlich.

»Wie sind sie hereingekommen?«, fragte sie.

»Ich habe einen Schlüssel – sowohl zur Schule als auch zum Archiv. Der Pfarrer hatte immer Schlüssel. Die Zusammenarbeit zwischen Schule und Kirche besteht seit alters her.«

»Sie hätten doch einfach *Hallo* oder *Guten Tag* sagen können, als ich kam«, sagte Karin.

»Ich habe den Kopf verloren. Ich bin zur Zeit ein bisschen durcheinander«, antwortete Anna Skov, während ihr eine Träne die Wange hinunterlief.

»Wir sollten besser hinter uns aufräumen, bevor wir gehen«, sagte Karin.

Zusammen richteten sie das Regal auf und stellten die Archivtaschen in numerischer Reihenfolge an ihren Platz.

Andrea Vendelbos Signale waren mehr als zweideutig, fand Halfdan Thor.

Als sie durch die *Graue Halle* gingen und sich Kunst ansahen, legte er wie zufällig einen Arm um ihre Schulter, während er mit dem anderen auf ein Werk zeigte, das auf eine große, rostige Eisenplatte gesprüht war.

Er spürte deutlich, wie ihr Körper unter seiner Hand verspannte, doch gleichzeitig wandte sie ihm das Gesicht zu und schenkte ihm ihr bezauberndstes Lächeln. Wie sollte er das verstehen?

Sie mag mich, aber nicht physisch, schloss er und zog die Hand zurück.

Er musste versuchen, sich ihr auf andere Art zu nähern. Intellektueller.

»Ich bin froh, dass der Chef der Obersten Polizeibehörde das Angebot der Regierung, dass die Polizei V-Männer einsetzen kann, abgelehnt hat«, sagte er, als sie Kräutertee in einem Restaurant in Christiania tranken, von dem er nie geglaubt hätte, dass er freiwillig nur einen Fuß hineinsetzen würde.

Sie nickte und sah ihn voller Sympathie an – fand er. Offenbar gefiel ihr so etwas. Er musste die Strafverteidigerin in ihr ansprechen – ihr rechtspolitisches Engagement.

Er fuhr fort: »Im wirklichen Leben verkörpern die V-Männer ein System, in dem die Polizei ein paar Kriminelle in Frieden kriminell sein lässt, wenn diese im Gegenzug dann und wann einen Kumpel hochgehen lassen. Das ist absolut unkontrollierbar.«

»Ich weiß. Vor ein paar Jahren habe ich in einer Rauschgiftsache die Verteidigung übernommen, wo es zu einem Freispruch kam, weil mein Mandant von einem V-Mann, der selbst mit Rauschgift handelte, zuerst geködert und dann hochgenommen worden war«, sagte sie.

Sie schwiegen eine Zeit lang und er fand, dass der Tee furchtbar schmeckte. Irgendetwas musste er sagen: »Aber es muss dich doch freuen, dass wir Britta Olsen freigelassen haben?«

Sie sah ihn ernst an: »So etwas berührt mein Gefühlsleben nicht. Täte es das, könnte ich nicht als Strafverteidigerin arbeiten«, antwortete sie.

Er sah sie leicht dümmlich und verwirrt an und sie fuhr fort: »Ich meine, in neun von zehn Fällen wird der Anklagebehörde zugestimmt und wenn man das als Strafverteidiger als persönliche Niederlage empfinden würde oder traurig darüber wäre, wäre man für seine Arbeit untauglich. Empfindest du es als Niederlage, wenn du Verdächtige freilassen musst, weil keine ausreichenden Beweise vorliegen?«

Er lächelte entschuldigend.

»Ja, das muss ich zugeben. Ich habe bestimmt nicht ganz den gleichen akademischen Zugang wie du, aber ich verstehe deine Pointe. Ich werde darüber nachdenken«, schmeichelte er.

Er kam sich wie ein Idiot vor und sie konnte ihm bestimmt ansehen, dass er zu Hause zu den 0190er-Seiten im Internet onanierte, dachte er und merkte wie ihm die Röte ins Gesicht stieg – wie einem pubertierenden Knaben.

»Das war ein richtig schönes Wochenende letzten Sommer, das wir bei dir verbracht haben«, sagte sie zu seiner Überraschung.

»Ja, damals«, antwortete er. »Als Esben und Aske sich gegenseitig umbringen wollten?«

Sie lachte: »Ja, das Blut floss, aber die Versöhnung war schön und Dagmar spricht noch heute davon.«

»Dann sollten wir das wiederholen«, schlug er vor.

»Ja, abgemacht«, antwortete sie.

Wie auf Absprache holten sie ihre Kalender heraus und einigten sich auf das letzte Juni-Wochenende.

Sie ergriff selbst die Initiative zu einer Umarmung, als sie sich verabschiedeten, aber sie war steif und unbeholfen und er hatte sich entschlossen, nichts zu forcieren. Jetzt hatten sie eine Verabredung.

Karin war gerade zur Tür hereingekommen, als sie von einem Kriminalassistent Skovager angerufen wurde, der sich für die Störung entschuldigte. Es war reine Routine. Sie sprachen mit allen, die Montagabend im Altenheim gewesen waren. Wenn Sie ein wenig Zeit hatte, würde er vorbeikommen.

»Sicher. Ich stelle schon mal die Kaffeemaschine an«, antwortete sie.

»Wie ich von der Centerleiterin Inger-Margrethe Jörgensen gehört habe, sind sie gemeinsam gegen 19.00 im Altenheim eingetroffen«, sagte er.

»Ja, das sind wir«, antwortete sie zutiefst erleichtert. Sie hatte die wildesten Überlegungen angestellt, was sie sagen sollte, falls er in Inger-Margrethes nachmittäglicher Abwesenheit und der erfundenen Geschichte, dass sie im Fliederhaus war, herumstochern sollte. Nach bester Erinnerung berichtete sie, wer dagewesen war und was sich zugetragen hatte.

»Die meiste Zeit habe ich mich mit dem Arzt, Jörgen Wad, unterhalten«, sagte sie.

»Und dann?«, fragte Skovager.

»Gegen 20 Uhr sind Jörgen Wad und ich zusammen hierher gefahren. Wir sind liiert«, sagte sie und war über ihre eigene Wortwahl überrascht. Sie hatte das Wort zum ersten Mal ausgesprochen und irgendwie fühlte es sich fremd in ihrem Mund an.

»Verstehe, aber Jörgen Wad hat nicht die ganze Nacht hier verbracht?«

»Nein, das tut er nie. Hier gibt es nur ein schmales Bett und wenn man kein junger Hüpfer mehr ist, schläft man schlecht«, erklärte sie.

»Wann hat er das Haus verlassen?«

»Gegen zwei Uhr.«

»Haben Sie ihn hinausbegleitet?«

»Nee, ich habe am Fenster gestanden als er fuhr.«

»Haben Sie noch andere Autos auf der Straße gesehen?«

Karin sah aus als würde sie nachdenken. In Wirklichkeit überdachte sie ihre Formulierung.

»Ja, das habe ich. Ich habe einen roten Volvo 340 gesehen – ähnlich wie der, den Wolf fährt, aber ich konnte den Fahrer nicht erkennen. Ich bin einfach davon ausgegangen, dass es Wolf war, aber genau betrachtet, muss er es nicht gewesen sein.«

Der Gedanke kam plötzlich: Wolf und Inger-Margrethe? War es denkbar, dass sie an etwas anderem als der Befriedigung ihrer gegenseitigen Begierde interessiert waren? Nein, das machte keinen Sinn.

»Ist Ihnen etwas eingefallen?«, fragte Kim Skovager, der ihren veränderten Gesichtsausdruck bemerkt hatte.

»Nein«, antwortete sie. «Ich versuche nur, konzentriert nachzudenken.«

»Und wo waren Sie selbst von zwei Uhr nachts an?«, fragte er.

»Hier. Ich habe geschlafen.«

»Kann das jemand bestätigen?«, fragte er.

»Ehrlich gesagt, nein!«, antwortete sie.

»Es hätte ja sein können, dass sie jemanden angerufen haben«, sagte er erklärend und jetzt suchte er nach Worten: »Wir wissen ja, dass ihr Journalisten eure Quellen schützt, weshalb ich Ihnen diesbezüglich auch keine Fragen stellen werde, aber da wäre eine Sache: Den anonymen Brief, von dem Sie schreiben, hat Britta Olsen ihrer eigenen Erklärung zufolge verbrannt, nachdem sie mit Ihnen gesprochen hat. Und Sie sind die Einzige, die bestätigen kann, dass es ihn überhaupt gegeben hat. Haben Sie ihn gesehen?«

»Ja, und mir ist auch aufgefallen, dass er hier auf der Insel abgestempelt worden ist«, antwortete sie.

»Können sie ihn näher beschreiben?«

»Ein Blatt DIN A-4-Kopierpapier mit großen Buchstaben, die aus Zeitungsanzeigen ausgeschnitten waren, glaube ich. Er wirkte nahezu naiv.«

»Und Britta Olsen, was für einen Eindruck machte sie?«

»Sie war besorgt und hatte Angst, dass jemand die Stimmung gegen sie anheizt«, antwortete Karin.

»Das wäre doch auch denkbar«, antwortete der Kriminalassistent und bedankte sich zum Abschied mit den üblichen Worten: »Und falls Ihnen noch etwas einfallen sollte, das für unsere Ermittlungen von Bedeutung sein könnte, gebe ich Ihnen meine Karte.«

Montag, 10. Juni

Gerichtsmediziner und Techniker sind mit 90-prozentiger Sicherheit zu dem Schluss gekommen, dass Gustav Kwium mit einem Kopfkissen erstickt wurde. Nehmen wir Johanne Hansens Gerede über die Zähne sowie den ganzen weiteren Verlauf hinzu, denke ich, dass wir uns den 100 Prozent nähern und jetzt in zwei Mordfällen ermitteln«, sagte Magnus Kohlberg, als er die Dienstbesprechung am Montagmorgen eröffnete.

Thor nickte und sagte: »Das macht vielleicht auch mehr Sinn. Wir gehen jetzt damit an die Öffentlichkeit und ich habe um zwei weitere Leute für die Ermittlungen gebeten.«

Kohlberg fuhr mit seinem Bericht fort: »Wir haben zwei Szenarien:

Erstens: Wir gehen von der Theorie aus, das Johanne Hansen ermordet wurde, weil sie etwas über den Mord an Gustav Kwium wusste. Das schließt Göran Svensson als Täter aus. Er befand sich noch nicht auf der Insel, als Gustav Kwium ermordet wurde.«

Zweitens: Die Morde haben nichts miteinander zu tun und wir akzeptieren das Geständnis des Schweden.

In beiden Fällen müssen wir die Ermittlungen jetzt auf den Mord an Gustav Kwium konzentrieren, der sich am Mittwoch, den 22. Mai am Nachmittag ereignet hat.

Kwium wurde gegen 16.10 Uhr von der Pflegehelferin Else Kaerhus gefunden, die zu Protokoll gibt, dass sie den Eindruck hatte, dass er still und friedlich eingeschlafen war. Er lag mit geschlossenen Augen und gefalteten Händen auf dem Rücken. Seine Zähne saßen am richtigen Platz und nichts ließ darauf schließen, dass ihm Gewalt angetan worden war.

Die Centerleiterin und Krankenschwester Inger-Margrethe Jörgensen gibt zu Protokoll, dass für sie als Krankenschwester nichts darauf hingedeutet hat, dass er an eben diesem Tag sterben würde. Gleichzeitig machten ihr die Gerüchte über aktive Sterbehilfe im Altenheim Sorge. Und als sie im Protokoll des Verstorbenen las, dass er genau an diesem Tag mit der einen oder anderen Form von *Strafe* gerechnet hatte, machte sie ihrer Sorge gegenüber dem Leichenbestatter Einar Nielsen Luft, der auch Gemeindevorsitzender ist. Die beiden kamen jedoch zu dem Schluss, dass Gustav Kwium eines natürlichen Todes gestorben war und auch der Arzt Jörgen Wad, der den Totenschein ausgestellt hat, hatte keine Zweifel daran.«

Kohlberg machte eine Pause, biss in sein Brötchen und schob die Thermoskanne mit Kaffee weiter.

»Wir suchen also nach einer Person, die ein Motiv hatte, Gustav Kwiums Tod zu beschleunigen«, fuhr er fort. »Unmittelbar ins Auge fällt der Sohn und im Verlauf des Vormittags werden wir Informationen über seine finanziellen Verhältnisse bekommen. Bei unseren Vernehmungen haben wir uns bereits erkundigt, was am 22. Mai im Center passiert ist und es scheint einige Parallelen zu geben. Ich meine: Viele der Personen, die am Montag im Center waren, waren auch am Nachmittag des 22. Mai dort«, stellte Kohlberg fest.

»Sollen wir eine Liste machen?«, schlug Thor vor.

»Das habe ich bereits getan«, antwortete Kohlberg und stellte sich an die Tafel.

»Bewohner und Personal waren am 22. Mai natürlich anwesend.

Dabei fällt mir vor allem auf, dass die Verdächtige Britta Olsen sich ungeachtet des Umstands, dass ihr Dienst um 14 Uhr zu Ende war, im Center aufhielt. Sie erklärt, was von Zeugen bestätigt wird, dass sie sich im Personalraum aufgehalten hat, um ihren Arbeitsbericht, Stundenpläne und ähnliches fertig zu stellen. Anschließend hat sie ein bis anderthalb Stunden Zeitung und Zeitschriften gelesen. Sie ist sehr an Kronprinz Frederiks möglicher Verlobung interessiert und hatte das Gefühl, mit den diesbezüglichen Informationen nicht auf dem neuesten Stand zu sein. Später hat sie Johanne Kristine Hansen besucht, was von deren Nachbar, Kaj Ingemann Jörgensen, bestätigt wird. Der Zweck des Besuchs war Britta Olsen zufolge, »wieder gut zu machen«, dass sie verärgert gewesen war, dass Johanne Hansen sie mitten im Lesen eines Artikels über Mary Donaldson gestört hatte.«

Kohlberg schrieb *Britta Olsen* an die Tafel und fügte hinzu: »Ich persönlich glaube außerdem, dass unsere spezielle Freundin den Medizinschrank der alten, verwirrten Frau plündern wollte, aber lassen wir das jetzt.

Unter dem Personal war auch der Satanist und Serviceassistent Mikael Jensen, der an diesem Tag Fenster geputzt hat, unter anderem die in Gustav Kwiums Zimmer, das im Erdgeschoss lag.

Mikael Jensen gibt zu Protokoll, dass er – wenn er seinen Putzplan und die normale Arbeitsroutine rekonstruiert – ausrechnen kann, dass er zwischen 13.00 und 13.30 Gustav Kwiums Fenster geputzt hat. Dabei ist ihm aufgefallen, dass Gustav Kwium Besuch von der Gemeindepfarrerin Anna Skov hatte. Kurz darauf – mutmaßlich 10 bzw. 20 Minuten später – kam er noch einmal an Gustav Kwiums Fenstern vorbei und sah, dass die Gardinen zugezogen waren, was nicht ungewöhnlich war. An die Gardinen erinnerte er sich deshalb, weil er nach der Pfarrerin Ausschau gehalten hat, deren Wirken ihn auf negative Weise zu beschäftigen scheint.

Das ist seine Erklärung«, sagte Kohlberg mit skeptischer Betonung auf seine, worauf er *Mikael Jensen* an die Tafel schrieb.

»Er legt sehr viel Wert darauf, dass er Wolf heißt«, sagte Thor.

»Narrenarsch«, kommentierte Kohlberg, der ganz offensichtlich einen Pik auf den schönen Satanisten hatte.

Er schrieb schnell die Namen des restlichen Personals an die Tafel, hielt jedoch kurz inne, als er *Inger-Margrethe Jörgensen* geschrieben hatte.

»Auf sie komme ich später noch zurück. Wir haben ein Problem mit ihrem Alibi für die Nacht, in der Johanne Kristine Hansen ermordet wurde. Aber für diese Nacht haben viele nur ein elendes Alibi.

Wenn wir uns jetzt ansehen, welche Leute von außerhalb an dem fraglichen Nachmittag im Center waren, wäre da zunächst einmal der Sohn des Toten, *Sune Kwium*, zu nennen, der zu Protokoll gibt, dass er nachmittags meistens draußen im Garten gesessen hat, weil der Vater erst von der Pfarrerin und dann von dem Heiler, Franz Zimmermann, Besuch bekam. Letztgenannter versorgte den Alten mit verschiedenen Naturheilmitteln.

Die Gemeindepfarrerin *Anna Skov* gibt zu Protokoll, dass sie jeden Mittwoch persönliche Andachten bei den Patienten abhält, die ans Bett gefesselt sind.

Es stimmt, dass sie Gustav Kwium und vier andere Bewohner besucht hat, die sie namentlich genannt hat. Für die Andachten gibt es einen genauen Zeitplan.

Der Pfarrerin ist nichts Ungewöhnliches aufgefallen. Nach den Andachten hat sie sich zu einer informellen Arbeitsbesprechung mit Franz Zimmermann – auch Heiler-Franz genannt – getroffen.

Die beiden haben eine öffentliche Veranstaltung über die Macht der Geister vorbereitet, die eine Woche später stattfinden sollte, was sie auch getan hat«, sagte Kohlberg und schrieb *Heiler-Franz* an die Tafel.

»Franz Zimmermann gibt zu Protokoll, dass er nach der Pfarrerin bei Gustav Kwium war, aber nur ein paar Fischölkapseln abliefern wollte und sich nur wenige Minuten in dessen Zimmer aufgehalten hat. Und er hat nicht die Gardinen vorgezogen, wie er sagt.

Da wir gerade beim Heil- und Pflegepersonal sind, wäre da noch der praktizierende Arzt, der an diesem Nachmittag zwei Krankenbesuche im Center gemacht hat. Er war nicht bei Gustav Kwium, weil die Centerleiterin dessen Zustand als unverändert und stabil bezeichnet hatte«, sagte Kohlberg und schrieb *Jörgen Wad* an die Tafel.

»Und dann haben wir den IT-Spezialisten und Politiker *Brian Klausen*, der den ganzen Nachmittag im Center verbracht hat, um die Wohnung seines Großvaters, Arnold Klausen, zu räumen, der am 6. Mai verstorben ist. Brian Klausen ist in diesem Zusammenhang interessant, weil er in der öffentlichen Debatte als Befürworter der aktiven Sterbehilfe auftritt«, sagte Kohlberg.

Kriminalassistent Kim Skovager vom NEC warf eifrig ein: »Und sind die Gerüchte über Sterbehilfe nicht in Verbindung mit Arnold Klausens Tod entstanden?«

»Nein«, antwortet Kohlberg. »Das war ein paar Wochen früher – in Verbindung mit einem Todesfall am 25. April, als der 58-jährige Pflegepatient Eigil Andersen an einer Überdosis Morphium starb. Es gab eine Leichenschau, man einigte sich auf Selbstmord als Todesursache, doch blieb die Frage offen, wie er an Spritze und Stoff gekommen ist. Er war früher zwar süchtig, inzwischen jedoch – soweit bekannt – clean. Darüber hinaus war er geistig zurückgeblieben und aufgrund einer halbseitigen Lähmung an Bett und Stuhl gefesselt.«

Halfdan Thor unterbrach ihn: »Ich glaube, dass wir diese beiden Todesfälle bis auf weiteres bei den Ermittlungen im Hinterkopf behalten sollten.«

»Auf jeden Fall«, sagte Kohlberg. »Und jetzt kommen wir zu dem Interessantesten«, fuhr er fort und machte eine ausladende Armbewegung zur Tafel mit den aufgelisteten Namen hin.

»All diese Personen, die am 22. Mai im Center waren, waren auch im Foyer, als Johanne Kristine Hansen am Montag angekündigt hat, dass sie den Mörder entlarven wird. Ich meine, dass wir uns alle gründlich ansehen sollten und wir haben bereits begonnen, die Alibis für die Nacht zum Dienstag, als Johanne ermordet wurde, zu überprüfen.«

Er zeigte auf einen Namen nach dem anderen und resümierte: »Britta Olsens Alibi für die Mordnacht ist in Verbindung mit der Beschuldigung bereits überprüft worden.

Mikael Jensen weigert sich hartnäckig, uns zu sagen, wo er sich aufgehalten hat, aber wir wissen, dass er gegen 2 Uhr nachts mit dem Auto unterwegs war.

Die Centerleiterin Inger-Margrethe Jörgensen erklärt, erst gegen 1 Uhr nach Hause gekommen zu sein, aber die Witwe Carstensen, die schlecht schläft, meint, das Auto der Centerleiterin gegen 2 Uhr nachts auf der Hauptstraße gesehen zu haben. Darauf gibt Inger-Margrethe Jörgensen zu Protokoll, dass sie aufgrund überwältigender Müdigkeit im Auto ein Nickerchen gemacht hat und dass dieses Nickerchen länger gedauert haben muss als sie zuerst angenommen hat.

Ihr Ehemann, Johan Jörgensen, erklärt, dass er als hart arbeitender Landwirt einen tiefen Schlaf hat und nie im Leben aufwachen, das Licht anzünden und auf die Uhr sehen würde, wenn seine Frau vom Dienst nach Hause kommt.

Sune Kwium war allein im Haus seines verstorbenen Vaters. Er hat mit niemandem gesprochen und sein Handy war nicht eingeschaltet, sagt er.

Die Gemeindepfarrerin Anna Skov gibt zu Protokoll, dass sie zu Hause war und an ihrer Predigt geschrieben hat, wofür es jedoch keine Zeugen gibt. Sie macht einen unsicheren und nervösen Eindruck.

Der Heiler-Franz gesteht, dass er nachts über die Insel gefahren ist. Er sagt, dass er draußen war, um eine Fernheilung der Familie seiner Schwester in Korsör vorzunehmen und um zu versuchen, telepathischen Kontakt zu einigen Freunden in Kopenhagen aufzunehmen.

Der praktizierende Arzt, Jörgen Wad, hat seine Journalistenfreundin um zwei Uhr nachts verlassen und war anschließend alleine in seinem Haus.

Brian Klausen sagt, dass er über die Insel gelaufen ist, um für den Marathon zu trainieren. Er läuft gerne nachts und war mindestens drei Stunden draußen.«

Kohlberg fuhr an der Reihe der auf der Tafel stehenden Namen hinauf und hinunter.

»So gesehen, hatten alle die Möglichkeit, die alte

Frau zu ermorden, aber nicht alle sind gleich verdächtig. Den praktizierenden Arzt und die Centerleiterin können wir wohl ausschließen, nicht?«, fragte er.

»Warum, und warum nicht auch die Gemeindepfarrerin?«, entgegnete Thor und fuhr fort: »Ich meine, dass wir alle überprüfen sollten, aber wir können Prioritäten setzen und mit Sune Kwium, Mikael Jensen, Franz Zimmermann und Brian Klausen anfangen. Darüber hinaus sollten wir die Ohren offen halten und die Ermittlungen nicht eingrenzen. Im Prinzip kann jeder durch die offene Tür zu Johanne Hansen hereinspaziert sein. Und Britta Olsen steht immer noch unter Verdacht. Außerdem haben wir das Geständnis des geistesgestörten Schweden; sollte also irgend etwas den Verdacht gegen die beiden erhärten, müssen wir ...«

Er wurde durch das Klingeln seines Handys unterbrochen. Es war in Ordnung. Er würde die beiden zusätzlichen Leute aus dem nachbarlichen Polizeibezirk bekommen. Sie würden sich heute dem Ermittlungsteam anschließen.

»Wir gehen systematisch, breit angelegt und gründlich vor, dann werden wir auch unseren Täter finden. Wir sind verdammt noch mal auf einer Insel, die überschaubar ist«, lautete seine Schlussreplik zu der Morgenbesprechung.

Unmittelbar darauf kam der Anruf von seinem Chef, dem Vizepolizeipräsidenten Bent Abildstrup: »Die Juristen sind der Meinung, dass ihr genug habt, um Göran Svensson des Mordes an Johanne Kristine Hansen anzuklagen«, sagte Abildstrup.

»Da sind wir anderer Ansicht. Wir haben nichts, das sein Geständnis erhärtet und wenn wir die beiden Morde zusammensehen ...«, antwortete Thor.

»Aber auch nichts, das die Beschuldigung entkräftet, oder? Ein gelöster Fall wäre doch gut«, unterbrach ihn Abildstrup beharrlich.

»Geben Sie uns noch 24 Stunden. Er läuft uns nicht weg und wir warten noch immer auf ein paar Ergebnisse der Technik.«

Karin Sommer ging bei *ihrer* Recherche von dem Ausgangspunkt aus, dass sie sich in die Geschichte der Opfer vertiefte, um ein Motiv zu finden, und sie beschloss, Eigil Andersen als erstes Opfer zu betrachten. Deshalb rief sie an diesem Montagmorgen die einzige Person an, von der sie wusste, dass Eigil Andersen Kontakt zu ihr gehabt hatte.

»Sie brauchen sich überhaupt nicht für die Störung zu entschuldigen. Ich bin sogar froh, dass Sie anrufen. Wenn Sie es nicht getan hätten, wäre ich selbst zu Ihnen gekommen«, sagte der Heiler-Franz überschwänglich.

Sie tischte ihm die übliche Begründung auf, dass sie ein paar Artikel über das Leben auf Skejø schreiben sollte und dass diese Artikel durch den traurigen Vorfall an Aktualität gewonnen hatten.

»Natürlich«, sagte er. »Und wissen Sie was? Ich habe heute nichts vor. Ich bin in einer halben Stunde bei Ihnen. Wir reden am besten bei Ihnen, denn die Mädchen hier auf dem Blomme-Hof haben viel zu tun.«

»Gut«, sagte sie, während sie sich ob der Galanterie dieses Verführers für Arme vor Unbehagen wand. Nun gut, sie musste nur dafür sorgen, dass die ganze Zeit ein Tisch zwischen ihnen stand.

Sie hatte ihm gerade am Küchentisch Platz angeboten, als er auch schon sagte: »Ja, sehen Sie. Der Grund, dass ich so gerne mit Ihnen reden möchte, ist der, dass ich ein neues Leben anfangen will!«

»Ja?«, sagte sie.

»Ich will Autor werden und habe ein paar fantastische Geschichten im Kopf, aber ich brauche professionelle Geburtshilfe. Ich bin nämlich Legastheniker.«

Jesus, ein Narr!, dachte Karin. Laut sagte sie: »Das klingt interessant.«

Er fuhr fort: »Ich werde Ihnen etwas anvertrauen. Ich stehe vor einem großen Umbruch in meinem Leben. Ich habe eine Frau getroffen, *die* Frau …«

Karin konnte den Mund nicht halten: »Dann haben Sie jetzt vier«, sagte sie trocken.

Er blinzelte leicht mit den Augen und lachte.

»Nein, genau das ist der Punkt. Sie soll die Einzige sein. Das ist ihre Bedingung.«

»Ich finde, das kann man ihr nicht verdenken«, antwortete Karin.

»Und da diese Frau nicht arm ist, muss ich nicht länger die Rolle des Versorgers ausfüllen. Jetzt kann ich mich endlich ganz dem widmen, was immer meine Berufung war: dem Schreiben.«

»Sie haben schon viel geschrieben?«

»Nein, ich habe noch gar nichts geschrieben, aber im Herbst fange ich an. Und ich habe mir gedacht, dass Sie mir vielleicht ein paar Tricks verraten können, bevor es soweit ist?«

»Sicher«, sagte sie scheinheilig. »Worüber wollen Sie denn schreiben?«

»Über mein Leben. Es war äußerst ungewöhnlich und interessant.«

»Ja, ich verstehe. Mein Kollege, Henrik Johansen, hat 1982 über ihren Fall berichtet.«

Sie konnte sehen, dass er tief getroffen war, aber er reagierte blitzschnell.

»Er muss mich mit jemandem verwechseln. 1982/83 habe ich Südamerika bereist, um den Schamanismus zu studieren.«

Sie lächelte ihn warm und wissend an: »Es bleibt unter uns. Das verspreche ich Ihnen, aber dafür müssen Sie mir helfen und mir etwas über Eigil Andersen erzählen. Haben Sie ihn im Gefängnis kennen gelernt?«

Der Heiler-Franz gab sich geschlagen und lachte.

»Okay«, sagte er. »Sie haben nicht zufällig ein Bier?«

»Sicher.«

Sie nahm sich auch ein Bier, obwohl es noch früh am Tag war. Dafür lehnte sie es ab, einen Joint mit ihm zu teilen.

»Ja«, sagte er. »Eigil und ich haben uns ein halbes Jahr eine Zelle geteilt und da lässt es sich nicht vermeiden, dass man einander näher kommt. Obwohl wir sehr verschieden waren. Ich war ja eine Art ... Gentleman-Verbrecher, während er ein gewöhnlicher Gewalttäter war. Aber Sie versprechen, dass Sie das nicht weiter erzählen? Das würde meine Zukunft ruinieren!«

»Ich werde mit niemandem darüber reden, aber Sie müssen schon damit rechnen, dass die Polizei jetzt, wo sie nach einem Mörder suchen, ihr Vorstrafenregister überprüft und wenn ich gefragt werde …«

»Darüber habe ich mir auch Gedanken gemacht und ich werde nicht versuchen, sie anzulügen, aber sie sind zum Schweigen verpflichtet«, sagte er.

»Das werden sie auch. Die Sache ist ja ewig alt«, antwortete Karin beruhigend und fügte mit einem Lächeln hinzu: »Heiratsschwindel wäre auch ein interessantes Thema für ein Buch.«

Er strahlte. »Meinen Sie? Ich könnte ja so tun, als hätte ich alles erfunden«, sagte er.

»Genau«, antwortete Karin. »So arbeiten Autoren.«

Er dachte über die Idee nach und Karin fuhr fort: »Aber ich möchte gerne auf Eigil Andersen zurückkommen. Weswegen wurde er verurteilt?«

»Ja, damals … Er war ein bisschen primitiv und wenn er trank, machte es Klick. Im Grunde war er ein guter Kerl. Ja, das war eine hässliche Geschichte.«

Karin konnte sehen, dass es dem Heiler-Franz schwerfiel, darüber zu sprechen.

»Ging es um Mord?«, fragte sie.

»Nein«, sagte er. »So schlimm war es nicht. Es ging um Vergewaltigung, aber das Mädchen war erst 16, deshalb hat er zwei Jahre bekommen.«

»Billig davon gekommen«, sagte Karin.

Obwohl sie rechtspolitisch zu denen gehörte, die

nicht glaubten, dass man Kriminalität mit Strafe bekämpfen konnte, war das ein Bereich, wo die Gefühle die Oberhand gewannen.

»Er fand die Strafe ziemlich hart, was wohl daher rührte, dass er bei einer früheren Vergewaltigungsgeschichte völlig ungestraft davon gekommen war«, sagte Franz.

»Hat er von dieser früheren Sache gesprochen?«, fragte Karin eifrig.

Der Heiler-Franz nickte.

»Es ist hier auf der Insel passiert und man hat es so geregelt, dass er der Insel verwiesen wurde und sich hier nicht mehr blicken lassen durfte. Er kam erst zurück, als er Invalide war und einen Gehirnschaden hatte und da gab es bestimmt niemanden mehr, der die Geschichte von der Vergewaltigung kannte oder sich daran erinnerte, aber über 25 Jahre hat er die Beine nicht auf die Insel gesetzt, auf der er geboren wurde.«

»Ich habe nur gehört, dass er aufgrund von Saufereien und Krawall fortgeschickt wurde. Von einer Vergewaltigung habe ich nichts gehört«, sagte Karin.

»Nein, man hält sich wohl wegen des Mädchens etwas zurück«, meinte der Heiler-Franz.

»Hat er erzählt, wer das Mädchen war oder hat er etwas über sie erzählt?«

»Nein, überhaupt nichts. Man möchte ja gewissermaßen … die Opfer verdrängen.«

»Aber Sie haben ihn hier auf der Insel besucht?«

»Ja, wie ich gesagt habe. Es lässt sich nicht vermeiden, sich näher zu kommen und – um es geradeheraus zu sagen – selbst zu dem übelsten Verbrecher ein freundschaftliches Verhältnis aufzubauen, wenn man auf wenigen Quadratmetern zusammen eingesperrt ist.«

»Das kann ich gut verstehen. Es war nett von Ihnen, ihn zu besuchen«, sagte Karin.

»Eigentlich war er der Grund, dass ich auf Skejø gelandet bin«, sagte der Heiler-Franz. »Als ich ihn das erste Mal hier drüben besucht habe, sah ich, dass der Blomme-Hof zum Verkauf stand und Dina und Tine hatten gerade etwas Geld geerbt – sie sind Schwestern – und sie haben den Blomme-Hof gekauft.«

Karin nickte. Diese Geschichte hatte sie gehört.

»Sowie ich das verstanden habe, haben Sie Eigil Andersen als Letzter lebend gesehen?«, fragte Karin.

»Ja, aber das stimmt nicht. Einer hat ihn noch nach mir gesehen.«

»Wer?«

»Der Mörder«, sagte der Heiler-Franz überzeugt.

»Das müssen Sie mir erklären«, sagte Karin.

»Sicher. Es heißt, dass er Selbstmord begangen hat und dass man das Besteck – die Injektionsspritze und ein paar leere Ampullen – auf seinem Zimmer gefunden hat, aber ich weiß definitiv, dass er so etwas nicht benutzt hat und nicht auf seinem Zimmer hatte. Und allein konnte er nirgendwo hingehen.«

»Aber er war früher süchtig?«

»Wer nicht schon süchtig ist, wird es im Gefängnis, aber bei ihm ist es nicht ausgeartet und als er krank wurde, hat er ganz aufgehört. Er wollte keine Medikamente nehmen. Das wurde zu einer Art fixen Idee bei ihm.«

»Aber haben Sie nach seinem Tod nicht darauf hingewiesen?«

»Doch, ich habe es dem Personal gegenüber erwähnt und es wurde eine Leichenschau angeordnet, aber man kam überein, dass es Selbstmord *war*. Und ich habe nicht auf einer eingehenderen Untersuchung bestanden, denn wer würde wohl als Erster verdächtigt? Ich. Ich war zuletzt bei ihm und es brauchte nicht viel, dass sie auf unsere gemeinsame Vergangenheit gestoßen wären. Sie hätten vielleicht geglaubt, dass diese Vergangenheit mein Motiv gewesen sein könnte, ihm eine Überdosis zu verpassen. Weil ich fürchtete, dass mein Geheimnis gelüftet würde.«

Karin holte noch zwei Bier.

»Haben Sie überlegt, das der Polizei zu erzählen, wenn Sie früher oder später verhört werden?«, fragte sie, als sie das Bier auf den Tisch stellte.

»Sie haben mich verhört und sie haben nicht gefragt.«

»Es ist durchaus denkbar, dass sie wiederkommen«, sagte Karin.

»Dann werde ich ihre Fragen ehrlich beantworten.«

Er dachte kurz nach: »Oder jedenfalls fast. Mein Leben muss schließlich auch funktionieren.«

»Dann gibt es also noch Frauengeschichten, die besser nicht herauskommen sollten?« Karin lächelte wie eine Mitverschworene.

»Genau.« Er lächelte zurück und fuhr fort:

»Wenn ich nicht gerade meine Seelenverwandte gefunden hätte, wären Sie eine Frau, in die ich …«

»Danke, danke, aber ich bin bereits vergeben«, antwortete Karin und schüttelte sich innerlich bei dem Gedanken an ein Verhältnis mit diesem kleinen, abstoßenden Pseudo-Geisterbeschwörer.

Als er gegangen war, öffnete sie alle Fenster. Der Haschnebel hing noch immer schwer in der Küche.

Britta Olsen klingelte.

»Seien Sie so nett und kommen Sie zum Kaffee. Ich habe einen Sandkuchen gebacken.«

»Vielen Dank, aber nur kurz, ich habe sehr viel zu tun«, antwortete Karin, die fest entschlossen war, der arbeitslosen Nachbarin keinen Platz in ihrem Leben einzuräumen.

»Haben Sie Eigil Andersen gekannt?«, fragte Karin beim Kaffee.

»Ja, das habe ich. Er hat schließlich im Center gewohnt«, antwortete Britta.

»Wissen Sie, warum er als junger Mann die Insel verlassen hat?«

»Ja …«, antwortete Britta. »Irgendetwas war da – mit Saufereien und Gewalt und Krawall.«

»Haben Sie schon einmal gehört, dass er hier auf der Insel jemanden vergewaltigt haben soll?«

»Nein! Und das glaube ich auch nicht. Wenn so etwas passiert wäre, hätte man bestimmt davon gehört. Sie wissen ja, wie die Leute hier auf Skejø tratschen«, antwortete Britta und wechselte das Thema: »Glauben Sie, dass Frederik sich mit Mary verlobt?«

Karin zuckte mit den Schultern.

»Keine Ahnung. Jetzt muss ich wirklich zurück an die Arbeit. Danke für Kaffee und Kuchen.«

»Keine Ursache. Sie haben so viel für mich getan«, antwortete Britta mit ihrer schleimigen, sich einschmeichelnden Stimme.

Nein«, sagte Tante Agnes. »Von einer Vergewaltigung habe ich nie etwas gehört. 1965? Nein. Dafür ist allgemein bekannt, dass der Bürgermeister Arnold Klausen Eigil Andersen in diesem Jahr der Insel verwiesen hat. Ich erinnere mich auch, dass man versucht hat, ihn bei der Marine unterzubringen, nachdem ihn das Militär nicht genommen hat.

»Wie konnte der Bürgermeister so etwas bestimmen?«, fragte Karin.

»Nun ja, er war ein mächtiger Mann. Und außerdem bestanden irgendwelche verwandtschaftlichen Beziehungen. Ich glaube, Eigil war der Neffe seiner Frau oder so. Entfernte Verwandtschaft, aber trotzdem.«

Karin dachte nach.

»Und wenn nun der Neffe der Frau ein schweres Verbrechen begangen hätte, wäre Arnold Klausen der Typ gewesen, die Dinge ohne Eingreifen der Polizei oder der Behörden zu regeln? Du hast ihn schließlich gekannt. Kannst du dir vorstellen, dass er sich für eine solche Lösung entschieden hätte?«

Jetzt war es an Agnes nachzudenken: »Ja, eigentlich gut. Für ihn war es wichtig, dass wir hier auf der Insel unsere Angelegenheiten selbst in die Hand nahmen und dass die Insel einen guten Ruf hatte. Er sagte gerne voller Stolz: Auf Skejø brauchen wir nicht einmal die Türen abzuschließen!«

Sie trank einen schnellen Pausenkaffee mit Ulrikka Thomsen, bevor sie ins Archiv hinunterging. Nach dem gestrigen Schrecken empfand sie es als angenehm, dass im Hintergrund die Kinder auf dem Schulhof lärmten.

Zuerst glaubte sie, die einzige über Eigil Andersen vorhandene Tasche sei leer, doch dann entdeckte sie ganz unten einen kleinen Papierfetzen, eine Notiz aus einer Kopenhagener Boulevardzeitung vom Januar 1981: Zwei Jahre Haft für Vergewaltigung.

Das also war die Geschichte, die er hinterlassen hatte.

Arnold Klausen dagegen hinterließ eine ganz andere, umfangreiche Lebensgeschichte. Sie sammelte die Archivtaschen auf dem Schreibtisch und begann sie in chronologischer Reihenfolge zu lesen.

Es war die Geschichte des Inselkönigs. So wurde er während der letzten Jahre seiner Amtszeit genannt und der Titel tauchte oft in den Überschriften der Lokalzeitung auf. An die Macht gekommen war er über eine Inselliste und seine These, dass man auf Skejø weder eine rechte noch eine linke Politik, sondern eine Inselpolitik brauchte. Mit dieser Parole hatte er die Stimmenmehrheit bei allen Kommunalwahlen bekommen.

Es war offensichtlich, dass er tüchtig in der Lösung lokaler Konflikte und Probleme gewesen war und die Inselinteressen auf regionaler wie auch auf nationaler Ebene tapfer vertreten hatte.

Seine mehr ideologischen Reden und Aussprüche ließen sich alle über denselben Kamm scheren: »Wir leben jetzt praktisch in einer klassenlosen Gesellschaft, wo man einen Direktor nicht von einem Arbeitslosen unterscheiden kann. In so einer Gesellschaft braucht man keine veraltete Parteipolitik. Wir brauchen überhaupt keine Parteipolitik auf Skejø. Wir brauchen eine Inselpolitik.«

Mit dieser politischen Philosophie im Hintergrund hatte Arnold Klausen von seinem 41. bis 71. Lebensjahr auf Skejø regiert, von 1952 bis 1982, während erst seine Frau und später sein Sohn den Kaufladen betrieben hatten. Seine Ersparnisse hatte er in Strandgrundstücke gesteckt, von denen einige an das Ferienhauskonsortium verkauft worden waren, das die Ferienstadt gebaut hatte.

Sicher mit blendendem Gewinn, dachte Karin Sommer, da aus den Unterlagen ersichtlich war, dass der Großvater finanziell hinter dem Aufbau der Internetfirma seines Enkels Brian Klausen gestanden hatte.

»Skejø jetzt auch auf der Internetspur« hieß eine Überschrift in der Wochenzeitung, wo man Großvater und Enkel vor einigen Jahren interviewt hatte. Die lokale Begeisterung für Brian Klausens IT-Abenteuer war groß gewesen und man hatte den jungen Mann vor seinem schwarzen Jaguar fotografiert, während der alte Mann erklärt hatte, dass man mit der Zeit gehen musste, auch wenn man sich den 90 näherte.

Nun gut, später war der Internetwagen von der Spur entgleistet. Aber Brian Klausen war es gelungen, rechtzeitig mit einem Sack voller Geld abzuspringen, bevor er in den Abgrund stürzte, dachte Karin.

Sie hatte im Net recherchiert: Brian Klausen hatte seine Firma eine Woche nach dem Tod des Großvaters verkauft. Nachdem er vorher – Agnes zufolge – die Buchführung frisiert hatte. Agnes wusste das von dem Großvater, der sich bis zu seinem Todestag dem Verkauf widersetzt hatte.

Wo konnte sie weitere Informationen bekommen? Sie musste es bei der Industrie- und Handelskammer versuchen, notierte sie sich in ihrem Arbeitsblock.

Im Karteikasten fand sie die Karte mit dem Begriff *Gemeindevorsteher*.

Wer vertrat 1965 – als Eigil Andersen möglicherweise die Vergewaltigung begangen hatte – die Polizeibehörde? In einer Liste der Gemeindevorsteher, die für ein Jubiläum erstellt worden war, fand sie die Antwort schnell:

1964–66: Kaufmann Arnold Klausen (früherer Bürgermeister).

»Hm«, sagte sie. «Agnes hat Recht. Er war ein mächtiger Mann.«

Sie ertappte sich, wie sie laut mit sich sprach. Das war eine peinliche Angewohnheit, die sie mit den Jahren entwickelt hatte, weil sie so oft alleine war. Ein paar Jahre hatte sie so tun können, als spräche sie mit ihrer Katze, aber jetzt, wo diese tot war … Plötzlich schnitten die Erinnerungen wie ein Messer in ihre Seele und sie mobilisierte schnell ihre Verdrängungsmechanismen. Ab unter den Teppich!

»Vergewaltigungsopfer 1965?«, schrieb sie in ihren Block.

Im Laufe des Tages bekamen die Polizeibeamten auf Skejø drei verschiedene Enden zu fassen, die der Koordinator Kohlberg Kriminalinspektor Halfdan Thor am Abend telefonisch unterbreitete.

»Um Sune Kwiums Finanzen steht es extrem schlecht. Sein Haus am Greve Strand ist mit Hypotheken belastet, sein laufender Kredit wurde gesperrt und jeden Monat verschwinden 6000 bis 7000 Kronen von seinem Konto – einfach so«, sagte Kohlberg.

»Zu hoher Lebensstandard?«, fragte Thor.

»Nein, sieht nicht so aus. Sie kaufen bei Aldi ein und haben nur ein Auto – einen bescheidenen Ford KA. Ihr einziger Sohn kommt für sich selbst auf, sodass sich nur schwer eine Erklärung dafür finden lässt. Spielsucht vielleicht oder eine teure sexuelle Neigung oder Erpressung – oder beides in Kombination. So viel steht fest: Gustav Kwiums Erbe ist durchgebracht worden. Und wir haben von mehreren Seiten bestätigt bekommen, dass er um Morphium für den Alten gebeten hat.«

»Aber er hat es nicht bekommen«, sagte Thor. »Der Arzt hat sich geweigert und als er um Ketogan für sich gebeten hat, hat er es ihm gespritzt.«

»Ja, und deshalb musste er dem Alten mit einem Kissen die Luft abdrücken«, sagte Kohlberg.

»Was meinst *du*?«, fragte Kohlberg als das Schweigen am anderen Ende anhielt.

»Wir müssen ihn in die Mangel nehmen und hören, wofür er sein Geld ausgibt. Lässt sich rekonstruieren, was er am Todestag des Vaters gemacht hat?«

»Nicht genau. Das Problem ist, dass er sich viele Tage im und um das Altenheim aufgehalten hat, bei dem Vater ein und aus gegangen ist und dann hören die Leute auf, auf so etwas zu achten. Er war einfach immer da. Er selbst sagt, dass er an dem Nachmittag, an dem sein Vater starb, im Garten des Altenheims gesessen und gelesen hat.«

»Wir rütteln mal ein bisschen daran. Ich kümmere mich morgen um ihn«, sagte Thor.

»Da ist noch mehr«, sagte Kohlberg. »Kim Skovager hat sich heute mit Brian Klausen beschäftigt, nachdem ihm ein paar Gerüchte über einen zweifelhaften Firmenverkauf zu Ohren gekommen sind. Wir haben herausbekommen, dass eine norwegische Firma Strafanzeige gegen Brian Klausen erstattet hat. Der Fall liegt beim Staatsanwalt für Wirtschaftskriminalität. So etwas ist immer ein bisschen kompliziert, aber soweit ich verstanden habe, fühlt der norwegische Käufer sich durch eine falsche oder manipulierte Buchführung hinters Licht geführt.

Bei einem vorläufigen Verhör hat Brian Klausen betrügerische Absichten geleugnet und erklärt, dass er lediglich im Lauf eines Geschäftsjahrs die Buchführungsprinzipien geändert hat. Die lokalen Gerüchte wollen wissen, dass der Großvater, der Vorsitzender der Firma war, sich einem Verkauf widersetzt hat, der auf einer solchen Manipulation der Buchführung basiert. Sein Tod kam Brian also mehr als gelegen.«

»Dann haben wir also noch einen sehnsüchtig wartenden Erben?«, fragte Thor.

»Ja, und einen Erben, der sich in Zeitungsartikeln zum Befürworter aktiver Sterbehilfe gemacht hat, aber im Moment haben wir nicht genug, um ihn festzunageln. Wir könnten niemals beweisen, dass der 91-jährige Arnold Klausen eines unnatürlichen Todes gestorben ist. Wir müssen uns damit begnügen, Brian Klausen in unser kleines, schwarzes Buch über die Leute aufzunehmen, die ein Motiv gehabt haben.«

Das kleine, schwarze Buch war kein realer Gegenstand, sondern die Bezeichnung für die kollektive, geschärfte Aufmerksamkeit.

»Er hatte die Möglichkeit, da er die halbe Nacht allein auf der Insel herumgelaufen ist«, sagte Thor.

»Wir behalten ihn im Auge«, sagte Kohlberg.

»Ja, dann ...«, Thor wollte das Gespräch beenden.

»Warte, noch einen Moment. Es gibt noch eine dritte interessante Person«, unterbrach ihn Kohlberg. »Das Führungszeugnis des Heilers Franz Zimmermann weist einen alten Fleck auf. Ein Urteil wegen Betrugs aus dem Jahr 1982. Er hat heiratswütige Frauen unter dem Vorwand, in eine gemeinsame Zukunft zu investieren, um Geld betrogen. Heiratsschwindel, wie es so schön heißt. Er hat sich sein ganzes Leben lang von Frauen aushalten lassen.«

»Glück muss man haben«, seufzte Thor und fügte hinzu: »Aber die Sache ist alt und ganz anders gelagert.«

»Sie hat ihn möglicherweise verletzbar gemacht«, sagte Kohlberg. »Diese Geisterseance ist nicht uninteressant, bei der er sehr schnell den Satanisten als den für Gustav Kwiums Tod Verantwortlichen ausgeguckt hat.«

»Schreib ihn auch ins schwarze Buch. Was ist mit dem Satanisten? Ihr habt die Abhörgenehmigung für sein Telefon bekommen. Ist etwas dabei herausgekommen?«, fragte Thor.

»Nein, nichts von Interesse. Er telefoniert nur mit seiner Freundin in Jütland. Was ist mit dem Schweden?«

»Die Ärzte sagen, dass er noch immer nicht vernehmungsfähig ist und die Techniker haben nichts gefunden, das sein Geständnis erhärtet.«

»Sie meinen, wir sollen Anzeige gegen ihn erstatten – Abildstrup und Hartung«, sagte Thor.

Kohlberg blies laut Luft durch die Lippen:

»Puh ... ein bisschen zu einfach, nicht?«

»Wir haben die Zähne, er wird nicht leugnen, und ein bisschen Erfolg können sie zu Hause im Präsidium gut gebrauchen«, sagte Thor.

»Wir können ihn nicht ausschließen, aber dann stellt sich der Fall ganz anders dar und die beiden Morde haben nichts miteinander zu tun«, sagte Kohlberg.

»Und es gibt ihn doch, den großen, sinnwidrigen Zufall«, brummte Thor.

Und was hast *du* heute gemacht?«, fragte Jörgen Wad bei dem schnellen Abendessen, das sie zusammengestellt hatte: Salat, Steak, Käse und Rotwein.

»Ein bisschen im Lokalarchiv gestöbert«, antwortete Karin.

»Wonach?«

»Nach amüsanten Details für meine Artikel. Ich muss sie fertig bekommen, damit ich mich voll auf das Buch konzentrieren kann. Es kann gut sein, dass ich dich in den nächsten Tagen ein wenig vernachlässigen werde.«

»Okay, wenn nicht mehr dahinter steckt.«

»Tut es nicht«, antwortete sie und warf ihm einen so liebevollen Blick zu, dass jeder Zweifel zerstreut wurde.

Sie erzählte ihm nichts von dem Besuch des Heiler-Franz oder von Eigil Andersens Geschichte. Genau wie sie ihm nichts von ihrer Begegnung mit der Pfarrerin erzählt hatte. Sie wusste nicht, wie sie ihr Interesse begründen sollte und vertrat generell nicht die Auffassung, dass man in einer Beziehung verpflichtet war, einander alles zu erzählen. Außerdem hatte sie sowohl der Pfarrerin als auch dem Heiler versprochen, ihre Geheimnisse für sich zu behalten. Jörgen wahrte schließlich auch seine ärztliche Schweigepflicht.

Sie waren sich einig, dass sie mehr Schlaf brauchten. Deshalb fuhr er um 23 Uhr nach Hause und sie begab sich mit Büchern und Notizblock ins Bett, um zu lesen und zu schreiben:

Hinter den Hexentheorien der Theologen verbargen sich Frauenhass und eine große Angst vor der Sexualität. Mönchen und Priestern war es entweder gänzlich verboten mit einer Frau zu schlafen oder es wurde als sehr sündig angesehen. Verspürten sie trotzdem Lust, lasteten sie dies der Frau an.

Die Frauen waren die Sündigen und Liederlichen und hatten mit dem Teufel persönlich einen Pakt geschlossen, um die Männer von Gott wegzulocken. Ein Großteil der Hexentheorien ist deutlich von den sexuellen Fantasien der Theologen geprägt.

Die theologische Sicht der Frau als Alliierte des Satans ging mit einer weltlichen Ordnung einher, der zufolge Frauen den Männern untergeordnet und unmündig waren – juristisch gesehen den Status eines Kindes hatten. Deshalb musste ihr Mann als ihr gesetzlichen Vertreter auch ihre Sache vor Gericht vertreten.

Aus den Gerichtsprotokollen geht hervor, dass ein Teil der Frauen auf dem Scheiterhaufen endete, weil sie ihren Platz nicht kannten. Sie sprachen unhöflich mit Männern oder reagierten mit Schimpfworten und Drohungen, wenn sie von Männern geschlagen wurden.

Johanne Christensdatter wurde auf dem Scheiterhaufen verbrannt, weil sie ihren Mund nicht halten konnte, als Anders Holmbo sie mit einer Keule schlug. Sie beschimpfte ihn und gelobte ihm »Ungemach«.

Anschließend – erzählte er vor Gericht – war er drei Tage nicht mehr er selbst gewesen. Er war nahezu wahnsinnig geworden und konnte sich nur schlecht erinnern, was er getan hatte.

Johanne Christensdatter wurde verurteilt, ihm diesen Wahnsinn angehext zu haben.

Niemand fragte ihn, warum er die alte Frau mit einer Keule geschlagen hatte.

Karin legte Buch und Kugelschreiber auf den Nachttisch und machte das Licht aus, konnte aber aufgrund der Entrüstung, die in ihr brodelte, nicht einschlafen. Sie hatte sich nie als Emanze organisiert. Hatte sich überhaut nie politisch oder ideologisch organisiert. Sie vertrat die Ansicht, als Journalistin am vertrauenswürdigsten zu sein, wenn sie ihre Neutralität wahrte. Außerdem hatte sie es nie für nötig befunden, mit Gesinnungsgenossen im Gleichschritt zu marschieren oder sich von ihnen Bestätigung zu holen.

Nichts desto trotz war es ihr ein Rätsel, dass es Frauen gab, die *keine* Feministinnen waren. Kannten sie ihre Geschichte nicht? Waren sie blind und taub zugleich – bar jeder Fähigkeit zu registrieren und zu analysieren?

Sie lag wohl eine halbe Stunde so da und gerade als die verwirrenden Gedanken kamen, die oft dem Schlaf vorausgehen, hörte sie den Krach. Eine Fensterscheibe wurde eingeschlagen und ein harter Aufprall folgte. Jemand war im Haus.

Paralysiert vor Schreck und Angst lag sie ein oder zwei Minuten wie erstarrt da, hörte jedoch nichts mehr. Die Tür zu ihrem Schlafzimmer war abgeschlossen und die Fensterhaken waren eingehakt. Nach den alptraumhaften Erlebnissen vor einem Jahr, versicherte sie sich mindestens zweimal, dass alle Türen verschlossen waren.

Sie griff nach dem Handy, das auf dem Nachttisch lag, und krabbelte unter die Decke. Sie hatte Jörgen Wads Nummer gespeichert, sodass sie nur die Eins drücken musste.

»Hilfe«, flüsterte sie. »Es ist jemand im Haus und ich habe die Nummer der Polizei nicht hier.«

»Ich bin in zwei Minuten da«, antwortete er.

Die Polizei traf zuerst ein – mit heulenden Sirenen. Jörgen Wad hatte nämlich die Direktwahl von Magnus Kohlberg, der in seinem Zimmer im Gasthof noch nicht geschlafen hatte.

Sie öffnete erst, als Kohlberg ihr von außen etwas zurief und in dem Moment traf auch Jörgen Wad ein.

Das Ganze hatte etwas Comicartiges. Jemand hatte einen riesigen Stein durch das Fenster geworfen, an dem ein Brief befestigt war – mit rotem Zierband, zu einer Schleife gebunden.

Jörgen Wad hielt sie im Arm, während Kohlberg den Brief mit einer Pinzette aus dem Umschlag fischte.

Er hatte unverkennbare Ähnlichkeit mit dem anonymen Brief, den Britta Olsen bekommen hatte. Ein DIN-A-4-Bogen mit ausgeschnittenen Buchstaben:

WARNUNG: WIR SIND VIELE, DIE IHNEN RATEN, SOFORT NACH HAUSE ZU FAHREN, ANSONSTEN WIRD ES IHNEN SCHLECHT ERGEHEN.

»Es scheint, dass dein Artikel jemanden verärgert hat«, sagte Jörgen Wad.

»Das glaube ich nicht. Alle haben ihre Äußerungen vorab genehmigt«, antwortete sie. »Und diese Wendung »...wir sind viele, die ...«, deutet in der Regel daraufhin, dass der anonyme Briefschreiber total alleine dasteht.«

Kohlberg nickte und Karin fuhr fort: »Ich glaube, dass der Absender mit der Person identisch ist, die den Brief an Britta Olsen geschickt hat. Das grafische Erscheinungsbild ist exakt das Gleiche.«

»Sind es nicht vorzugsweise Frauen, die anonyme Briefe schreiben?«, fragte Kohlberg, der nicht ahnen konnte, dass Karin noch vor einer Stunde in ihrem Bett gelegen und sich in eine feministische Wut hineingesteigert hatte.

»Sicher, weil sie so intrigant, gerissen und boshaft sind«, antwortete sie mit einem Sarkasmus, der nicht misszuverstehen war.

Beide Männer sahen sie ein wenig verständnislos an.

»Nun ja, vielleicht, ich weiß nicht«, murmelte der Kriminalassistent entschuldigend. »Ich nehme jedenfalls alles mit, um es im Labor untersuchen zu lassen.«

»Und du kommst mit mir nach Hause«, sagte Jörgen.

»Natürlich«, antwortete sie.

»Ich glaube, ich bleibe hier wohnen«, flüsterte sie später in der Nacht.

»Du bekommst dein eigenes Arbeitszimmer. Morgen richten wir das große Gästezimmer her und holen deine Sachen. Du hast einen schönen Blick auf den Hafen«, flüsterte er zurück.

»Und gute Gesellschaft«, murmelte sie in sein Ohr.

Dienstag, 11. Juni

Es steht inzwischen fest, dass Ihr Vater ermordet wurde, Sir«, sagte Halfdan Thor zu dem Mann, der so akkurat gescheitelte Haare hatte und einen so fusselfreien Anzug trug, dass man einfach Haltung annehmen musste. Der große Schreibtisch aus Palisander, hinter dem der Mann sich verbarrikadiert hatte, flößte ebenfalls Respekt ein.

»Lassen wir doch die Förmlichkeiten«, antwortete der Ministerialdirektor im Amt für Europäische Normen, Sune Kwium. »Wie wurde mein Vater ermordet?«

»Er wurde mit einem Kissen erstickt, sagen die Gerichtsmediziner.«

»Oh, nein. Wäre ich doch bei ihm im Zimmer geblieben, aber ich brauchte meine Pausen und ein bisschen frische Luft. Es ist hart, an einem Sterbebett zu sitzen.«

»Ja, ein Sterbebett ist es wirklich geworden, aber dem Arzt und der Krankenschwester zufolge war nicht erkenntlich, dass ihr Vater im Sterben lag«, sagte Thor.

»Das mag sein, aber ich kannte meinen Vater besser und hatte keinerlei Zweifel. Er selbst war auch davon überzeugt und er hat sehr gelitten.«

»Das hat er demnach nur Ihnen gegenüber zum Ausdruck gebracht«, sagte Thor.

»Hören Sie, worauf wollen Sie eigentlich hinaus? Verdächtigen Sie mich?« Er erhob sich, um auf Thor hinunterblicken zu können.

»Es gibt jedenfalls ein paar Dinge, über die wir uns gerne mit Ihnen unterhalten möchten. Sie haben den Arzt und die Krankenschwester um Morphium für ihren Vater gebeten …«

»Nun ja«, seufzte er und setzte sich wieder. »In Wirklichkeit brauchte ich es für mich. Ich warte auf eine Operation und habe phasenweise starke Schmerzen und da habe ich mir gedacht, dass es leichter wäre, für Vater Pillen zu bekommen. Mein eigener Arzt machte Urlaub und Sie wissen ja, wie das ist, wenn ein Arzt einem so etwas verschreiben soll.«

»Was für eine Operation?«, fragte Thor.

»Bandscheibenvorfall. Die Wartezeit beträgt einen Monat. Aber dann hat sich der Arzt vor Ort meiner erbarmt und mir ein paar Spritzen gegeben. Sie haben Angst, dass man süchtig wird … An dem Tag vor Vaters Tod hatte ich eine Spritze bekommen. Deshalb habe ich den größten Teil des Nachmittags im Garten gesessen und vor mich hinvegetiert.«

»Hm«, sagte Thor und wusste nicht recht, wie er weiterkommen sollte.

»Sie haben das Haus sehr schnell zum Verkauf angeboten«, sagte er dann.

»Was wollen Sie damit andeuten?«, fragte Sune Kwium.

»Dass Sie Geld brauchten. Wir haben uns ihre Finanzen ein wenig angesehen …«

»Dann hoffe ich für Sie, dass sie eine richterliche Genehmigung hatten!«

Der Mann war wütend und erschrocken.

»Ja, die hatten wir«, antwortete Thor. »Und da sind ein paar Dinge, die wir nicht ganz verstehen. Können wir hier in Ruhe reden – oder sollen wir lieber ins Präsidium fahren?«

»Reden wir hier«, seufzte Kwium ergeben.

»Es fällt uns schwer, eine Erklärung für Ihre schlechten finanziellen Verhältnisse und ihre Verschuldung in den letzten Jahren zu finden. Spielen Sie?«

Sune Kwium schüttelte den Kopf.

»Werden Sie erpresst?«

»Ja«, sagte er laut und entschlossen. »Ich werde erpresst.«

»Womit?«, fragte Thor.

»Sehen Sie her«, sagte er, schaltete seinen Computer ein und öffnete das E-mail-Programm.

Er klickte eine E-mail an, die am selben Tag von einer Hotmail-Adresse abgeschickt worden war. In der Mail stand: »5000 Kronen am üblichen Ort oder die beigefügte Bilddatei geht per Klick an alle Angestellten des Amtes.«

»Kann ich das Bild sehen?«, fragte Thor.

»Lieber nicht«, seufzte Sune Kwium. Und fügte mit schweißnasser Stirn hinzu: »Es ist nichts mit Kindern oder Tieren. Es ist nicht verboten, aber wenn es an alle Mitarbeiter geht, kann ich mich hier nicht mehr sehen lassen ... ich wäre erledigt, total erledigt. Es wäre ... es wäre entehrend.«

»Ich denke, ich weiß, um was es geht. Sie sind

vor ein paar Jahren überfallen worden und seitdem hat man versucht, Sie wegen – sagen wir mal – ungewöhnlicher sexueller Aktivitäten zu erpressen«, sagte Thor.

Sune Kwium nickte.

»Man bezahlt dafür. Man bezahlt sehr, sehr viel Geld und man denkt doch nicht, dass sie einen anschließend damit erpressen.«

»Ich würde das Bild gerne sehen«, sagte Thor.

Sune Kwium zuckte resigniert mit den Schultern, klickte die entsprechende Datei an und hielt sich müde die Hände vors Gesicht.

Das Bild war technisch gesehen von ziemlich guter Qualität und Sune Kwium, der nackt auf einer auf vier dünnen Beinen stehenden Klobrille saß, leicht zu erkennen. Unter der Brille lag eine nackte Frau, deren Nabel mit Scheiße bedeckt war. Eine andere Frau lag vor ihm auf den Knien und blies ihm einen.

»Stimmt, so ein Bild würde ich auch nicht gern an meinem Arbeitsplatz herumgehen lassen«, sagte Thor. »Wie viel Geld haben Sie gezahlt?«

»Um die Hunderttausend. Alles, was ich in den letzten Jahren zusammenkratzen konnte. Ich weiß nicht, was ich tun soll.«

»Aber ich«, sagte Thor. »Das ist organisierte Kriminalität und dafür gibt es bei der Kopenhagener Polizei eine Spezialeinheit. Das Problem ist, dass die Bande ihre Erpressungsmails von mehr oder minder öffentlichen Computern in Bibliotheken und Hotels aus verschickt, aber diese Spur hier ist heiß. Ich rufe sofort an.«

»Schön, aber wenn das Bild veröffentlicht wird,

bin ich erledigt. Der Schaden wäre nicht wieder gutzumachen und es hilft mir nicht, dass diese Leute verhaftet und verurteilt werden«, sagte Kwium.

»Hm«, sagte Thor. »Haben Sie noch nie etwas von Bildmanipulation gehört?«

»Doch«, antworte Kwium fragend.

»Dann könnten Sie doch erwägen, eine interne Notiz an die Unternehmensleitung zu schreiben, dass Sie einen Erpressungsversuch angezeigt haben und dass die Erpresser damit gedroht haben, ein obszönes, manipuliertes Bild von Ihnen an alle Mitarbeiter zu schicken.«

»Was war ich dumm«, sagte Kwium.

»Dumm genug, Ihren Vater zu ermorden, um diese Menschen zu bezahlen?«, fragte Thor kalt.

»Nein, nein, nein, ich schwöre. Sie müssen mir glauben.«

Thor glaubte ihm zwar, aber leiden konnte er ihn definitiv nicht. Was für ein Widerling, dachte er, als er Sune Kwium und die Erpressungsgeschichte seinen Kopenhagener Kollegen überließ.

»Sie werben mit besonderen Spezialitäten und fotografieren alles. Sie wechseln ständig die Adresse, aber wir sind ihnen unmittelbar auf den Fersen«, sagte einer der Polizeibeamten der Spezialeinheit und setzte sich an Sune Kwiums Computer.

Wir kennen uns erst seit ein paar Wochen. Es wird für uns beide eine große Veränderung«, sagte Karin, während sie Umzugskartons mit Büchern und Bürokram in das große, helle Gästezimmer mit Balkon und Aussicht auf das Wasser trugen.

»Ich liebe dich«, sagte er.

»Wie kannst du das wissen?«

»Das kann ich nicht, ich fühle es.«

»*Me too*«, sagte sie und entschied sich aus bloßer Schamhaftigkeit für die Fremdsprache.

Als er die Praxis öffnete, setzte sie sich auf den Balkon vor ihrem Zimmer und begann die nächsten Artikel zu thematisieren.

Ein offensichtliches Thema waren die sozialen Gruppierungen. So würde sie es ausdrücken. *Gesellschaftsklassen* war altmodisch und klang nach Marxismus, obwohl es noch immer das Wort war, das sie persönlich am treffendsten fand.

Der Inselkönig Arnold Klausen hatte in seiner langen Regierungszeit Gewicht auf eine Änderung des ursprünglichen Verständnisses gelegt, dass Politik ein Kampf zwischen den Gruppeninteressen war, indem er betont hatte, dass Klassenunterschiede nicht mehr existierten oder zumindest bedeutungslos geworden waren.

Dieses Verständnis hatte in den Jahrzehnten seiner Amtszeit große Zustimmung gefunden, aber es gab Risse in der Einigkeit. Sie blätterte in ihren Interviewnotizen:

Inger-Margrethe Jörgensen, Centerleiterin:

»Also, Klassenunterschiede hat es hier auf der Insel nie gegeben!«

Ulrikka Thomsen, Lehrerin:

»Hier gibt es große Unterschiede zwischen den Leuten. Schon wenn die Kinder in die Vorschulklasse kommen, kennen sie die Hackordnung in groben Zügen!«

Britta Olsen, arbeitslos:

»*Man spricht nicht davon, aber alle wissen, wer zur Elite und wer zum Abschaum gehört. Und der Abschaum, das sind solche wie ich. Den Unterschied fühlen nur die, auf die man tritt!*«

Hier war ein Konfliktthema, das mit in ihr soziologisches Bild von der Insel gehörte.

Es war die kollektive Lebenslüge der Insel, dass es *keine* sozialen Interessengegensätze gab, schrieb sie auf ihren Block.

In ihrem anderen Artikel wollte sie das Hauptgewicht auf die kulturellen und religiösen Strömungen und Muster und ihre Vertreter legen: die Pfarrerin mit ihrer Geistigkeit und Innerlichkeit, der Satanist mit seiner Botschaft von dem natürlichen Egoismus, dem Hass und der Rachsucht des Menschen, Einar, der Leichenbestatter, als Repräsentant des breiten Volkstums, Bheentee mit ihrer Numerologie und ihren Gedichten und der Heiler vom Blomme-Hof mit seinem alternativen Zirkus.

Vor allem der Satanist war mit seiner klaren Botschaft, dass Hass und Rache natürliche menschliche Triebe sind, journalistisch betrachtet ein gefundenes Fressen. Und hatte er nicht Recht? Die Welt rüstete auf zum Krieg. Wer hielt die andere Wange hin und liebte seinen Nächsten wie sich selbst?

Die Satanisten hatten es sich zur Aufgabe gemacht, die kollektive Lebenslüge zu entlarven, dass die Menschen gut und uneigennützig sind oder zumindest bestrebt, es zu sein, dachte sie.

Sie führte den Gedanken weiter und kombinierte die beiden kollektiven Lebenslügen zu einer großen kollektiven Lebenslüge: Wir sind prinzipiell gute Menschen, die in einer klassenlosen Gesellschaft ohne soziale Interessenkonflikte leben.

Versuchsweise formulierte sie das Gegenteil: Wir sind prinzipiell böse Menschen, die in einer Klassengesellschaft mit großen sozialen Interessenkonflikten leben.

Uha! Vermutlich lag die Wahrheit irgendwo in der Mitte. Die Problemstellung biss sich in ihrem Unterbewusstsein fest und verlangte, bearbeitet zu werden.

Bei einem schnellen Mittagessen sagte sie zu Jörgen:

»Die Themen für meine letzten beiden Artikel stehen quasi. Heute Nachmittag werde ich in den Hafen und zum Kaufmann gehen, um die *Stimme des Volkes* einzufangen. Anschließend statte ich Tante Agnes einen Besuch ab und erzähle ihr, dass ich zu dir gezogen bin, wir uns aber weiter um ihr Haus kümmern werden.«

Er nickte und sie fuhr fort: »Soll ich irgendwas zum Essen einkaufen?«

»Nein«, antwortete er und lachte: »Das ist meine Woche.«

Als Karin kam, saß Tante Agnes im Rollstuhl am Tisch vor dem Fenster, rauchte einen Zigarillo, trank Portwein und legte Patiencen. Neben ihr auf dem Tisch lag ein Bündel Geldscheine.

»Setz dich und hör zu«, befahl sie: »Du musst mir einen Gefallen tun. Hier sind 1-2-3-4-5-6000 Kronen, die ich heute Vormittag von der Bank habe holen lassen.« Sie drückte Karin das Geld in die Hand und fuhr fort: »Ich möchte dich bitten, *rüber* zu fahren und mir für mein Haus ein Bett zu kaufen. Ich bin schon lange der Auffassung, dass das alte zu schmal ist. Ich liege gerne quer. In das Haus gehört ein Doppelbett.«

Karin lachte, dass ihr die Tränen in die Augen stiegen.

»Also, Agnes! Du hast es demnach schon gehört. Wie machst du das nur? Hast du Lausch- und Beobachtungsposten auf der ganzen Insel aufgestellt?«

Die Tante kniff die Augen zusammen und sah ihre Nichte an.

»Also, ehrlich gesagt, bin ich nicht der Auffassung, dass man sich davon einschüchtern lassen sollte, dass jemand einen Stein durchs Fenster wirft, aber wie ich gehört habe, hast du Angst und in dem Fall ist es gut, wenn du jemanden hast, der auf dich aufpasst. Andererseits meine ich, dass das Fliederhaus nicht die ganze Zeit über leer stehen sollte, nicht?«

»Das mit dem Doppelbett ist eine gute Idee, Agnes, aber ich weigere mich das anzunehmen …« Sie legte das Geld zurück auf den Tisch.

»Natürlich tust du das«, sagte Agnes und stopfte es in ihre Tasche. »Ich will das Bett haben. Das wird mein Bett. Du sollst nur rüber fahren und es kaufen.«

Dann runzelte sie die Augenbrauen und sah nachdenklich aus: »Aber vielleicht sind 6000 zu wenig. Ich brauche doch auch eine Matratze. Es ist absolut unmöglich, die Preise zu verfolgen.«

»Ich glaube, 6000 sind reichlich und ich werde schon ...«

»Gefällt ihm mein Haus? Es ist schließlich nicht so pompös wie das Arzthaus?«

»Er findet es ungeheuer gemütlich und ich liebe es einfach«, sagte Karin.

»Das ist gut, denn da ich keine anderen Erben habe, wird es einmal dir gehören. Dafür kannst du mit Geld nicht rechnen. Ich will diese Welt stilvoll verlassen und alles Bargeld ist für das Begräbnis bestimmt.«

»Jetzt hör aber auf, Agnes!«

»Hm«, sagte sie und sah aus dem Fenster auf die Obstplantage. »Ob man wohl bald einmal zum Abendessen ins Arzthaus eingeladen wird? Man hat das Haus ja nie richtig von innen gesehen.«

»Eigentlich bin ich gekommen, um dich einzuladen«, improvisierte Karin blitzschnell. »Wenn du heute Abend Zeit hast, hole ich dich um sechs ab.«

»Ja, danke«, antwortete sie. »Ich habe noch einen Platz auf meiner Tanzkarte frei.«

»Sie ist ein bisschen verletzt, weil ich aus dem Fliederhaus ausgezogen bin und hat davon gesprochen, dass ich es erben werde. Und dann hat sie sich selbst für heute zum Abendessen eingeladen. Sie ist extrem neugierig und außerdem ist es ihr wichtig, dass du ihr Haus magst«, erzählte Karin, während sie zusammen das Essen zubereiteten.

»Ja, aber ich mag ihr Haus wirklich. Es ist einfach märchenhaft, die reinste, unverfälschte Inselidylle«, antwortete Jörgen.

»Das musst du ihr sagen.«

»Das werde ich auch und ich finde es fantastisch, dass du es erbst, denn dann können wir dort wohnen, wenn ich pensioniert bin.«

»Das musst du ihr auch sagen«, antwortete Karin und konnte sich nicht erinnern, wann sie das letzte Mal so glücklich gewesen war.

Halfdan Thor fuhr zur Staatsanwaltschaft für Wirtschaftskriminalität, um Brian Klausens heiklen Fall zu erörtern.

»Vereinfacht gesagt, hat er das Jahresergebnis der Firma beschönigt, in dem er die Buchführungsprinzipien von einem zum anderen Jahr geändert hat«, erklärte der rechnungskundige Polizeibeamte Ole Andreasen. »Er hat es so aussehen lassen, als hätte die Firma mehr Gewinn gemacht, obwohl das Gegenteil der Fall war. Das ist ein bekannter Trick, aber der Käufer, eine norwegische IT-Firma, hat sich hereinlegen lassen und meint jetzt im Nachhinein, dass das Betrug war.«

»War es Betrug?«, fragte Thor.

»Das lässt sich nicht so einfach mit ja oder nein beantworten. Die Regeln in diesem Bereich sind ungeheuer kompliziert, aber wir ermitteln im Hinblick auf eine Anklage. Wir haben eine Wirtschaftsanwältin zu Rate gezogen, die Expertin auf diesem Gebiet ist und ich werde dir ihre Stellungnahme zuschicken, sobald wir sie haben.«

»Ja, danke«, sagte Thor. »Die ganze IT-Branche ist ein bisschen heiß, nicht?«

»Zumindest wird viel mit heißer Luft gehandelt«,

sagte Andreasen. »Und euer Mann, Brian Klausen, ist für seinen Sack voll sehr gut bezahlt worden.«

»Hat aber nicht notwendigerweise etwas Ungesetzliches getan?«

»Nicht notwendigerweise. Aber mit Sicherheit etwas Unethisches. Damit steht er nicht alleine da. Die Smarten kassieren das Geld und machen sich aus dem Staub, sobald sie das Gefühl haben, dass die Cyberspace-Aktiva an Wert verlieren.«

»Würde ein ehrenhafter, altmodischer Geschäftsmann wie Brian Klausen handeln?«

»Kein wirklich ehrenhafter Geschäftsmann, aber davon gibt es nicht mehr viele, wenn es darauf ankommt. Alle wollen verdienen«, sagte Andreasen.

Anschließend rief Thor Kohlberg auf Skejø an und berichtete von den Tagesergebnissen.

»Wir behalten Sune Kwium im Auge und ich denke, dass Brian Klausen auch Dreck am Stecken hat, aber wir haben noch nichts, das einen Verdacht begründet. Ich komme morgen rüber und führe ein freundliches Gespräch mit ihm. Gibt es etwas Neues von der Technik?«

»Sie sind mit den Analysen fertig und die genetischen Spuren in Johanne Hansens Zimmer stammen ausschließlich von Pflege- und Putzpersonal.«

»Hm. Sonst noch was?«

»Ja!«, sagte Kohlberg und machte absichtlich eine Pause, um die Neugier des Chefs zu wecken. Dann fuhr er fort: »Bei dem Abhören des Telefons des Satanisten ist etwas Lustiges herausgekommen. Er hat ein Verhältnis mit der Leiterin – nein, Centerleiterin heißt das ja heute – Inger-Margrethe Jörgensen.«

»Was? Die ist doch über 50?«, sagte Thor ungläubig.

»Ja, und er ist in den Dreißigern. Für manche ist das genau die richtige Kombination«, antwortete Kohlberg.

»Was du nicht sagst, aber ich bin mir ziemlich sicher, dass das gegen die Konventionen auf Skejø verstösst. Das heißt, dass wir es mit noch mehr Personen zu tun haben, die ihre Geheimnisse wahren wollen.«

»Dafür haben wir aber auch mehr Personen, die ein Alibi haben, denn das Paar gibt sich gegenseitig ein Alibi. Sie waren zusammen in einem Ferienhaus, in dem sie auch den Nachmittag verbracht haben.«

»Wow, da geht ja richtig was ab«, sagte Thor und überlegte, ob er der einzige Mensch auf der Welt war, der kein Sexleben hatte.

Kohlberg fuhr fort: »Sie erklärt jetzt, dass sie zuerst gelogen hat, weil sie verheiratet ist und er sagt, dass er durch sein Schweigen die Ehre der Frau schützen wollte. Das macht Sinn, und ich glaube, dass wir seinen Namen aus dem schwarzen Buch streichen können. Er war übrigens mein Favorit.«

»Und ihr habt nichts gefunden, das den Verdacht gegen Britta Olsen erhärtet?«

»Nein.«

»Dann werde ich vorschlagen, die Beschuldigung gegen sie endgültig fallen zu lassen. Das müssen sie sowieso, wenn sie den Schweden beschuldigen. Ich fahre jetzt ins Präsidium und rede mit ihnen.«

»Wir haben einen Verrückten, ein Geständnis und ein wichtiges Beweisstück. Ich verstehe deine Bedenken nicht. Ich habe schon viele Anklageschriften auf einer erheblich schwächeren Beweislage aufgebaut«, sagte Staatsanwalt Leon Hartung.

»Ich habe den Mann gesehen und gehört, wie er den Mord in Finderup Lade gestanden hat«, sagte Halfdan Thor und zuckte mit den Schultern.

»Wir können unter Vorbehalt handeln«, sagte Vizepolizeipräsident Bent Abildstrup.

»Wir gehen an die Öffentlichkeit und erklären, dass wir das Geständnis eines geistesgestörten Mannes haben und es jetzt unsere Aufgabe ist, dieses zu erhärten. Wir sind neutral und objektiv, können jedoch nicht davon absehen, dass das Geständnis durch den Fund der Zähne erhärtet wird.

Du kannst selbst die Pressekonferenz leiten und alle Vorbehalte anführen.«

»Okay«, antwortete Thor, der die Argumente der anderen verstand und ihnen in gewisser Weise Recht geben musste.

»Wann?«, fuhr er fort.

»Wir berufen in wenigen Stunden eine Pressekonferenz ein.«

Halfdan Thor nickte resigniert.

In dem Stapel Post, den die Jungen auf den Schreibtisch im Arbeitszimmer des Vaters gelegt hatten, war außer der Wochenzeitung, einigen Werbeprospekten und Rechnungen auch ein an Halfdan Thor persönlich adressierter Brief – von Andrea Vendelbos Kanzlei. Vermutlich ging es um den Fall, aber warum zum Teufel schickte sie ihn zu ihm nach Hause?

Er öffnete ihn leicht irritiert und während des Lesens klappte ihm der Unterkiefer herunter. Es war ein privater Brief – oder eher ein Dokument:

»Lieber Halfdan!

In Zusammenhang mit unserem angenehmen Beisammensein letzten Sommer und unseren anschließenden kurzen Treffen habe ich den Eindruck gewonnen, dass wir Sympathie füreinander hegen und beide über Möglichkeiten zur Entwicklung unserer Beziehung nachdenken. Sollte dies für dich nicht zutreffen, bitte ich dich freundlich, nicht weiterzulesen. Kannst du dir jedoch – ebenso wie ich – vorstellen, dass wir eine Paarbeziehung eingehen, möchte ich hiermit meine Situation und meine diesbezüglichen Gedanken erläutern …«

Automatisch blätterte er auf die nächste Seite um, um zu sehen, ob der Brief auch mit einer gestrichelten Linie für die Unterschrift endete? Nein, das nun doch wieder nicht.

In dem Brief entwarf sie verschiedene Modelle, wie ihre Beziehung aussehen könnte, *»da es natürlich viel zu früh ist, über eine Ehe nachzudenken.«*

Das von ihr bevorzugte Model war eine Freizeitbeziehung, die sich darauf konzentrierte, Wochenenden und Ferien gemeinsam zu verbringen und ihnen und ihren insgesamt drei Kindern die Möglichkeit zu geben, sich besser kennen zu lernen. Dieses Modell konnte jedoch »*in Relation zur Entwicklung der Beziehung*« laufend revidiert werden.

»*Wie früher bereits erwähnt, habe ich über einen Zeitraum von zwei Jahren mit meiner Tochter alleine gelebt, sodass es eines gewissen Eingewöhnungsprozesses bedürfen wird, nicht zuletzt was das Sexualleben angeht ...*«

Er legte den Brief auf den Schreibtisch und lächelte. Das war der seltsamste Liebesbrief, den er je bekommen hatte. Zweifellos war es ihr schwer gefallen zu schreiben, weshalb sie sich hinter der formellen Sprache versteckt hatte. Der Brief war rührend. Sie war rührend. Die Situation erforderte einen Whisky, obwohl er nicht die kleinste Unsicherheit verspürte. Als er ausgetrunken hatte, rief er sie an und sagte: »Der Unterzeichnende erklärt sich hiermit eidesstattlich bereit, an dem Versuch, eine enge Beziehung zu der Strafverteidigerin Andrea Vendelbo zu etablieren, teilzunehmen und ... und am liebsten mit sofortiger Wirkung!«

Sie lachte.

»Ich mache mich auf den Weg. Ich muss nur noch den Jungen *gute Nacht* sagen. Außerdem musst du wissen, dass ich morgen leider verdammt früh raus muss. Ich fahre nach Skejø, den Robinson-Mörder fangen«, sagte er.

»Ich bin selbst ein Morgenmensch«, antwortete sie.

»Ich bin heute Nacht nicht hier. Es gibt da eine Frau, die mag mich«, sagte er zu den Jungen, die im Esszimmer saßen. Er wollte ihre Identität nicht gleich verraten, ging jedoch davon aus, dass sie ihn ausfragen würden.

»Ja, super, Vater«, antwortete Aske und bohrte die Augen gleich wieder in den Bildschirm.

»Cool! Schlaft ihr miteinander?«, fragte Esben, der mit einem Comic auf dem Sofa lag. Er ließ das Heft sinken und sah den Vater neugierig an.

Thor kam sich lächerlich vor, weil er merkte, wie er rot wurde.

»Ja, darauf hofft man doch immer«, antwortete er. Und fügte hinzu: »Aber bei Frauen kann man sich nie sicher sein.«

»Na gut«, antwortete Esben und versteckte sich wieder hinter dem Comic.

Es war so spät, dass er sich damit begnügen musste, an der Tankstelle einen Blumenstrauß zu kaufen.

Karin lag wach in ihrer Hälfte des Doppelbetts. Zuerst dachte sie über den Brief nach, den man durch ihre Fensterscheibe geworfen hatte und dann über die kollektive Lebenslüge der Skejøer von ihrer klassenlosen Gesellschaft. Die kleinen Interviews des heutigen Tages hatten gezeigt, dass der privilegierte Teil der kleinen Gesellschaft am hartnäckigsten an der Lüge festhielt und so würde es wohl immer sein.

Ihr Gehirn begann Sätze und Abschnitte, Vorspanntexte und Einleitungen zu formulieren. Läge sie jetzt alleine im Bett, hätte sie das Licht angemacht und einige der Ideen aufgeschrieben, aber Jörgen schlief ruhig und tief atmend neben ihr.

Manchmal schnarchte er, doch diesem Schnarchen zuzuhören, war behaglich – fand sie. Es war leise und eintönig – wie ein Motorboot weit, weit draußen auf dem Meer.

Es war ein merkwürdiger und eigentlich unüberschaubarer Gedanke, dass sie jetzt die eine Hälfte eines Paares sein sollte. Na schön, sollte es schiefgehen, konnte sie immer noch von ihrem Rücktrittsrecht Gebrauch machen, dachte sie. In einigen Monaten würde sie wieder arbeiten müssen und sie hatte ihre schöne Wohnung in der Stadt. Vielleicht wäre eine Wochenende-Ehe genau das Richtige für sie?

In dem surrealistischen Übergang zwischen Wachzustand und Schlaf tauchte der Satanist Wolf in ihren Gedanken auf. Wolf saß auf dem Dach des Hühnerhauses und krähte: »Hass und Rache!«

Sie dachte noch, dass das wichtig war und dass sie sich daran erinnern musste, aber dann schlief sie ein.

Mittwoch, 12. Juni

Die Gemeindepfarrerin Anna Skov und der Naturheiler Franz Zimmermann nahmen morgens jeder für sich die Fähre, doch als sie gegen Mittag zusammen zurückkehrten, waren sie verheiratet und trugen Eheringe. Während das Paar in der Provinzstadt im Rathaus war, fuhren Sine, Tine und Dina in dem großen, geschlossenen Lieferwagen des Kollektivs zwischen Blomme-Hof und Pfarrhaus hin und her.

Sie schmissen »den ganzen Mist« – wie sie die Besitztümer des Heiler-Franz bezeichneten – auf einen riesigen Haufen vor die Haupttreppe des Pfarrhauses.

Anschließend gingen die drei Frauen ins Wirtshaus, gaben Bier aus und erzählten die Geschichte lauthals lachend all denen, die sie hören wollten. Und das wollten alle. Die Aufsehen erregende lokale Neuigkeit überschattete alles andere – auch den Mordfall, der sonst die Titelseite der »Sjaellandsposten« einnahm.

Als die Gemeindepfarrerin und der Heiler-Franz von der Hochzeitsfähre kamen, fuhren sie direkt zum Krisenstab der Kriminalpolizei im Seniorenservicecenter, um eine neue Erklärung zu ihrem

Alibi für die Mordnacht abzugeben. Sie waren von ein Uhr nachts bis sechs Uhr morgens zusammen im Pfarrhaus gewesen, doch hatten sie dieses Zusammensein aus Rücksicht auf ihre Stellung nicht öffentlich machen wollen, bevor sie verheiratet waren.

Später am Tag konnte niemand mehr an der Echtheit ihres Verhältnisses zweifeln. Das neue Paar machte auf der Hauptstraße einen Spaziergang zum Hafen und Anna Skov sah ihren neuen Mann, der einen halben Kopf kleiner war als sie, so verliebt an, dass die Leute ganz gerührt über ihr Glück waren.

Es war Liebe auf die erste Generalheilung gewesen, die ein paar Wochen vorher stattgefunden hatte. Franz war mit einer Flasche ätherischen Massageöls ins Pfarrhaus gekommen, um die Pfarrerin von ein paar lästigen Verspannungen zu heilen, die vom zu vielen Bibellesen kamen. Seine eingeölten Wurstfinger hatten ihren Körper so gründlich bearbeitet, dass sie ihn schließlich gebeten hatte, die Massage auf ganz private Bereiche auszudehnen.

Am darauf folgenden Tag hatte sie eine Offenbarung Gottes, dass er der Mann in ihrem Leben sein sollte und glücklicherweise teilte ihm die Geisterwelt zur gleichen Zeit mit, dass er seine Frau gefunden hatte, die einzige Eine.

So hatte es natürlich auch zu sein. Als Pfarrerin der Staatskirche konnte sie nicht seinem Harem auf dem Blomme-Hof beitreten und ihr Verhältnis musste formalisiert werden.

»Nun hau endlich ab«, sagten Sine, Tine und

Dina ohne Wut oder Bitterkeit zu Franz. Vielleicht waren sie sogar erleichtert.

»Wir können auch unsere eigene Kirche gründen – die universelle Kirche, die die Religionen aller Welt vereinigt«, sagte der Heiler-Franz eifrig zu seiner neuen Frau, als sie die Nachmittagssonne im Hafen genossen.

»Ich glaube, es ist sicherer, Staatsbeamte zu sein«, antwortete Anna Skov.

Henrik Johansen hatte den größten Teil der Titelseite der »Sjaellandsposten« für seine Story bekommen:

GEISTESGESTÖRTER MANN GESTEHT MORD AN ALTENHEIMBEWOHNER

Karin las den Artikel langsam und verstand, was zwischen den Zeilen stand: die Polizei ging ungewöhnlich vorsichtig vor. Kriminalinspektor Halfdan Thor wiederholte mehrere Male, dass man nun das Geständnis des Mannes überprüfen musste und andere Möglichkeiten nicht ausschließen wollte.

»Sie scheinen nicht sehr überzeugt, dass das Geständnis trägt«, sagte sie und schob Jörgen Wad den ersten Teil der Zeitung hin.

Er las den Artikel und zuckte mit den Schultern. Leicht desinteressiert. Manchmal wunderte sie sich über sein mangelndes Interesse an der Umwelt. Er war immer so ruhig und ausgeglichen, dass es fast schon ans Phlegmatische grenzte. Vielleicht würde sie das auf lange Sicht irritieren, dachte sie.

»Was machst du heute?«, fragte er.

»Ich pendele ein wenig zwischen meinen beiden Projekten. Am Vormittag werde ich einen Abschnitt an dem Buch schreiben und am Nachmittag gehe ich ins Lokalarchiv, um die letzten Dinge für meine Artikel zu recherchieren«, antwortete sie.

»Bist du immer so tüchtig und aktiv?«, fragte er.

»Nein, überhaupt nicht. Das kommt in Schüben«, antwortete sie.

Sie schwiegen eine Weile. Dann fragte sie: »Jörgen, hast du hier auf der Insel Spannungen zwischen den sozialen Gruppen mitbekommen?«

Er dachte nach.

»Nein, ich denke nicht. Natürlich gibt es ein paar Cliquen – wir spielen jetzt Karten mit Bjarne und Ulrikka und so, aber soziale Spannungen à la Klassenkampf, nein, das denke ich nicht. In Grönland ist mir das stärker aufgefallen. Sagt man nicht, dass der Klassenkampf in Dänemark tot ist?«

»Schon, aber man sagt so vieles«, antwortete Karin.

Sie setzte sich an ihren Computer und fasste aus ihren historischen Quellen zusammen:

Es waren verschiedene Typen von Frauen, die in Dänemark auf dem Scheiterhaufen verbrannt wurden. Aus den Thingbüchern geht klar hervor, dass ein Teil von ihnen alt, senil und völlig wehrlos war. Das galt zum Beispiel für Maren Praekfaders, die in Ribe verbrannt wurde. Das einzig Zusammenhängende, das sie zu all den Männern, die sie verhörten und peinigten, gesagt bekam, war:

»Hier sitze ich, ein armer, alter, verwirrter Mensch. Ich weiß nichts. Lasst mir jetzt meine Ruhe …«

Zweifellos gab es auch einzelne, die als weise Frauen tätig waren und es gab die Emanzentypen, die sich gegen die herrschende Ordnung auflehnten. Aber die Beschuldigungen konnten jede treffen, die auf der Folterbank von einer Hexe benannt wurde.

Die Historiker haben erörtert, ob irgendwann eine Art Hexenkultur existiert hat, eine religiöse Satanssekte, die rituelle Feste feierte, doch hat man dafür keine Anhaltspunkte gefunden. Beschreibungen von Hexenkompanien und Hexensabbates sind ausschließlich in Zusammenhang mit den Prozessen und der Folterbank aufgetaucht.

Dagegen besteht kaum ein Zweifel, dass es arme, heimatlose Frauen und Bettlerinnen gegeben hat, die den allgemeinen Aberglauben ausgenutzt und mit dessen Hilfe versucht haben, sich Essen und anderes zu erpressen.

Es ist auch nicht unwahrscheinlich, dass einige dieser Frauen so viel Bitterkeit und Wut in sich spürten, dass sie wirklich versucht haben, ihren Mitmenschen zu schaden.

Karin hielt inne. Während sie an dem letzten Abschnitt schrieb, war ihr ein Gedanke gekommen, der wuchs und wuchs. War das möglich? Der Gedanke hatte schon einige Zeit in ihrem Unterbewusstsein geschwelt, aber sie hatte ihn voller Unbehagen verdrängt. Hatte sich nicht mit ihm beschäftigen wollen, weil er nicht in ihr Weltbild passte.

Jetzt ließ sie ihn zum ersten Mal an die Oberfläche ihres Gehirns aufsteigen und Form annehmen. Ja: So ging das Ganze psychologisch irgendwie auf. Hunderte von kleinen Teilchen begannen sich zu einem Bild zu formen.

War sie blind und taub und voreingenommen zugleich gewesen? Hatte sie sich mit ihren festen Vorstellungen, wie die Welt funktionierte und wer die Guten und wer die Bösen waren, selbst geblendet? Hatte sie eine der Todsünden des Journalisten begangen? Sie, die ihre kleinen Vorträge für die Leser mit den Worten zu beenden pflegte: »Als Journalistin möchte ich gerne mit Vorurteilen aufräumen – vor allem mit meinen eigenen.«

»Ich bin in der Schule im Archiv. Lass dir dein Mittagessen schmecken und warte nicht auf mich«, schrieb sie auf einen Zettel für Jörgen.

Die Sonne schien und ließ die kleinen Fachwerkhäuser und die blühenden Gärten wie Illustrationen aus einem Bilderbuch aussehen.

»Was für ein Tag, um ihn in dem staubigen Archiv zu verbringen«, sagte Ulrikka, die mit den Kindern auf dem Schulhof Ball spielte. »Wonach suchst du?«

»Ich suche nach etwas, das mein Weltbild erschüttern kann«, antwortete sie.

»Was für ein Anspruch«, antwortete die Lehrerin gut gelaunt.

Karin erinnerte sich, dass Inger-Margrethe Jörgensen und Sune Kwium erwähnt hatten, dass sie Klassenkameraden gewesen waren und sie wusste, dass sie Jahrgang 1946 waren. Sie hatten also 1953 mit der Schule begonnen. Mit Hilfe der Hinweise auf der Karteikarte fand sie mühelos das Material, das diese Klasse betraf. Es lag in einem schwarzen Karteikasten – unter einem Klassenfoto von 1960. Sie zählte 16 Kinder. Ein starker Jahrgang – eine große Klasse für diese Insel. Auf den meisten Klassenfotos waren weniger als zehn Schüler.

Sie studierte das Foto und konnte von den damals 14-jährigen nicht sofort jemanden erkennen. Und doch – plötzlich erkannte sie eine, die sich im wortwörtlichen Sinne von der Menge abhob. Zum einen weil sie auf dem Foto alleine stand und zum anderen weil sie einen ungewöhnlich unglücklichen Eindruck machte. Das war zweifellos Britta Olsen. Die drei waren also in dieselbe Klasse gegangen.

Sie trug den großen, schwarzen Kasten zum Schreibtisch und sah sich den Inhalt an. Es gab sieben Klassenprotokolle – eins für jedes Jahr. Sie wählte das von 1960. Zu dem Zeitpunkt gingen sie in die 7. Klasse – die letzte Klasse der Inselschule. Von allen Schülern waren Noten, Fleiß bzw. mangelnder Fleiß und Betragen während der Schulzeit dokumentiert.

Karin suchte nach ihr bekannten Namen. Bei seinem Sohn hatte der Lehrer, Gustav Kwium, nicht viel eingetragen. Lediglich Sunes Name und die Noten, die gut waren. Es machte natürlich auch keinen Sinn, Notizen über das Verhalten des eigenen Sohnes zu machen – für sich selbst.

Über Inger-Margrethe las sie: »Sie ist ein intelligentes Mädchen, das viel mehr erreichen kann, wenn sie arbeitet. Sie ist sehr beliebt bei den Mitschülern, sollte jedoch ein bisschen mehr lernen. Der Besuch der Realschule wird empfohlen.«

Und über Britta: »Britta verfügt über keine intellektuellen Fähigkeiten. Es wird empfohlen, dass sie einer praktischen Arbeit nachgeht, eventuell nach dem Besuch einer Haushaltsschule, wo sie auf nicht theoretischem Niveau Haushalt, Kochen und Hygiene lernen kann. Sie ist scheu und zurückhaltend, hat im Lauf der Schulzeit jedoch nie Eintragungen für schlechtes Betragen bekommen.«

Hat nie Eintragungen für schlechtes Betragen bekommen. Was für eine seltsam negative Art sich auszudrücken, dachte Karin. Als hätte man eigentlich schlechtes Betragen von ihr erwartet. Warum hatte er sie nicht wenigstens dafür loben können – wie er es bei verschiedenen anderen Mädchen getan hatte.

Nun gut, es war eine andere Zeit mit anderen pädagogischen Prinzipien.

Sie hatte das Material fast durchgesehen, ohne etwas Entscheidendes gefunden zu haben, als sie auf eine Aufsatzsammlung stieß, die aus unerklärlichen Gründen archiviert worden war.

»Erzähle von deinem Schultag«, hieß die Aufgabe, die der 4. Klasse 1957 gestellt worden war. Die 16 kleinen Aufsätze waren in einem gelben Papierumschlag gesammelt und sie begann, die Aufsätze zu lesen. Lustig, die damaligen Jahrgangsnamen zu sehen: Mogens, Bent, Jörgen, Bjarne, Inger-Margrethe, Annelise, Jette und Bente. In der Klasse hießen zwei Jungen Bjarne und der Aufsatz des einen Bjarne ließ sie vor Kälte erschaudern und verstehen:

»...und wenn man mit Papierkugeln geschossen hat, kann man wählen, ob man eine Ohrfeige haben oder den Rest des Tages neben Britta sitzen will, da sie alleine sitzt. Ich wollte lieber eine Ohrfeige, aber Mogens musste eine ganze Woche neben ihr sitzen, weil er auf dem WC geraucht hatte.«

Du lieber Gott. Gustav Kwium hatte das kleine, verwahrloste, hässliche Mädchen als Strafe für ihre Mitschüler ausersehen.

Aufgeregt blättere Karin weiter und suchte Brittas Aufsatz, der frei von Rechtschreibfehlern und verblüffend gut geschrieben war, wenn man die Bemerkung des Lehrers in Betracht zog, dass sie über keine intellektuellen Fähigkeiten verfügte:

»... aber ich habe immer alleine gesessen, weil niemand neben mir sitzen will. Als wir in die erste Klasse gingen, hielten sich die anderen Kinder die Nase zu und warfen in den Pausen mit Kastanien nach mir und das machte mich sehr traurig, weil ich gerne mit ihnen gespielt hätte, aber sie wollten nicht. Und wenn sie unartig gewesen sind, müssen sie zur Strafe neben mir sitzen. Das hat Lehrer Kwium angeordnet und manche wollen als Strafe lieber eine Ohrfeige als neben mir ...«

Sieben Jahre grober, systematischer Kindesmisshandlung, dachte Karin, als sie die Aufsätze sorgfältig zurück in den Umschlag schob und ihn in ihre große Arbeitstasche steckte.

Britta hatte als Strafe für die anderen Kinder herhalten müssen, was den Notizen in Gustav Kwiums

Protokoll einen ganz neuen Sinn gab: »Heute kommt die Strafe ...«

»Ich bin im Lokalarchiv gewesen, weil ich einen Abschnitt über die Schule schreiben will«, sagte sie zu Inger-Margrethe Jörgensen bei einer Tasse schlechtem Institutionskaffee. »Wie war es eigentlich, in den 50ern hier auf der Insel zur Schule zu gehen?«

»Uha, das war ganz anders als heute, aber man hat wirklich etwas gelernt. Es herrschte viel mehr Disziplin und so. Lehrer Kwium konnte ziemlich streng sein, aber dafür konnten wir in der 2. Klasse auch lesen und schreiben.«

»Wie sorgte er für Disziplin? Ich meine, mit welchen Sanktionen?«

»Damals durften sie die Schüler noch schlagen. Es waren genau genommen fast nur die Jungen, die Ohrfeigen bekamen oder mit in den Werkraum genommen wurden. Uns Mädchen kam eine Art positiver Sonderbehandlung zuteil ...« Sie lächelte. »Und natürlich konnte man auch auf den Gang geschickt werden oder einen Brief mit nach Hause bekommen oder man musste Nachsitzen.«

»Erinnern Sie sich, ob es noch andere Formen der Strafe gab?«

Inger-Margrethe dachte lange nach.

»Ja, das mit dem hundertmal schreiben: »Ich werde nie mehr während der Stunde reden.« Das habe ich selbst gemusst. Aber sonst, nein, das war wohl das Repertoire.«

Sie hat es vergessen. Die Erinnerung ist selektiv

und Opfer erinnern sich besser als Peiniger. Die beliebte Inger-Margrethe hat sich nicht gemerkt, dass eine Mitschülerin zur Strafe benutzt wurde. Vielleicht ist Britta die einzige, die sich daran erinnert, dachte Karin und fuhr fort: »Mobbing, war das damals ein Problem?«

»Ein bisschen hat es das wohl gegeben, denn Kinder sind nun einmal Kinder, aber nein, ich erinnere mich nicht, dass das ein großes Problem war. Wir Kinder hatten immer viel Spaß zusammen«, antwortete Inger-Margrethe.

Der Ordnung halber sprach Karin noch ein wenig über die Zukunft der Schule. Der Inselverein – mit Inger-Margrethe an der Spitze – kämpfte darum, dass sie wieder sieben Jahrgänge bekam.

»Danke für Ihre Hilfe«, sagte Karin, als sie ging.

»Gern geschehen. Ist doch selbstverständlich«, antwortete Inger-Margrethe herzlich. Und fügte hinzu: »Wir machen nächste Woche Urlaub. Wir fahren dieses Jahr nach Malta, Johan und ich.«

»Gute Reise«, antwortete Karin.

Sie öffnete die Tür und rief ins Treppenhaus: »Hallo! Ich bin's, Karin.«

»Ich bin im Puzzleraum. Kommen Sie einfach rauf!«, rief Britta.

»Nein, kommen Sie herunter. Es ist wichtig«, rief Karin zurück.

Britta kam langsam die Treppe hinunter. Sie trug einen geblümten Kittel und Pantoffeln, was an eine kleine, erschöpfte Hausfrau aus den 50er Jahren erinnerte. Ihre farblosen Augen blinzelten nervös.

»Wichtig?«, wiederholte sie fragend.

»Ich weiß alles«, sagte Karin. »Setzen wir uns raus und reden wir.«

Sie setzten sich auf ein paar Plastikstühle. Britta sah verblüfft aus, während Karin sie unbewusst maß und sich sicher war, ihr physisch überlegen zu sein.

»Sie waren 19, als Sie vergewaltigt wurden. Wie ist das passiert?«

Britta sah sich um, als würde sie über etwas nachdenken, nach einem Fluchtweg oder einer Waffe suchen, doch dann sank sie in ihrem Gartenstuhl schwer in sich zusammen.

»Ich bin nicht vergewaltigt worden und ich habe nichts getan. Man macht mich nur zum Sündenbock, weil ich hässlich, dumm und arm bin, aber jetzt haben sie glücklicherweise den Mörder gefasst. Haben Sie heute keine Zeitung gelesen?«

»Dumm sind Sie jedenfalls nicht«, antwortete Karin hart und fuhr fort: »Sie haben mich auf äußerst raffinierte Weise hereingelegt und das wissen Sie genau. Aber damit ist jetzt Schluss. Sie haben sowohl Eigil Andersen als auch Arnold Klausen, Gustav Kwium und Johanne umgebracht und ich weiß, warum Sie das getan haben. Reden wir über alles – still und ruhig.«

Die andere wurde grünbleich und Karin sah, dass ihre Hände zitterten.

»Werden Sie mich anzeigen?«, fragte sie mit bebender Stimme.

»Eins nach dem anderen. Zuerst reden wir«, antwortete Karin.

»Mein Hals ist trocken und meine Lippen … Ich hole etwas Wasser«, flüsterte Britta.

»Natürlich«, antwortete Karin.

Karin saß alleine im Garten. Was für eine verteufelte Situation: die Hexe, die wirklich eine Hexe war. Die zu einer Hexe gemacht worden war und die das naive Engagement der neuen Nachbarin auf gerissene Weise ausgenutzt hatte. Jetzt waren einige Minuten vergangen. Würde sie versuchen zu fliehen? Wohl kaum, denn sie würde nicht weit kommen. Sie waren auf einer Insel und Karin brauchte nur die Polizei anzurufen, die an der Fähre bereit stehen würde.

Warum saß sie eigentlich hier? Vielleicht suchte die böse Frau im Haus nach einer Waffe? Automatisch griff Karin nach dem Handy in ihrer Hosentasche. Sie hatte die Nummer gespeichert, sodass sie nur die 2 drücken musste, um bei der Polizei zu landen.

Aber sie blieb sitzen, weil in ihrem Herzen noch immer ein kleiner Zweifel nagte und weil sie die Geschichte hören *musste*.

Na also, das war die Toilettenspülung und da kam Britta mit zwei großen Gläsern Wasser und keinem Brotmesser.

»Sie haben Eigil Andersen ermordet, weil er Sie vergewaltigt hat«, konstatierte Karin.

»Ja«, sagte sie und seufzte ergeben. »Ich werde Ihnen alles erzählen.«

Karin überraschte diese schnelle Kapitulation.

»Was ist passiert?«, sagte sie sanft.

»Eigil ging bei uns ein und aus. Oft hat er zusammen mit meinem Vater getrunken. Und dann eines Tages, als ich alleine zu Hause war … er fasste mich an der Kehle, dass ich blutunterlaufene Augen bekam … und … er war so dreckig und stank nach Schnaps und drohte, mich umzubringen.« Sie lehnte sich weinend über den kleinen, runden Plastikgartentisch.

»Na, na, na«, sagte Karin und musste sich zwingen, der kleinen Frau nicht die Hand auf die zuckenden Schultern zu legen.

»Ich habe meiner Mutter aber trotzdem davon erzählt und sie hat mich zu Arnold Klausen gebracht, der damals auch Gemeindevorsteher war. Wissen Sie, was er gesagt hat?«

Karin schüttelte den Kopf.

»Er hat gesagt, dass mir schließlich *kein Zacken aus der Krone gefallen sei* und dass es für mich am besten wäre, wenn keiner davon erfährt. Ansonsten würden die Leuten nur glauben, dass ich ihn selbst dazu aufgefordert hätte, weil ich keinen Freund hatte. Ich war eben niemand, dem die Jungen hinterherliefen.«

»Und ihre Mutter und ihr Vater?«

»Ja, die meinten auch, dass es das Beste wäre, wenn niemand davon erfährt. Mein Vater ist einen Monat später gestorben. Er hat Blut gebrochen, ja, er ist am Suff gestorben. Meine Mutter war ein bisschen zurückgeblieben und hat das Ganze vergessen. Eigil Andersen verließ die Insel und außer Arnold Klausen und mir hat niemand von dieser Vergewaltigung gewusst.«

»Aber dann kam ich und habe Sie danach gefragt?«, unterbrach sie Karin.

Britta nickte und nestelte an ihrem gespaltenen, dauergewellten Haar herum.

»Ja, Entschuldigung. Deshalb habe ich den Brief durch ihr Fenster geworfen. Ich hatte Angst, dass Sie etwas herausfinden und das haben Sie ja auch.«

»Warum haben Sie ihn umgebracht?«

»Warum ich ihn umgebracht habe?« Britta sah Karin verwundert an.

»Weil ich ihn gehasst habe und Rache wollte! Er hat mein Leben zerstört. Seit dieser Vergewaltigung habe ich immer Angst gehabt und mich beschmutzt und wertlos gefühlt.«

Karin schwieg und Britta weinte ein wenig, bevor sie fortfuhr: »Können Sie sich vorstellen, wie das ist, zu einer Arbeit gezwungen zu werden, bei der man seinen Vergewaltiger pflegen muss?«

Karin nickte und fügte kleinlaut hinzu: »Aber jetzt war er doch behindert, hatte einen Hirnschaden und war gelähmt.«

»Er war ein Vergewaltiger«, sagte sie und zog den Mund zu einem dünnen Strich zusammen.

»Und wegen dieser Sache haben Sie auch Arnold Klausen ermordet?«

Sie nickte.

»Er hat Eigil gedeckt, weil er meinte, dass ich nichts wert sei. *»Dir ist schließlich kein Zacken aus der Krone gefallen«,* hat er gesagt – als wäre ich eine Sache. Und er hat mehr oder weniger offen gesagt, dass niemand mir glauben würde, dass ich vergewaltigt worden war, weil ich so hässlich war.

Als Eigil tot war, bin ich eines Abends zu Arnold Klausen gegangen, um seine Windeln zu wechseln.

Da hat er zu mir gesagt: »Jetzt ist dein alter Freund also tot.« »Mein Freund?«, habe ich verblüfft gefragt. »Ja, du und Eigil, ihr wart doch einmal ein Paar, nicht?«, hat er gesagt. Er hatte das Ganze völlig vergessen und ich habe mich an jedem einzelnen Tag meines Lebens daran erinnert. Da habe ich beschlossen, dass ich ihm nie mehr die Windeln wechseln werde.«

»Und Sie haben ein Kissen genommen und ihn erstickt?«

»Ich habe ihn gehasst«, sagte sie.

»Ich *weiß*, warum Sie Gustav Kwium umgebracht haben«, sagte Karin still. »Er hat Sie als Strafe für die anderen Kinder benutzt.«

»Ja«, sagte sie. »Und er hat mich *die Strafe* genannt. Er hat gelacht und fand das lustig. Ich habe es genossen, mich zu rächen.«

»Aber Johanne?«, fragte Karin.

Zum ersten Mal zeigten sich Bedauern und Reue in Britta Olsens tränennassem Gesicht.

»Das war falsch, ganz falsch. Und es tut mir Leid.«

»Warum haben Sie es dann getan?«

»Sie hat mich aus Gustav Kwiums Zimmer kommen sehen und manchmal konnte sie sich daran erinnern. Ich hatte Angst. Aber ich bedaure das und ich habe vor schlechtem Gewissen nachts nicht schlafen können ... ich habe darüber nachgedacht. Dafür, dass ich sie umgebracht habe, gehe ich gerne ins Gefängnis. Ich zeige mich selbst an.«

»Dann sollten Sie ihre Anwältin mitnehmen«, sagte Karin und griff nach ihrem Handy. Es war

17.30 Uhr, deshalb rief sie Andrea Vendelbo unter ihrer Handynummer an.

»Zufälligerweise bin ich gerade auf dem Weg, um Kriminalinspektor Halfdan Thor zu besuchen«, sagte Andrea Vendelbo. »Das heißt, dass ich in ein, zwei Stunden bei euch sein kann. Sie soll nicht mit der Polizei reden, bevor wir das Geständnis gründlich durchgesprochen haben.«

»Ich bleibe bei ihr, bis du hier bist«, sagte Karin.

»Da ist etwas, das ich nicht verstehe. Warum haben Sie den anonymen Brief an sich selbst geschrieben?«, fragte Karin.

»Um auf Sie Eindruck zu machen. Ich wusste ja, dass Sie sich für solche Sachen wie Hexenjagd und unschuldig Verdächtigte interessieren«, sagte Britta.

»Das war raffiniert und wirkungsvoll«, seufzte Karin. »Ich war völlig überzeugt, dass Sie das Opfer einer Hexenjagd waren. Ich war von diesem Thema so gefesselt, dass ich Scheuklappen aufhatte.«

Wenn sie jetzt nachdachte, war eigentlich alles von Anfang an klar gewesen. Sie hatte den Hass und die Bitterkeit im Gesicht der kleinen, verzagten Frau gesehen und sie hatte die Verzweiflung geahnt. Britta Olsen hatte in ihrem Unterbewusstsein gespukt, wenn Wolf von Hass und Rache sprach und wenn Ulrikka erzählte, dass die Kinder die soziale Hackordnung von dem Tag an kannten, an dem sie in die Schule kamen.

Britta hat immer hier gewohnt und sie ist immer die geringst Geachtete gewesen, hatte sie gedacht.

Und dann die falsche Schlussfolgerung gezogen. Sie hatte sich gesagt: *So ein Mensch wird typischerweise zur Hexe ausgeguckt*, wo sie genau so gut hätte sagen können: *So ein Mensch kann sich sehr wohl zur Hexe entwickeln.*

»Wie ist es Ihnen gelungen, Johannes falsche Zähne in den Rucksack des Schweden zu schummeln?«, fragte sie.

»Das habe ich nicht getan. Ich habe die Zähne einfach auf das Grundstück der Satanisten geworfen, weil ich gedacht habe, dass die Polizei sie zuerst verdächtigt.«

»Das war nicht nett«, sagte Karin.

»Das sind doch Satanisten«, wimmerte die kleine Frau entschuldigend.

»Und das Protokoll – warum haben Sie das unter der Hecke versteckt?«

»Ich saß damit im Garten, als die Polizei kam«, sagte sie leise und sackte leicht in sich zusammen, bevor sie sich in dem Gartenstuhl aufrichtete und sagte: »Wie ich Ihnen schon gesagt habe: Pflegehelferin – das ist Zwangsarbeit für Verliererinnen. Ich sollte dem König die Windeln wechseln und Lehrer Kwium und Eigil Andersen den Arsch abwischen. Ich habe sie gehasst, weil sie mich gepeinigt und gedemütigt haben. Dann habe ich angefangen, Medikamente zu nehmen, um das auszuhalten. Nerventabletten und Schlaftabletten und Morphium. Man ist wie verändert, wenn man so etwas nimmt.«

Karin war plötzlich müde. Sie nickte und sagte: »Ja, das müssen Sie alles Andrea Vendelbo erzählen und mit ihr besprechen, wann und wie viel sie gestehen sollen. Und wenn Sie vor Gericht kommen, wird sie all das als mildernde Umstände anführen. Gibt es noch etwas, das ich für Sie tun kann?«

»Ja.«

»Was?«

»Mir ein paar Puzzles besorgen. Sie sollen mindestens 4.000 Teile haben – und sie dürfen nicht zu leicht sein.«

Karin lächelte.

»Das werde ich.«

»Ich gehe hinein und ruhe mich ein wenig aus. Ich bin sehr müde«, sagte Britta und fügte hinzu: »Sie können gern die Schlüssel zu meinem Haus haben und mich einschließen.«

»Das ist nicht nötig«, antwortete Karin. »Ich setze mich rüber in meinen eigenen Garten und warte auf die Anwältin.«

Britta ging mit kleinen, steifen Schritten ins Haus.

Karin öffnete eine Flasche Weißwein. Sie war aufgewühlt. Sie war enttäuscht und wütend und von Berufs wegen beschämt, während sie gleichzeitig die kleine Frau auch verstehen konnte, die sich an den Unterdrückern ihres Lebens gerächt hatte.

Nein! Die ganze Geschichte war falsch. Der Schuldige hätte Sune Kwium sein müssen, der Scheißkerl. Oder Brian Klausen, der aufgeblasene Altersfaschist, der sich der Tageszeitung zufolge für das Europaparlament hatte aufstellen lassen. Oder der unsympathische Heiler-Hochstapler oder …

Es gab richtige und falsche Geschichten und diese

hier war definitiv falsch, dachte die Journalistin Karin Sommer, die Übung darin hatte, die Wirklichkeit in Erzählungen umzugestalten.

Jetzt saß sie mit einer falschen Geschichte da, in der die Hexe eine Hexe und die unschuldig Verdächtigte die Schuldige war.

Sie begann sich Gedanken zu machen, wie sie die Geschichte schreiben sollte, denn dass sie sie schreiben musste, um ihre berufliche Ehre zu retten, daran bestand kein Zweifel. Sie musste der Wirklichkeit ins Auge blicken und sie wahrheitsgemäß und nüchtern präsentieren, dachte sie und begann im Geist eine Einleitung und Sätze zu formulieren.

Gleichzeitig war sie wachsam und hielt diskret ein Auge auf die Einfahrt zu Brittas Haus. Nichts tat sich und sie war sich absolut sicher, dass Britta oben bleiben und warten würde. Sie hatte alles zugegeben und erleichtert gewirkt. Vollkommen aufgelöst, aber weder ängstlich noch verzweifelt.

Es vergingen fast zwei Stunden, bis Andrea Vendelbo auftauchte. Straßenarbeiten und Staus hatten sie aufgehalten, erklärte sie entschuldigend.

»Sie ruht sich drüben aus«, sagte Karin.

Du musst sofort kommen. Sie muss etwas genommen haben. Wir können den Puls kaum fühlen«, sagte Karin am Telefon atemlos zu Jörgen Wad.

Sie hatten Britta bewusstlos im Bett gefunden.

»Ich rufe den Krankenwagen und komme sofort«, antwortete er.

Karin saß, das Gesicht in die Hände gestützt, da

und machte sich Vorwürfe: »Ich glaube, sie hat es genommen, als sie reingegangen ist, um Wasser zu holen. Sie war wie verändert, resigniert, aber gelassen, als sie wieder herauskam.«

»Ich denke, du bist das Ganze sehr vernünftig angegangen«, sagte Andrea Vendelbo.

»Ja, aber wenn sie jetzt stirbt?«

»Dann deshalb, weil sie sich für den Tod entschieden hat«, antwortete Andrea ruhig.

»Ich hatte nicht den geringsten Verdacht, weil sie gesagt hat, dass sie ihre Strafe auf sich nehmen will und mich gebeten hat, ihr ein paar Puzzles zu kaufen. In gewisser Weise ist sie sehr schlau. Sie hat mich die ganze Zeit an der Nase herumgeführt«, seufzte Karin.

Dann kam Jörgen Wad angestürmt. Er maß den Blutdruck, fühlte den Puls und machte ein ernstes Gesicht, während er wenig erfolgreich versuchte, der Bewusstlosen ein flüssiges Brechmittel einzuflößen.

»Ich fürchte, es ist zu spät. Habt ihr die Verpackung gefunden?«

»Wir haben nicht gesucht«, antwortete Karin.

»Seht euch um«, sagte er, während er Kissen unter den Beinen der Bewusstlosen stapelte und eine Spritze aufzog.

Sie fanden die leeren Verpackungen im Bad. Die Packung, in der die Morphiumtabletten gewesen waren, war auf Arnold Klausen ausgestellt, die Nerventabletten auf Johanne Kristine Hansen. Neben den leeren Pillengläsern lag eine nasse Plastiktüte. Karin fiel auf, dass der Deckel des Toilettenspülkastens leicht schief saß. Sie bewegte ihn und entdeckte, dass er nur lose auflag.

»Ich glaube, die Pillen haben die Polizeirazzia überlebt, weil sie im Spülkasten versteckt waren«, sagte sie und hob den Deckel hoch.

»Ja, und wo sie herkommen, sind noch mehr«, fuhr sie fort und zog eine mit Medikamenten gefühlte Plastiktüte heraus.

Karin nahm die leeren Pillengläser mit zu Jörgen hinein: »Es sieht ganz so aus, als hätte sie die hier genommen, aber da draußen sind noch mehr.«

»Ich glaube, sie hat es ernst gemeint«, sagte er resigniert.

Er tastete noch einmal nach ihrem Puls, konnte ihn aber nicht fühlen und begann mit einer Herzmassage. Dann kam der Krankenwagen.

Tod bei Ankunft im Krankenhaus«, sagte Kriminalinspektor Halfdan Thor zu der kleinen Gruppe, die um 23 Uhr im Arzthaus versammelt war.

»Diese Kombination ist gefährlich. Eine Überdosis Morphium und Nerventabletten lähmt schnell die Atmung«, sagte Jörgen Wad, der den Arm um Karins Schultern gelegt hatte.

»Ein letzter Gruß der Toten«, sagte Thor und las die Namen Arnold Klausen und Johanne Kristine Hansen auf den leeren Medikamentenverpackungen. Dann richtete er den Blick direkt auf Karin: »Ich habe gehört, dass Sie die Tote interviewt haben ... darf ich fragen, worüber sie geredet haben? Hat sie etwas gesagt, das für die Ermittlungen der Polizei von Bedeutung sein könnte?«

Plötzlich wurde Karin klar, dass sie niemandem etwas sagen brauchte. Sie konnte Britta Olsen ihre grausamen Geheimnisse mit ins Grab nehmen lassen. Andrea Vendelbo wusste ein wenig, aber sie war Strafverteidigerin und würde nicht reden. Karin sah Andrea an als suchte sie stumm Rat in den Augen der jüngeren Frau, aber sie fand keinen.

Andrea antwortete mit einem offenen, nüchternen und vollkommen unbeeindruckten Blick. Karin deutete den Blick als ein: Das musst du schon selbst entscheiden.

Ihr Gehirn arbeitete schnell und landete bei der Titelseitengeschichte des Tages: *Verrückter Mann gesteht Mord* … Nein, sie hatte keine Wahl: Ein Unschuldiger stand unter Verdacht. Sie richtete sich im Stuhl auf und sah den Kriminalinspektor direkt an:

»Ja, Britta Olsen hat mir etwas erzählt, das für die Ermittlungen von Bedeutung ist. Sie hat vier Morde gestanden. Hier ist das Band.«

Karin nahm das Aufnahmegerät aus ihrer großen Arbeitstasche. Sie hatte es eingeschaltet, als Britta Olsen Wasser holen gegangen war.

»Aber das Motiv?«, sagte der Kriminalinspektor und kratzte sich im Bart.

»Hass und Rache«, antwortete Karin.

»Das stand nicht auf unserer Liste«, murmelte der Polizeibeamte.

Wie bist du plötzlich darauf gekommen?«, fragte Jörgen Wad, als sie alleine waren.

»Ich glaube, ich habe es die ganze Zeit gewusst,

aber mit Vorurteilen und falschen Analysen verdrängt. Eine historische Betrachtung hat mir die Augen geöffnet. Ich habe über die Hexen des 16. Jahrhunderts geschrieben. Sieh her.«

Sie nahm das oberste Blatt aus dem Stapel ausgedruckter Seiten und reichte es ihm. Er las:

Dagegen besteht kaum ein Zweifel, dass es arme, heimatlose Frauen und Bettlerinnen gegeben hat, die den allgemeinen Aberglauben ausgenutzt und mit seiner Hilfe versucht haben, sich Essen und anderes zu erpressen.

Es ist auch nicht unwahrscheinlich, dass einige dieser Frauen so viel Bitterkeit und Wut in sich spürten, dass sie wirklich versucht haben, ihren Mitmenschen zu schaden.